Gil McNeil
Der Prinz aus dem Kinderzimmer

Gil McNeil

Der Prinz aus dem Kinderzimmer

Roman

Aus dem Englischen
von Sabine Maier-Längsfeld

Kabel

Die englische Originalausgabe erschien 2001
unter dem Titel »The Only Boy for Me«
bei Bloomsbury in London.

ISBN 3-8225-0577-3

Gesetzt aus der Garamond
Satz: Satz für Satz. Barbara Reischmann, Leutkirch
Druck und Bindung: Friedrich Pustet, Regensburg
Printed in Germany

www. kabel-verlag.de

Für Dad, Joe und Max,
Mum, Julia und Ruth

KAPITEL 1

Stadt, Land, Kuß

Montag morgen. Sämtliche guten Vorsätze, mit Biomüsli und einem gemütlichen Frühstück in den Tag zu starten, sind den Bach runter, als ich aufwache und auf die Uhr gucke: zwanzig nach zehn! Schreiend springe ich aus dem Bett und stoße mir den Fuß an der Kommode an. Humple in die Küche, um dort festzustellen: Es ist vier Uhr morgens. Charlie hat wohl mit meinem Wecker gespielt. Schon wieder. Ich taumle zurück ins Bett und stelle den Wecker neu, damit ich keinen Herzinfarkt kriege, wenn ich das nächste Mal draufgucke.

Als ich wieder aufwache, ist es viertel nach sieben. Ich fühle mich, als bräuchte ich mindestens noch acht Stunden Schlaf, und mein Fuß pocht wie verrückt. Es folgt eine äußerst unschöne halbe Stunde, in der Charlie unter seiner Bettdecke protestiert, daß seine Menschenrechte verletzt würden und ihm der Schlaf nicht verwehrt werden dürfe. Schließlich kann ich ihn, noch im Schlafanzug, nach unten locken, und ich biete ihm eine halbe Stunde Kinderfernsehen an, wenn er dafür frühstückt. Er willigt ein, macht sich's auf dem Sofa gemütlich und verweigert dann erwartungsgemäß die Nahrungsaufnahme.

»Spatz, sei nicht albern, du weißt doch, daß du was frühstücken mußt, und Corn Flakes sind gut für dich. Heute ist Schule, und du brauchst ein vernünftiges Frühstück.«

»Ein vernünftiges Frühstück ist mit Speck oder Würstchen.

Warum gibt es bei uns nie Würstchen zum Frühstück? James kriegt immer Würstchen.«

»James bekommt bestimmt manchmal auch nur Corn Flakes.«

»Kriegt er nicht. Er kriegt immer Würstchen. Und in seiner Pausendose hat er auch welche. Wieso kann ich keine Würstchen mitnehmen? Ich hasse Putenwurstbrote. Das ist grausam für die Puten, finde ich.«

»Würstchen sind für Tiere aber auch nicht gerade nett, oder?«

»Sind sie wohl. Die werden aus alten Tieren gemacht, die ihr Leben zu Ende gelebt haben, und die Puten sind noch jung, sie könnten Kinder kriegen und so. Aber sie werden aufgeschlitzt, bevor sie dazu kommen.«

»Jetzt ist aber Schluß, hörst du? Ich werde langsam sauer.«

»Weißt du, Mami, es ist nicht nett, gemein zu sein.«

»Nein. Und es ist auch nicht nett, einem schon am frühen Morgen auf die Nerven zu gehen. Und jetzt beeil dich, sonst kommen wir zu spät. Iß deine Corn Flakes. Sofort.«

»Ich muß das nicht essen, ich will das nicht essen, es sieht eklig aus.«

Zum Glück sorgt David, der neue Postbote, für Ablenkung. Er schleicht zögernd die Auffahrt herauf, weil ihm Charlie letzte Woche zur Begrüßung entgegengerannt kam, nur mit einer Unterhose und seinem Superman-Umhang bekleidet. David wollte kein Spielverderber sein und fragte ihn, ob er fliegen könne. Wie der Blitz kletterte Charlie auf den Baum im Vorgarten und fing unverzüglich mit dem Countdown an. Der arme David schmiß die Post hin und rannte mit ausgestreckten Armen und Verzweiflung im Blick immer um den Baum herum. Ich brauchte zehn Minuten, um Charlie wieder runterzukriegen, und bis dahin war er halb erfroren. Es ist mir schleierhaft, weshalb die Postboten in dieser Gegend darauf bestehen, unter ihrem Vornamen zu agieren, doch so ist es nun mal. Gehört wohl alles zu dem Paket »Fröhliches Leben auf dem Lande«. Charlie hüpft wie ein Springteufel vor dem Fenster rauf und runter, bis David wohlbehalten wieder in seinem Laster sitzt und hektisch zurücksetzt. Dann ißt Charlie, ohne noch einen Gedanken an unsere Auseinandersetzung zu verschwenden, friedlich seine Corn Flakes und schafft es, diesmal nur ungefähr einen Liter Milch auf dem Wohnzimmerteppich zu verschütten.

Inzwischen laufen wir ernstlich Gefahr, zu spät zu kommen. Also verzichte ich auf das Vergnügen, Charlie dabei zuzusehen, wie er fünfzehn Minuten für ein Paar Socken braucht, und ziehe ihn statt dessen selbst an.

»Ich kann das alleine.«

»Ja, ich weiß, aber wir haben's eilig, und ich helfe dir gerne.«

»Gut, aber du darfst mir das Unterhemd nicht so fest reinstecken; Jungen stecken sich das Unterhemd nicht in die Hose, weißt du?«

»Natürlich tun sie das, sonst kriegen sie ja ganz kalte Bäuche.«

»Nein, tun sie nicht. James hat nie sein Unterhemd reingesteckt.«

Ab und zu, wie jetzt zum Beispiel, hasse ich James von ganzem Herzen. James, der in sämtlichen häuslichen Auseinandersetzungen als ausgewiesener Experte bemüht wird. Endlich setzen wir uns in Richtung Auto in Bewegung, komplett ausgestattet mit Schulranzen, Pausendose und Schwimmzeug. Während ich versuche, die Haustür abzuschließen, ohne die Brotdose fallen zu lassen, verschwindet Charlie hinten im Garten, um im Kaninchenstall nach Buzz und Woody zu sehen.

»Hallo, wie geht es euch heute morgen?« Zur Antwort nur Schweigen und heftiges Scharren.

»Mami, die Kaninchen machen Sex. Wenn es zwei Männchen sind, sind sie dann schwul?«

Ich bin so früh am Morgen nicht in der Lage, derartige Gespräche zu führen. »Aber nein, sie spielen nur.«

Sofort bekomme ich Panik, daß ich sexuellen Klischees Vorschub leiste, und füge hinzu: »Außerdem wäre es völlig in Ordnung, wenn sie schwul wären.« Dabei packe ich Charlie fest an seiner Anorakkapuze und zerre ihn über den Gartenweg.

Charlie ist entsetzt. »Wäre es nicht. Ich will, daß sie Babys kriegen; süße kleine Babykaninchen. Wir könnten eine Kaninchenfarm eröffnen, und außerdem will ich keine schwulen Kaninchen. Ich will richtige. Laß meine Kapuze los, du erwürgst mich!«

Ted, der Milchmann erscheint – wie immer im richtigen Moment. Er versperrt mit dem Lieferwagen die Auffahrt und macht mit einem sarkastischen Grinsen witzige Bemerkungen zum Thema »Wieder mal zu spät dran«. Es gelingt mir, das übermächtige Verlangen zu bezwingen, ihm mit der Faust mitten ins Gesicht zu dreschen, denn – von den juristischen Komplikationen abgesehen – ist es bei uns auf dem Lande eine ernsthafte Angelegenheit, die Milch geliefert zu bekommen. Teds Runde erstreckt sich über ungefähr 500 Kilometer, und manchmal taucht er erst zur Teestunde auf. Ich schiebe Charlie ins Auto und schenke Ted ein Lächeln, von dem ich weiß, daß es wie ein irres Grinsen rüberkommt. Er ist so vernünftig, den Rückzug anzutreten. Wir zuckeln mit ungefähr 10 km/h hinter ihm her und müssen zweimal anhalten, während er die Nachbarn beliefert, ehe wir endlich an eine Stelle kommen, die breit genug ist, um zu überholen. Ich gebe mehr Gas als beabsichtigt, und Charlie wird von einer Beschleunigung in den Sitz gedrückt, die einem Kampfpiloten alle Ehre machen würde. Gleichermaßen entzückt wie entsetzt setzt er zu einem Vortrag über Sicherheit im Straßenverkehr an.

»Wenn jetzt ein Igel über die Straße gelaufen wäre, der hätte keine Chance gehabt, Igel können nämlich nicht rennen, weißt du? Du mußt vorsichtiger fahren.«

»Igel kommen am Tag nicht raus, Spatz. Reg dich wieder ab.«

»Aber ein kranker Igel könnte wach sein. Vielleicht hatte er einen Alptraum und wollte einen Spaziergang machen, das kannst du doch nicht wissen.«

»Nein, weiß ich nicht, und wir haben auch keinen Igel überfahren. Schau, wir sind schon fast an der Schule, also ist doch alles gut.«

Nur jetzt keinen Streit vom Zaun brechen, wo wir gerade am Schultor ankommen, oder es wird zu einer echten Herausforderung, Charlie aus dem Auto zu lotsen.

»Ich verspreche, daß ich auf dem Heimweg ganz vorsichtig und langsam fahre, und wenn ich irgendwelche Igel sehe, die sich gerade von einem Alptraum erholen, dann nehme ich sie mit und gebe ihnen was zu trinken.«

Noch ist Charlie nicht überzeugt, aber er macht schon Anstalten, sich besänftigen zu lassen, als ihm der verdammte *Blue Peter* aus dem Kinderprogramm einfällt mit der gräßlichen Warnung, Igeln nie im Leben Milch zu geben, weil sie sonst platzen. Er hält einen Vortrag mit genauesten Instruktionen, wie ich mich den verschiedensten Arten wildlebenden Getiers gegenüber zu verhalten habe, das in den unendlichen Straßengräben Kents womöglich auf meine Hilfe harren mochte. Er ist gerade bei den Pandabären angelangt und erklärt in diesem Zusammenhang, wie wichtig es ist, umgehend frische Bambusschößlinge für sie zu sammeln, als er James entdeckt. Die Lektion »Tiere in Not« ist umgehend beendet, und die beiden trotten zusammen ins Schulhaus, glücklich und zufrieden.

Das Gebäude ist über 200 Jahre alt, und zwei Lehrerinnen, eine davon ist Charlies Miss Pike, sind schon so lange im Dienst, daß sie bereits einige Eltern ihrer heutigen Schüler unterrichtet haben. Es wäre übertrieben zu sagen, die Schule sei pädagogisch auf dem neuesten Stand, aber es herrscht eine wunderbar entspannte Atmosphäre, und das ist in den Augen eines Sechsjährigen ungemein wichtig. Manchmal mache ich mir allerdings schon Sorgen über den mangelnden Horizont in Charlies schulischer Erziehung: Nach Ansicht der Schule ist es schon multikulturell, auch die Bräuche anderer Grafschaften zu pflegen. Aber einer der Hauptgründe für mich, von London raus aufs Land zu ziehen, war, daß Charlie eine Kleinstadtschule besuchen kann wie ich selbst auch und nicht die riesige städtische Grundschule, für die er eigentlich vorgesehen war. Bei der Besichtigung dort habe ich mich zweimal verlaufen. Außerdem begann das anstrengende Leben in London, seinen Tribut zu fordern. Der allabendliche Kampf um einen Parkplatz wurde mir zuviel, und ich erging mich schon in Phantasien, früher mit der Arbeit Schluß zu machen, nur um in meiner Straße parken zu können anstatt sechs Straßen weiter.

Nach zahllosen Wochenenden, in denen wir sämtliche Städte und Dörfer in Kent abklapperten, ich reihenweise trostlose Bungalows besichtigte und Charlie mit Süßigkeiten fütterte, um ihn ruhig zu halten, landeten wir schließlich in Marhust, einem Dörfchen in der Nähe von Whitstable. Wir wohnen in einem kleinen Haus, eines von vieren an einer winzigen Straße hinter dem Dorfanger, mit einem Apfelbaum im Vorgarten. Daß er nur winzig kleine, schrumplige Äpfel trägt, war im Vorfeld natürlich nicht abzusehen. Im Dorf gibt es einen Kramerladen und ein Pub, und Mum und Dad wohnen nur eine halbe Stunde von uns entfernt. Wir haben drei Schlafzimmer und ein großes Spielzimmer für Charlie, und das für weniger als die Hälfte dessen, was wir in London hätten bezahlen müssen. Jetzt können wir im Wald spazierengehen, anstatt uns auf der ständigen Flucht vor Joggern und verrückten Radfahrern durch die Parks zu quälen. Es ist zwar nicht haargenau *Howard's End*, kommt dem aber denkbar nahe, wenn man wie ich gleichzeitig noch in der Lage sein will, nach London zu pendeln. Ich bleibe stehen und beobachte, wie sich die Kinder springend und johlend auf ihre Klassenzimmer verteilen, und mir wird wieder einmal klar, daß ich mir echt nichts Schlimmeres vorstellen kann, als altersgemischte Klassen zu unterrichten. Ich will schon ins Auto steigen, als ich Kate entdecke, die Mutter von James. Sie sieht genauso erledigt aus wie ich, und wir verabreden uns für nachher auf eine Tasse Kaffee.

Wieder zu Hause, sehe ich mich mit einem Riesenberg Bügelwäsche konfrontiert, den ich tunlichst ignoriere, desgleichen den Abwasch. Ich widerstehe der Versuchung, mich dem vormittäglichen Fernsehprogramm hinzugeben, und gehe stattdessen nach oben in das dritte Schlafzimmer, das mir als Büro dient, um mich meiner Buchhaltung zu widmen. Ich spiele mit der Seitenansicht rum, und es gelingt mir, irgendeine geheime Tastenkombination zu drücken, die eine Kalkulationstabelle in vier Einzelseiten aufteilt und noch dazu in völlig wirrer Reihenfolge. Ich schaffe es nicht, den verdammten Mist wieder rückgängig zu machen, gebe genervt auf und gehe runter, um Kekse zu essen. Merke, daß ich jetzt zu spät zu meiner Verabredung komme, und rase los, wobei ich den Stunt von heute morgen wiederhole, volle Pulle beschleunige und dabei fast Nachbars Katze platt mache.

Als ich bei Kate ankomme, steht sie in Gummistiefeln in der Küche und schöpft die Waschmaschine aus, die etliche Liter Wasser über den Fußboden verteilt hat. Ich helfe beim Wischen, und Kate schenkt uns zwei Gin Tonic ein. Mein heimliches Entsetzen wandelt sich umgehend in vollstes Verständnis, als sie mir erzählt, daß der Kollaps ihrer Waschmaschine momentan ihre geringste Sorge ist. James hält strikt an seiner Würstchendiät fest, was bedeutet, daß sie sündhaft teure Biowürstchen kaufen muß, um zu vermeiden, daß er mit den billigen Fabrikteilen Gott weiß was zu sich nimmt. Ihre Tochter Phoebe ist unterdessen zur Vegetarierin mutiert und will sich dringend die Zunge piercen lassen, was Kate ablehnt, weil Phoebe schließlich erst acht ist. Und ihr Exehemann Phil hat die Unterhaltszahlungen eingestellt, weil seine neue Freundin gerade ein Baby bekommen hat, für das sie zu Lasten seiner Kreditkarten eine komplette Designerausstattung gekauft hat, woraufhin die Bank so frei war, sein Konto zu sperren.

Zum Glück hat Kate unerhört wohlhabende Eltern, die sie ständig mit Unsummen Geld überhäufen. Sie konnten Phil nicht ausstehen. Andererseits heißt das, daß Kates Mutter ihr nun ständig vorhält, was für einen großen Fehler sie begangen hat. Und in letzter Zeit gibt sie eine Dinnerparty nach der anderen, wo all ihre schrecklichen landadeligen Freundinnen samt ihren ledigen Söhnen aufkreuzen. Die letzte Party war so dämlich, daß Kate während des Abendessens eingeschlafen ist, worüber ihre Mutter derart in Rage geriet, daß sie Kate weckte, indem sie ihr heißes Kerzenwachs über die Finger tropfte, wobei sie so tat, als würde sie die Kaffeetassen einsammeln.

»Und wie war das Mittagessen mit deiner Mutter gestern?«

»Absolut entsetzlich, wenn du's unbedingt wissen willst. Mein Gott, sie wird wirklich immer schlimmer. Sie hat Phoebe einen halbstündigen Vortrag darüber gehalten, wie gefährlich es ist, Vegetarier zu sein. Sie hat ihr erzählt, wenn sie kein Fleisch ißt, würde sie Rachitis und krumme Beine kriegen. Aber als ich James verboten habe, den Hund mit Karotten zu bewerfen, sagte sie, ich solle ihn in Ruhe lassen und aufhören, ihn ständig zu tyrannisieren. Und um dem Ganzen die Sahnehaube aufzusetzen, kam dann noch meine Tante Marjorie zum Tee.«

»Herrje!«

»Ja. Sie hat sich ganz wunderbar und in epischer Breite darüber ausgelassen, wie schrecklich Familien mit einem alleinerziehenden Elternteil doch seien. Ehrlich, fast hätte ich sie geschlagen. Verdammte alte Schreckschraube, aber wehe du versuchst, dich zu verteidigen.«

»Ich weiß. Als wir uns beim Arzt angemeldet haben, hat die Frau am Empfang einen furchtbaren Aufstand gemacht, weil ich auf dem Formular die Angaben über Charlies Vater weggelassen habe. Sie hat mir lang und breit erklärt, was der Arzt im Notfall wissen müsse. Als ich sie daraufhin fragte, welcher Notfall es erforderlich mache, sich mit einem Mann in Verbindung zu setzen, der Charlie noch nie im Leben gesehen hat, wurde sie richtig fuchtig und wechselte das Thema in Richtung ›diese jungen Frauen von heute‹. Aber als sie so richtig in Fahrt war, kam die Nette nach vorne, du weißt schon, die mit den kurzen grauen Haaren und der Brille.«

»O ja, die ist reizend.«

»Also, sie sagte ›Was gibt es denn für ein Problem?‹, und Frau Generalfeldmarschall fing noch mal von vorne an. Das ganze Wartezimmer war voller Leute, die alle lauschten und sich ganz wunderbar amüsierten. Ich wollte ihr gerade eine Ohrfeige geben und dann sagen, ich dachte, sie hätte einen Anfall gehabt, als die Nette sagte ›Das reicht jetzt, Marvis‹ und sich dann an mich wandte: ›Es tut mir so leid, aber sie hat gerade erst mit den Hormonen angefangen, und ich glaube, die Dosierung stimmt noch nicht so ganz!‹«

»Großartig!«

»Ja, das war es wirklich.«

»Aber du weißt, was ich meine. Niemand geht zu Frauen wie meiner Tante Marjorie und sagt: ›Hör mal, du haßt deinen Mann, und Geld ist sowieso alles, wofür du dich interessierst, also kriege du besser keine Kinder, und halt dich an deine Hunde. Die kannst du, wenn sie dir langweilig werden, in den Zwinger sperren, anstatt sie ins Internat zu schicken.‹ Wegen dieser bescheuerten Kuh ist aus meinem Cousin George ein totales Nervenbündel geworden, aber niemand würde je wagen, ihr zu sagen, daß sie eine selbstsüchtige alte Schachtel ist, die besser nie Kinder in die Welt gesetzt hätte.«

»Das würde sich wohl keiner trauen.«

»Wechser.« Das ist ein Zeichen, daß Kate wirklich erschüttert ist. Eigentlich will sie »Wichser« sagen, aber bei ihr hört es sich immer so an. Sie sagt auch »phantastisch« und »prima«. Und wenn man die Treppe runtersegelt und sich dabei den Schädel aufschlägt, könnte es gut sein, daß sie es »oh, wie bedauerlich« findet. Aber abgesehen von ihrer beunruhigenden Neigung, sich ständig in eine Karikatur aus *Horse and Hound* zu verwandeln, ist Kate meine beste Freundin hier im Dorf. Wir sind zusammengekommen, als Charlie und James sich anfreundeten und wir sie ständig zum Tee hin- und herkarren und uns über unsere Positionen in wesentlichen Fragen wie zum Beispiel der Schlafenszeit einig werden mußten – wenn nämlich James aufbleiben darf, um eine bestimmte Fernsehsendung zu gucken, dann kannst du drauf wetten, daß Charlie auf dem gleichen Recht besteht. Richtige Freundinnen wurden wir in dem Augenblick, als wir unsere gemeinsame Leidenschaft für Zigaretten und Gin entdeckten.

»Du glaubst, *du* hast Probleme. Wenigstens hast du Phil geheiratet, ehe du Kinder gekriegt hast. Ich muß immer erklären, wie es sein kann, daß ich Charlie bekommen habe, ohne geschieden zu sein oder wenigstens irgendwo in Sichtweite einen festen Partner zu haben. Bin ich tragisches Opfer des Schicksals wie das Küchenmädchen aus einem Catherine-Cookson-Roman oder gar eine Lesbe, die sich per Pipette selbst versorgt hat?«

»So sieht's wohl aus. Es ist so verdammt ungerecht. Weißt du, manchmal denke ich, meine beiden wären besser dran, wenn ich sie mir selbst gemacht hätte. Ich meine, Charlie wirkt so ausgeglichen, er hat seinen Vater nie gesehen, und deshalb fühlt er sich auch nicht zurückgewiesen. Aber meine beiden fühlen sich, als hätte man sie fallengelassen, genau wie ich.«

Kate fängt an zu weinen.

»O Kate, nicht. Ich weiß, daß es hart ist, aber du liebst sie, und du nimmst Phils ganzen Mist in Kauf, nur damit sie ihn weiter sehen können. Sie werden es schon packen, da bin ich mir sicher.«

»Ja, ich weiß. Aber es ist so unfair. Sie trifft keine Schuld, aber irgendwie haben sie trotzdem das Gefühl. Es ist so hart, und es nimmt kein Ende. Und dann will dir irgend so eine alte Gewitterziege erzählen, was für ein Monster du bist.«

»Ich glaube, die sind eifersüchtig.«

»Was?«

»Denk doch mal darüber nach. Wenn du dein ganzes Leben mit einem langweiligen alten Sack verbringst, der dich wie einen Fußabstreifer behandelt, wärst du dann nicht auch ein bißchen sauer auf die Frauen, die den ganzen Mist weglassen und einfach nur süße Babys bekommen?«

»Also ja, ein bißchen vielleicht. Aber was ist mit Roger und Sally? Sie wirken richtig glücklich.«

»Ich weiß. Eines Tages finden auch wir unsere Märchenprinzen. Aber bis dahin geht's mir gut, dir geht's gut, den Kindern geht's gut, und was anderes zählt doch gar nicht.«

»Himmel, Annie, du hörst dich an wie eine verdammte Therapeutin.«

»Okay, dann eben anders: Hör auf zu flennen, und mach uns endlich einen Kaffee.«

»Okay. Soll ich eine Prinzenrolle aufmachen?«

»Blöde Frage.«

Wir trinken Kaffee und essen dazu eine ganze Prinzenrolle. Ich heitere Kate mit der Geschichte auf, was James und seine Würstchen für Auswirkungen auf meinen Morgen hatten, und bald sitzen wir lachend und kettenrauchend da und schmieden Pläne für einen baldigen gemeinsamen Abend. Wir entscheiden uns für das Pub im Dorf, was den Vorteil hat, daß wir von dort zu Fuß nach Hause gehen können. Wir vereinbaren jedoch, den Alkoholkonsum diesmal bereits im Vorfeld zu limitieren, weil unser letzter Ausflug damit endete, daß wir lauthals Karaoke gesungen haben, nur um festzustellen, daß es in dem Pub gar keine Karaoke-Anlage gibt und es sich bei dem, was wir dafür hielten, um die Hintergrundmusik gehandelt hat. Plötzlich merken wir, daß es schon fast halb eins ist und wir beide noch endlos viel zu erledigen haben, also rase ich zum Einkaufen, wobei ich verzweifelt hoffe, daß der Genuß eines einzigen Gin Tonics noch nicht unter die Rubrik »Trunkenheit am Steuer« fällt.

Auf dem Weg zum Supermarkt grüble ich über die typischen Dilemmas aller Alleinerziehenden nach: Wird Charlie aufgrund des tragischen Fehlens eines männlichen Rollenmodells zum Drogendealer werden? Und was stimmt nicht mit mir, daß nicht wenigstens irgendwo im Hintergrund ein Ehemann rumschleicht, der Alimente für das Kind zahlt, wenn wir schon nicht einen auf glückliche Familie machen? Wie konnte ich es nur schaffen, mich ausgerechnet mit Adam einzulassen, der so panische Angst davor hatte, Vater zu werden, daß er sich, kurz nachdem ich von meiner Schwangerschaft erfuhr, ins Ausland absetzte? Um genau zu sein, waren wir nach fünfjähriger Pause, während der er eine andere geheiratet hatte, gerade erst wieder zusammengekommen. Eines Nachts tauchte er einfach so aus dem Nichts auf und sagte mir, er würde sich scheiden lassen. Offensichtlich langweilte sie ihn, und ich war die Frau, die er wirklich liebte. Er hatte breite Schultern und strahlend blaue Augen. Er hatte außerdem die Begabung, elend lange Geschichten zu erzählen, die eigentlich nie ein richtiges Ende hatten, aber man kann schließlich nicht alles haben. Nach ein paar Wochen stellte sich heraus, daß ich diejenige war, die ihn langweilte, und sie die Frau, die er wirklich liebte. Sie hatte zwölf Kilo abgenommen und eine neue Frisur; die beiden feierten eine wunderbare Wiedervereinigung, und ich heulte mir die Augen aus.

Sie waren gerade im Begriff, ihr glückliches Eheleben wieder aufblühen zu lassen, als ich mit meinen aufregenden Neuigkeiten hereinplatzte. Er sagte, sie hätten beschlossen, keine Kinder in die Welt zu setzen, und er gedenke nicht, daran jetzt etwas zu ändern, vielen Dank auch. Und dann bekam er einen neuen Job in Toronto. Der Wechser, um es mit Kate zu sagen. Aber wenigstens hat er niemals so getan, als würde er sich für das Kind interessieren, nur um sich dann nie blicken zu lassen. Ich glaube, ich würde jeden, der das bei Charlie versucht, umbringen. Und als ich den anfänglichen Schock darüber, allein zu sein, erst überwunden hatte, wurde alles gut. Meine Schwester Lizzie reagierte großartig, und Matt, ihr Lebensgefährte, erbot sich, es mit dem männlichen Rollenmodell zu versuchen, weil ich soviel Wind darum machte: Er schlug sogar vor, einen Elektrobohrer zu kaufen, sollte ich mir davon etwas versprechen. Mum und Dad waren zu Anfang ziemlich von der Rolle, aber dann beruhigten sie sich, und Mum hörte gar nicht mehr auf zu stricken. Meine Freundin Leila eröffnete bei Baby GAP ein Platin-Kundenkonto, und dann überkamen mich all die ganz normalen Freuden und Leiden einer Schwangerschaft, und ich machte mir so viele Sorgen darüber, ob das Baby mit Flossen geboren oder mich auf den ersten Blick hassen würde, daß ich mich nicht mehr mit Gedanken an Adam quälte und statt dessen anfing, mich mit Vorsorgeuntersuchungen und Geburtsterminen herumzuquälen.

Ich zwang sogar meine Schwester, mich zu Schwangerschaftsgymnastik und Geburtsvorbereitung zu begleiten, wo man uns die ersten Wochen für ein Lesbenpärchen hielt und niemand neben uns sitzen wollte. Lizzie erklärte mich für hysterisch und legte mir weiter den Arm um die Schulter. Sämtliche Zeitungen schienen voll von Artikeln über die Kinder Alleinerziehender zu sein: von vornherein zum Scheitern verurteilt; aber dann stolperte ich über einen hervorragenden Artikel, der besagte, wenn man den Faktor Armut herausgriff und Gleiches mit Gleichem verglich, so schnitten die Kinder Alleinerziehender ein wenig besser ab als diejenigen mit zwei Elternteilen. Diese Erkenntnis versetzte mich für Wochen in Hochstimmung. Und wenigstens verdiene ich genug, um uns beide zu ernähren. Die Arbeit als freie Produzentin in der Werbebranche garantiert mir ein gesundes Einkommen, und ich kann einen Großteil der Arbeit von zu Hause aus erledigen, auch wenn es manchmal ein bißchen hektisch wird. Der Himmel weiß, wie ich zu Rande käme, wenn ich versuchen müßte, von der Sozialhilfe zu leben.

Sporadisch jagt mir immer noch diese fixe Idee durch den Kopf, daß irgendwo da draußen ein perfekter Vater für meinen Sohn existiert, einer, der ihm das Fußballspielen beibringt und mit ihm Dinge aus Holz schnitzt. Aber bis jetzt habe ich nicht das Gefühl, als würde Charlie etwas vermissen. Er haßt Fußball, und seine Legosammlung scheint ihm vollauf zu genügen. Ich habe ihm Fotos von Adam gezeigt, aber er hat nur einen flüchtigen Blick darauf geworfen und gefragt, ob wir uns ein *Krieg der Sterne*-Video anschauen könnten. Ich werde immer noch furchtbar eifersüchtig auf Frauen mit perfekten, liebevollen Partnern, die kochen und Unterfünfjährige stundenlang mit Pferdchenspielen unterhalten können. Aber ich weiß auch, daß für jede von ihnen mindestens sechs andere stehen, deren Partner meistens erst spät abends nach Hause kommen und die man am Wochenende rufen hören kann: »Himmel! Kannst du nicht endlich dafür sorgen, daß er mit dem Krach aufhört?« Daran muß ich unbedingt denken, wenn ich mich das nächste Mal erschöpft und überfordert fühle. Mit anderen Worten: heute abend.

Ich hasse den Supermarkt – er ist voll gräßlicher Menschen, die hin und her rennen und ständig sagen: »Das kostet bei Asda aber nur dreiundvierzig Pence!«

Wieso verschwinden die nicht alle zu Asda rüber und gehen mir endlich aus dem Weg? Ich habe den Einkaufszettel vergessen, wie immer. Ich streife durch die Gänge und versuche, den Inhalt meines Kühlschranks zu visualisieren und mich daran zu erinnern, welcher essentielle Drogerieartikel gerade alle geworden ist. Zu Hause stelle ich fest, daß wir jetzt sieben Packungen Flora Soft haben. Aber keinen Kaffee. Also muß ich auf dem Weg zur Schule am Dorfladen vorbeifahren, damit ich Charlie auf dem Heimweg nicht mit reinnehmen muß. Ich sehe mich außerstande, schon wieder eine hitzige Debatte darüber zu führen, daß zwei Finger auf die 8 zu legen nicht automatisch bedeutet, daß ein Video ab 18 auf wundersame Weise schon ab 1 freigegeben ist und deswegen augenblicklich ausgeliehen werden muß.

An der Schule angekommen stelle ich fest, daß die anderen Eltern schon wieder vor mir da waren und sich die Schlange parkender Autos fast bis ans andere Dorfende zieht. Ich parke, jogge zurück zur Schule und kralle mich immer noch völlig außer Atem an den Zaun, als sich die Pforten öffnen und alle Kinder, die Schulranzen hinter sich herschleifend, herausströmen. Von Charlies Klasse ist weit und breit nichts zu sehen, aber dann fällt mir ein, daß sie heute Schwimmen gegangen sind, was bedeutet, daß der Bus jederzeit im Laufe der nächsten eineinhalb Stunden auftauchen kann, je nach Lust und Laune des Fahrers. Zurück zum Auto zu latschen ist völlig sinnlos. Bittere Erfahrung hat mich gelehrt, daß, kaum sitze ich hinter dem Steuer, der Bus an mir vorbeischießen wird und ich es nicht schaffen werde, ihn einzuholen, ehe Charlie aussteigt und enttäuscht ist, weil er mich nicht sieht. Also bleibe ich mit den anderen Müttern und ein paar Vätern frierend auf dem Spielplatz stehen.

Einer der Männer ist ein »später Vater« und Stammgast in unserer Runde. Er ist sehr erfrischend und im Gemeinderat, und deshalb veranstalten all diejenigen Mütter immer einen riesigen Wirbel um ihn, die verhindern wollen, daß ihre Nachbarn Baugenehmigungen für irgendwelche Anbauten kriegen. Der andere Vater ist jung und kein Stammgast, außerdem trägt er einen Anzug. Deshalb muß er alleine warten, verbannt in die hinterste Ecke des Spielplatzes. Eine Mutter ist ein halbes Schuljahr lang nicht aus der Ecke rausgekommen, weil sie immer ausgesucht gekleidet war, bis sie auf Pulli und Jeans umstieg wie wir anderen auch und endlich gebeten wurde, am Zickzack-Turnus teilzunehmen. Jetzt steht sie am Tor und hofft inständig, jemand möge auf den gelben Zickzack-Streifen parken, damit sie hinüberlaufen und ihm einen unverschämten Handzettel unter den Scheibenwischer klemmen kann.

Es ist wesentlich, wo genau man auf dem Spielplatz steht. Zu nah an Mrs. Harrison-Black und ihrer Truppe, und ehe du dich's versiehst, stehst du auf einer Liste, die dich dazu verdonnert, Biskuitkuchen zu backen. Und auf einem Spielplatz zu stehen und zu versuchen, Stücke deines ziemlich flachen Kuchens an Leute zu verkloppen, die das Kuchenbacken viel besser können, ist, na danke sehr, kein Spaß. Ich schlüpfe auf meinen Stammplatz und verdrücke mich mit Kate und Sally hinter die Büsche. Sally, Mutter von William, *schwierig*, und Rosie, *ganz das Gegenteil*, macht uns darauf aufmerksam, daß Mrs. Harrison-Black mit ihrem Klemmbrett vorn am Tor lauert. Wir schalten auf Alarmstufe Rot.

Mrs. Harrison-Black ist eine großgewachsene Frau, Vorsitzende des Elternbeirats und absolut furchteinflößend. Sie trägt Blusen, in Faltenröcke mit elastischem Bund gesteckt, in denen sie aussieht, als säße sie auf einem zu klein geratenen Zirkuszelt. Ihre Verbündete Mrs. Jenkins, die Kassenführerin, hat sich von diesem Stil inspirieren lassen. Sie tragen passende Steppwestchen und fahren beide einen Volvo Kombi mit einem »Ich bremse für Pferde«-Aufkleber auf der Heckscheibe. Ich bin ja immer der Meinung gewesen, der Wortlaut dieser Aufkleber sollte eigentlich »Ich bremse für Pferde und gebe Gas bei Wanderern« heißen, denn genau das tun sie zweifellos. Eine Mutter mit entschlossenem Blick, die mit der dritten Klasse kocht (Die Hölle! Graue Pizza, verbrannte Finger, und es dauert Stunden, den Teig wieder vom Boden zu kratzen), kommt schnurstracks auf uns zu. Wir bemühen uns, jeglichen Blickkontakt zu vermeiden, und durchforsten verzweifelt unsere Gehirne auf der Suche nach wasserdichten Ausreden, als wie durch ein Wunder der Bus auftaucht.

Der heutige Fahrer ist neu, sieht ungefähr aus wie zwölf und führt seine Formel-Eins-Fahrtechnik vor. Der Bus nimmt die Kurve auf zwei Rädern, kommt mit quietschenden Reifen zum Stehen und katapultiert die Kinder auf höchst wagemutige Weise nach vorn, was sie natürlich toll finden. Es gelingt Miss Pike zwar, aus dem Bus zu taumeln, aber sie scheint unter schwerem Schock zu stehen. Normalerweise gibt sie keinen Schwimmunterricht, doch Mrs. Oliver, die die Kinder sonst begleitet, ist krank. Ich vermute, der rasende Busfahrer hat Miss Pike nach einem einigermaßen nervenaufreibenden Nachmittag endgültig den Rest gegeben. Dann steigen die Begleiteltern aus. Sie sehen aus, als hätten sie als Komparsen in *Titanic* mitgewirkt: triefend naß, bibbernd, blaß und ernstlich traumatisiert.

Die Kinder hingegen sind putzmunter, und ich wette, sie haben im Bus Süßigkeiten gegessen, weil sie jetzt alle aus dem Bus springen und, wie die Wilden schreiend, immer rund um den Spielplatz laufen, wobei sie die Schwimmbeutel über den Köpfen schwingen. Wir Eltern bilden die üblichen Fraktionen, zu identifizieren durch verschiedene Erziehungsmethoden. Die *Komm sofort hierher, Wayne, oder es setzt was*-Fraktion gewinnt mühelos in der Disziplin, das Kind schnellstmöglich ins Auto zu verfrachten. Die *Hallo, mein Schatz, war's schön beim Schwimmen, komm mit, im Auto muß ich dir was Spannendes erzählen*-Methode, kombiniert mit festem Blick und bestimmtem An-die-Hand-Nehmen, funktioniert einigermaßen gut, und schon sind Kate, Sally und ich auf dem Weg, wobei wir uns wie verrückt spannende Sachen ausdenken, die wir gleich erzählen werden. Nur die unentschlossene Methode *Hör doch auf, George* in Kombination mit dem Versuch, sich mit anderen Eltern zu unterhalten, läßt darauf schließen, daß einige Leute einen langen Abend hier verbringen werden.

»War's schön beim Schwimmen, Spatz?«

»Ja, aber Miss Pike hat gesagt, daß ich nie wieder ins Tiefe darf, und das ist total gemein, weil ich doch jetzt ein sehr guter Schwimmer bin, und der Mann hätte mich nicht rausholen sollen.«

»Welcher Mann?«

»Der Mann, der auf dem Dingsda mit der Leiter sitzt. Er hat eine lange Stange ins Wasser gehalten, direkt neben mich, und dann hat er gesagt, ich soll mich dran festhalten, aber ich wollte nicht. Und dann hat er, glaube ich, ein Schimpfwort gesagt, und dann hab ich mich doch dran festgehalten, und er hat mich wieder an den Rand gezogen und gesagt, ich muß im Flachen bleiben, bis ich ein bißchen größer bin.«

»O Charlie, du weißt doch, daß du nicht ins Tiefe gehen darfst! Was hat Miss Pike getan?«

»Ach, die hat Laura geholfen, weil sie 'nen Haufen Wasser geschluckt hat und schrecklich husten mußte, und der Dad von Jack Knight ist mit unserer Gruppe schwimmen gegangen. Und dann sind James und ich allein losgeschwommen, das war ganz toll, und dann hat der Mann die Stange reingehalten, dabei ging's mir doch gut. Und dann hat Jacks Vater ›Gott sei Dank‹ gesagt und James und mich gepackt und uns sofort ins Flache geschickt, und James hat ›Blödmann‹ zu ihm gesagt, aber ganz leise, und ich glaube, Jacks Vater hat es nicht gehört.«

»Das war sehr ungehörig von James. Es war ganz richtig von Jacks Dad, so gut auf euch aufzupassen.«

»Hmm.«

»Ganz bestimmt.«

O Gott, mir fällt gerade ein, daß ich nächste Woche mit der Schwimmbegleitung an der Reihe bin. Ein taktischer Fehler auf dem Spielplatz. Ich stand zu nahe bei Mrs. Harrison-Black, und zwar ohne Rückendeckung, weil Kate zu spät dran war. Vermutlich, um akutem Würstchennotstand abzuhelfen.

»Nächste Woche komme ich ja mit zum Schwimmen, und dann kann ich selbst auf dich aufpassen.«

Ich vernehme deutliches Murren, vermischt mit ein paar Flüchen, doch ich beschließe, es zu ignorieren, weil wir fast zu Hause sind. Eine Diskussion ausgerechnet jetzt könnte eine Wiederholung der Ereignisse von letzter Woche zur Folge haben, als Charlie sich weigerte, aus dem Auto zu steigen, und darauf bestand, umgehend zur örtlichen Niederlassung vom Kinderschutzbund chauffiert zu werden, weil »die Gewalt gegen Kinder endlich ein Ende haben muß, Mama!« Und nur, weil ich vorgeschlagen hatte, wir könnten die Hausaufgaben doch vor dem Fernsehen erledigen. Mir blieb nur, zum Fenster rauszubrüllen: »Ja, und was ist mit Gewalt gegen Eltern?«, und dann kam eine Frau mit einer Sammelbüchse vom Roten Kreuz um die Ecke und sah mich äußerst merkwürdig an.

»Ich hab Hunger. Was gibt es zum Essen?«

»Du kannst es dir aussuchen. Thunfisch oder Nudeln.«

»Würstchen.«

Ich habe einen genialen Einfall und mache Thunfischwürstchen, indem ich Thunfisch mit Kartoffelbrei mische und die Matsche irgendwie in Würstchenform quetsche. Mit Reibekäse bedeckt und einige Minuten überbacken sind sie der Knüller. Sie schmecken absolut ekelerregend, aber Charlie ißt, ohne zu murren. Danach die Hausaufgaben. Wir befassen uns mit einer üblen Seite Bruchrechnen, und ich habe die sehr schlaue Idee, einen Kuchen zu zeichnen und ihn dann in

Hälften, Viertel usw. zu teilen. Was überaus hilfreich ist, bis die Sechzehntel an der Reihe sind, und dann wird alles ziemlich zäh, und ich breche meinen Bleistift durch. Schaffe es mit Mühe, einen Wutanfall meinerseits zu unterdrücken, als mir gesagt wird, ich soll einfach nur still dasitzen und ihn in Ruhe arbeiten lassen, denn »weißt du, Mama, ehrlich gesagt, ich glaube nicht, daß du weißt, was du tust«. Das hätte ich ihm selbst sagen können, und zwar seit der Minute seiner Geburt. Statt dessen lege ich mich aufs Sofa und schmolle, während er die Aufgaben ohne meine »Hilfe« fertig macht.

Wir fangen mit den täglichen 20 Minuten Leseübungen in seinem Schullesebuch an. Es gibt nichts Netteres, als sich von seinem kleinen Kind vorlesen zu lassen, auch wenn es aus dem langweiligsten Schulbuch ist, das die Welt je gesehen hat.

Im Bad geht alles gut und sogar ohne die üblichen Überschwemmungen. Im nachhinein betrachtet war die Anschaffung eines U-Boots und eines Schlachtschiffes für die Badewanne keine gute Idee: die Schlachten verursachen riesige Flutwellen, die den Badevorleger schier den Gang hinunterspülen. Während wir seinen Schlafanzug anziehen, Zähne putzen und Charlie dabei wie immer soviel Zeit wie möglich schindet, beginnt er mit seiner Schnatter-Prozedur – da vergeht eine halbe Stunde wie nichts.

»Ich finde es gut, daß die Gurken jetzt auch Rente kriegen. Das habe ich in den Nachrichten gehört, findest du das auch gut?«

»Die Gurken? Wer ist das denn, Herzblatt?«

Verzweifelt versuche ich mir vorzustellen, wieso jetzt Gemüse auch schon Rente beziehen darf, während ich, schenkt man den Worten meiner Steuerberaterin Glauben, leer ausgehe, wenn ich nicht endlich anfange, 150 Prozent meiner Einkünfte in eine Rentenversicherung einzuzahlen, sogar die Paketschnur wiederzuverwenden und mich von jetzt an von Katzenfutter zu ernähren.

»Na, diese indischen Soldaten.«

»Ich glaube, du meinst vielleicht die Gurkhas.«

»Ja, die. Das ist doch gut, oder?«

»Aber ja, ganz wunderbar, Schatz. Du brauchst nicht soviel Zahnpasta, die fällt nur runter. Siehst du, so. Das war jetzt Verschwendung.«

»Nein, war es nicht. Schau, ich hol sie wieder raus.«

Er schiebt die Zahnbürste so tief in den Abfluß, daß sie sich gefährlich biegt, und bringt einen winzigen Klecks Zahnpasta zum Vorschein. »Außerdem hasse ich diese Zahncreme, die kitzelt so. Die von James ist viel besser.«

»Sag bloß nicht, mit Würstchengeschmack.«

»Sei doch nicht doof, Mama, seine schmeckt nach Erdbeere.«

»Du hast gesagt, die Erdbeerzahncreme schmeckt eklig.«

Das ignoriert er, wie immer, wenn man ihm nachweist, daß er sich in Widersprüche verstrickt hat.

»Darf ich zu dir ins Bett, wenn ich heute nacht einen schlimmen Traum habe?«

»Ja, aber erst mal gehst du in dein eigenes Bett.«

»Aber manchmal hab ich solche Angst, daß ich nicht mal aufstehen kann. Das ist doch furchtbar, Mama, wenn man so große Angst hat, daß man nicht aufstehen kann.«

Er macht eine Pause, um mir Gelegenheit zu geben, diese schreckliche Vorstellung in ihrer ganzen Tragweite zu erfassen.

»Es wäre doch viel besser, wenn ich gleich in deinem Bett einschlafe, dann wäre ich schon da.« Er grinst, vollauf zufrieden mit seiner Logik.

»Ja, aber dann hätte ich nur zwanzig Zentimeter Platz zum Schlafen und einen winzigen Zipfel Bettdecke. Du solltest bei dir einschlafen, und wahrscheinlich wirst du wunderschöne Träume haben.«

»Werde ich nicht. Ich werde schrecklich träumen, und du

bist schuld. Außerdem habe ich Hunger. Mama, kann ich im Bett noch eine Mandarine essen?«

»Nein. Das letzte Mal hast du dich draufgesetzt und eine furchtbare Schweinerei angerichtet.«

Ich schiebe ihn den Flur entlang und verfrachte ihn erfolgreich ins Bett, wo er sich im Handumdrehen in einen Engel im Schlafanzug verwandelt und seinen ganz speziellen Bettelblick aufsetzt. Es gelingt mir, standhaft zu bleiben, und er willigt schließlich ein, in seinem Bett zu schlafen, wenn ich a: ihm fünf Minuten den Rücken kraule, aber nicht streichle, weil das kitzelt; er b: das kleine Licht anlassen darf; er c: eine Mandarine zum Frühstück bekommt, ohne Schale und ohne die kleinen weißen Fitzelchen; ich d: nachsehe, ob auf der Treppe ein Werwolf lauert, dem ich, wenn ja, heftig eins über die Rübe ziehen muß.

Als ich 20 Minuten später noch mal zu ihm reinschaue, schläft er tief und fest. Er sieht aus, wie nur kleine Kinder aussehen, als wären sie plötzlich eingeschlafen, während sie noch mit etwas ganz Wichtigem beschäftigt waren. Arme und Beine weit von sich gestreckt, in der einen Hand einen Legostein und einen kleinen Plastikdolch in der anderen. Gelange zum wiederholten Male zu der Einsicht, wie sehr wir sie auch lieben, wenn sie schlafen, lieben wir sie immer noch ein bißchen mehr.

Wache am nächsten Morgen in aller Frühe frierend auf, weil Charlie irgendwann nachts in mein Bett gekrochen ist und sich mir ein kleiner Knopf in den Nacken bohrt. Er hat die ganze Decke genommen, mein Kopf ist in unnatürlichem Winkel gekrümmt, und ich bin ans äußerste Ende der Matratze verbannt. Erstaunlich, wieviel Platz so ein kleiner Junge braucht, und zwar schon seit er noch ein winziges Baby war. Ich weiß, daß der Versuch, noch mal einzuschlafen, sinnlos ist, also stehe ich auf, koche Tee und fülle Vogelfutter in den Spender vor dem Küchenfenster. Dann stehe ich zehn Minuten regungslos da und beobachte die Vögel bei dem hysterischen Versuch, soviel wie möglich zu fressen, ohne ihre Flugtauglichkeit einzubüßen. Fast wie auf einem Kindergeburtstag, nur ohne Wackelpudding.

Das Frühstück verläuft friedlich, die Mandarine ist der Hit, und wir setzen uns in Richtung Schule in Bewegung, diesmal zum Glück ohne die zeitraubende Milchmann-Aktion. Alles geht so lange gut, bis wir im Wald neben der Straße einen Fasan entdecken. Fasane sind Charlies Lieblingsvögel, und wir müssen anhalten und ein wenig mit ihm plaudern, oder Charlie wird einen Wutanfall bekommen und sich heulend und zähneklappernd an die Autotür klammern, wenn wir an der Schule ankommen. Wir haben herausgefunden, daß Fasane losrennen, als wäre der Teufel hinter ihnen her, sobald man versucht, sich ihnen zu nähern. Bleibt man aber im Auto, fühlen sie sich anscheinend sicher und kommen ziemlich nahe heran. Es zeugt vermutlich von schlechtem Sportsgeist, vom Auto aus auf sie zu schießen. Ich komme mir ziemlich dämlich vor, aber Charlie ist begeistert, und ich bin so darin vertieft, ihn zu beobachten, daß ich völlig die Zeit vergesse.

Endlich verschwindet das blöde Federvieh in weiter Ferne, und Charlie willigt ein, daß wir unseren Weg fortsetzen – was gut ist, denn jetzt sind wir endgültig zu spät dran. Mrs. Taylor, die Schulleiterin, steht am Tor und sieht ganz betont auf die Uhr, als wir an ihr vorbeigehen. Wie immer macht Charlie alles noch viel schlimmer, indem er sagt: »Hallo, Mrs. Taylor, wir haben gerade einen wunderschönen Fasan gesehen, und deshalb haben wir angehalten und ein bißchen mit ihm geplaudert«, woraufhin sie mich ansieht, als sei ich von allen guten Geistern verlassen. Was sie schon immer vermutet hat, weil sie bis heute nicht über Charlies Weigerung weggekommen ist, weiterhin am Gottesdienst teilnehmen, denn schließlich sei er ein Heidenkind. Keine Ahnung, wo er das mit den

Heiden her hat. Er besteht darauf, er habe es bei *Blue Peter* gesehen, aber irgendwie fällt es mir schwer, das zu glauben.

Wieder zu Hause, entdecke ich Bill, den Mann, der sich um den Garten kümmert, eine riesige Heckenschere in der Hand. Mit breitem Grinsen betrachtet er die Bäume im Vorgarten. Mir schwant Übles. Eigentlich soll er einmal die Woche für eine Stunde den Rasen mähen und ein bißchen umgraben und Unkraut jäten. Wunderbar. Was man ihm, wie mir mehrere Dorfbewohner mit großem Nachdruck nahelegten, auf keinen Fall und niemals gestatten darf, ist, etwas zu beschneiden. Andernfalls würde der Garten bald so aussehen wie die ihren, eine kuriose Mischung: »Traditioneller englischer Landgarten meets Bonsai.« Ich muß sofort Tee kochen, Bill damit ablenken und ihn dann bitten, das Kräuterbeet zu säubern, damit er den Apfelbaum nicht zum Krüppel macht.

Endlich trottet er davon, das Kräuterbeet sieht aus wie neu, und alle sind zufrieden. Eigentlich ist der Garten gar nicht so groß, und ich würde wohl gut alleine damit fertig werden. Aber im Sommer den Rasen zu mähen dauert Stunden, auch wenn die beiden Wiesen winzig sind, und als ich es das letzte Mal versucht habe, habe ich einen Badelatschen und das halbe Planschbecken niedergemäht. Es Bill zu überlassen ist einfach sicherer. Ich füttere die Kaninchen und denke kurz darüber nach, ob ich den Tierarzt anrufen und ihn fragen soll, ob es normal ist, daß sie sich ständig gegenseitig bespringen. Lasse sie in den Auslauf, und die verdammten Biester fangen umgehend an, ein Loch mitten in die Wiese zu buddeln. Bill regt sich furchtbar darüber auf und hat sie binnen 30 Sekunden zurück in den Käfig verfrachtet. Ich brauche immer mindestens eine halbe Stunde, bis ich sie gefangen habe. Ich hege den Verdacht, ihnen macht es Spaß, hin und her zu hoppeln und mir zuzusehen, wie ich der Länge nach in die Rabatten falle. Bills weitaus entschiedenere Taktik regt sie hingegen furchtbar auf, und sie verziehen sich tödlich beleidigt in ihren Stall. Ich kann es kaum erwarten, daß Charlie ihrer endlich überdrüssig wird und ich sie endlich in ein Taxi setzen und zu »Tiere in Not« oder den Produzenten von »Wer will mich?« schicken kann. Die sind sowieso an allem schuld, weil die geballte Ladung von Tiersendungen zur Folge hatte, daß Charlie auf der Stelle alles mögliche adoptieren wollte, vom dreibeinigen Esel bis zu einem verschlagen dreinblickenden Kanarienvogel.

Er versuchte hartnäckig, an einen Bernhardiner zu kommen oder notfalls auch an einen irischen Wolfshund, aber ich habe ihm klargemacht, wenn er sich unbedingt von einem riesigen dummen Vieh durch den Schlamm zerren lassen wollte, dann könne er ebensogut zum Reiten gehen wie alle anderen auch. Die Kaninchen waren also die einfachste Lösung für die Ich-muß-einfach-und-unbedingt-ein-Haustier-haben-sonst-muß-ich-sterben-Krise. Sie sind wirklich niedlich, aber wenn sie nachts durch die Gegend springen, veranstalten sie einen fürchterlichen Lärm. Die ganze Zeit denke ich, sie werden von Füchsen gerissen und ich muß jeden Augenblick, mit einer Fackel bewaffnet, in den Garten stürzen. Letzte Woche bin ich mit einem Fischheber in die stockfinstere Nacht hinausgeschwankt, um sämtliche Angreifer todesmutig in die Flucht zu schlagen. Die beiden Karnickel aber saßen glücklich und zufrieden in ihrem Stall und sahen mich an, ein hämisches Grinsen in den Gesichtern. Ich füttere die Goldfische im Teich. Haustiere nach meinem Geschmack. Hie und da ein bißchen Futter, und sie sind glücklich. Letztes Jahr haben sie sogar Junge bekommen, und jetzt tummeln sich unzählige kleine Fische im Wasser. Sehr süß. Stelle mit Entsetzen fest, daß mir schon wieder die Zeit davonrennt: Ich muß noch ein paar Termine für nächste Woche im Büro festklopfen, mich um die Kinderbetreuung kümmern und außerdem immer noch Würstchen kaufen. Ich kann es mir echt nicht leisten, den halben Vormittag lang damit zu vertrödeln, Dr. Doolittle zu spielen!

KAPITEL 2

Sport ist Mord

Wache früh auf und freue mich auf einen gemütlichen Trödeltag, bis mir wieder einfällt, daß ich heute Schwimmdienst habe. Charlie wacht auf und ist nicht gerade glücklich. Ich muß ihm versprechen, auf keinen Fall meine Badekappe aufzusetzen, und er geht dann nahtlos zu seiner neuen Kampagne über, mich dafür zu gewinnen, ihm aufregendere Corn Flakes zu kaufen – am liebsten die Sorte, bei der die Milch so eine komische Farbe bekommt. Mitleid heischend rufe ich Leila an, aber sie hat kein Mitleid und sagt, sie würde nur zu gerne schwimmen gehen, weil es viel netter klingt als das, was ihr der Tag heute bringen wird: Sie hat einen dicken Fisch an Land gezogen, ein riesiges Budget, und der Kunde ist bekanntermaßen neurotisch und anspruchsvoll.

Leila ist Charlies Patin und meine beste Freundin, seit wir vor Jahren zusammen in einer riesigen Werbeagentur gearbeitet haben, die inzwischen Gott sei Dank nicht mehr existiert, weil sie richtig Scheiße war. Leila nimmt ihre Patenpflichten sehr ernst und war völlig außer sich, als ich es ablehnte, Charlie taufen zu lassen. Sie wollte öffentlich dem Teufel entsagen: Offensichtlich hatte sie das in einem Film gesehen und sich bereits den perfekten Hut gekauft. Zu Charlies Geburt tauchte sie mit einem Silberlöffel von Tiffany's im Krankenhaus auf, in den die Worte »Für Charlie« eingraviert waren. Bei Tiffany's war man darüber äußerst beunruhigt, bis Leila ihnen glaubhaft versicherte, daß der Löffel für ein zwei Tage altes Baby und nicht zum Koksen bestimmt war. Sie ist Managing Director einer riesigen Werbeagentur, verdient einen Haufen Kohle und ist absolute Meisterin darin, sie wieder auszugeben. Aber sie muß furchtbar hart dafür arbeiten und droht ständig damit, alles hinzuwerfen und ein neues Leben anzufangen. Neuerdings phantasiert sie davon, eine kleine Kate auf einer abgelegenen schottischen Insel zu bewirtschaften. Der Plan beinhaltet den Kauf einiger Schafe sowie eines Spinnrads, um wunderschöne Pullover zu stricken. Sie hat mit einem Schal angefangen, aber der ist eher ein bißchen dreieckig geworden.

Ich wünsche ihr für die Besprechung alles Gute, und sie sagt, wenn mir das mit dem Schwimmen zuviel wird, soll ich doch einfach in die Sauna gehen oder mir eine Massage gönnen. Ich bin nicht ganz sicher, ob Leila sich über die Einrichtungen in unserer örtlichen Badeanstalt im klaren ist. Wahrscheinlich hat sie ihr Fitneßstudio vor Augen, das die ganze Palette bietet, Restaurant, Saftbar und bequeme Ledersessel am Empfang. Der Empfangsbereich unserer örtlichen Badeanstalt beschränkt sich jedenfalls auf brüchiges Linoleum und eine Metallbank ohne Lehne.

Charlie weigert sich, die Schuluniform anzuziehen, und will lieber im Schlafanzug zur Schule gehen, aber mich ereilt ein Geistesblitz, und ich lenke ihn mit der verlockenden Aussicht ab, sein Pausenpaket eventuell um eine Thermoskanne mit Suppe zu erweitern. Charlie ist begeistert von diesem unerwarteten Angebot und überlegt eine halbe Ewigkeit, welche Suppe er gerne hätte, und dann legen wir den Schulweg in Rekordgeschwindigkeit zurück, und ehe ich mich's versehe, bin ich wieder zu Hause und im Garten. Fange an, das Blumenbeet umzugraben, aus dem ich einen Minigemüsegarten machen will, damit Charlie ein paar Karotten ziehen kann. Nach ungefähr fünf Minuten dämmert mir, daß die Erde gefroren ist, also verbanne ich den Spaten, zupfe ein bißchen im Kräuterbeet rum und plaudere mit Buzz und Woody. Ich bin versucht, ihnen Auslauf zu gönnen, weil sie dabei immer so putzig sind, aber das wäre ein grober Fehler, denn am Wochenende hat es fast eine Stunde gedauert, bis ich sie wieder in ihrem Stall hatte, und ich denke nicht, daß man meine Entschuldigung akzeptieren würde, ich wäre im Garten auf Kaninchenjagd gewesen und hätte deshalb den Schwimmdienst nicht antreten können.

Als ich zur Schule komme, ist die Freistunde gerade zu Ende und alles bereit für den nachmittäglichen Schwimmunterricht. Die Dame von der Mittagsbetreuung stempelt gerade aus, und als ich ihr erzähle, daß ich jetzt mit den Kindern zum Schwimmen fahre, sagt sie: »Nur Mut, meine Liebe, auch das geht vorüber«, was ich nicht sehr nett finde. Vorsorglich trage ich den Badeanzug schon unter meinen Jeans, aus Zeitgründen und um mir Peinlichkeiten in der Sammelumkleide zu ersparen: Visionen haben mich ereilt von vierzehn kleinen Mädchen, die wie gebannt auf meinen fetten Hintern starren. Allerdings kann ich jetzt nicht mehr aufrecht stehen, ohne daß mir die Träger des Badeanzugs die Blutzufuhr zu meinen Armen abschnüren. Deshalb habe ich so eine Art humpelnden Buckelgang entwickelt, von dem Charlie glaubt, ich veranstalte ihn allein zur Belustigung seiner Klassenkameraden. Mrs. Oliver ist schon wieder krank, und so begleitet uns mal wieder Miss Pike. Die Begeisterung steht ihr ins Gesicht geschrieben. Wir steigen mit etwas Verspätung in den Bus, weil der Fahrer der Woche, der ungefähr aussieht wie neunzig, nicht mehr weiß, wie man die Türen öffnet. Ich hoffe nur, er kann sich noch an den Weg zum Schwimmbad erinnern. Miss Pike setzt sich neben mich, einen Plastikeimer auf dem Schoß. Das läßt nichts Gutes ahnen, und meine schlimmsten Befürchtungen bewahrheiten sich, als sie erklärt, daß auf einer Busfahrt irgend jemandem grundsätzlich schlecht würde und man wohl daran täte, gerüstet zu sein. Na fabelhaft!

Endlich erreichen wir das Schwimmbad, nachdem wir zwei Runden um denselben Verkehrskreisel gedreht haben. Der Fahrer wirkt erschöpft und sagt, er würde im Bus auf uns warten und ein kleines Nickerchen halten. Die Kinder strömen aus dem Bus und in die Umkleidekabinen. Ein äußerst streng dreinblickender Schwimmlehrer mit Bürstenschnitt erscheint auf der Bildfläche, bläst forsch in seine Trillerpfeife und marschiert auf und ab, als wären wir beim Militär. Die Kinder ignorieren seine Aufforderungen, sich in einer Reihe aufzustellen, bis Miss Pike in die Hände klatscht und sie freundlich darum bittet, worauf sie sich im Nu einreihen. Das gefällt dem Schwimmlehrer gar nicht. Die Kinder werden in Ertrinker, Langsam-Ertrinker und Fast-Schwimmer eingeteilt. Charlie ist in der Fast-Gruppe, deshalb steckt Miss Pike mich zu den Ertrinkern. Offensichtlich hat bittere Erfahrung sie gelehrt, daß es sinnlos ist, Eltern zusammen mit ihren Kindern einzuteilen. Ich bin gerne für die Ertrinker zuständig, denn wir gehen ins Babybecken. Das Wasser dort ist so in etwa zwanzig Zentimeter tief und pipiwarm. Der zweite Helfer, Vater von Charlies Freund Tom, ist bei den Fast-Schwimmern, was bedeutet, daß er in das eisigkalte Hauptbecken muß, wo seine Aufgabe darin besteht, die Kinder vom Sprungbrett fernzuhalten.

Schrilles Gepfeife allenthalben, verzweifeltes Klammern an Schwimmbretter und dazu unzählige Tips, wie man das Gesicht unter Wasser hält, ohne dabei einzuatmen. In Charlies Gruppe funktioniert das schon ganz gut, alle tauchen fröhlich ihre Köpfe unter. In meiner Gruppe hingegen hat ein kleines Mädchen den Bogen überhaupt nicht raus und wird hysterisch. Ich bin noch im Zweifel, ob ich eingreifen oder den Schwimmlehrer ohrfeigen soll, der dem Mädchen auf nicht gerade hilfreiche Weise böse Blicke zuwirft, als Miss Pike auf uns zusteuert und sagt: »Na komm, Cecily, wenn du das nicht machen möchtest, dann sag einfach ganz nett ›nein danke‹.«

Cecily hört auf zu kreischen und lächelt. Hätte ich doch bloß ein bißchen nachgedacht: Das arme Ding hatte offenbar vor Angst die Hosen voll, und ich habe tatenlos dabei zugesehen. Darauf versetzt sie uns alle in Erstaunen, indem sie verkündet, sie würde es doch gern einmal versuchen, wenn Miss Pike ihr dabei die Hand hält. Miss Pike kniet am Beckenrand nieder, nimmt Cecily an die Hand und sieht aus, als würde sie jeden Augenblick ins Wasser fallen. Cecily beugt ihr Gesicht ganz nah über die Oberfläche und erntet dafür spontan eine Runde Applaus von allen anderen Kindern. Ich bin fast zu Tränen gerührt und stelle wieder einmal fest, daß Kinder wirklich sehr süß sein können.

Dieser Eindruck verflüchtigt sich, als die Stunde sich dem Ende nähert und wir vor die Aufgabe gestellt sind, dreißig zitternden, klitschnassen Kindern in ihre Anziehsachen zu helfen. Schier unendlich viel Zeit geht dafür drauf, sie mit ihren Socken wiederzuvereinigen, und ich bin sicher, daß nicht alle dieselben Sachen anhaben, mit denen sie gekommen sind. Bei den Mädchen scheint es um einiges leichter zu sein als bei den Jungen, bis auf Cecily, die ihre Schuhe nicht anziehen kann und aufs neue in Tränen ausbricht. Ich helfe ihr und ernte dafür einen Blick unsterblicher Bewunderung, und sie raunt mir zu, sie habe Süßigkeiten in ihrer Tasche und würde mir davon abgeben, wenn ich mich auf dem Heimweg im Bus neben sie setze. Bin nicht sicher, ob ich Süßigkeiten befürworten soll, danke ihr aber trotzdem und verspreche, neben ihr zu sitzen, denn Charlie hat unmißverständlich zu verstehen gegeben, er würde lieber sterben, als mich irgendwo in seiner Nähe zu haben. Obwohl er mich fast den ganzen Nachmittag ignoriert hat, kommt er jetzt zu dem Schluß, ich könne doch von Nutzen sein, wenn es darum geht, ihm die Schuhe zuzubinden.

»Hast du mich schwimmen sehen, Mami?«

»Ja, mein Schatz, du warst toll.«

»Können wir jetzt Schokolade aus dem Automaten kaufen, so wie letztes Mal?«

»Letztes Mal waren wir alleine hier, Charlie; heute sind wir mit deiner Klasse da, und wir können nicht für alle Schokolade kaufen.«

»Aber Cecily hat Süßigkeiten in der Tasche, Mami. Weißt du, sie hat immer Süßigkeiten dabei, und ihr wird immer schlecht davon.«

Na reizend. Hastig reorganisiere ich die Sitzordnung und verspreche Cecily, daß ich nächstes Mal bestimmt neben ihr sitzen werde, heute aber bei Charlie sitzen muß, weil ich glaube, daß er sonst Dummheiten macht. Das klingt zum Glück nur allzu plausibel, und sie ist ohne Murren einverstanden.

Der Busfahrer ist eingeschlafen, und wir müssen gegen die Tür pochen, um ihn zu wecken. Miss Pike fragt mich, ob ich weiß, wie man Menschen wiederbelebt. Weiß ich nicht und sie auch nicht. Wir klopfen ein bißchen leiser, und ich hole mein Handy raus, bereit, den Notarzt zu rufen, sollte er blau anlaufen. Aber er wacht auf, Gott sei Dank, und als er seine Brille wiedergefunden und sich wieder daran erinnert hat, wie die automatische Türsteuerung funktioniert, steigen wir alle in den Bus ein. Ich habe ein etwas schlechtes Gewissen, als ich sehe, daß Toms Vater sich neben Cecily setzt, aber als er einsteigt, ist kein anderer Platz mehr frei. Ich überlege, ob ich ihn warnen soll, komme aber dann zu dem Schluß, daß er wahrscheinlich zu den Männern gehört, die sich, was kranke Kinder anbelangt, voll auf ihre Frau verlassen, und diese Erfahrung deswegen nur gut für ihn ist.

Die Rückfahrt dauert eine Ewigkeit, und die Kinder machen nichts als Unsinn. Miss Pike muß zweimal aufstehen und in die Hände klatschen. Toms Vater sammelt reichlich Erfahrung im Umgang mit dem Plastikeimer und einer ganzen Packung feuchten Tüchern. Als wir endlich die Schule erreichen, werden wir von Gruppen leicht beunruhigter Eltern empfangen. Kate sagt: »Du lieber Himmel, siehst du fertig aus!«, und dann konzentrieren wir uns darauf, unsere Kinder in die Autos und nach Hause zu verfrachten. Offensichtlich hat das Schwimmen Charlie vollkommen erschöpft, denn wir verbringen einen wunderbar harmonischen Abend am Kamin vor dem Fernseher, und er erledigt sogar seine Leseübungen, ohne zu meckern. Auch das Ins-Bett-Bringen funktioniert wunderbar, aber in allerletzter Minute wittert er dann doch noch Freiheit. Wie sich herausstellt, ist es lebenswichtig, sofort nachzusehen, ob sich ein Werwolf unter dem Bett im Gästezimmer versteckt hat.

Unglücklicherweise findet er unter ebenjenem Bett einen lang vermißten Legostein, ein wesentliches Stück, was bedeutet, daß er an seiner Legoburg endlich die Fallgitter wieder festmachen kann. Es folgen äußerst komplizierte Verhandlungen, und ich konfisziere den Stein des Anstoßes, weil Charlie sonst bis Mitternacht wach ist.

»Mami, ich hasse dich.«

»Also, ich hasse dich nicht. Aber es ist spät, und morgen ist Schule. Wie wär's, wenn wir ganz früh aufstehen und vor der Schule Lego spielen, und ich brate dir zum Frühstück ganz knusprigen Speck?«

Es folgt langes Schweigen, während Charlie die Vorteile dieser Abmachung gegen die Verlockung abwägt, einen Aufstand zu machen in der Hoffnung, daß ich nachgebe und ihn an seiner Burg weiterbauen lasse. Ich setze mein besonders entschiedenes Gesicht auf und hoffe, daß es wirkt. Tut es.

Ich wache spät auf und Charlie auch. Es ist ihm gelungen, die ganze Nacht in seinem eigenen Bett zu verbringen. Ich mache mich daran, den Speck zu braten, was den Rauchmelder aktiviert, auch nichts Neues, und ich sehe mich gezwungen, mit einem Holzlöffel auf das Teil einzudreschen. Der schrille Ton hat ganz sicher ein wichtiges Blutgefäß in meinem Gehirn zum Platzen gebracht, denn kurze Zeit später bekomme ich stechende Kopfschmerzen. Der Speck wird für ausreichend knusprig erklärt, und auch die Sanierungsarbeiten an der Legoburg schreiten zügig voran, wenngleich Charlie sich bereits zweimal zu »Scheiße« und einmal zu »saublödes Mistding« hinreißen hat lassen. Ich tue, als hätte ich's nicht gehört, weil er beide Ausdrücke in früheren Legoorgien von mir aufgeschnappt hat, und wir sind ziemlich zeitig auf dem Weg zur Schule, abgesehen von einer Panikattacke in letzter Minute, als wir merken, daß ich vollkommen vergessen habe, ihm was für die Pause einzupacken. Hastig schustere ich ein Käsebrot zusammen und versuche, die Gedanken an andere Mütter zu verdrängen, die ihren Kindern hausgemachte Nudeln an gemischtem Blattsalat mitgeben. Charlie entdeckt ein Päckchen Kaugummi im Handschuhfach und ist selig.

»Wieso heißt es Handschuhfach?«

»Keine Ahnung, so nennt man es eben.«

»Das ist dumm; man sollte es Kaugummifach nennen.«

»Ja, also gut, jedenfalls mußt du deinen Kaugummi rausnehmen, bevor wir da sind, Charlie. Du weißt, daß Kaugummis in der Schule verboten sind.«

»Warum?«

»Charlie, hör mit der blöden Fragerei auf.«

»Das ist keine blöde Frage. Ehrlich, Mami, du bist wirklich unverschämt. O schau, da ist James. Halt an.«

»Ich kann nicht mitten auf der Straße parken, Charlie.«

»Warum nicht?«

Finde endlich einen Parkplatz. Erinnere ihn daran, daß er seinen Kaugummi rausnehmen muß, und finde in meiner Manteltasche wie durch ein Wunder ein Taschentuch. Aber Charlie hat eine bessere Idee: Er wird versuchen, den Kaugummi auf das Dach des provisorischen Klassenzimmers zu spucken. Dabei setzt er sich so aufgeregt mit der Bedeutung seines Plans auseinander, daß er den Kaugummi verschluckt, ums Haar erstickt und außer sich gerät.

»Mami, das hast du mit Absicht gemacht.«

»Ich habe gar nichts gemacht, Charlie, das warst du schon selber. Jetzt komm wieder runter. Schau, James wartet auf dich.« Er macht sich quer über den Spielplatz davon und erstattet James umgehend Bericht über mein schreckliches Betragen.

Fahre nach Hause und rufe Edna an, sie soll morgen kommen und auf Charlie aufpassen, während ich in London bin. Edna wohnt im Dorf, und zwar allein, seit ihr Mann gestorben ist, auch wenn ab und zu ihr erwachsener Sohn bei ihr reinschaut, und zwar meistens, um sie anzupumpen. Sie kann ihre Schwiegertochter nicht ausstehen und nennt sie nur »diese Frau«. Und das sicherlich aus gutem Grund, denn was man von dieser Frau hört, klingt, als sei sie völlig bescheuert. Edna ist durch und durch lieb und nett, und sie betet Charlie an. Außerdem braucht sie das Geld, weil sie ständig ihren Sohn aushalten muß. Putzen gehört zu ihren Lieblingsbeschäftigungen, sie hegt eine Leidenschaft für Chlorbleichlauge und Politur und bringt einfach jede Fläche zum Glänzen. Ich muß dringend noch mal durchs Haus hetzen, ehe sie kommt, und den größten Saustall beseitigen.

Wir vereinbaren, daß sie morgen früh um sieben zu uns kommt, wie üblich. Und wie immer versichert sie mir, sie sei sowieso Frühaufsteherin und gerne früh auf den Beinen. Kann nur hoffen, daß es mir irgendwann in ferner Zukunft genauso geht. Sie bietet mir an zu bügeln, wunderbar! Ich wische den Küchenboden, widerlich! Vergesse dann sofort wieder, was ich gerade getan habe, und gehe raus in den Garten, nur, um auf dem Rückweg Schlammspuren auf dem nassen Boden zu hinterlassen. Super! Bin gerade dabei, zum zweitenmal zu wischen, als Edna anruft, um zu fragen, ob ich etwas brauche, weil sie gerade einkaufen geht. Nicht zum erstenmal kommt mir der Gedanke, die Anglikanische Kirche sollte sie endlich offiziell zur St. Edna ausrufen, zur Schutzheiligen der berufstätigen Mütter, und das sage ich ihr auch. Sie ist zutiefst geschmeichelt.

Charlie hat nach der Schule Freispiel, was bedeutet, daß ich mich auf dem eisigen Spielfeld herumtreiben und ihn anfeuern muß. Harry Chapmans Vater hat sich auf Drängen seiner Frau, die es auf einen Sitz im Elternbeirat abgesehen hat, »freiwillig« bereit erklärt, diese Spiele zu leiten. Heute ist Hockey an der Reihe, und keiner kennt sich aus. Charlie ist ein besonders hoffnungsloser Fall, aber er liebt den Teil des Spiels, wo alle durcheinanderrennen, und ist besonders geschickt darin, seinen Schläger als Maschinenpistole zu benutzen. Gerade als ich das letzte bißchen Gefühl in meinen Füßen verloren habe und mit dem Gedanken spiele, mich für eine fünfminütige Aufwärmpause ins Auto zu verziehen, ertönt ein markerschütternder Schrei, und Charlie kommt auf mich zugerannt. Blut strömt aus seiner Nase. Offensichtlich hat Harry dem Ball einen kräftigen Schlag versetzt, und zu seiner großen Überraschung ist er hoch in die Luft geflogen und hat es geschafft, auf dem Rückweg mit Karacho auf Charlies Nase zu landen. Das war übrigens bis jetzt der einzige Ball, den Charlie in dieser Saison aufgehalten hat.

Ich nehme Charlie in den Arm und mache beruhigende Geräusche, wobei ich merke, daß mein frisch gereinigter Regenmantel jetzt aussieht, als sei ich in einen unschönen Unfall im Schlachthof verwickelt worden. Charlie ist außer sich und verkündet, das habe Harry mit Absicht getan. Was ganz offensichtlich nicht stimmt, weil Harry wie ein begossener Pudel und den Tränen nahe am Spielfeldrand steht. Schließlich gelingt es mir, Charlie dazu zu bewegen, Harrys Entschuldigung anzunehmen, und Harry gratuliert Charlie zu dem vielen Blut. Charlie verwandelt sich in einen blutenden, aber unbesiegten Helden und rennt zurück, um das Spiel zu beenden. Die anderen Jungen applaudieren, und Charlie ist hellauf begeistert. Endlich ist die Stunde vorbei, und wir können nach Hause fahren. Hoffentlich denke ich daran, ihn nie wieder zum Hockey gehen zu lassen. Andernfalls werden meine Reinigungsrechnungen astronomische Summen erreichen.

Charlie ist den ganzen Abend über knatschig und besteht darauf, daß seine Nase sehr wohl gebrochen sein könnte. Er ruft Nana und Großpapa an, um ihnen von seiner schrecklichen Sportverletzung zu erzählen, und erntet ehrliches Mitleid. Mum rät, die Nase röntgen zu lassen, und es kostet mich Stunden, sie davon zu überzeugen, daß Charlie ein wenig übertreibt und seine Nase inzwischen wieder ganz normal aussieht. Mein Regenmantel dagegen nicht. Mum ist grenzenlos erleichtert und erzählt, ihr sei es mit mir mal ganz genauso ergangen, mit einem Schnitt im Kinn. Ich hätte im Garten geschaukelt und dann beschlossen, mit dem Kopf zuerst abzusteigen. Dabei hatte ich es anscheinend geschafft, ihren rosafarbenen Lieblingsangorapullover völlig zu ruinieren.

Edna kommt um sieben Uhr morgens, und leider schlafe ich noch tief und fest. Sie kommt mit einer Tasse Tee in mein Zimmer geschlichen, und ich erleide beinahe einen Herzinfarkt. Zugegeben, für einen Einbrecher ist sie ein wenig klein geraten, und ein Einbrecher serviert normalerweise auch keinen Tee ans Bett, aber ich durchlebe doch eine Schrecksekunde, ehe ich richtig wach bin. Edna geht Toastbrot rösten, weil sie darauf besteht, daß ich etwas frühstücke, bevor ich das Haus verlasse. Binnen fünf Minuten habe ich mich angezogen, dem Rauchmelder eins mit dem Holzlöffel übergezogen, Charlie einen schnellen Abschiedskuß gegeben und mich ins Auto geflüchtet, ehe ihm irgendwelche lebenswichtigen Fragen in den Sinn kommen, mit denen er mich aufhalten könnte. Bin schon halb auf der Autobahn, als ich merke, daß ich vergessen habe, meine Ohrringe anzulegen. Außerdem habe ich einen schwarzen und einen blauen Strumpf an. Scheiße. Damit ist ein sarkastischer Kommentar von Barney vorprogrammiert.

Es herrscht unglaublich wenig Verkehr, und ich erreiche in Rekordzeit die Außenbezirke von London. Ich beschließe, mich mit einem Schinkensandwich zu belohnen, und zwar in meinem Lieblingscafé in einer Seitenstraße von Deptford, das eine sehr nette Frau namens Maggie betreibt. Ich habe sie kennengelernt, als wir in der Nähe drehten und die Catering-Firma uns im Stich gelassen hat. Als ich das Café betrete, merke ich zwar, daß der Boden naß ist, aber leider zu spät. Ich schlittere quer durchs Lokal auf den Tresen zu. Es gelingt mir, eine Bauchlandung zu vermeiden, indem ich mich zwecks Wiedererlangung des Gleichgewichts an die Registrierkasse klammere. Wir sind uns alle einig, daß 1379,98 Pfund für ein Schinkenhörnchen doch ein wenig übertrieben wären. Das Café ist voll von Arbeitern, die mich einstimmig zu meiner graziösen Rutschpartie beglückwünschen. Maggie erklärt, ihre Gäste amüsierten sich ganz prächtig dabei, zuzusehen, wie die Neuankömmlinge auf den Tresen zuschlittern, und hätten sie deshalb überredet, den Boden nicht trockenzuwischen, weil es so unterhaltsam sei.

Ich setze mich, und zwei Telefonarbeiter betreten das Lokal. Dem einen gelingt eine überaus beeindruckende Partie, und die Männer am Nebentisch heben Papierservietten mit der Wertung hoch: 5.9, 5.8 und 6. Es folgt ein hochprofessioneller Kommentar, in dem sie uns wissen lassen, daß Ivan ein dreifacher Zehenlooping mit doppeltem Abgang gelungen sei. Die Jungs von der Telekom schließen sich an, und mit Spannung erwarten wir den Auftritt des nächsten Opfers. Es entpuppt sich als der Mann vom Zeitungsladen nebenan. Er punktet 5.9, 6 und 6. Daraufhin verkündet Maggie, sie werde jetzt den Boden trockenwischen, ehe sich jemand ernstlich verletzt. Widerwillig gestehen wir ein, daß das wahrscheinlich keine schlechte Idee ist. Ich steige wieder ins Auto, muß feststellen, daß der Verkehr inzwischen äußerst zähflüssig geworden ist, und bleibe auf der Old Kent Road in einem furchtbaren Stau stecken, verursacht von zwei streitenden Lastwagenfahrern. Schließlich bin ich in Soho und komme nur 20 Minuten zu spät ins Büro.

Jenny, das Mädchen am Empfang, scheint sich wirklich zu freuen, mich zu sehen, und ich verabrede mich mit ihr und Barneys Assistentin Stef zum Mittagessen. Das wird mich in punkto Gerüchteküche auf den neuesten Stand bringen und mich außerdem über das, was Lawrence im Schilde führt, auf dem laufenden halten. Lawrence ist Ausführender Produzent und ich die für die ganze Drecksarbeit zuständige Produzentin, diejenige, die Barney zu den Dreharbeiten an den Set beordert, weil er Lawrence dort nicht ertragen kann. Lawrence ist wunderbar geeignet für die unzähligen Meetings mit den Agenturen und dafür, neue Aufträge an Land zu ziehen und sich bei den wichtigen Jungs einzuschleimen, aber bei Dreharbeiten ist er das Letzte, weil er ständig Schiß bekommt und andauernd um Barney herumwirbelt, was regelmäßig dazu führt, daß Barney einen Anfall bekommt und Lawrence nach Hause schickt. Ich fahre alle paar Wochen zu Besprechungen ins Büro und um Barney meine Aufwartung zu machen. Ich arbeite seit Jahren für ihn, und er ist ein hervorragender Regisseur, mal abgesehen von seiner Neigung zu heftigen Gefühlsausbrüchen. Aber so sind sie schließlich alle, und wenigstens hat Barney haufenweise Aufträge und eine vage Ahnung von dem, was er tut, was wiederum bedeutet, daß ich ebenfalls regelmäßig Aufträge habe.

Jenny warnt mich, daß Lawrence sich wieder an meinem Stuhl zu schaffen gemacht hat. Er schraubt die ganze Zeit daran herum, angeblich, um ihn zu reparieren. Was darin resultiert, daß mein Stuhl genau dann, wenn ich es am wenigsten erwarte, ungefähr einen Meter nach oben schießt und ich mir die Knie unters Kinn ramme. Meistens, wenn ich gerade ein Tasse Kaffee in der Hand halte. Ich tausche meinen Stuhl gegen den an Lawrences Schreibtisch: Die Stühle sehen alle gleich aus, und er wird es erst merken, wenn er eine Weile darauf gesessen hat. Jenny findet die Idee brillant, und Stef dreht ihren Bildschirm so, daß sie freien Blick auf Lawrences Schreibtisch hat und über alle Ereignisse detailliert Bericht erstatten kann.

Lawrence kommt. Er begrüßt mich wie gewöhnlich mit angeekelter Miene und will wissen, warum ich schon wieder hier bin. Er kann es nicht haben, wenn irgend jemand Barney zu nahe kommt, und ist ständig damit beschäftigt, meine Position zu untergraben und mir ans Bein zu pinkeln. Wir stehen alle am Empfang und warten, bis Jenny die Post sortiert hat, als Barney hereingesegelt kommt. Er sagt: »Gott sei Dank, daß du da bist!«, was Lawrence zum Jaulen bringt, und dann: »Toller Aufzug übrigens, aber irgendwie trägst du merkwürdige Strümpfe dazu.« Lawrence grinst.

»Ja, Barney, vielen Dank auch. Ich habe mich im Stockdunklen angezogen, damit Charlie nicht aufwacht. Hast du sonst noch was an meinem Erscheinungsbild auszusetzen, oder können wir anfangen?«

Barney lacht und entschwebt hinauf in sein Luxusbüro, das den gesamten ersten Stock einnimmt. Lawrence kocht. Es ist ihm unbegreiflich, wie ich so mit Barney sprechen kann, denn jeder Versuch seinerseits, es mir gleichzutun, endet damit, daß Barney ihn anschreit. Stef eilt Barney hinterher, weil er eine neue Kaffeemaschine oben stehen hat und keine Ahnung, wie sie funktioniert. Wenn sie zu langsam ist, besteht die Gefahr, daß sich der Kaffee in Sturzbächen die Treppe hinunter ergießt.

Lawrence funkelt mich an und setzt sich an seinen Schreibtisch. Jenny bringt ihm eine Tasse Tee, und gerade als ich nach oben gehen will, zieht der Stuhl seine Show ab, und Lawrence sitzt da, die Knie höher als die Ohren, und versucht verzweifelt, sich nicht mit kochendheißem Tee zu bekleckern. Wunderbar! Ich drücke mein Mitgefühl aus und tröste ihn damit, daß mein Stuhl genau dieselbe Macke hat und es vielleicht an einem Fehler im Design liegt. Wunderbar, ganz wunderbar! Sein Gesichtsausdruck ist eine herrliche Mischung aus Argwohn und Raserei.

Ich gehe hinauf zu der Besprechung mit Barney, und wir gehen die Vorbereitungen für den Porridge-Spot durch. Der Plot ist ziemlich fade, ein bißchen wie das Produkt selbst, um ehrlich zu sein. Man sieht einen Kerl, der früh am Morgen aus seinem Fischerboot steigt. Er geht durch die gepflasterten Gassen eines winzigen Fischerdorfes, macht die Tür zu seinem Haus auf, und dann sieht man, wie er in einer winzigen Küche am Tisch sitzt und eine Schüssel Porridge ißt, ein seliges Lächeln auf dem Gesicht. Barney sagt, das ist die übertriebenste Idee, die ihm seit Jahren untergekommen ist, aber vielleicht kann er was daraus machen, das man sich angucken kann. Ich habe das schreckliche Gefühl, dies könnte irgend etwas Kompliziertes mit Booten bedeuten, aber ich verdränge den Gedanken.

Lawrence kommt immer wieder nach oben und lungert in der Hoffnung herum, Barney könnte ihn bitten, an der Besprechung teilzunehmen. Schließlich geht er Barney so sehr auf die Nerven, daß er ihn bittet, uns beiden eine Tasse Tee zu bringen, was mir runtergeht wie Öl. Ich wage es nicht, den Tee auch zu trinken, weil Lawrence vermutlich Chlorbleichlauge reingekippt hat. Den restlichen Vormittag verbringe ich im Kampf mit Computer und Kalkulationen und bete darum, daß Lawrences Stuhl noch einmal zusammenbricht, weil Stef die Show verpaßt hat und sich in den Hintern beißt. Dann gehen wir mittagessen, und ich bekomme die neuesten Gerüchte serviert, samt all den ärgerlichen Dingen, die Lawrence in den letzten Wochen verbrochen hat. Anscheinend hat er sich bei Barney darüber beschwert, daß Jenny vergessen hat, ihm eine wichtige Nachricht auszurichten, obwohl sie es zweimal getan hat, und er hat versucht, Stef wegen eines verschwundenen Drehbuchs hinzuhängen, von dem sich dann herausstellte, daß er es mit nach Hause genommen hatte. Und er hat sich letzte Woche eine neue Samthose gekauft, woraufhin Barney ihn gebeten hat, damit über den Perserteppich in seinem Büro zu rollen, weil der Staubsauger nie richtig funktioniert und Samt vorzüglich dazu geeignet ist, die kleinen Fusseln aufzunehmen. Wir beten Barney an, darin sind wir uns einig. Dann erzählt Stef, daß er letzte Woche einen totalen Tobsuchtsanfall hatte, weil seine neue, sündhaft teure italienische Designertischleuchte nicht so aussah, wie er sich das vorgestellt hatte, als er sie auf seinem Schreibtisch plazierte. Wir sind uns einig, daß er manchmal ein wenig anstrengend sein kann, aber wenigstens hat er Charme, manchmal, und er ist ein verdammt guter Regisseur. Im Gegensatz zu Lawrence, der überhaupt keinen Charme hat und den man völlig knicken kann, wenn richtige Krisen anstehen, und die machen die Arbeit eines ordentlichen Produzenten nun mal aus.

Der Rest des Tages vergeht mit Hunderten Telefonaten und Tonnen von e-mails, um das Team auf die Beine zu stellen. Außerdem laufe ich mir im West End auf der Suche nach weißen Porzellanschälchen und Milchkrügen die Hacken ab, denn Barney wünscht eine Auswahl – und wenn er sagt, besorg mir eine Auswahl, dann versteht er darunter mindestens 20 verschiedene. Zurück im Büro beginnt die Schacherei mit Lawrence um die Kalkulation. Barney kommt rein und sagt: »Worüber streitet ihr zwei verdammt noch mal jetzt schon wieder?«, und Lawrence sagt, ich verlange eine unglaublich überzogene Ausstattung, die das Budget nicht decken wird. Als er fertig ist, merkt er, daß er einen riesigen taktischen Fehler gemacht hat. Barney hebt zu einer leidenschaftlichen Rede an, die im Kern besagt, daß er entscheidet, welche Ausstattung er für seine Aufträge braucht, und wenn ich gesagt habe, wir brauchen etwas, dann weil wir es verdammt noch mal brauchen! Wenn Lawrence glaubt, daß er es besser kann, dann kann er den Scheißfilm Scheiße noch mal selber machen. Oder noch besser, er kann sich einen Job bei einer Produktionsfirma suchen, die Kackaufträge ohne Budget macht, und sehen, wie viele Auszeichnungen dann noch seine Wände zieren.

Der Hinweis auf die Auszeichnungen ist so was wie ein wunder Punkt, denn Barney gewinnt ziemlich viele, und Lawrence war derjenige, der beschlossen hat, sie im Empfangsbereich aufzuhängen, weil sie dort am besten zur Geltung kommen. Barney fand sie dort übertrieben, und so wurden sie alle wieder abgenommen und an eine Rückwand gehängt. Zu Lawrence sagte er, ihm mangle es an jeglichem Feingefühl.

Barney stürmt nach oben, und wir schleichen alle herum, bis er sich wieder beruhigt hat. Lawrence ist stocksauer auf mich und funkelt mich an. Ich funkle zurück. Ich gehe nach oben, um Barney auf Wiedersehen zu sagen. Glücklich und zufrieden liegt er auf dem Sofa und sieht fern. Er winkt zum Abschied, ohne den Blick vom Bildschirm zu nehmen.

Als ich zu Hause bin, schläft Charlie schon, und Edna sagt, er sei lammfromm gewesen. Ich weise sie darauf hin, daß er bei mir nie Ähnlichkeit mit einem Lamm hat. Falle vollkommen erschöpft ins Bett und wache, wie mir scheint, Minuten später um sieben Uhr morgens auf, halb erfroren, weil Charlie, laut schnarchend und fest in meine Bettdecke eingewickelt, neben mir liegt. Er wacht auf und verkündet, daß er leider vergessen hat, mir zu sagen, daß er für die Schule ein Wikingerschiff basteln muß, mit Rudern, und zwar für heute. Ich frage ihn, ob er Witze macht, aber er sagt nein und wird ziemlich aufgeregt. Wir geben unser Bestes, unter Zuhilfenahme einer halben Cornflakes-Schachtel, Filzstiften und Schaschlikspießen. Das Segel machen wir aus einem Stück Küchenhandtuch. Es ist ziemlich gut geworden, aber ich hätte auch ohne diese Herausforderung am frühen Morgen ganz gut leben können.

Miss Pike ist entzückt und sagt, die Hausaufgabe hätte eigentlich gelautet, sich zu *überlegen*, wie man ein Wikingerschiff bauen könnte. Aber dieses ist wunderschön und darf auf dem Kunsttisch ausgestellt werden. Charlie ist höchst zufrieden mit sich. Muß unbedingt daran denken, das nächste Mal vor derlei Last-Minute-Aktionen mit Kate Rücksprache zu halten. Ich fahre nach Hause und beschließe, das Bastel- und Handarbeitsthema fortzuführen. Mit der Farbe, die von meinem Schlafzimmer übriggeblieben ist, streiche ich den alten Stuhl im Bad gelb an. Es sieht sehr hübsch aus und ich fühle mich motiviert, mich an die scheußlich grünen Kacheln im Bad zu machen. Wische wie irre über alle Kacheln und muß mich dazu zwingen, vor den Wänden haltzumachen.

Ich gehe hinauf in mein Büro, arbeite ein bißchen und verabrede mit Edna, daß sie morgen früh wiederkommt, damit ich zum Porridge-Dreh ins Studio fahren kann. Dann sause ich zu meiner Aromatherapie-Massage bei einer Frau im Nachbardorf, die Kate mir empfohlen hat. Die Massage ist herrlich, auch wenn ich mir aus der Musik nicht allzuviel mache – jede Menge Flöten und dazu Geräusche von Walen, die offensichtlich eine Art emotionale Krise durchmachen. Außerdem bin ich mir nicht sicher, ob Wale die richtige Assoziation für Menschen sind, die, mit nichts als ihrer Unterhose bekleidet, in Handtücher gewickelt irgendwo rumliegen.

Die Aromatherapeutin sagt, ich habe sehr verspannte Schultern und muß mich mehr entspannen. Ich finde, das ist ein sehr guter Ratschlag, und wenn sie Lust hätte, Charlie von der Schule abzuholen und sein Abendessen zu kochen, dann würde ich ganz bestimmt einen großen Schritt in Richtung völliger Ruhe vorankommen. Sie gibt mir eine kleine Flasche Massageöl mit der Anweisung, es heute abend in mein Badewasser zu kippen, und außerdem eine riesige Flasche Mineralwasser mit dem Hinweis, es sei sehr wichtig, genug Flüssigkeit zu sich zu nehmen. Ich verspreche zu tun, was sie sagt, und lande auf dem Heimweg beinahe in einer Hecke: Pflichtbewußt führe ich mir Flüssigkeit zu, indem ich riesige Schlucke aus der Flasche nehme, eine Hand am Steuer, als plötzlich aus dem Nichts ein Auto mitten auf der Straße auftaucht. Ein Volvo, was sonst. Der Fahrer ist ein uralter Mann, der kaum über sein Lenkrad schauen kann und so aussieht, als würde er auf einem riesigen Stapel Kissen balancieren. Als er an mir vorbeifährt, winkt er fröhlich, und ich winke zurück. Unglücklicherweise ist die Hand, mit der ich winke, auch die, in der sich die Wasserflasche befindet. Jetzt ist das ganze Auto überschwemmt, und meine Hose sieht aus, als wäre mir ein unerfreuliches kleines Mißgeschick widerfahren.

Ich fühle mich viel ruhiger als sonst, zumindest als ich eine frische Hose angezogen habe, und beschließe, das Öl an Charlie auszuprobieren. Leider ist er kein bißchen müde und weigert sich, in die Badewanne zu gehen. Statt dessen will er unbedingt aufbleiben und Mau-Mau spielen. Ich hasse Mau-Mau. Finde, es wäre viel besser, wenn es Hau-Hau heißen würde. Ich massiere ihm die Beine, was ihm äußerst gut gefällt, und er bettelt um eine Rückenmassage. Breite ein Handtuch auf mein Bett, und er legt sich drauf. Fange an, seinen Rücken zu massieren, er schläft ein, ich auch. Wache um zehn Uhr wieder auf und merke, daß das restliche Massageöl ausgelaufen ist und die ganze Bettdecke durchtränkt hat. Ich höre den Anrufbeantworter ab, es sind sechs Nachrichten, die alle mit der morgigen Arbeit zu tun haben. Beschließe, ein Bad zu nehmen.

Das Wasser ist kochend heiß, und das Bad füllt sich mit Dampfschwaden. Gemächlich setze ich mich in die Wanne und lehne mich zurück, voll Vorfreude auf ein langes, entspannendes Bad. Ich bewundere die frisch gestrichenen Kacheln, bis ich merke, daß die Farbe langsam herunterrinnt und sich in kleinen gelben Pfützen auf dem Wannenrand sammelt. Von dort aus tröpfelt sie in mein Badewasser. Springe aus der Wanne und fange hektisch an, gelbe Farbe aufzuwischen. Zwei Handtücher später erkenne ich, daß ich einen richtigen Putzlumpen brauche, gehe in die Küche, um einen zu holen, und hinterlasse überall auf dem Teppich gelbe Fußabdrücke. Es folgt eine schreckliche halbe Stunde mit Spachtel, Gummihandschuhen, Teppichschaum und jeder Menge Flucherei. Schließlich hat das Bad wieder seine alte Farbe, aber ich brauche Nagellackentferner, um die Farbspritzer von meinen Füßen abzukriegen, und die Flasche ist fast leer. Meine Fußsohlen bleiben zartgelb. Ich werde nie wieder Kacheln anmalen. Nie wieder.

Breche ganz und gar aufgewühlt auf dem Bett zusammen und wache, scheint es, Augenblicke später wieder auf, weil ich höre, daß Edna kommt. Ich ziehe mich auf Zehenspitzen an und schaffe es, zu verschwinden, ehe Charlie sich regt. Bin schon früh im Studio und kann die letzten Handgriffe am Küchen-Set überwachen, das gestern aufgebaut wurde. Die Studioschreiner haben natürlich wieder mal irgendwo einen dicken Hund reingehauen, der ausgebügelt werden muß, ehe die Beleuchtung aufgebaut wird. Barney wird gegen Mittag erwartet, und wenn bis dahin nicht alles steht, wird er toben. Die Kulisse sieht gut aus bis auf ein Regal, das am völlig falschen Platz hängt. Ich habe einen offenen Meinungsaustausch mit den Schreinern und weigere mich, ihnen irgendwelche Zuschläge dafür zu zahlen, daß sie das Regal dorthin hängen, wo es ursprünglich hätte hängen sollen. Schließlich ziehen sie murrend ab, aber sie montieren das Regal an der richtigen Stelle, und dann fängt der Beleuchter an, sich wichtig zu machen. Der Darsteller taucht auf und gibt zu, daß er Porridge eigentlich nicht ausstehen kann – der Genuß verursacht ihm Brechreiz, und er hofft nur, daß er keinen essen muß. Ich finde, das hätte er beim Casting ruhig schon mal erwähnen können, denn der gesamte heutige Drehtag hat ausschließlich zum Thema, daß er an einem Tisch sitzt und genüßlich eine Schale köstlichen Porridge verspeist. Natürlich muß er das Zeug nicht wirklich schüsselweise verschlingen, aber es macht die Sache nicht einfach, wenn ihn schon der Anblick zum Würgen bringt.

Das Team trudelt ein und albert herum, bis Barney erscheint. Wie immer verbringt er eine Ewigkeit damit, am Set rumzumeckern, hängt sich dann an dem Milchkrug auf und verwirft seine frühere Wahl. Ich wußte, daß das passieren würde, und komme mir furchtbar schlau vor, weil ich die gesamte Palette mitgenommen habe, obwohl Barney sagte, das sei Zeitverschwendung. Meine Schlauheit verflüchtigt sich umgehend, als er verkündet, die Krüge seien alle Mist und kein Fischer hätte jemals einen weißen Porzellankrug, das müßte doch jedem Idioten klar sein. Ich bin kurz davor, jemanden in ein Taxi zu verfrachten und zu Heal's zu schicken, um uns eine neue Sammlung zu besorgen, und versuche gleichzeitig, Barney seine Vorstellung von einem typischen Fischer-Milchkrug zu entlocken, als sein Blick auf einen alten, angeschlagenen blaugestreiften Krug fällt, der auf einem Tablett mit Tassen und Kaffee steht, den uns das Studio zur Verfügung gestellt hat. Barney verkündet, der sei perfekt, und der Frieden ist wiederhergestellt.

Während der Krugkrise hat das Team sich erheblich gelangweilt, und als wir endlich soweit sind, ist es beinahe schon Mittag, und alle jammern, sie seien am Verhungern. Ich mache Barney darauf aufmerksam, und er sagt, ich soll den Mund halten. Das Team jammert lauter. Eine verzwickte Situation, wenn ich nämlich nicht schnell etwas unternehme, werden sie anfangen, sich wirklich aufzuführen wie übermüdete kleine

Kinder, die im unerwarteten Augenblick anfangen zu beißen. Ich frage Barney, ob er sicher ist, daß er keinen Hunger hat, nach der vielen anstrengenden Arbeit, die er heute vormittag geleistet hat, und er überhört zum Glück den ironischen Unterton und ist mit einer Mittagspause einverstanden. Die Laune der Teammitglieder bessert sich beträchtlich. Nur Dave, der Elektriker, kann seine Zigaretten nicht finden, weil Kevin sie versteckt hat. Ich kläre die Situation, indem ich Kevin Schläge androhe, wenn er sich nicht benimmt. Ein böser Fehler, denn jetzt ergeht sich das halbe Team in die Erörterung von Lieblings-Sado-Maso-Phantasien, und alle betteln darum, von mir geschlagen zu werden.

Barney ist taub gegen das Geplänkel und verkündet plötzlich, er würde ganz gerne ein bißchen was arbeiten, wenn sie endlich aufhören würden, sich gegenseitig zu verarschen. Alle essen blitzschnell auf, stürzen sich auf ihre Arbeit und amüsieren sich nach wie vor königlich, indem sie mich ab und zu kichernd Miss Peitsche nennen. Der Kunde läßt sich nicht blicken, was ein Segen ist, und dem Darsteller gelingt es, sich nicht zu übergeben, wenn auch mit Mühe. Er ist auf die Idee gekommen, sich Brandy in den Porridge zu rühren, um nicht würgen zu müssen. Das funktioniert ganz gut, und wir sind Gott sei Dank fertig, ehe er völlig dicht ist und glasige Augen bekommt. Wir machen Kaffeepause und danach Hunderte Packshots von der Verpackung und von Schüsseln voll Porridge, was Barney fürchterlich langweilt, weswegen er bummelt und trödelt.

Dann machen wir wieder Pause zum Abendessen und versuchen, die Aufnahmen von der Verpackung fertig zu kriegen, ehe die magische Stunde schlägt: Ab Mitternacht bekommt das Team die doppelte Gage. Die Leute versuchen, die Dinge hinauszuzögern, so gut sie können, weil sie sehr scharf auf den »Doppel-Whopper« sind. Aber ich kenne ihre Tricks und Barney auch. Schließlich haben wir genug Großaufnahmen im Kasten, um auch den schwierigsten Kunden zufriedenzustellen, und die Teammitglieder verziehen sich ziemlich flott. Barney sagt, er ruft mich morgen an und wir sehen uns nächste Woche im Büro, um den Außendreh in Cornwall zu besprechen, wo es dann um den komplizierten Teil gehen wird. Ich kann's kaum erwarten – die Kombination aus Booten, britischem Wetter und einem Darsteller, der keinen Porridge mag, hört sich richtig lustig an.

Als ich nach Hause komme, ist Edna beinahe vor dem Kamin eingeschlafen. Sie sagt, Charlie sei heute abend wieder lammfromm gewesen, der liebe Junge, und sie habe die Anmeldung für den Schulwandertag unterschrieben, und ob ich nicht auch der Meinung sei, daß acht Kilometer ganz schön viel seien. Ich finde, acht Kilometer sind verdammt viel. Ich weiß nichts von einer Schulwanderung und rufe am nächsten Morgen Kate an, die mir erzählt, daß die Wanderung für das kommende Wochenende geplant ist und vom Elternbeirat organisiert wird, weshalb die Teilnahme wohl einigermaßen obligatorisch ist. Offensichtlich hat Miss Pike vergessen, die Anmeldungen auszuteilen. Wir werden um elf Uhr vor dem Pub erwartet, in Gummistiefeln und Regenjacken. Phantastisch.

Samstag morgen, und wir sind in Gummistiefeln und Anoraks vor dem Pub versammelt, ausgestattet mit Rucksäcken voll Proviant für unsere große Reise. Mrs. Harrison-Black kommt zu uns herüber und sagt, wie sehr sie sich freut, daß wir alle uns so bemüht haben, und daß wir uns keine Sorgen machen sollen, wenn uns der Weg zu weit wird, jeder soll so viel von der Strecke absolvieren, wie er kann. Roger flüstert, das sei eine bodenlose Unverschämtheit und mit einem Hintern wie ihrem sei sie kaum in der richtigen Position, anderen Vorträge über Fitneß zu halten. Sally sagt, sie hat einen Flachmann mit Brandy dabei für den Fall, daß Roger zusammenbricht. Roger sagt, wenn ihn hier nichts als Spott erwartet, hätte er genausogut zu Hause bleiben und Zeitung lesen können.

Die beiden hacken ständig aufeinander rum, aber es ist eher liebevolles Geplänkel als dieser grausame *Ich wünschte, du wärst tot*-Tonfall, in dem andere Ehepaare so gerne kommunizieren. Sie haben sich während des Studiums kennengelernt und sind seitdem zusammen. Sie streiten niemals ernsthaft, haben nie eine Krise durchlitten und haben nie aneinander gezweifelt. Genug, um sie aufrichtig zu hassen. Roger arbeitet als Rechtsberater in einer Kanzlei am Ort, aber er macht kein Vermögen, weil er den Leuten ständig unter die Arme greift und ihnen nie vernünftige Rechnungen stellt. Sally unterrichtet Teilzeit am örtlichen Gymnasium und ist notorisch gestreßt. Sich um William und Rosie zu kümmern und gleichzeitig pubertierende Teenager im Leistungskurs Geschichte zu unterrichten ist eine gewagte Kombination. Kate und ich haben ihr gedroht, uns auf dem Spielplatz nie wieder zu ihr zu stellen, wenn sie nur noch ein einziges Mal versucht, uns etwas über verhaltensgestörte Teenager zu erzählen. Kate sagt, sie findet es besser, ahnungslos zu bleiben. Und wenn James sich dann irgendwann die Haare blau färbt und darauf besteht, einen vollkommen neuen Jargon zu sprechen, der auf der Sprache von Detroiter Drogendealern basiert, gibt es wenigstens eine nette Überraschung.

Die ersten machen sich auf den Weg, die Wanderkarten fest im Griff. Es gibt ein paar Supereifrige: ganze Familien, in einheitliche Jogginganzüge gekleidet und mit Equipment ausgerüstet, als wollten sie den Mount Everest bezwingen.

»Grundgütiger, seht euch den Typen an, den, der gerade vorbeigestürmt ist. Er trägt so ein Kontrolldings; ihr wißt schon, die Teile, die den Puls kontrollieren und anfangen zu piepsen, wenn man kurz vor dem Herzinfarkt steht.«

»Roger, Liebster, ich glaube, das ist für sein Schrittmaß.«

»Ach, so sieht also ein Schrittmacher aus. Ich dachte immer, die würden in den Brustkorb eingenäht, dabei trägt man sie am Handgelenk wie eine Uhr. Oh, jetzt wo ich weiß, wie peppig die Dinger aussehen, könnte ich mir auch einen besorgen.«

»Wirst du wohl still sein, Roger!«

»Im Ernst, sieh ihn dir doch an, wie er durch die Gegend joggt. Auf einem Schulausflug!«

Wir stimmen zu, vor allem, als Mister Schrittmacher anfängt, ständig seine beiden kleinen Söhne anzuschreien, gefälligst aufzuholen. Sie sehen ziemlich verzweifelt aus.

»Wann machen wir endlich Pause?«

Wir haben kaum den Parkplatz verlassen, und deshalb muß ich Charlie erklären, daß wir erst noch ein bißchen laufen müssen. Dies wird mit Protestgeheul quittiert. Zur Ablenkung macht Kate ein Päckchen Weingummi auf, und der Frieden ist wiederhergestellt. James, Charlie und William verkünden, jetzt wären sie betrunken von den Weingummis, und fangen an, hin und her zu torkeln. Die Lücke zwischen uns und dem Rest der Gruppe wächst beständig, und die wirklich Eifrigen, die im Sturmschritt losmarschiert sind, sind inzwischen nur noch winzige Punkte am Horizont. Die Route führt uns in den Wald. Es wird immer matschiger. Das wird ein sehr langer Tag werden.

Die Jungen haben inzwischen soviel Schlamm an ihren Gummistiefeln, daß sie kaum noch die Füße heben können, und wir müssen ständig haltmachen und ihnen helfen, die Stiefel abzuwischen. Die Kinder fangen an zu knatschen und schalten dann in fortgeschrittenen Knatschmodus. Roger fängt »Ich sehe ein ...« an und lügt schamlos, indem er behauptet, er hätte einen Tiger und eine Rothaut gesehen. Die Kinder sind nahe daran, ihm zu glauben, und spähen in die Bäume. Wir beschließen, Rast zu machen, aber leider ist der Boden viel zu naß, um sich hinzusetzen. Deshalb balancieren wir auf umgekippten Baumstämmen und trinken Kaffee, während die Kinder essen. Sallys Flachmann macht die Runde, und wir bewundern einhellig die Landschaft. Roger rutscht von seinem Baumstamm ab und landet in einer Schlammpfütze. Die Kinder sind davon überzeugt, dies sei das absolut Lustigste, was sie je gesehen haben. In ihrem ganzen Leben. Glücklicherweise gehört Roger nicht zu denen, die gleich beleidigt abrauschen, nur weil sie von fünf hysterischen Kindern und drei Frauen ausgelacht werden. Wirklich ein seltenes Exemplar von Mann.

Er setzt uns in Kenntnis, daß er jetzt naß ist bis auf die Unterhose, was eine neue Kreischattacke nach sich zieht. Schließlich hört Sally auf zu lachen und gibt ihm einen Kuß. Was die Kinder wiederum vollkommen widerlich finden und sie zu Würgegeräuschen animiert. Kate und ich tauschen neidische Blicke. Sehr fröhlich wandern wir weiter. Wir lassen den Wald hinter uns und betreten freies Gelände. Wir kommen an einer der super ausgerüsteten Familien vorbei, in der das größte Donnerwetter tobt. Die Eltern streiten lautstark darüber, wessen Schuld es ist, daß sie die Thermoskanne Kaffee vergessen haben, und die Kinder kabbeln sich darum, wer mit Kartetragen dran ist. Eins der Kinder ist offensichtlich kopfüber in eine Pfütze gefallen und von oben bis unten mit Schlamm bedeckt. Wir sind schon fast in Sichtweite der Hauptgruppe und kommen an einer weiteren Familie vorbei, wo die Dinge im argen liegen. William sagt, vielleicht ist es ja wie beim Hasen und dem Igel und am Ende werden wir die Sieger sein. Wir sagen ihm alle, was für einen tollen Gedanken er da hatte, aber im Grunde sind unsere Chancen auf einen Sieg verschwindend gering, weil ganz sicher einzelne Mitglieder der joggenden Jogginganzugs-Brigade schon fertig sind und bereits zu Hause unter der kalten Dusche stehen. Ich gebe William zur Belohnung für positives Denken ein Mini-Mars, und Charlie schmollt.

Dann fängt es an zu regnen. Es folgt eine alptraumhafte halbe Stunde, in der jeder am Rande von Tränen und Flüchen ist und uns die Süßigkeiten ausgehen. Ganz unten in meiner Tasche finde ich zwar eine Rolle Polo, aber leider nicht das, was wir jetzt dringend brauchen, nämlich einen Geländewagen mit Allradantrieb. Die Pfefferminzbonbons zeigen trotzdem eine Zeitlang Wirkung. William erzählt, der Zahnarzt hat gesagt, daß Polos die schlimmsten Süßigkeiten auf der ganzen Welt sind und daß er leider keins nehmen darf. James und Charlie schauen ihn an, als sei er ein armes Waisenkind aus einem Kriegsgebiet und nicht ein Junge, dessen Eltern in punkto Süßigkeiten strenge Regeln haben. Roger erzählt, daß er als kleiner Junge einmal den Zahnarzt gebissen hat, und erntet von den Kindern bewundernde Blicke. Hastig ergeht Roger sich in einer ausführlichen Erklärung darüber, wie es früher war und daß Zahnärzte heute ganz lieb sind und Anstecker verschenken. Die Kinder sehen nicht überzeugt aus. Sally sagt, das nächste Mal kann Roger mit William zum Zahnarzt gehen. Ich frage mich, ob es statt der üblichen Elmex-Plaketten auch Anstecker gibt, auf denen »Ich habe heute meinen Zahnarzt gebissen« steht.

Es hört nicht auf zu regnen, und wir trotten weiter. Die Route führt uns inzwischen über die Straße auf der anderen Seite des Ortes zurück, und das Ende ist in Sicht. Schließlich erreichen wir den Zielposten, und Mrs. Harrison-Black sagt: »Gott sei Dank, wir wollten gerade einen Suchtrupp losschicken, haha.« Kate schenkt ihr dafür ihren ganz speziellen vernichtenden Blick, dessen Handhabung sie offensichtlich im Mädchenpensionat gelernt hat. Es fällt mir schwer zu glauben, daß sie wirklich ein Mädchenpensionat besucht hat, aber sie sagt, das sei die Idee ihrer Mutter gewesen, und weil es im Grunde nichts anderes bedeutet hätte, als für sechs Monate in die Schweiz zu gehen und mit Skilehrern zu flirten, habe sie eingewilligt. Es hat sich eindeutig ausbezahlt, denn im Vernichtend-Schauen ist Kate unschlagbar, und selbst Mrs. Harrison-Black weicht einen Schritt zurück. Die Kinder mobilisieren ungeahnte Kraftreserven und rennen wie wild durcheinander, um ihre Schulfreunde zu begrüßen. Ich lade Kate und Sally und Roger zum Pizzaessen zu uns ein. Kate sagt, sie leiht ein paar Videos aus, und Sally und Roger wollen Wein mitbringen. Die Kinder sind fürchterlich aufgeregt, und Charlie will Luftballons, weil es ohne keine richtige Party wäre.

Die Pizza ist ein großer Erfolg, und die Jungen verschwinden zum Legospielen nach oben. Ständig dringen gedämpfte Krachtöne zu uns herunter, und in Charlies Zimmer regiert das Chaos, aber ich zwinge mich, nicht daran zu denken. Phoebe und Rosie schauen sich *Kleine tapfere Jo* mit Katherine Hepburn an und sind begeistert. So wie wir alle außer Roger, der bei jeder kitschigen Stelle anfängt zu schnauben und sagt, der Film sollte besser *Kleine langweilige Jo* heißen, und wissen will, wann endlich eine wilde Schießerei kommt.

Die Kassette ist zu Ende, und es herrscht allgemeine Aufbruchsstimmung. William klammert sich in einem Tobsuchtsanfall am Sofa fest und sagt, er will nicht nach Hause. Ich besteche ihn schließlich, indem ich ihm einen Cowboyhut leihe und dazu Pfeil und Bogen, die zu teilen Charlie widerwillig gestattet, aber nur, wenn William gut darauf aufpaßt. Was William feierlich verspricht, worauf die ganze Familie ins Auto steigt und sich auf den Weg macht. William schwenkt den Cowboyhut zum Fenster hinaus. Daraufhin bricht James in Tränen aus und sagt, er will auch nicht nach Hause und eigentlich wollte er sich den Cowboyhut leihen. Phoebe sagt, er ist ein doofes Baby, und erntet von James einen Tritt. Kate schleppt und zerrt die Kinder zum Auto, und Charlie verkündet auf und ab hüpfend, daß Phoebe das schrecklichste Mädchen auf der Welt ist und es verdient hat, getreten zu werden. Ich sage: »Halt den Mund«, und er sagt mir, daß ich ungezogen bin. Ich könnte gut und gerne noch viel ungezogener werden, doch statt dessen ignoriere ich sämtliche Proteste und stecke ihn in den Schlafanzug und dann ins Bett, bevor ihm irgendwelche Ablenkungsmanöver in den Sinn kommen können.

»Mama.«

»Ja.«

»Können wir morgen wieder wandern gehen?«

»Nein.«

»Und können wir wieder Pizza essen?«

»Nein.«

»Ich hasse dich, Mama.«

»Gute Nacht, Charlie.«

Noch ehe er richtig im Bett liegt, ist er eingeschlafen. Ich krieche auf allen vieren aus dem Zimmer, weil der Boden komplett mit Legosteinchen bedeckt ist. Sogar im Waschbecken sind Legosteine. Vielleicht gelingt es mir, morgen einen Teil davon wegzuwerfen, wenn Charlie es nicht merkt. Mit diesem erfreulichen Gedanken breche ich auf meinem Bett zusammen und habe verworrene Träume von Schulwanderungen durch Porridge und von einem schreienden Barney, der uns zur Eile antreibt, weil das Licht verblaßt. Ich hoffe, das ist kein Omen für die Dreharbeiten nächste Woche.

KAPITEL 3

Sex & Drugs & Wurst im Schlafrock

Offensichtlich war heute ein Polizeibeamter in der Schule und hat mit den Kindern über Drogen geredet. Das Thema hat Charlie schwer beeindruckt, und jetzt sitzt er in der Badewanne und gibt mir Aufklärungsunterricht.

»Mami, ich werde nein zu Drogen sagen, und das mußt du auch tun.«

»Aber sicher, Charlie.«

Obwohl ich in diesem Moment zu einem großen Gin Tonic mit Sicherheit nicht nein sagen würde.

»Gut, und wenn dir jemand Ellis' Tee anbietet, dann mußt du nein sagen.«

»Was meinst du mit Ellis' Tee, Spatz? Tee darf man doch trinken, oder?«

Himmel, jetzt kann ich nicht mal mehr in Ruhe Tee trinken, ohne von meinem Sohn über das Übel von Drogen aufgeklärt zu werden.

»Weißt du, Mami, Ellis' Tee ist eine Droge, und der Polizist hat gesagt, manchmal sieht es aus wie Süßigkeiten. Das ist doch gemein – man denkt, es wäre was zum Naschen, und dabei ist es eine Droge! Deshalb darfst du auch nie von Fremden Süßigkeiten nehmen, Mama, es könnte Ellis' Tee sein.«

»Ich glaube, du meinst LSD, Charlie, nicht Ellis' Tee.«

»Woher weißt du das? Wollte dir jemand schon mal so was andrehen?« Charlie macht seine Augen zu engen Schlitzen und mustert mich mit strengem Blick, auf der Suche nach Spuren von Drogenmißbrauch.

»Nein, natürlich nicht, aber ich habe in den Nachrichten davon gehört, und es heißt ganz sicher LSD.«

»Also, wenn einer versucht, dir so was zu geben, dann mußt du nein sagen und sofort zu einem antwortlichen Erwachsenen gehen, so wie Miss Pike. Aber Miss Pike ist ja nicht bei dir in der Arbeit, oder? Zu wem gehst du dann?«

Nein, Gott sei Dank, das ist sie nicht. Ich stelle mir vor, wie sie uns zurechtweist, weil wir nicht ordentlich dasitzen, und Barney ihr sagt, sie soll sich verpissen.

»Es heißt verantwortlich, Charlie, nicht antwortlich. Und ich bin selbst eine verantwortliche Erwachsene, deshalb müßte ich es auch keinem sagen.«

Charlie sieht nicht gerade so aus, als sei er von meiner Qualifikation als verantwortliche Erwachsene überzeugt, also wechsle ich, um eine unschöne Szene zu vermeiden, das Thema.

»Auf alle Fälle finde ich es toll, daß du so gut aufgepaßt hast und über Drogen Bescheid weißt. Was hat der Polizist denn noch erzählt?«

»'nen ganzen Haufen. Er hat uns alles über gefährliche Fremde erzählt. Wenn man einen Fremden sieht, dann darf man ihm was tun und dann ganz schnell weglaufen. Sogar beißen.«

Er macht eine Pause, um diese wundervolle Vorstellung gebührend wirken zu lassen. Er ist ganz aus dem Häuschen bei der Aussicht, den erstbesten Fremden, der ihm über den Weg läuft, beißen zu dürfen. Ich muß sofort reagieren, um der Möglichkeit einen Riegel vorzuschieben, in nicht allzu ferner Zukunft eine Anzeige an den Hals zu kriegen.

»Man darf nicht beißen, Charlie, nur wenn man wirklich in Gefahr ist, aber nicht, weil man einen anderen nicht kennt. Es ist viel besser, zu schreien und zu treten und wegzulaufen, als zu versuchen, jemanden zu beißen. Außerdem ist es sowieso sehr unwahrscheinlich, daß einem mit Fremden etwas passiert, also mach dir nicht so viele Gedanken darüber.«

Hoffentlich ist das der richtige Weg im Umgang mit diesem Thema; ich hasse diese Gespräche, und ich weiß jetzt schon, daß ich früher oder später schweißgebadet aus einem Alptraum erwache, in dem Charlie von irgendwelchen Verrückten verschleppt wird und alles meine Schuld ist, weil ich ihm verboten habe, sie zu beißen.

Währenddessen sitzt Charlie friedlich in der Wanne und singt selbsterfundene Spottlieder. Wir waschen seine Haare, und er quengelt, ich würde versuchen, ihn zu ertränken. Ich muß bald einen Termin beim Friseur machen: Seine Haare sind so lang geworden, daß er kaum noch durch die Ponyfransen schauen kann. Ich habe einmal versucht, ihm selbst die Haare zu schneiden, aber es sind immer mehr kleine Büschel aus dem Nichts aufgetaucht, und am Ende sah er aus, als hätte er in die Steckdose gefaßt.

Schließlich gelingt es mir, ihn ins Bett zu verfrachten, und gerade, als ich ihn zudecke, setzt er sich mit einem Gesichtsausdruck auf, der verrät, daß er etwas Wichtiges mitzuteilen hat.

»Mami, kennst du Würstchen im Schlafrock?«

»Ja.«

»James hatte welche dabei, und er hat mir ein bißchen was abgegeben, und es war sehr lecker, auch wenn ich fast kein Würstchen erwischt habe, weil James sie selber wollte. Kann ich morgen auch Würstchen im Schlafrock mitnehmen?«

»Morgen nicht, Schätzchen. Ich habe keine Zeit, einkaufen zu gehen.«

»Wir können doch vor der Schule einkaufen gehen.«

In mir regt sich der dringende Verdacht, dies könne ein Trick sein, um seine neue, von der Polizei genehmigte Beißtechnik zu testen.

»Das geht nicht. Ich muß morgen in die Arbeit, und Edna kommt. Aber ich kaufe dir morgen welche, wenn du in der Schule bist.«

»Okay, aber du mußt die großen kaufen, nicht diese winzig kleinen, die schmecken nicht. – Ich habe Hunger, Mami, kann ich noch was Kleines haben?«

»Nein, jetzt ist Schlafenszeit. Jetzt hör auf zu schnattern und leg dich hin, es ist höchste Zeit. Träum was Schönes, mein Schatz.« Ich schlüpfe schnell zur Tür hinaus, ehe ihm wieder etwas Neues einfällt.

Eine halbe Stunde später gehe ich noch einmal hinauf, um nach ihm zu sehen, und erwarte, ein friedlich schlafendes Kind vorzufinden. Aber als ich die Tür aufmache, sieht Charlie mich mit hochrotem Kopf wütend an und sagt: »Geh weg, Mami, ich bin am Wackeln.«

Ich weiß nicht recht, wie ich darauf reagieren soll. Ich habe stets daran festgehalten, daß es in Ordnung ist, mit seinem Pillermann zu spielen, wenn man allein ist, aber auf keinen Fall bei *Marks and Spencer*, und sei die Schlange auch noch so lang. Aber irgendwie finde ich es furchtbar fies, ihn gestört zu haben. Ich stelle mir vor, wie wir irgendwann zur Familientherapie müssen, wo ich dann für seine psycho-sexuelle Entwicklung verantwortlich gemacht werde. Ich halte es für das beste, es schlicht zu ignorieren.

»Ich wollte nur gute Nacht sagen. Du solltest schon längst schlafen, Herzchen.«

»Kein Problem, Mami. Ich liebe meinen Pillermann. Ich wette, du hättest auch gerne einen.«

Mal abgesehen vom späten Sonntagabend, wenn alle Gin- und Schokoladenvorräte zur Neige gegangen sind, kann ich aufrichtig sagen, daß ich solche Wünsche niemals hege, aber das verschweige ich Charlie wohlweislich.

»Nein, Spatz, ich bin gerne so, wie ich bin.«

Ich weiß, das ist eine jämmerliche, euphemistische Verteidigung der weiblichen Sexualität, aber für Handfesteres bin ich einfach zu müde.

»Also ich finde meinen Pillermann viel besser. Weißt du, wenn man einen Schlitz im Schlafanzug hat, kann man ihn einfach durchstecken. Das kannst du mit deinem Popo nicht, oder, Mami?«

Nein, außer ich bin vollkommen betrunken. Trotzdem kann ich diese Verleumdung nicht unkommentiert lassen.

»Nein, kann ich nicht. Aber du wärst nie geboren worden, wenn alle Menschen Pillermänner hätten, deshalb sind beide Sorten gut. Ich liebe meins, und du liebst deins, das ist doch toll. Und jetzt wird geschlafen, du hast morgen Schule.«

Bitte, lieber Gott, mach, daß er dieses Gespräch nicht mit Miss Pike führen will.

Vollkommen erschlagen gehe ich hinunter und koche mir eine Tasse Tee. Ich bin schon halb darüber hinweg, als Leila anruft. Sie findet das alles fürchterlich komisch und will »wackeln« sofort zu ihrem Wort der Woche erklären. Das Gespräch wendet sich anderen Lieblingseuphemismen zu, und wir werden beinahe hysterisch. Unsere Favoriten sind »bimmeln« und »zupfen«. Wir finden, »Bimmler« und »Zupfer« würden auch sehr lustige Namen für die Figuren einer Kinderserie abgeben. Schließlich gelingt uns der Bogen zum ursprünglichen Grund ihres Anrufes, nämlich uns am Wochenende zu besuchen, weil sie Charlie schon wieder viel zu lange nicht mehr gesehen hat. Die wunderbare Aussicht auf einen Tag mit Leila wird nur unwesentlich getrübt von der Tatsache, daß sie grundsätzlich fragt, wann Charlie normalerweise ins Bett geht, kaum daß sie eine halbe Stunde da ist. Sie vergöttert ihn, aber ihre Langeweile-Schwelle in bezug auf kindgerechte Beschäftigung ist sehr niedrig, so wie bei beinahe allen meinen kinderlosen Freundinnen. Als sie das letzte Mal zu uns rauskam, geriet sie in eine Legobau-Stunde, die sie beinahe ins Koma verfrachtet hätte. Außerdem trägt sie normalerweise grundsätzlich ein exklusives Teil am Leib, das rettungslos zu versauen Charlie noch immer gelungen ist. Sie muß mir versprechen, etwas Waschbares anzuziehen, und ich lade sie für Sonntag zu uns ein. Außerdem verabreden wir uns für morgen abend zum Essen zu einer Runde Charlie-freiem Klatsch und Tratsch. Wenn Sonntag schönes Wetter ist, können wir an den Strand gehen, und Charlie kann sich von oben bis unten naß machen. Ich kann's kaum erwarten.

Edna kommt morgen bei Sonnenaufgang, also stelle ich mir den Wecker besonders früh, weil ich noch die Küche putzen will, ehe sie auftaucht. Mit den besten Absichten wache ich auf, doch dann stehe ich in der Küche und schaue den Vögeln zu, die in der Hecke vor dem Fenster ihr Nest bauen. Ich bin versucht, ihnen ein bißchen Küchenkrepp rauszulegen, damit sie sich Bettdecken machen können, aber ich fürchte, die Zweige und Halme von der Wiese nebenan sind ihnen doch lieber. In letzter Minute komme ich auf die Idee, sämtliche Flächen mit Küchenreiniger einzusprühen, was eine wahre Küchenputzorgie in jüngster Vergangenheit vortäuschen soll. Und obwohl ich weiß, daß Edna sich nie wirklich hinters Licht führen läßt, fühle ich mich besser. Charlie stürmt die Treppe runter und fängt sofort mit einer detaillierten Schilderung seines Traums von den Ägyptern an. Verhalten lächelnd versuche ich, die Konversation fort von den Pyramiden zu lenken, und dann erringt Edna seine ganze Aufmerksamkeit, weil sie sich anbietet, zum Frühstück Obst zu schneiden und vor allem zu schälen. Charlie ist begeistert, denn ich verweigere mich normalerweise dieser Fisselarbeit. Wir marschieren in die Küche, und Charlie zählt tanzend all die vielen Sorten Obst auf, die er zum Frühstück zu verspeisen gedenkt. Schließlich entscheidet er sich für Ananas und Erdbeeren, und ich trete hastig die Flucht ins Auto an, ehe er merkt, daß wir nur Äpfel und eine schrumplige alte Orange im Haus haben.

Die Autobahn ist ein Alptraum: eine tödliche Mischung aus Lastwägen, Regen und jeder Menge Menschen, die verzweifelt darauf aus sind, sich so schnell wie möglich in die nächste Notaufnahme zu befördern, indem sie ihre Autos ungebremst in den Mittelstreifen krachen lassen. Ich hänge auf der mittleren Spur hinter einem alten Sack in seinem Mini Metro fest, der mit 80 km/h vor sich hin zuckelt und versucht die Lkws zu überholen, was ihm allerdings gründlich mißlingt. Jedesmal, wenn ich versuche, auf die Überholspur zu wechseln, gibt irgend so ein Wichser in seinem BMW Gas und hindert mich daran. Ich habe das Gefühl, für alle Ewigkeit gefangen zu sein. Schließlich verliere ich die Geduld und beschleunige so stark, daß ich dem alten Kerl beinahe in sein Auspuffrohr krieche. Dann ziehe ich scharf nach rechts, ohne dem BMW-Fahrer Gelegenheit zu bieten, Gas zu geben und mir den Weg zu blockieren. Er ist außer sich und drangsaliert mich mit der Lichthupe. Ich antworte mit meinem neuesten Trick, den Barney mir beigebracht hat. Ich schalte die Nebelrücklichter ein, was das Heck meines Autos rot aufleuchten läßt und eine Vollbremsung simuliert.

Es ist sehr unreif, mich zu derart lächerlichem Verhalten hinreißen zu lassen, aber äußerst befriedigend zu sehen, daß es funktioniert. Der BMW-Fahrer bremst und fällt zurück. Offensichtlich hält er mich für geisteskrank, und ich bestärke ihn in dem Glauben, indem ich freiwillig wieder auf die mittlere Spur wechsle, sobald ich den alten Sack sicher überholt habe. Sofort beschleunigt der BMW, um zu überholen, doch der Fahrer kann nicht widerstehen, vom Gas zu gehen, sobald er auf meiner Höhe ist, und mir einen drohenden Blick zuzuwerfen, woraufhin ich ihm den gestreckten Mittelfinger zeige, ohne dabei meinen Blick von der Straße zu wenden. Ich trage heute lila Nagellack, was gewissen Gesten meiner Meinung nach einen Hauch von Stil verleiht. Ohne hinzusehen, weiß ich, daß er außer sich ist. Wunderbar.

Endlich habe ich Soho und das Parkhaus erreicht. Leider sind inzwischen nur noch auf dem Dach ein paar Parkplätze frei, erreichbar über eine wackelige Metallrampe, die beim Drüberfahren bebt. Ein Idiot in einem Range Rover fährt die halbe Rampe rauf, verliert dann die Nerven und rollt rückwärts wieder runter, wobei er ein totales Chaos verursacht, weil zwei Wagen hinter ihm sind. Was hat es für einen Sinn, Autos mit Allradantrieb zu konstruieren, mit denen man über Klippen fahren kann, wenn man sie dann an Idioten verkauft, die nicht mal in der Lage sind, sie zu parken? In Soho sind alle Parkhäuser schrecklich, aber die Bahn kostet ein Vermögen, braucht Stunden, und es gibt nur zwei Möglichkeiten, abends nach Hause zu kommen: um siebzehn Uhr oder um siebzehn Uhr fünfzehn. Danach muß man über Aberdeen fahren. Also bin ich auf mein Auto angewiesen. Ich meistere die Wackelrampe, parke und schaffe es gerade noch rechtzeitig ins Büro, nur um dort festzustellen, daß ich eine lebenswichtige Mappe im Auto vergessen, aber keine Zeit mehr habe, sie zu holen. Perfekt.

Barney sitzt bereits im Besprechungszimmer, über seinem Kopf Gewitterwolken. Es stellt sich heraus, daß er heute früher ins Büro gekommen ist und versucht hat, sich mit der neuen Maschine eine Tasse Kaffee zu machen. Dabei hat er sich mit kochendheißem Wasser den Daumen verbrüht, weil er im falschen Augenblick den falschen Knopf gedrückt hat. Stef warnt mich, er würde sich benehmen, als sei Amputation die einzige Alternative, und habe sie schon zweimal angeschnauzt, sie solle sich verziehen und diese Scheißmaschine mitnehmen. Ich veranstalte einen großen Wirbel um seinen Daumen, den ein winziger roter Punkt ziert, und zaubere aus meiner Handtasche ein Dinosaurier-Pflaster hervor, womit ich ihn verarzten will, »um die Wunde sauberzuhalten«. Barney ist schwer in Versuchung, aber dann fängt er sich wieder und sagt, ich soll Leine ziehen. Im Erste-Hilfe-Schrank finde ich eine Tube Brandsalbe und bestehe darauf, ungefähr den halben Inhalt auf seinen Daumen zu schmieren. Barney ist entzückt, und seine Laune bessert sich erheblich, weil er mit Salbe und mit viel Aufmerksamkeit versorgt wurde. Genau wie Charlie, wirklich, nur mit weniger Geschrei und unwesentlich mehr Flucherei.

Wir sprechen gerade über die Vorbereitungen für den Dreh in Cornwall nächste Woche, als Lawrence hereinplatzt. Er haßt es, wenn Besprechungen ohne ihn stattfinden, und fragt, ob wir ihn brauchen. Die ehrliche Antwort wäre nein, aber Barney kann der Versuchung nicht widerstehen, Lawrence von seiner schrecklichen Verletzung zu erzählen. Lawrence sagt, oh, er wüßte alles über Verbrühungen, er hätte sich einmal an einem Kessel die ganze Hand verbrüht und Höllenqualen gelitten. Barney sieht ihn mit offener Verachtung an und fragt, wo um alles in der Welt er diese Hose herhabe. Lawrence trägt heute eine braune Lederhose – ein schwerwiegender Fehler nicht zuletzt, weil die Sofas im Besprechungszimmer auch aus Leder sind und Lawrence deshalb alle paar Minuten komische Sound-Effekte produziert, sehr zu seiner Verlegenheit und zu Barneys großem Vergnügen.

Ron, der Buchhalter, kommt und verschwindet mit Barney nach oben. Offensichtlich hat Barney vergessen, daß Stef sich verziehen sollte, und bittet sie, Tee zu kochen. Der Frieden ist wiederhergestellt, und jeder macht sich daran, ein bißchen zu arbeiten. Dann habe ich eine ermüdende Besprechung mit Ron, in der ich versuche, über Barneys Ausgaben während diverser Dreharbeiten der jüngsten Vergangenheit Rechenschaft abzulegen. Da Barneys Ablagesystem vorsieht, sich Belege in die Taschen zu stopfen und diese ab und zu in eine Schublade zu entleeren, ist dies eine langwierige Angelegenheit. Wir finden Belege für alle möglichen Dinge, an die ich nicht die geringste Erinnerung habe, und ich muß sehr kreativ sein. Endlich läßt Ron mich gehen, doch er sagt, es kann sein, daß er mich wegen einiger Rückfragen dieser Tage noch mal anrufen muß. Na großartig.

Der Anblick der To-do-Liste auf meinem Schreibtisch macht mich ganz schwach, und deshalb gehe ich raus und esse Kuchen und trinke dazu soviel schwarzen Kaffe, daß ich einen Koffeinschock bekomme und Angst habe, jeden Augenblick einen Herzinfarkt zu erleiden. Plötzlich fallen mir Charlies Würstchen im Schlafrock wieder ein, und ich klappere all die edlen Bäckereien auf der Old Compton Street ab. Doch überall sieht man mich an, als sei ich verrückt geworden, und bietet mir statt dessen Spinatquiche an. Ich kapituliere und mache mich auf den Weg zu M&S in der Oxford Street. Dort kaufe ich wie befohlen zwei Pakete mit großen Exemplaren. Ich verbiete mir, auch nur in Betracht zu ziehen, noch mehr einzukaufen, weil ich ansonsten zwei geschlagene Stunden im Supermarkt stehen und versuchen werde, mal wieder den Inhalt meines Kühlschranks zu visualisieren. Die Frau an der Kasse sieht mich mitleidig an. Offensichtlich hält sie mich für massiv eßgestört und denkt, ich würde acht Riesenwürstchen im Schlafrock zum Mittagessen verzehren. Ich komme zurück ins Büro und stelle fest, daß die Liste mit Leuten, die ich anrufen soll, noch länger geworden ist. Ich reiße mich zusammen und schaffe einen Haufen Rückrufe. Es gelingt mir, den Großteil des Teams zu buchen, bis mir auffällt, daß es fast schon sechs ist und ich noch nicht zu Hause angerufen habe.

Edna geht es gut, aber Charlie nicht. Die Pizza, die Edna zum Abendessen gemacht hat, fand er schrecklich, und er will wissen, ob er aufbleiben und *Buffy – Im Bann der Vampire* anschauen darf, wovon er unweigerlich Alpträume kriegen wird. Es folgen verzwickte Verhandlungen, die schließlich darauf hinauslaufen, daß er einverstanden ist, wie immer ins Bett zu gehen, wenn er dafür morgen mit mir zusammen ein Video von *Buffy* anschauen darf, was bedeutet, daß ich ihn bei besonders gruseligen Stellen mit Kitzelattacken ablenken kann. Das ärgert ihn natürlich maßlos, aber es verhindert, daß er wieder mitten in der Nacht schreiend aufwacht. Edna weiß nicht, wie man den Videorecorder programmiert – um ehrlich zu sein, ist es mir gerade erst gelungen, sie davon zu überzeugen, daß der Gebrauch der Mikrowelle ihrer Dauerwelle keinen Schaden zufügen wird. Also muß ich zu einer ausführlichen Erklärung ausholen, mit dem Ergebnis, daß sie mit Sicherheit das Endspiel der Weltmeisterschaft im Bowling aufzeichnen wird. Ich bin mit Leila zu einem frühen Abendessen in einem neuen Inlokal verabredet. Natürlich bin ich wie immer zu spät dran, und sie sitzt schon an der Bar. Sie sieht blendend aus in einem neuen Anzug, der sicher ein Vermögen gekostet hat. Hat er, aber er steht ihr unglaublich gut, und weil sie so gut darin aussieht, war es im Grunde, wie sie völlig richtig sagt, ein Schnäppchen. In dem Laden wimmelt es von hauchdünnen jungen Mädchen, die anscheinend nur in unwesentlich mehr als ihrer Unterwäsche gekommen sind. Unmengen Spitzenhöschen, endlos hohe Absätze und hauchdünne Strickjäckchen. Offensichtlich feiert der Blümchenlook Revival, wenn auch ausschließlich in beißenden Farben. Und nur in Größe 34. Ansonsten trägt man immer noch lange schwarze Blazer. Ich komme mir vor, als wäre ich achtzig, und bin mir sicher, daß mein schwarzer Blazer nicht annähernd lang genug ist. Aber wird mich das davon abhalten, eine Nachspeise zu bestellen? Nie im Leben!

Ich trinke nichts, weil ich noch fahren muß, aber Leila genehmigt sich eine Flasche Sekt und ist in Hochform. Die Werbebranche ist gut vertreten, und wir pflegen fleißig ebenso wichtige wie anstrengende Verbindungen. Wieder mal fällt mir auf, daß mein Namensgedächtnis fürchterlich unterentwickelt ist. Leila kann sich an jeden erinnern, die Namen sämtlicher Kinder und Haustiere eingeschlossen.

Mir gelingt es nicht mal, mich an den Namen einer wirklich netten Frau zu erinnern, mit der ich letztes Jahr zusammengearbeitet habe – dabei saßen wir die ganze Nacht in der Hotelbar und haben lange Listen gemacht mit hassenswerten Dingen an Regisseuren, an Männern im allgemeinen, an unseren Hüften und an Friseuren, die einem ständig zuviel abschneiden.

Dann begeben wir uns an unseren Tisch, und eine äußerst komplizierte Bestellung nimmt ihren Lauf. Leila macht gerade eine neue Diät und darf nur eine abartige Kombination von Nahrungsmitteln zu sich nehmen, wobei sie gleichzeitig darauf achten muß, daß ich nur das bestelle, was sie wirklich will, weil sie dann meins essen kann, was natürlich nicht zählt, weil sie es nicht bestellt hat. Alles geht gut, bis die Pommes frites dran sind und ich vorschlage, einfach zwei Portionen zu bestellen. Leila wird sauer und nennt mich Spielverderberin. Schließlich einigen wir uns auf eine große Portion, und als das Essen kommt, stellt sich die Portion als Riesenschüssel heraus, die kaum auf unserem Tisch Platz hat, und alles ist gut. Ich erzähle, daß Mum in den Osterferien für eine Woche eine Villa in Spanien gebucht und Charlie und mich eingeladen hat. Das bietet uns eine wunderbare Möglichkeit, dem üblichen Frühlingswetter mit Stürmen und sintflutartigen Regenfällen zu entkommen. Mum sagt, sie hat Lust auf einen kleinen Urlaub und Dad hat ein Golfturnier erfunden, damit er nicht mitkommen muß. Er ist nicht scharf auf Ferien mit kleinen Kindern. Leila hält Urlaub für eine glänzende Idee und plant etwas Ähnliches. Ihre Vorstellung von etwas Ähnlichem entpuppt sich als eine Woche Venedig, und ich erbiete mich, umzuschwenken, aber davon will sie nichts wissen und sagt, Charlie würde sich im Cipriani zu Tode langweilen und wäre geradezu moralisch verpflichtet, in den Canal Grande zu fallen. Ich muß ihr recht geben, leider, und verspreche, ihr einen Strohesel mitzubringen.

Unser Gespräch wendet sich allgemeinem Klatsch und Tratsch zu, und einmal bringt Leila mich dermaßen zum Lachen, daß ich fast ersticke und mir der Kellner auf den Rücken klopfen muß. Ehrlich gesagt finde ich nicht, daß er mich so fest hätte schlagen müssen, aber wenigstens habe ich meine Fassung wieder, und Leila weist darauf hin, daß es durchaus schlimmer hätte kommen können: er hätte den Heimlich-Handgriff anwenden können. Kein schlechter Gedanke, denn bei dem Versuch, mich hochzuheben, wäre ihm unweigerlich das Grinsen vergangen. Die Nachspeisen sind köstlich – Leilas neue Diät verlangt offensichtlich ausdrücklich nach Crème brûlée –, und Kaffee und Rechnung kommen ohne die übliche halbstündige Wartezeit. Vielleicht befürchtet der Kellner einen neuen Erstickungsanfall. Leila besteht darauf, die Rechnung zu übernehmen, und nimmt mir das Versprechen ab, meinen Anteil in ein Geschenk für Charlie zu investieren, aber nur wenn es Krach macht und aus Plastik ist. Sie hat gleich eine Verabredung mit einem neuen Mann und will tanzen gehen. Es ist mir unbegreiflich, wo sie die ganze Energie hernimmt. Ich jedenfalls bin kaum noch in der Lage, zu meinem Auto zu taumeln.

Der Aufzug ist kaputt, und als ich mich endlich zum vierten Parkdeck hochgeschleppt habe, brauche ich Sauerstoff und eine Liege. Es regnet, und die Rampe ist glitschig. Zweimal falle ich fast hin. Endlich schaffe ich es zu meinem Auto und breche erschöpft auf dem Sitz zusammen. Jetzt wäre ein Nickerchen das richtige. Statt dessen begnüge ich mich damit, zur Steigerung der Bequemlichkeit den BH auszuziehen, natürlich ohne aus dem Pullover zu schlüpfen, was eine Reihe akrobatischer Verrenkungen erfordert. Als ich gerade den BH aus meinem Ärmel ziehe, sehe ich, daß das Fahrzeug gegenüber nicht mehr leer ist. Der Mann auf dem Fahrersitz starrt mich offen an, obwohl ich nicht glaube, daß er irgendwas gesehen hat, weil er sich mit der Frage beschäftigt, wie er die

Rampe runterkommen soll, ohne unten in die gegenüberliegende Wand zu rutschen. Aber die Frau auf dem Beifahrersitz amüsiert sich königlich.

Die Heimfahrt gestaltet sich sehr viel entspannter als die Fahrt heute morgen. Ein Benz rast mit weit über 160 Sachen vorbei, und kaum fünf Minuten später erspähe ich ihn auf der Standspur – in Gesellschaft eines Streifenwagens. Na also! Zur Abwechslung hat die Autobahnpolizei mal was Sinnvolles getan. Der Streifenwagen ist beleuchtet wie ein Weihnachtsbaum, und es ist mir schleierhaft, wie der Mercedes-Fahrer ihn übersehen konnte. Ich vermute, mit 160 auf der Überholspur zu fahren hat sein ganzes Hirn in Beschlag genommen. Als ich nach Hause komme, liegt Edna schlafend vor dem Kamin. Sie hat daran gedacht, die Hofbeleuchtung anzulassen, damit ich beim Aussteigen aus dem Auto nicht wie üblich in die Rabatten stürze. Das perfekte Ende eines langen Tages, und sie sagt, Charlie war ein Engel, was natürlich glatt gelogen, aber trotzdem schön zu hören ist. Der Videorecorder hat funktioniert, und sie ist begeistert. Ich beschließe, ihr nicht zu sagen, daß sie den falschen Kanal aufgezeichnet hat.

Die Würstchen im Schlafrock sind der Hit, und natürlich muß Charlie ganz dringend eins zum Frühstück haben.

»Mami, findest du Würstchen im Schlafrock auch super?«

»Ganz toll.«

»Ja, und der sie erfunden hat, sollte eine Medaille kriegen, oder?«

»Ja. Und jetzt beeil dich und zieh dir die Socken an, sonst kommen wir zu spät.«

»Kann man für so was wie Würstchen im Schlafrock überhaupt Medaillen kriegen?«

»Keine Ahnung, Charlie. Zieh deine Socken an.«

»Ja, ja, du mußt nicht gleich schreien. Ich hab ja nur gefragt. Also wirklich, Mami, du mußt lockerer sein, finde ich.«

Er schenkt mir ein engelhaftes Lächeln, und ich verspüre den heftigen Drang, ihm eins von seinen Würstchen in die Nase zu schieben.

»Ich hab dich lieb, Mami. Kann ich zum Tee wieder Würstchen im Schlafrock haben?«

»Ja, Charlie, ich denke schon.«

Leilas Besuch zu Ehren habe ich für Charlie einen Friseurtermin vereinbart. Außerdem habe ich ihm versprochen, daß wir bei Pizza Expreß zu Mittag essen, weil ich ihn davon überzeugen will, daß es tatsächlich möglich ist, am Samstag vormittag das Haus zu verlassen, ohne vorher sämtliche Zeichentrickserien gesehen zu haben. Er ist äußerst skeptisch, läßt sich aber erweichen, als ich ihm zusätzlich Eis zum Nachtisch verspreche. Tracy, die Friseurin, ist sehr nett und fragt Charlie, wie er seine Haare geschnitten haben will.

»Ich will Tretlocks – die sind nämlich total in, weißt du?«

Tracy ist sich nicht ganz sicher, was Tretlocks sind, sollte er aber Dreadlocks meinen, so seien seine Haare leider nicht lang genug.

»Also gut, aber nicht zu kurz, weil sonst meine Ohren frieren müssen.«

Tracy schnippelt eifrig drauf los, und ich lese ein Kapitel aus *The lion, the witch and the wardrobe* vor. Als wir das letzte Mal hier waren, hatte ich vergessen, etwas zu lesen mitzubringen, und wir mußten ewig lange »Ich sehe was, was du nicht siehst« spielen. Charlie gewann mit einem Wort, daß mit F anfängt, was mich so nervös machte, daß ich darauf bestand, flüsternd weiterzuspielen, und es stellte sich dann heraus, daß er »fette Frau« meinte. Ein Buch ist also die weitaus sicherere Lösung. Das Kapitel ist fast zu Ende, als Tracy sagt, sie sei zwar fertig, ob ich aber trotzdem bitte zu Ende lesen könnte, weil die Geschichte so nett sei und ob wir die *Snow*

Queen nicht auch doof fänden. Ich lese das Kapitel zu Ende, während Tracy Charlie nicht vorhandene Haare aus dem Nacken bürstet.

Am nächsten Morgen taucht Leila auf und sagt, Charlies neue Frisur sei das Schnittigste, was sie seit langem gesehen hätte. Wir fahren nach Whitstable. Kaum sind wir aus dem Auto gestiegen, als Charlie schon in Richtung Meer davonsaust. Er schafft es, sich innerhalb von fünf Minuten vollkommen zu durchnässen. Ich habe eine Garnitur Ersatzklamotten für ihn dabei, aber das richtige Timing ist entscheidend: Ziehe ich ihn zu früh um, ist auch das zweite Set naß, noch ehe wir zum Mittagessen gehen, und warte ich zu lange, holt er sich eine Erkältung. Seine Beine leuchten jetzt schon blaßlila. Leila und ich sitzen lästernd auf den Kieselsteinen, was bereits nach ungefähr zwei Minuten höllisch unbequem ist, wenn auch unbestreitbar pittoresk. Leila trägt mannigfache Schattierungen von Crèmetönen und dazu pinkfarbene Sandalen, die sehr empfindlich aussehen. Eigentlich kann sie in diesen Schuhen überhaupt nicht laufen, aber das ist ihr egal, weil sie so hübsch sind. Ich bin absolut ihrer Meinung und hätte selbst gern so ein Paar.

Leilas neuer Typ macht sich recht gut. Er ist Single, ohne auf den ersten Blick erkennbare psychologische Macken, unverheiratet, hat keine außerplanmäßigen Kinder, und er verdient ein Vermögen. Außerdem ist er phantastisch im Bett und beherrscht ein sehr interessantes Kunststück mit seiner Zunge. Er ist – laut Leila – nicht langweilig, obwohl er in der Stadt arbeitet. Das glaube ich gerne, wenn er nur den Trick mit der Zunge nicht für ganz besondere Gelegenheiten aufhebt. Er heißt James, und Charlie findet, das ist ein sehr guter Name, weil sein bester Freund genauso heißt. Leila hält das für ein gutes Omen. Offensichtlich hat es sie schwer erwischt. Sie läßt sich zu der Vorstellung hinreißen, wie gut er sich vor dem Traualtar machen würde, was ein sehr schlechtes Zeichen ist, denn normalerweise fallen die Hochzeitsphantasien noch nicht in diese frühe Phase. Sie fragt Charlie, ob er einen Kilt tragen und ihr Page sein würde, und er sagt ja, und dann erklären wir ihm, was ein Kilt ist, und er sieht uns an, als hätten wir nicht mehr alle Tassen im Schrank.

»Mami, du solltest heiraten, dann hätte ich einen Papa. Dann würde ich doch mehr Spielsachen bekommen, stimmt's?«

»Eigentlich nicht. Du würdest dieselben Sachen kriegen, nur daß sie dann von uns beiden wären.«

»Ach so. Es wäre aber trotzdem schön.«

Himmel. Heißt das, der arme kleine Kerl hat ein Trauma, sehnt sich nach einer Vaterfigur, und ich habe nie etwas davon gemerkt? Völlig geknickt über meinen Egoismus nehme ich Charlie fest in die Arme. Leila sieht mich ängstlich an.

»Wünschst du dir wirklich einen Papa, mein Schatz?«

»Ein bißchen schon. Könnte doch sein, daß uns mal ein netter Mann über den Weg läuft, oder? Nicht zu dick und keine roten Haare.«

Schade, schade! Da geht er hin, der Mann meiner Träume!

»Nicht wie Homer Simpson. Und viel Geld muß er haben und einen Hund. Einen großen Hund. Dann könntet ihr euch mit dem Arbeiten abwechseln, und wir könnten uns einen Pool kaufen. Wenn ich mal heirate, dann in keiner Kirche. Ich heirate in einem Postamt.«

»Ich glaube, du meinst ein Standesamt, Charlie.«

»Ja. Und wenn du zu müde wärst, um mit mir schwimmen zu gehen, dann könnte er mit mir schwimmen gehen.«

»Das stimmt, aber du müßtest dann auch mehr teilen, weißt du? Und wenn wir alle zusammen mit dem Auto fahren, dann müßtest du hinten sitzen.«

Charlie hält inne und denkt über diesen häßlichen Makel seines Wunschtraumes nach.

»Na gut. Können wir dann nur einen Hund haben?«

Leila verschluckt sich fast vor Lachen, und ich bin unendlich erleichtert, weil er doch keine schreckliche Sehnsucht nach einem Patriarchen in seinem Leben zu hegen scheint. Charlie saust davon, um Pirat zu spielen, was bedeutet, daß er bis zu den Knien ins Wasser rennt, kehrtmacht und laut brüllend wieder herausstürmt. Plötzlich fängt es an zu regnen, und wir flüchten uns in die Whitstable Oyster Bar. Ich muß Leila in ihren neuen Sandalen förmlich über die Kieselsteine tragen, was Charlie zum Totlachen findet. Meine Tischreservierung gewährt uns glücklicherweise Einlaß, doch es ist brechend voll, und die Kellnerin steht kurz vor einem Nervenzusammenbruch. Charlie verkündet, er ist am Verhungern, und verschlingt das Essen auf den Tellern fremder Menschen nahezu mit Blicken. Ich muß schnell etwas unternehmen, sonst fängt er an rumzulaufen und Leute zu fragen, ob sie ihre Pommes brauchen. Mir gelingt es, die Kellnerin auf uns aufmerksam zu machen, wir geben unsere Bestellung auf, und im letzten Moment flötet Charlie, er gedenke, heute Hummer zu sich zu nehmen. Ich sage ihm, er soll den Mund halten und Fisch mit Pommes nehmen, aber Leila stimmt mich mit dem Argument um, es sei wichtig, Kinder zu kulinarischen Entdeckungsreisen zu ermutigen, und außerdem würde sie die Rechnung zahlen. Der Hummer wird mit einem kleinen Dolch für den Panzer serviert, und begeistert macht Charlie sich daran, auf den Hummer einzustechen. Er benutzt den Dolch sogar, um seine Pommes frites aufzuspießen.

Bald sind Leila und ich über und über mit fliegenden Hummerstückchen bedeckt, und die Menschen an den Nachbartischen hören auf, den kleinen Jungen mit dem erwachsenen Gebaren nachsichtig anzulächeln, und gehen in Deckung. Ich entwinde Charlie den Dolch, und er kehrt zu Messer und Gabel zurück, zutiefst beleidigt, bis Leila fragt, ob er eine Auster probieren möchte. Möchte er, also bestellt sie ein halbes Dutzend. Er schlürft sie hinunter und sagt, es schmeckt wie Meerwasser, nur glitschiger, und ob er noch eine haben kann, bitte schön? Ich bin begeistert über seine Entdeckungsfreudigkeit und fürchte gleichzeitig ernsthaft, daß ihm jeden Augenblick speiübel wird. Leila sagt, er muß immer daran denken, daß er seine ersten Austern mit ihr gegessen hat. Zum Nachtisch bestellen wir alle köstliches Eis, und dann saust Charlie wieder zurück ans Meer und zu seinem Piratenspiel. Wir trinken Kaffee und sehen ihm zu. Ich versuche auszurechnen, ob er genügend Zeit hat zu ertrinken, ehe wir aus dem Restaurant stürmen und ihn aus dem Wasser fischen können. Ich glaube, wir könnten es schaffen, aber nur, wenn Leila die Sandalen auszieht. Das Lokal ist voll von Familien mit Kindern aller Altersgruppen. Einige sitzen völlig zufrieden da: Kauen glücklich auf einem Stück Brot und winken ab und zu freundlich in die Gegend. Andere dagegen werden ständig rumgereicht wie kleine Pakete; sie strampeln, versuchen sich loszumachen, werfen mit Brot, schlicht, sie veranstalten ein Riesentheater. Ich sage zu Leila, wie unfair ich es finde, daß manche Leute mit zufriedenen kleinen Wonneproppen gesegnet sind, die stundenlang stillsitzen, während der Rest von uns sich mit aufsässigen kleinen Nervensägen abplagt, die keine Minute lang Ruhe geben können. Früher dachte ich, das wäre alles eine Frage der Erziehung, aber kurz nach Charlies Geburt habe ich gemerkt, daß das so nicht stimmt. Gehören sie zur aufsässigen Sorte, dann kann man nichts daran ändern, man muß irgendwie damit zurechtkommen. Das sollte man beim Verfassen dieser ganzen Ratgeber mal bedenken. Ein Wonneproppen macht mit zwölf Monaten seine ersten zaghaften Schrittchen, sein erstes Wort ist »ja« und sein Lieblingsspielzeug ein Teddybär. Eine Nervensäge dagegen rennt sofort los, das erste Wort ist »nein«, und zu den Lieblingsspielsachen zählen deine Haare, der Inhalt deiner Handtasche und das Telefon – aber nur dann, wenn du gerade telefonierst. Beim Hinausgehen schenke ich einer Mutter ein solidarisches Lächeln, deren Sohn ausschließlich die Pommes frites von fremden Menschen anrührt.

Mit einer Mischung aus Versprechungen und Drohungen gelingt es uns schließlich, Charlie in den Wagen zu locken. Auf der Heimfahrt denkt Leila sich die wunderbare Geschichte von zwei rosa Zaubersandalen aus, mit denen man an jeden Ort der Welt fliegen kann, und als wir da sind, hat Charlie ihre Sandalen an und wünscht sich ins Abenteuerland. Leila ist äußerst zufrieden mit ihren Erzählkünsten, und deshalb verschweige ich, daß sie die nächsten fünf Jahre lang jedesmal, wenn sie Charlie sieht, ein neues Kapitel erzählen muß. Ich steckte letztes Jahr in einem ganz ähnlichen Dilemma, als ich ihn mit einer Geschichte bestochen hatte, damit er eine Krabbe zurück ins Meer warf. Nach etwa sechs Wochen allabendlicher Forderungen nach einem neuen Kapitel der *Abenteuer von Charlie der Krabbe* war ich absolut am Ende und erfand ein schreckliches Unglück auf einer Ölplattform. Alle Krabben mußten vor der Ölpest fliehen, ohne eine Adresse zu hinterlassen, und ich mußte einen ganzen Stapel neuer Kinderkassetten kaufen, um den traurigen Verlust wiedergutzumachen.

Nach dem Tee will Leila gerade den Rückweg nach London antreten, als Charlie auf ein neues Kapitel der *Rosa Zaubersandalen* besteht, weil er es nicht ertragen kann, wenn sie vorher fährt. Mit Verzweiflung im Blick schlägt Leila vor, daß Mami ihm das nächste Abenteuer erzählt, aber Mami sagt, sie kennt sich mit rosa Sandalen leider überhaupt nicht aus und wird währenddessen den Abwasch erledigen. Leila bedenkt mich mit einer sehr unfeinen Geste und macht es sich für Kapitel Numero zwei auf dem Sofa bequem. Danach hat sie endlich die Erlaubnis zu fahren und rennt förmlich zum Auto.

Dann muß die Schuluniform für morgen rausgesucht, das Mittagessen eingepackt und Lesen geübt werden. Außerdem gibt es Streit um die Erlaubnis, ein *Raumschiff Enterprise*-Video zu sehen, und unzählige Ablenkungsmanöver inklusive einer gigantischen Riesenschnatterrunde. Schließlich ist Charlie fertig fürs Bett – Haare gewaschen, Zähne geputzt, Schlafanzug an –, und ich bin völlig am Ende.

»War das nicht ein schöner Tag, Mami?«

»Ja, Spatz, aber jetzt ist es Zeit zu schlafen, morgen ist Schule.«

»Ja. Ich liebe Austern. Und Hummer, Mami. Und Leila. Du auch?«

»Ja, Spatz«, sage ich auf dem Weg zur Tür.

»Wenn ich groß bin, heirate ich Leila in einem Postamt, und sie darf ihre rosa Sandalen anziehen, und zum Abendessen gibt es Austern. Und du darfst kommen und für uns kochen.«

»Oh, wie lieb von dir, Charlie. Und jetzt schlaf schön.«

»Ja. Aber Krabben essen wir keine, das ist grausam. Mami, erzählst du mir eine von meinen ganz speziellen *Charlie die Krabbe*-Geschichten, eine, wo er mit einem Wal auf eine Abenteuerfahrt geht und eine Meerjungfrau mit rosa Sandalen trifft?«

»Nein.«

»Aber vielleicht morgen abend?«

»Nein.«

Es folgt eine hitzige Debatte mit fürchterlich viel Bettdeckengeschmeiße. Irgendwann ist Charlie dann endlich damit einverstanden, daß die Krabbengeschichten nicht wiederbelebt werden und rosa Sandalen allein Leilas Spezialgebiet bleiben, morgen abend eventuell aber ein extraspezielles Video von Blockbuster drin ist, wenn jetzt endlich Schluß mit dem albernen Getue ist und die Zudecke umgehend wieder im Bett landet. Ich wünschte so sehr, ich würde aus den Auseinandersetzungen auch mal ohne Bestechung als Siegerin hervorgehen. Ich sehe jetzt schon eine bittere Auseinandersetzung auf uns zukommen, wenn ich morgen zielstrebig auf die Disney-Filme zusteuere, während Charlie lautstark die Meinung vertritt, *Der Spion, der mich bumste* wäre genau das richtige. Auf dem Weg nach unten frage ich mich, wie »schlimm« *Der Spion, der mich bumste* wirklich ist. Ach, wenn ich nur anrufen könnte, um es herauszufinden, ohne mich völlig lächerlich zu machen.

KAPITEL 4

Sex, Lügen und Video

In aller Frühe mache ich mich auf den Weg runter nach Cornwall zu dem Porridge-Dreh. Edna wird sich um Charlie kümmern, bis heute abend Mum und Dad kommen. Die Fahrt ist schön, aber anstrengend. Die Straßenschilder sind ausgesprochen wenig hilfreich, und ich schaffe es, mich auf ständig schmaler werdenden Straßen total zu verfahren. Sonnenlicht scheint durch die Bäume am Straßenrand, und ich werde alle paar Sekunden von grellen Strahlen geblendet, fast wie ein natürliches Stroboskop. Stellt sich nur die Frage, ob ich genügend Zeit habe anzuhalten, ehe mich irgendein kompliziertes neurologisches Vorkommnis ereilt, hervorgerufen durch ungewöhnliche Blitzlichteffekte auf mein Hirn.

Endlich finde ich ganz unten in meiner Handtasche die Sonnenbrille, welche leider nur noch einen Bügel aufweist, da der andere auf mysteriöse Weise verschwunden ist. Sehr vorsichtig balanciere ich die Brille auf meiner Nase und schaffe so eine Art Ray-Ban-meets-geistig-Minderbemittelte-Look. Bei Aretha Franklin muß ich mitsingen, und jedesmal, wenn Aretha und ich an eine wirklich mitreißende Stelle kommen, fällt mir die Brille runter.

Schließlich gelingt es mir, Cornwall und auch das Hotel zu finden, welches sich als einer von diesen scheußlichen modernen Kästen entpuppt, mit viel grauem Beton und einem riesigen Parkplatz davor, der natürlich voll ist. Irgendwann finde ich eine Lücke, aber dafür muß ich jetzt kilometerweit zum Eingang zurücklaufen – mit meinen Taschen. Weil ich einfach weiß, daß dieses Hotel zu der Kategorie gehört, wo man sonst mindestens sechs Stunden darauf warten muß, daß einem das Gepäck gebracht wird.

Das Hotel ist voll tagender Finanzdienstleister. Worüber sie alle ziemlich aus dem Häuschen sind. Ich bin mir sicher, daß Lawrence mich mit Absicht hier untergebracht hat, weil er wußte, daß hier nur Vertreter rumrennen. Barney und das Team logieren in einem sehr viel edleren Hotel oben auf dem Hügel, mit Blick über die Bucht. Lawrence hat behauptet, dort gäbe es keine freien Einzelzimmer mehr, und mich vor die Wahl gestellt, mit einem Teammitglied zusammenzuziehen oder hierher zu gehen. Die Rezeption ist überfüllt mit Männern und ein paar vereinzelten Frauen in dunkelblauen Anzügen, die sich gegenseitig zurufen und eifrig mit ihren Visitenkarten wedeln. Ich gedenke eine friedliche Nacht lang ohne Unterbrechung durchzuschlafen und dann einen letzten Sicherheitsrundlauf zu machen, ehe Barney morgen nachmittag mit dem Team aufkreuzt. Dann bleibt uns gerade noch die Zeit, das Set aufzubauen, aber nicht mehr genug, um in ernsthafte Schwierigkeiten zu geraten. Hoffe ich. Die Kombination Filmteam und Wasser ist äußerst ungut. Ich denke darüber nach, ob ich sicherheitshalber die örtliche Küstenwache auf den Plan hätte rufen sollen.

Mein Zimmer ist sehr fade und sehr Plastik, aber dafür kinderfrei, und ich schlafe umgehend ein. Der Hunger weckt mich wieder auf, und ich bin mir sicher, daß der Zimmerservice erstens Stunden brauchen und zweitens ungenießbar sein wird. Daher gehe ich in alten Jeans und einem Pullover hinunter, um festzustellen, daß das Restaurant voller Finanzdienstleister im Cocktail-Outfit ist. Ich bitte einen Kellner, mir einen Tisch zu besorgen. Er bemüht sich redlich und muß schließlich bedauernd verneinen, bietet aber an, den Herrn dort drüben zu fragen, ob ich mich zu ihm setzen dürfe. Ehe ich ihn aufhalten kann, ist er schon quer durch den Raum zu einem Mann gesprintet, der allein am Fenster sitzt. Na wunderbar!

In dem Glauben, das ganze Abendessen lang einem Vortrag über Altersvorsorge ausgesetzt zu sein, gehalten von einem Vertreter, der so schrecklich ist, daß niemand an seinem Tisch sitzen will, gehe ich hinter dem Kellner her. Statt dessen steht ein unglaublich attraktiver Mann von seinem Platz auf. Ich bedanke mich überschwenglich dafür, daß er seinen Tisch mit mir teilt, und wünsche mir insgeheim, ich hätte nicht so unsägliche Sachen an. Er sagt, es wäre vielleicht besser zu warten, bis ich die Suppe probiert habe, ehe ich ihm zu sehr danke. Er hat einen hinreißenden schottischen Akzent, eine Art Mischung aus Sean Connery und Mel Gibson in *Braveheart*. Lächelnd studiere ich die Speisekarte und entscheide mich gegen die Suppe. Die Finanzmenschen werden sehr laut und fangen an, sich gegenseitig zu erzählen, daß in den nächsten Tagen im Hafen Dreharbeiten stattfinden werden. Es geht das Gerücht, Tom Cruise würde auftauchen. Ich bin mir nicht sicher, ob er tatsächlich Werbung für Porridge macht, aber wenn's so wäre, dann wäre er wunderbar, da gehe ich jede Wette ein. Würde allerdings das Budget ein wenig strapazieren.

Die Aussicht, auf Tuchfühlung mit den Stars zu gehen, sorgt für helle Aufregung, und jedermann schwört, zum Hafen hinunterzustürmen, sobald die Dreharbeiten beginnen, um zu sehen, ob man sich nicht ein bißchen nett mit Tom anfreunden könnte. Das wird wirklich toll. Barney ist ja so geduldig mit Leuten, die versuchen, ihre fünf Minuten Ruhm abzukriegen. Mein Tischnachbar stellt sich als Mack vor – ich bin mir nicht sicher, ob das sein Vor- oder Nachname ist, und traue mich auch nicht, ihn zu fragen. Er möchte wissen, was ich in Cornwall tue, und ich beschließe, nichts über meine Arbeit zu sagen, in erster Linie, weil ich sicher bin, daß die

Typen am Nebentisch lauschen und sich sofort in ihre Vorsprechrollen stürzen werden. Ich sage, ich will mich ein bißchen entspannen, und er sagt, er ist Kunsthändler und will sich bei ein paar örtlichen Künstlern umsehen.

Das Essen kommt und ist in Ordnung, obwohl Mack eindeutig schon besser gegessen hat und sich sehr über seine in Blütenformen geschnitzten Karotten amüsiert. Ich habe die Vorspeise weggelassen und bin sofort zu Steak mit Pommes frites und Salat übergegangen. Die Unterhaltung plätschert dahin; die Menschen um uns werden immer unangenehmer; sie sind inzwischen zum Imponiergehabe übergegangen. Mack fühlt sich sichtlich unwohl und schlägt vor, den Kaffee an der Bar einzunehmen. Sein Akzent ist göttlich, und ich verliere mich in einer Phantasie, in der er einen Kilt trägt, und dann trage ich den Kilt und er nichts mehr. Ich muß mich wirklich am Riemen reißen, oder ich mache mich jeden Augenblick vollkommen lächerlich. Die Rechnungen kommen, und der Kellner lächelt mich dämlich an und zwinkert mir beim Hinausgehen zu. In der Bar lungern noch mehr Tagungsteilnehmer herum, und einer versucht, die Stimmung zu heben, indem er auf einem Tisch tanzt.

Mack fragt, ob ich meinen Kaffee gerne in seinem Zimmer trinken würde, ganz ohne Hintergedanken, weil er es nett fände, sich noch ein bißchen zu unterhalten. Ich stimme äußerst freudig zu und denke dann sofort, ein wenig mehr Zurückhaltung wäre angebracht gewesen. Insgeheim hoffe ich auf wahre Fluten von Hintergedanken, aber erst, wenn es mir irgendwie gelungen ist, noch mal in mein Zimmer zu gehen, und meine katastrophal abgetragene Unterwäsche loszuwerden. Im Stehen ist Mack sogar noch attraktiver. Er ist riesengroß, und er riecht göttlich, was mich daran erinnert, daß ich kein Parfum trage. Außerdem hat er absolut bezaubernd graue Augen, und sein dunkles lockiges Haar hat die perfekte Länge. Nicht mal der Hauch eines Pferdeschwanzes, keine

Ohrringe oder irgendwelche anderen typischen Kunsthändler-Attribute – obwohl ich, wenn ich ehrlich bin, keinen einzigen Kunsthändler kenne, weswegen das Fehlen eines Pferdeschwanzes vielleicht völlig verständlich ist. Nach fürchterlich peinlichem Schweigen im Aufzug gehen wir zu seinem Zimmer, was sich bei näherem Hinsehen als Suite entpuppt, mit drei Sofas und hektarweise blaßblauem Teppichboden. Es ist kein Bett in Sicht, dafür aber zwei Türen und ein Balkon mit Meerblick. Mack sagt, da die Reise auf Geschäftskosten geht, dachte er, er könnte sich ruhig ein angemessenes Zimmer leisten. Bin völlig seiner Meinung und wünschte, ich könnte Barney dazu bringen, dieser Logik zu folgen.

Mack bestellt Kaffee und vertieft sich in eine ausführliche Debatte mit dem Zimmerservice, ob es nicht möglich sei, zum Kaffee ein paar Petits fours zu bekommen – nein, keine Schokolade, nein, keine Plätzchen, Grundgütiger, weiß den niemand in diesem Laden, was Petits fours sind, ja, kleine Marzipanteilchen mit Biskuit. Danke sehr. Dann sagt er, er hätte gedacht, ich hätte vielleicht gerne eine kleine Nachspeise, weil wir ja förmlich aus dem Restaurant hätten fliehen müssen. Eine ausgezeichnete Idee, finde ich, außerdem ist diese Erklärung einigermaßen beruhigend, weil ich schon angefangen habe, mir Sorgen zu machen, ich hätte es womöglich mit einem Marzipanfetischisten zu tun.

Wir sitzen da und reden eine Ewigkeit, der Kaffee kommt, dazu kleine Törtchen, die man fast als Petits fours durchgehen lassen kann, und in der Minibar ist Brandy aufzutreiben, wie sich rausstellt, wunderbar eiskalt. Mack erzählt, daß er seit letztem Jahr geschieden ist und zwei Kinder hat, Daisy und Alfie. Er zeigt mir Bilder von zwei sehr süßen Kindern. Alfie sieht genau aus wie er, nur kleiner und mit lustigeren Haaren, und außerdem trägt er ein Batman-Kostüm.

Mitten im schönsten Small talk platzt Mack auf einmal heraus: »Verzeihung, es tut mir wirklich furchtbar leid. Aber ich bin schrecklich schlecht in diesen Dingen, und ich will dich wirklich küssen, ziemlich dringend sogar. Also, wäre das in Ordnung, ich will wirklich nicht anmaßend sein oder mir ein blaues Auge oder so was einhandeln. Also, wäre das in Ordnung?« Mack beendet diesen Ausbruch mit einem besonders bettelnden Blick, von dem ich weiß, daß er weiß, daß er unwiderstehlich ist. Ich muß so sehr lachen, daß er beinahe beleidigt ist, bis ich endlich sagen kann, daß ich nichts lieber täte. Woraufhin er sagt, wenn es mir nichts ausmacht, wartet er, bis ich mit dem Lachen fertig bin. Woraufhin ich augenblicklich aufhöre.

Es ist unglaublich, wie schnell man wieder den richtigen Kußrhythmus findet, und ich könnte die ganze Nacht auf diesem Sofa bleiben, aber Mack scheint unbedingt ins Schlafzimmer umziehen zu wollen, und dann legen wir einen Zahn zu. Meine umwerfende drittklassige Unterwäsche stellt kein ernsthaftes Hindernis dar, obwohl Mack meinem ausgeleierten grauen BH einen äußerst seltsamen Blick widmet. Ich erkläre, daß ich eine ganze Schublade voll von Girly-Seiden-BHs besitze, aber überhaupt nicht mit einem Show-BH-Abend gerechnet habe und die bequemen außerdem vorziehe. Es ist nämlich kein Spaß, sich die Brüste unter das Kinn zu klemmen, und tiefe Brustspalten mögen ja durchaus ihren Reiz haben, bergen aber, wenn man nicht äußerst umsichtig zu essen versteht, die große Gefahr, zum Grab für Kuchenkrümel zu werden. Mack ist von dem Konzept der tiefen Brustspalten aufs äußerste verwirrt und besteht auf einer Demonstration. Es folgt eine Flut an unanständigen Dingen in seinem entzückenden Akzent. Irgendwann schlafe ich erschöpft ein und wache um fünf Uhr völlig orientierungslos wieder auf. Ich will mich gerade hinausschleichen, als Mack aufwacht und wissen will, wohin ich gehe. Ich sage, ich muß wirklich zurück in mein Zimmer, weil ich ein bißchen ungestörten Schlaf brauche, was er widerwillig einsieht, aber dann verabschieden wir uns endlos lange, und als ich gehe, ist es halb sieben.

Völlig groggy und sehr selig falle ich halb ohnmächtig in mein Bett, weil ich versuchen muß, wenigstens noch eine Stunde Schlaf zu kriegen, ehe ich mir Gedanken darüber mache, wo ich die nötige Energie herbekommen soll, diesen Tag zu überstehen. Leider kann ich nicht einschlafen, weil sich, sobald ich die Augen zumache, sämtliche Bilder der letzten Nacht in Zeitlupe wiederholen, was eine nicht gerade beruhigende Wirkung hat. Ich bestelle Frühstück und gehe unter die Dusche. Ertrinke beinahe, weil mich eine merkwürdige teilweise Lähmung befällt. Meine Beine sind wie Gummi, und mein Rücken bringt mich fast um. Ich fühle mich wie fünfundneunzig, und meine Haare haben sich im Nacken zu einem derartig massiven Knoten verfilzt, daß ich zur Schere greifen muß. Auf meiner Schulter breitet sich ein übler blauer Fleck aus, weil ich irgendwann letzte Nacht aus dem Bett gefallen und auf meinen Schuhen gelandet bin.

Literweise Kaffee und Berge von Toastbrot werden gebracht, und langsam fühle ich mich wieder etwas menschlicher und nicht mehr so sehr wie jemand, der gerade ein Erdbeben überlebt hat. Ich will gerade Leila zum Zwecke einer umgehenden Sofort-Therapiesitzung anrufen, als mein Handy klingelt. Es ist Barney. Er hat schreckliche Laune und will, daß ich sofort runter in den Hafen renne und sicherstelle, daß das Scheißboot noch da ist. Als das Gespräch zu Ende ist, sitze ich vor einer ellenlangen Liste mit Dingen, die ich sofort erledigen muß. Keine Ahnung, was ich wegen Mack unternehmen soll, aber dann klingelt der Hausapparat, und er ist dran, um sich für eine wunderbare Nacht zu bedanken. Und er hat einen Ohrring von mir in seinem Schuh gefunden, ob ich den gerne zurückhaben will, ihm steht er nämlich nicht so gut. Fragt sich nur, wie er meine Zimmernummer rausbekommen hat, obwohl ich natürlich froh darüber bin, auch wenn es nicht gerade Vertrauen in die Diskretion des Hauses weckt. Ich sage, das Vergnügen sei ganz meinerseits, und dann flirten wir endlos und verabreden uns für heute abend an der Bar. Mack sagt, er fährt nach St. Ives, um sich ein paar Bilder anzusehen, und wird gegen neun zurück sein. Mir bleibt nur zu hoffen, daß ich gegen zehn wieder im Hotel bin und nicht immer noch im Hafen hocke und überdrehte Tagungsteilnehmer vom Vorsprechen abhalte.

Keine Ahnung, was ich mit den Leuten vom Team machen soll, die heute abend sicher alle hier rumhängen werden und auf die ich eigentlich ein Auge haben müßte. Darüber mache ich mir Gedanken, wenn es soweit ist. Vielleicht sage ich Mack einfach die Wahrheit und schiebe meine gestrige Notlüge auf erklärbare Vorsicht. Ich rufe kurz zu Hause an. Charlie beschwert sich, weil Oma ihn gezwungen hat, Shreddies zu essen, und er jetzt bestimmt gleich spucken muß. Mum schnappt sich den Hörer und erklärt, Shreddies seien sein ganz ausdrücklicher Wunsch gewesen; um genau zu sein, habe er sich strikt geweigert, irgend etwas anderes zu essen. Ich sage ihr, daß Charlie so was öfter macht, und wir sind uns einig, daß diese Masche nervt. Sie schlägt vor, von vornherein nur eine Sorte Corn Flakes zu kaufen, damit er gar nicht erst die Wahl hat. Dabei fällt mir ein, daß ich Weetabix heute noch hasse, und wir müssen zugeben, daß die Ideallösung nicht existiert. Ich rase zum Hafen, um den Mann mit dem Boot dazu zu bringen, den ganzen Tag für uns dazusein, und überprüfe klammheimlich, wie viele Rettungswesten er an Bord hat.

Kurz nach dem Mittagessen taucht Barney mit dem Team auf, und sie veranstalten den üblichen Wirbel aus Hektik, Ausrüstung und Geschrei, aber Stück für Stück arbeiten wir im groben aus, was wir morgen zu tun haben. Barney will im Morgengrauen anfangen, um das »magische« Licht bei Sonnenaufgang zu nutzen. Das Team ist nicht gerade begeistert.

Der Mann mit dem Boot ist definitiv nicht begeistert und fragt mich ständig, ob es Barney Ernst damit ist, daß er um vier Uhr morgens dasein muß. Leider, muß er. Gerade, als wir denken, wir haben alles unter Dach und Fach, fährt eine riesige schwarze Mercedes-Limousine die Straße zum Hafen lang, genau auf uns zu. Ich will schon jemanden losschicken um ihnen zu sagen, sie sollen sich verpissen, als uns klar wird, daß das eigentlich nur jemand von der Agentur sein kann, der zu früh dran ist. Typisch. Der Wagen hält, und Lucy, die Produzentin der Agentur, steigt aus, gefolgt von einem merkwürdig aussehenden Mann, bei dem es sich um den Kunden handeln muß. Barney wirkt wie kurz vor einem Schlaganfall und der Kunde nervös, aber entschlossen.

Wir wußten, daß Lucy kommen würde, aber niemand hat uns gesagt, daß sie den Kunden mitbringt. Barney haßt es, wenn die Kunden am Set auftauchen, weil sie ständig einen Haufen dummer Fragen stellen und fürchterlich gebauchpinselt werden müssen. Außerdem haben sie meistens irgendwelche »Ideen«, die grundsätzlich Mist sind, und wollen, daß ihr Produkt pausenlos im Bild ist, vorzugsweise dick und fett mitten in jeder Einstellung. Barney ist berüchtigt dafür, Kunden ins Gesicht zu sagen, sie sollen sich verpissen. Und wenn ich darüber nachdenke, auch den Produzenten der Agenturen, wenn sie auf die Idee kommen, mit Ideen aufzuwarten. Es gibt einen berühmten Vorfall, Gott sei Dank vor meiner Zeit, da hat er bei einem Dreh am Strand wirklich eine Linie in den Sand gezogen und gesagt, wenn irgend jemand, egal ob Kunde oder Agentur, auch nur einen Fuß über diese Linie setzt, dann geht er. Sie dachten, er hätte einen Witz gemacht, und überschritten die Linie. Er ging.

Mit einem unguten Gefühl wird mir klar, daß wir es hier wieder mal mit einer Lawrence-Sache zu tun haben. Lucy eilt zu uns und sagt: »Hört mal, es tut mir leid, aber er hat darauf bestanden, früher herzukommen, und Lawrence hat mir versichert, er hätte euch informiert und es wäre okay«, und Barney wirft mir einen vernichtenden Blick zu und sagt: »Hast du's einfach vergessen zu erwähnen, oder was?« Toll! Ich will gerade erklären, daß Lawrence mir wie immer überhaupt nichts gesagt hat, als ich sehe, daß sich auch noch die andere Beifahrertür im Heck öffnet und ein Mann aussteigt, der mir seltsam bekannt vorkommt.

Mack. Er wird blaß und zögert kurz, aber dann kommt er auf uns zu und fängt an, Barney zu trietzen. Ganz offensichtlich kennen sie sich. Die beiden gehen sich das Boot ansehen. Ich unterhalte mich mit Lucy und dem Kunden, der sich anscheinend irgendwann einer heftigen Persönlichkeits-Bypass-Operation unterzogen hat, und versuche nebenbei, mir darüber klarzuwerden, wie ich mit dieser unerwarteten Wendung der Ereignisse umgehen soll. Lucy erklärt, Mack ist der neue kreative Kopf ihrer Agentur, und er hat beschlossen, unangemeldet zu kommen, weil er Barney live erleben wollte. Perfekt. Ich bin stark versucht, Lucy zu sagen, wie unerwartet die Dinge sich ganz besonders in meinem Fall entwickeln, aber ich halte mich zurück, weil der Kunde gerade sagt, daß er extra früher kommen wollte, damit er sich mit der Situation auch ernsthaft auseinandersetzen und sich mit eigenen Augen davon überzeugen kann, wie um alles in der Welt wir diesen Haufen Geld ausgeben. Lucy und ich verbringen angstschweißgetränkte zehn Minuten damit, ihn davon zu überzeugen, daß es nicht ratsam ist, sich ernsthaft mit Barney auseinanderzusetzen. Lucy wagt es, ihn auf einen kurzen Plausch mit hinüberzunehmen, während ich Barney hinter ihrem Rücken hektische Zeichen gebe, nett zu sein.

Mack schlendert unauffällig zu mir rüber: »Wem winkst du denn da?«

»Verpiß dich!«

»Himmel, Annie. Es tut mir leid. Wir sollten die Situation einfach hinter uns bringen und heute abend darüber reden.«

»Verpiß dich, geh ein paar Bilder kaufen, ja?«

»Ich hoffe, du nimmst es mir nicht übel, Liebste, aber dein Vokabular ist meiner Meinung nach ein wenig begrenzt.«

»Verpiß dich!«

»Sehr charmant. Also, wie gefällt dir dein kleiner Urlaub am Meer?«

»Ver! Piß! Dich! Ich hatte einen besseren Grund zu lügen als du. Du hättest genausogut ein Irrer sein können. Im Grunde bist du ein Irrer, also hatte ich recht. Hast du auch nur die geringste Ahnung, was Barney mit mir macht, wenn er Wind davon kriegt? Es ist so unprofessionell! Und was das Team angeht, wenn die was spitzkriegen, bin ich geliefert!«

»Ja, ich weiß. Deshalb schlage ich vor, wir behalten einfach die Nerven und sprechen heute abend darüber. Neun Uhr, an der Hotelbar, sei pünktlich.«

Und damit läßt der Mistkerl mich stehen und dirigiert den Kunden behutsam zurück in den Wagen, wobei er ihm versichert, sie würden ihm im Hotel alles genau erklären und wir würden uns morgen früh wiedersehen, frisch und munter, hahaha.

Barney weiß, daß etwas im Busch ist, aber es ist ihm ehrlich gesagt scheißegal, weil ein unentbehrliches Stück Ausrüstung verschwunden ist, und deshalb steht er kurz vor einem ernsthaften Wutanfall. Ich beeile mich, die Krise zu bewältigen, und versuche die Teammitglieder davon abzuhalten, so zu tun, als würden sie sich gegenseitig ins Wasser schubsen, weil früher oder später unweigerlich einer reinfallen wird. Ich werde ignoriert. Einer fällt rein – David, der Elektriker –, und unser Bootsmann, der das alles kein bißchen komisch findet, muß ihn wieder rausfischen. David wringt seine Taschen aus und leert das Wasser aus der Kapuze. Die allgemeine Stimmung hebt sich ungemein, wir können uns wieder abregen, und auch Barney ist glücklich, weil die Kamera für die erste Einstellung morgen früh grob in Richtung Sonnenaufgang ausgerichtet ist. Endlich machen wir uns alle auf den Weg in das feudale Hotel und sorgen für eine gehörige Zeche an der Bar.

Barney verzieht sich auf sein Zimmer, weil er telefonieren muß, und ich sage, ich bin fix und fertig und gehe in mein eigenes Hotel, weil ich schlafen will, aber er kann mich jederzeit auf meinem Handy erreichen. Es sieht so aus, als würde das ganze Team Snacks an der Bar bestellen und sich Sport ansehen, also kann ich mich in mein Hotel verdrücken, ohne daß mir die halbe Truppe an den Fersen hängt und was zu essen haben will.

Kaum zurück in meinem Zimmer rufe ich Leila an, weil ich sofort eine Notfalltherapiesitzung brauche. Sie findet das alles furchtbar komisch.

»Hör zu, das ist kein bißchen komisch, Leila. Barney flippt aus, wenn er das erfährt.«

»Hör schon auf, der flippt doch ständig wegen irgendwas aus, du kannst gut mit ihm umgehen. Du kennst doch die Regeln: Vögel mit der Agentur, wenn's sein muß, aber vögel niemals mit dem Team. Und jetzt erzähl mir mehr über diesen Mann.«

»Also, er heißt Mack.«

»Scheiße. Aber nicht Mack MacDonald.«

»Anscheinend schon.«

»Also wirklich, willst du mir etwa sagen, du hast Mack MacDonald nicht erkannt? Man nennt ihn nur Mackie Messer, und die ganze Welt hat Schiß vor ihm. Er kommt aus Glasgow und hat einmal bei einem Riesending gedroht, den Klienten abzustechen, was natürlich nicht so toll war. Er hat diese brillante Kampagne für Persil letztes Jahr gemacht.«

»Was? Die schreckliche mit dem Baby?«

»Nein, Dummie! Die mit dem Hund. Er ist der neue Mann bei BLG, die jetzt BMLG heißen. BMLG wie Bates, MacDonald, Lightfood und Grace. *Der* MacDonald. Klingelt's jetzt bei dir? Er ist phantastisch, ein brillanter Kreativer, kann aber trotzdem mit Geld umgehen. Sie zahlen ihm ein Vermögen und mußten ihn an der Agentur beteiligen, um ihn von DDT wegzulocken. Himmel, jetzt muß dir doch langsam dämmern, wen ich meine!«

»Ja, natürlich sagt mir der Name jetzt was, aber er hat mir gestern abend nicht gesagt, wie er mit Nachnamen heißt, und außerdem weißt du doch, daß Lawrence bei uns die ganze Agenturkriecherei übernimmt. Und wir arbeiten nicht mehr für DDT, seit Barney damals mitten bei den Jif-Dreharbeiten weggestürmt ist und sich geweigert hat weiterzumachen. Woher sollte ich also wissen, wie er aussieht?«

»Ach ja, das habe ich ganz vergessen. Jetzt weißt du jedenfalls besser als die meisten von uns, wie er aussieht. Da fällt mir ein, daß ich auf dem Fest von einer Freundin vor ein paar Monaten versucht habe, mit ihm zu flirten, aber ich hätte ebensogut mit einem Baum flirten können – absolut gutaussehend, aber was Small talk anbelangt, völlig unfähig. Er ist großartig, Süße, hip hip hurra, endlich hat dich mal einer flachgelegt, der nicht aussieht wie auf der Flucht.«

Leila hat mein Männergeschmack schon immer mißfallen, nur weil sie eher auf diese Schwiegermuttertraumtypen steht und nicht auf meine blassen, wehmütigen Helden der Arbeiterklasse. Mack ist irgendwie eine Mischung aus beidem.

»Ja, Leila, aber was soll ich denn jetzt mit ihm machen? Wir sind an der Bar verabredet, aber ich weiß genau, daß uns da jemand sehen wird. Ich weiß nicht, wie ich das schaffen soll, und außerdem habe ich überhaupt nichts Passendes zum Anziehen dabei und bin total erledigt.«

»Jetzt hör schon auf, und amüsier dich einfach. Was hast du denn dabei? O nein, bitte nicht diese schrecklichen Jeans!«

Es folgt eine ziemlich unangenehme Unterhaltung, in der Leila erklärt, es ist ihr absolut schleierhaft, wieso ich unbedingt immer rumlaufen muß, als wäre ich der Botenjunge, und sie hat mir schon vor Jahren gesagt, ich solle endlich diesen schrecklichen alten BH ausrangieren. Wie immer versucht sie gleich, es wiedergutzumachen.

»Jedenfalls ist es ein Glück, daß du so wunderbar bist, weil du ein hoffnungsloser Fall bist. Zieh einfach ein weißes T-Shirt an, eng, nimm Sicherheitsnadeln an den Seiten, wenn's sein muß, und diese schreckliche alte Lederjacke, aber schieb ja die Ärmel nicht rauf, und dazu die saubersten Jeans, die du finden kannst. Und trage auf keinen Fall deine Wollmütze. Und auch nicht diese häßlichen alten Turnschuhe, lieber gehst du barfuß. Hast du genügend Kondome?«

»Sei jetzt still, Leila. Wir werden uns ganz vernünftig unterhalten und die Sache klären, damit es morgen keine Probleme gibt.«

»Ja, und dann wirst du ihn bewußtlos vögeln. Hast du Kondome?«

»Ja. Ich habe noch die Notration im Waschbeutel, die ich deinetwegen letztes Jahr kaufen mußte.«

»Gut. Ist das Verfallsdatum abgelaufen?«

»Leila! Ich warne dich!«

»Schon gut. Paß auf dich auf, Süße, und viel Spaß. Und du kannst mir alles erzählen, wenn du wieder zu Hause bist. Ciao, Herzchen.«

Und damit legt sie auf. Ich rufe Mum an und plaudere ein bißchen mit Charlie, der ausnahmsweise länger aufbleiben darf.

»Nana hat zum Abendessen ganz gute Würstchen gemacht. Viel besser als deine. Weißt du, Mami, du mußt sie in der Pfanne braten, so wie Nana. Und morgen nimmt Opa mich mit zum Angeln, und vielleicht fangen wir einen Hai.«

Ich antworte, daß ich mir nicht sicher bin, ob es in unserem See auch Haie gibt, und muß mir sagen lassen, daß ich keine Ahnung vom Angeln habe und es lieber ihm und seinem Großvater überlassen soll.

Ich weiß immer noch nicht, was ich Mack sagen soll, aber

für alle Fälle halte ich mich in Sachen Outfit an Leilas Anweisungen. Um fünf vor neun gehe ich runter, suche mir eine ruhige Ecke in der Bar und bestelle einen dreifachen Wodka. Die Finanzmeute von gestern abend ist noch geschlossen im Restaurant, und in der Bar ist es Gott sei Dank ruhig. Mack kommt hereingeschlendert, bestellt sich ein Bier und setzt sich zu mir.

»Es tut mir wirklich schrecklich leid. Ich wollte mit dir einfach nicht den ganzen Abend über die Scheißwerbung reden, und ich wäre niemals auf die Idee gekommen, daß du die verdammte Produzentin bist.«

»Was soll das denn heißen – sehe ich etwa nicht wie eine Produzentin aus?«

»Um ehrlich zu sein, nein. Dir fehlt diese Aura von Wahnsinn.«

Insgeheim fühle ich mich ziemlich geschmeichelt, versuche aber, mir nichts anmerken zu lassen. »Also, was sollen wir deiner Meinung nach jetzt machen? Ich finde, wir tun am besten so, als wäre nie etwas geschehen, und konzentrieren uns auf unsere Arbeit.«

In Wahrheit merke ich gerade, daß ich genau das Gegenteil denke, aber ich will auf keinen Fall, daß er meint, er hätte leichtes Spiel mit mir.

»Ja, darüber habe ich auch schon nachgedacht. Aber weißt du, eigentlich will ich das überhaupt nicht. Und deswegen müssen wir diese Möglichkeit wohl ausschließen.«

Ich bin gleichermaßen entzückt wie wütend. Himmel, ich komme mir vor wie fünfzehn. Als läge die Entscheidung alleine bei ihm. Ich will ihm gerade erklären, wie unmöglich er ist, als er sich zu mir beugt und mich küßt. Heftig. Mitten in unserer leidenschaftlichen Umklammerung kommen zwei Leute aus dem Team in die Bar, George und Kevin.

Sie bleiben starr im Eingang stehen und sehen uns mit halboffenen Mündern zu.

»Du Idiot, gerade sind zwei von meinem Team reingekommen.«

»Scheiße.«

George und Kevin setzen sich an die Bar und tun so, als hätten sie uns nicht gesehen. Aber ich weiß, daß es so ist, und sie wissen, daß ich es weiß.

»Also gut. Ich gehe jetzt rauf in mein Zimmer, und du kannst ein bißchen mit den Jungs plaudern und kommst dann nach.«

»Und das ist dein Plan, ja?«

»Jawoll, Moneypenny, und es ist ein verdammt guter Plan.«

Ich muß lachen. Trotzdem fluche ich noch ein bißchen und stelle klar, daß ich ihm auf keinen Fall in sein Zimmer folgen werde wie ein dressiertes Hündchen, weil es total auffällig wäre.

»In diesem Fall sehe ich mich gezwungen, hier sitzenzubleiben und dich den ganzen Abend lang in unerwarteten Augenblicken zu küssen.«

»Das würdest du nicht tun!«

»Und ob ich das tun würde!«

»Okay, okay. Du gehst rauf in dein Zimmer, wie du gesagt hast, und ich versuche, mir was zu überlegen, um die beiden dazu zu bringen, die Pfoten von ihren Handys zu lassen, sobald ich ihnen den Rücken kehre.«

»Okay. Ich warte am Aufzug auf dich. Ich gebe dir zehn Minuten. Dann komme ich zurück.«

Damit steht er auf und geht.

George und Kevin drehen sich zu mir um und versuchen, so zu tun, als wären sie überrascht, mich zu sehen.

»War das nicht Mack, der Typ von der Agentur?« fragt George. »Was hast du dem denn getan? Der sah ziemlich sauer aus.« Dann prustet er auf ziemlich freche Weise in sein Glas.

Ich stehe auf und gehe langsam auf sie zu. Ich starre George mitten ins Gesicht und sage ihm, wenn er auch nur einer Menschenseele ein Sterbenswörtchen hierüber erzählt, und wenn es seine Mutter ist, werde ich unverzüglich seine Frau anrufen und ihr von der Kellnerin im Little Chef letzten Sommer erzählen. George wird blaß, und Kevin kichert. Kevin sage ich, daß ich die Frau von George auch dann anrufen werde, wenn *er* irgend etwas sagt, und George ist viel größer als Kevin. Ich denke, das reicht.

Ich gehe aus der Bar und sehe Mack neben dem Aufzug rumlungern. Die Frau am Empfang wirft ihm seltsame Blicke zu. Wir steigen in den Aufzug, und Mack fällt augenblicklich über mich her. Ich schwelge in seinen Küssen, da hält der Lift, und ein älteres Pärchen steigt zu. Ich möchte ungern wegen Erregung öffentlichen Ärgernisses in einem Hotelaufzug verhaftet werden, weil das, abgesehen von allem anderen, todsicher bis zum Elternbeirat durchsickern würde. Also funkle ich Mack warnend an, bis wir unser Stockwerk erreicht haben. Wir steigen aus, die Türen schließen sich und das ältere Pärchen fängt an zu lachen. Mack macht das alles gar nichts aus, und sobald wir auf der sicheren Seite seiner Zimmertüre sind, geht es mir genauso.

Irgendwann merken wir, daß wir am Verhungern sind. Wir bestellen Sandwiches und Kaffee, und dann versuchen wir, uns darüber klarzuwerden, wie wir mit den Dreharbeiten umgehen sollen, die in ein paar Stunden auf dem Plan stehen. Wir einigen uns auf die »Augen zu und durch«-Taktik in der Hoffnung, daß George und Kevin dichthalten. Um halb drei wanke ich zurück in mein Zimmer. Keine Ahnung, wie ich die nächsten zwölf Stunden wach bleiben und reden soll, vom Arbeiten ganz zu schweigen. Ich versuche, eine Entscheidung bezüglich meiner Garderobe zu treffen, weil es eiskalt sein wird, als das Telefon klingelt.

»Ich wollte nur sagen, wie toll ich dich finde, und wenn du nichts dagegen hast, will ich dich in London wiedersehen.

Nur falls sich nachher nicht mehr die Möglichkeit ergibt zu reden.«

Anscheinend ist ihm dieses Geständnis einigermaßen peinlich, denn er legt abrupt auf. Wie aufregend! Plötzlich fühle ich mich viel wacher.

Johnny, der Aufnahmeleiter, holt mich ab, und um drei Uhr fünfundvierzig sind wir an Barneys Hotel. Er springt schon an der Rezeption herum. Ein Blick auf mich veranlaßt ihn zu sagen: »Himmel, Herzchen, du siehst total durchgefickt aus!«

Ich verschlucke mich beinahe an dem Kaffee, den Johnny in einem Styroporbecher herbeigezaubert hat, aber Barney hat sich thematisch schon den Plänen für diesen Morgen zugewandt und war einfach nur charmant wie immer. Der Bootsmann scheint zu frieren, aber der Catering-Wagen ist pünktlich, also sind alle wesentlichen Dinge vor Ort, und das Wetter spielt auch mit, obwohl die See ziemlich stürmisch ist.

Kaum zu glauben, aber alles läuft wie am Schnürchen, und wir haben alle Einstellungen von dem Schauspieler, der aus seinem Boot klettert, wie geplant im frühen Morgenlicht im Kasten, auch wenn sich herausstellt, daß die Sonne an einer vollkommen unerwarteten Stelle aufgeht und, wie immer, in letzter Minute völlig hektisch umgebaut werden muß. Keiner fällt ins Wasser, und alles sieht ziemlich gut aus. Dann verkündet Barney, er fände es schön, wenn man noch drehen könnte, wie das Boot in den Hafen einfährt. Erstens sieht es toll aus, zweitens ist das Licht phantastisch, und außerdem ist er der Regisseur, keine Diskussion. Der Schauspieler ist nicht gerade darauf erpicht, raus aufs Meer zu fahren, und der Bootsbesitzer ebensowenig. Aber Barney besteht darauf, und schließlich können wir sie davon überzeugen, daß es nicht lange dauern wird. Chris, unser Regieassistent, wird mit einem Funkgerät ins Boot verfrachtet, damit Barney ihm Anweisungen geben kann. Er ist auch nicht erpicht auf eine Bootstour und verkündet, daß er leicht seekrank wird.

Als das Boot gerade in See sticht, kreuzt Mack auf, mit Lucy und dem Kunden im Schlepptau, und wir erklären, was wir tun. Der Kunde ist ein wenig skeptisch und will wissen, ob das extra kostet. Mack sagt: »Herrgott noch mal!« und erntet von Barney einen bewundernden Blick. Lucy eilt mit dem Kunden davon, um zu frühstücken und die Wogen zu glätten. Wir drängen uns auf dem Kai zusammen und sehen zu, wie das Boot den schützenden Hafen verläßt. Draußen hüpft es bedrohlich auf und ab, und Chris' erstickte Schreie aus dem Funkgerät lassen den Schluß zu, daß es sich nicht um eine beschauliche Bootspartie handelt.

»Hier draußen ist es scheißwacklig, Boß, können wir jetzt umdrehen?« Im Hintergrund sind abgehackte Flüche zu hören.

Die Wellen sind inzwischen ziemlich hoch; um die Wahrheit zu sagen, es sieht so aus, als würde sich ein kleiner Sturm zusammenbrauen. Der Himmel sieht phantastisch aus, die Sonne bricht durch dunkle Wolken und schickt einzelne Lichtstrahlen aufs Meer. Das winzige Boot hüpft auf die Hafeneinfahrt zu, und Barney hatte recht, wie immer: Es sieht wirklich toll aus. Das Boot fährt auf uns zu, aber Barney sagt, sie müssen noch mal rausfahren, weil ihnen im entscheidenden Augenblick die Sonne in die Quere gekommen ist. Aus dem Funkgerät tönen übelste Beschimpfungen, als Chris den Bootsmann informiert.

Mit Schrecken stelle ich fest, daß der Kunde seine Videokamera mitgebracht hat. Er steht direkt hinter Barney und versucht, über seine Schulter zu filmen. Dann spult er die Kassette zurück und besieht sich sein Werk. Ich weiß genau, daß er jetzt gleich anfängt, Fragen zu stellen, und Lucy und Mack wissen es auch. Barney dreht sich um und fixiert ihn mit angsteinflößendem Blick. Lucy und ich schirmen den

Kunden ab, Mack packt ihn am Arm, und gemeinsam können wir ihn hinüber zu seinem Wagen bugsieren, wo er anfängt zu schwafeln, das Licht sei aber nicht sehr hell gewesen. Wir ergehen uns in allen möglichen, zum Teil völlig aus der Luft gegriffenen technischen Details und können ihn schließlich davon überzeugen, daß es keinen Grund zur Sorge gibt. Lucy versichert ihm, wenn es ihm wirklich nicht gefallen sollte, könnten wir dieses Stück jederzeit schneiden. Sie flüstert, weil Barney völlig ausflippen würde, wenn er sie hört. Mack schlägt vor, einen Kaffee zu trinken, und stellt dem Kunden unzählige Fragen über seine wunderbare Kamera, und fröhlich ziehen die drei von dannen. Perfekt, und keiner käme auf die Idee, daß Lucy und Mack nur so tun als ob, wenn nicht die eindeutigen Gesten wären, die hinter dem Rücken des Kunden zu sehen sind.

Das Boot fährt wieder raus und rein, und das Ganze dreimal, ehe wir die richtige Mischung aus Licht, Wolken und hüpfendem Boot haben, das so aussieht, als würde es den rettenden Hafen nie mehr erreichen. Dann läßt Barney sie im Hafen Runde um Runde drehen, fast anlegen und dann wieder ablegen, damit auch ja jedes Detail perfekt im Kasten ist. Dem Schauspieler ist zwischendurch schlecht geworden, und der Bootsmann ist außer sich. Schließlich haben wir, was wir brauchen, aber jetzt will Barney, daß das Boot ganz nah an die Kaimauer heranfährt, damit wir eine Großaufnahme von dem Schauspieler machen können, wie er das Tau wirft.

Der Darsteller ist nicht gerade begeistert und lamentiert, keiner hätte ihm gesagt, daß er jetzt auch noch mit Tauen schmeißen muß, aber wir sagen ihm, er soll sich zusammenreißen, sonst schickt Barney sie noch mal raus aufs Meer. Das wirkt, und er wirft unzählige Male mit allen möglichen Tauen um sich. Inzwischen ist es wirklich rauh geworden, und beim zehntenmal packt eine große Welle das Boot und schmettert es mit einem schrecklich krachenden Geräusch an die Kaimauer. Der Bootsbesitzer wirft die Motoren an und fährt das Boot von der Mauer weg, aber es ist zu spät. Die Reling vorne ist zerbrochen und hängt dramatisch herunter. Jeder sagt »O Scheiße!« und tut dann schnell so, als sei er mit etwas anderem beschäftigt.

Nach einem Moment des Schweigens ist Chris am Funkgerät: »Also, Boß, jetzt hat der Typ wirklich die Schnauze voll. Gelinde gesagt. Haben wir jetzt endlich genug im Kasten, weil ich ganz sicher nicht der sein will, der ihm sagt, daß du noch mal rauswillst!«

Barney ist einverstanden, diesmal dürfen sie wirklich zurückkommen. Wir scharen uns um die Kamera und vermeiden, das Boot anzusehen. Es fängt an zu regnen, und die Wellen türmen sich gigantisch. Das Boot macht fest, und der Besitzer geht an Land und stürmt mit Mordgelüsten im Blick auf uns zu. Er ist riesengroß – das war mir vorher gar nicht aufgefallen –, und wir gehen alle hinter Barney in Deckung. Gerade, als er direkt vor uns steht, bricht eine riesige Welle über die Kaimauer und ergießt sich über uns. Barney ist von Kopf bis Fuß klitschnaß. Er steht tropfend da, streckt eine Hand aus und sagt: »Hören Sie, es tut mir schrecklich leid.« Den Anblick findet der Bootsmann scheinbar sehr erheiternd, und er fängt an zu lachen.

Wir versprechen, für den Schaden am Boot aufzukommen, und laden ihn auf einen Drink ins Hotel ein. Er ist einverstanden, aber wir müssen versprechen, jedem zu erzählen, daß Chris am Steuer war, weil er in diesem Hafen zu Hause ist, und wenn rauskommt, daß er sein eigenes Boot an die Mauer gesetzt hat, kann er einpacken. Ich informiere das Team und gehe sicher, daß wirklich jeder weiß, was er sagen muß, und nachdem sie die Enttäuschung verwunden haben, daß Barney keins auf die Nase bekommt, fangen sie an, Chris damit aufzuziehen, wie blöd man sich anstellen muß, um ein Boot direkt an die Mauer zu steuern. Wir packen zusammen und wollen sofort zurück ins Hotel, um uns erst zu trocknen und dann zu betrinken, und das so schnell wie möglich.

Der Kunde hat die meiste Zeit im Wagen verbracht, und Lucy sagt, jetzt ist ihm langweilig und er will zurück nach London. Mack fragt, ob wir ihn mit ins Hotel nehmen können, weil er unter gar keinen Umständen mit diesem Idioten von Kunden in einem Auto fahren will. Barney stimmt ihm aufrichtig zu und macht sich mit ihm in Richtung Wagen auf den Weg, was vermutlich nicht exakt Macks Intention entspricht, aber er macht das Beste draus. Er erzählt Barney, er wollte schon immer mit ihm arbeiten und sei nur hergekommen, um einem Genie bei der Arbeit zuzusehen. Das geht runter wie Öl, und als der Wagen losfährt, strahlt Barney wie ein Honigkuchenpferd.

Inzwischen ist es wirklich kalt geworden und schüttet, und das Team packt in Rekordzeit zusammen. Wir fahren ins Hotel, und bei mir machen sich erste Symptome einer ernsthaften Erkältung bemerkbar, aber heißer Kaffee und Brandy zeigen schnell Wirkung. Mack erzählt, George und Kevin hätten ihm die ganze Zeit komische Blicke zugeworfen und ständig albern gekichert. Ich komme nicht dazu, ihm zu antworten, weil Barney anfängt, den Nachmittag zu planen. Wir brauchen Bilder, wie der Darsteller vom Hafen heraufkommt, über Kopfsteinpflaster zur Tür seines Häuschens geht, aber vorzugsweise nicht im strömenden Regen. Weil es so aussieht, als würde dieser Nachmittag ins Wasser fallen, beschließen wir, morgen in aller Frühe frisch und munter weiterzumachen, und sollte es dann immer noch regnen, müssen wir einfach trotzdem durch.

Barney sagt, er geht ein Nickerchen machen, solange das Team beim Mittagessen ist, und Mack und ich gehen auf eine Tasse Kaffee in die Bar. Eigentlich müßte er in ein paar Stunden los, aber er meint, er könnte sich eine Ausrede einfallen lassen, um noch eine Nacht bleiben zu können. Mit Bedauern lehne ich ab, weil ich zusammenbreche, wenn ich nicht bald etwas Schlaf kriege. Wir wollen telefonieren, wenn wir beide wieder zurück sind, und dann kommen George und Kevin hereinspaziert und sehen uns sofort an der Bar sitzen. Schnell mache ich mir ein paar Notizen in mein Büchlein, damit es so aussieht, als hätten wir eine Besprechung. Mack zieht ein Blatt Papier heraus, schreibt etwas auf und faltet es dann zusammen. Er steht auf, geht, und als die Jungs ihn nicht sehen können, zwinkert er mir zu. Als er weg ist, lese ich seine Notiz. Es ist eine Aufstellung sämtlicher Nummern: Privat, Handy, Piepser, Durchwahl im Büro und e-mail. Ich verspüre den Drang, augenblicklich Leila anzurufen, um mir über die Bedeutung dieser Geste klarzuwerden. Statt dessen muß ich sitzenbleiben und mit dem Darsteller plaudern, der gerade reinkommt und gebauchpinselt werden will, weil er naß geworden ist. Außerdem kann er Boote nicht ausstehen, ihm ist zweimal schlecht geworden, und beim Casting hat niemand ihm gesagt, daß er Taue werfen muß, weswegen er jetzt eine Blase an der Hand hat. George und Kevin sitzen feixend hinter ihm und sind schuld daran, daß es mir nur mit Mühe gelingt, ernst zu bleiben.

Sicher geborgen in meinem Zimmer rufe ich zu Hause an. Charlie ist gerade von seinem Angelausflug zurückgekommen und sehr mit sich zufrieden, weil er eine Forelle gefangen hat.

»Das ist ja toll.«

»Ja. Eigentlich hat Opa sie an der Angel gehabt, aber er hat gesagt, ich muß ihm helfen, weil ich so starke Arme habe. Er wird alt, weißt du? Und Nana kocht sie für uns, und es gibt Eis. Sollen wir dir was aufheben?«

»Nein, danke, Schätzchen, das ist nur für dich, ich kann ja nächstes Mal wieder eins essen.«

»Gut. Wann kommst du nach Hause?«

»Morgen abend, Schätzchen.«

»Und bringst du mir eine Überraschung mit?«

Ich bin versucht zu sagen, ja, deine Mutter wird sich in leicht komatösem Zustand befinden und seltsame Schrammen am Rücken haben. Aber ich weiß, daß er eigentlich etwas zum Spielen meint, und es folgen langwierige Verhandlungen darüber, um was es sich handeln könnte. Ich habe im Vorfeld eine Packung Lego gekauft, um die traumatische Situation zu vermeiden, in einer Autobahnraststätte in letzter Sekunde ein Geschenk finden zu müssen. Aber davon ahnt Charlie natürlich nichts, und er spielt alle erdenklichen Möglichkeiten in der Preisspanne von 10 bis 1000 Pfund durch.

Es gelingt mir, ein bißchen zu schlafen, und dann rufe ich Barney an, der sagt, er erwartet mich morgen früh um acht, weil es immer noch schüttet. Er will fernsehen und schlafen, und das Team ist vollständig in der Bar versammelt. Sie veranstalten eine Riesenterz und saufen wie die Bürstenbinder. Auch mir ist erlaubt, schlafen zu gehen, aber erst, nachdem ich Chris unmißverständlich klargemacht habe, daß sie ab sofort auf eigene Kosten weitertrinken müssen. Dann falle ich ohnmächtig ins Bett, und es gelingt mir gerade noch, für den nächsten Morgen um sieben Uhr einen Weckruf zu bestellen. Der Vormittag läuft sehr gut, obwohl uns ein paar Vertreter aus dem Hotel entdecken und versuchen, genau dort in der Kopfsteingasse rumzulungern, wo der Darsteller entlanggehen soll. Aber ihnen wird schnell langweilig, weil sich Tom und Nicole nirgends blicken lassen. Außerdem gelingt es uns schließlich, die Besitzer unseres Nachbarhäuschens davon abzubringen, sich winkend aus dem Fenster zu lehnen.

Ich komme erst gegen Mitternacht nach Hause, unterhalte mich noch kurz mit Mum und Dad und falle direkt ins Bett. Mum sagt, ein sehr nett klingender Mann hat angerufen und will es morgen wieder versuchen. Ich hoffe, es war Mack und nicht der Klempner, der eigentlich den Wasserhahn im Garten reparieren sollte und mal wieder nicht gekommen ist. Das Telefon klingelt. Es ist Mack.

»Hallo.«

»Hallo. Warte, wie hast du meine Nummer rausbekommen?«

»Ich habe Lawrence angerufen. Himmel, ist der bescheuert! Ich habe gesagt, ich hätte einen wichtigen Ordner im Hotel vergessen und wollte wissen, ob du ihn gefunden hast.«

»Oh, sehr clever.«

»Jawoll, Moneypenny, und ich hab's mir ganz alleine ausgedacht. Schläft das Kind?«

»Ja.«

»Wie schön. Dann können wir in aller Ruhe ausgiebig plaudern.«

»Nein, können wir nicht. Ich muß schlafen.«

»Oh. Ich bin aber sehr gut im Telefonieren.«

»Ja, davon bin ich überzeugt. Aber ich schlafe jede Sekunde ein, und da wäre es doch reine Verschwendung, oder?«

»Also gut. Hör mal, wenn ich dich zum Abendessen einladen würde, würdest du dann gleich wieder mit diesen schrecklichen Wörtern anfangen?«

»Kann schon sein.«

»Was, mit mir ausgehen oder fluchen?«

»Verpiß dich!«

»Charmant. Genau das habe ich befürchtet. Ein einfaches ja oder nein würde mir eigentlich genügen.«

»Okay. Ja zu beidem.«

»Wunderbar. Freitag abend. Über Ostern habe ich die Kinder, es geht also erst übernächste Woche. Hol mich um acht im Büro ab, dann gehen wir ins Ivy essen. Hast du ein kleines Schwarzes? Es ist ziemlich edel.«

»Okay, okay, verstanden. Freitag um acht. Du willst mein kleines Schwarzes zum Essen ausführen. Ich schicke es mit einem Fahrradkurier. Willst du dir die Stöckelschuhe auch ausleihen?«

»O ja, Stöckelschuhe, unbedingt.«

»Okay, ich notiere. Kleines Schwarzes, Stöckelschuhe, per Kurier bis acht Uhr in dein Büro. Und jetzt verschwinde und laß mich schlafen.«

»Träum was Schönes.«

Wenn aus dieser Beziehung etwas werden soll, dann muß ich ihm beibringen, daß man Telefonate beendet, indem man auf Wiedersehen sagt und nicht einfach auflegt. Schlafe selig ein, obwohl ich mir jetzt schon Gedanken darüber mache, was ich anziehen soll. Das einzige kleine schwarze Kleid in meinem Besitz ist uralt und inzwischen zwei Nummern zu klein, was daran liegt, daß ich Charlie bekommen habe und außerdem unzählige Packungen Prinzenrolle konsumiere. Ich kann es nur noch anziehen, wenn ich mich nicht hinsetze, deshalb ist es zum Abendessen nur dann geeignet, wenn ich dafür sorge, daß wir in irgendeinen Stehimbiß gehen. Ich werde Leila anrufen und eine Notfall-Shopping-Tour anberaumen.

Verbringe die nächsten Tage damit, irgendwie den Haushalt in den Griff zu kriegen und endlos mit Barney zu telefonieren, der gerade den Cornwall-Spot schneidet und davon überzeugt ist, daß er damit Preise absahnt, wenn er nur diesen Scheißkunden davon abbringen kann, in einen 30-Sekunden-Werbespot 20 Scheißsekunden Scheiß-Packshots zu packen. Ich stehe mitten bei Safeway und versuche Barney zu beruhigen, als mein Handy mir sagt, daß in der Leitung noch ein Anruf wartet. Bis jetzt hatte ich keine Ahnung, daß mein Handy eine Warteschleife hat, und ich weiß nicht, wie ich den Anruf entgegennehmen soll. Irgendwie schaffe ich es, eine geheime Taste zu drücken, was bedeutet, daß plötzlich Mrs. Jenkins vom Elternbeirat in mein Gespräch mit Barney funkt. Um sie wieder loszuwerden, bleibt mir nichts anderes übrig, als anzubieten, für das Halbjahresabschlußfest Osterkuchen zu backen. Barney tobt. »Wer war diese Verrückte Scheißkuh mit ihren Kuchen? Besorg dir verdammt noch mal ein anderes Telefon!«

Mit Leila und Kate führe ich endlose Gespräche über potentielle Fußangeln, die lauern, wenn ich mich auf eine leidenschaftliche Affäre mit Mack einlasse, sollte dies wirklich in den Rahmen der Möglichkeiten rücken. Meine Freundinnen legen mir sehr ans Herz, soviel Spaß wie möglich zu haben, solange ich kann, weil man nie weiß, wann sich die nächste Gelegenheit ergibt. Aber ich grüble weiter über potentielle Fußangeln nach, sollte sich aus einer kurzen Affäre etwas Ernsthaftes entwickeln. Abgesehen von den Sorgen über Charlies Reaktion weiß ich, daß Mum bei der leisesten Andeutung eines Mannes umgehend ins Brautmutter-Märchenland entschweben wird. Ich erwische mich ständig in den unmöglichsten Situationen bei Tagträumen von Mack, und allein der Gedanke an ein Wiedersehen löst Panikattacken aus. Ich hatte total vergessen, wie kompliziert das alles ist. Versuche sehr angestrengt, nicht daran zu denken, und versage kläglich.

Ostern sind alle bei mir zum feierlichen Mittagsmahl versammelt. Mum und Dad haben Charlie das größte Osterei gekauft, daß ich je in meinem Leben gesehen habe. Im Grunde hat es genau die Größe, die Mum uns immer verweigert hat, als wir noch Kinder waren. Meine nichtsnutzige Schwester Lizzie hat das gleiche getan. Sie hat sich erboten, dieses Jahr bei sich zu feiern, aber sie und ihr Mann sind beide Architekten und wohnen in einem wahren Minimalisten-Paradies in einem riesigen umgebauten Lagerhaus in Whitechapel. Die Wohnung ist ausschließlich in verschiedensten Weißtönen gehalten, und es ist mir viel zu anstrengend, Charlie dorthin mitzunehmen. Jetzt wünschte ich, ich hätte das Angebot angenommen. Schokoladenflecken aus weißen Sofas zu entfernen wäre die gerechte Strafe dafür, so ein Riesenei zu kaufen. Ich erzähle Lizzie von Mack, und sie findet, für mich ist es höchste Zeit, mich ein bißchen zu amüsieren, und will wissen, wann sie ihn endlich kennenlernen kann. Ich bin nicht mal sicher, daß ich ihn wiedersehen werde, wenn mein gegenwärtiges Paniklevel weiter andauert, und ich bitte sie, das Thema zu wechseln, ehe ich Herzrhythmusstörungen bekomme, also unterhalten wir uns über ihre Arbeit. Ihre neuesten Kunden sind steinreich, aber leider vollkommen verrückt und ändern ständig ihre Meinung.

»Ehrlich, die treiben uns zum Wahnsinn. Wenn sie die Pläne für die Küche noch ein einziges Mal ändern, beauftrage ich die Maurer, sie in der Speisekammer einzumauern.«

»Gute Idee. Damit kannst du sichergehen, daß dir neue Kunden förmlich die Türe einrennen.«

»Ja, aber das wäre die Sache wert.«

Charlie ißt soviel Schokolade, daß er nach dem Essen sprichwörtlich betäubt werden muß. Wir machen einen Waldspaziergang, und überall blühen die Glockenblumen. Sie duften wunderbar, und Charlie muß unbedingt stehenbleiben und ein wenig mit den Schafen auf der angrenzenden Wiese plaudern. Es wimmelt von Lämmern, die alle rumspringen wie Heidis Zicklein auf der Weide. Mum erzählt uns, was sie alles für unseren Spanienurlaub einpacken will, der in wenigen Wochen vor der Tür steht.

»Es wäre doch praktisch, wenn ich meinen Sandwichtoaster mitnehme. Er ist ganz leicht.«

Lizzie und ich tauschen Blicke. Wir wissen, daß sie es ernst meint, und versuchen, ihr klarzumachen, daß sie keinerlei Küchengerätschaften mitnehmen kann, weil andernfalls das Flugzeug nicht abheben kann. Wir kommen nach Hause und essen Charlies Spezialkuchen zum Tee, die er extra für heute gemacht hat. Es handelt sich um so etwas wie Schokoladennester, manche mehr und manche weniger nestähnlich, aber sie schmecken alle köstlich, und wir essen viel zu viele davon, bis uns allen schlecht ist. Danach treten alle hastig den Rückzug an, ehe das zweite Zucker-Hoch des Tages zum Ausbruch kommt. Ich verbringe ein paar schreckliche Stunden damit, Charlies Zerstörungswut halbwegs einzudämmen. Schließlich ist er so erschöpft, daß sich nur noch leiser Protest regt, als ich ihn endlich ins Bett packe.

»Mami, das war ein wunderbarer Tag, oder?«

»Ja, Spatz. Und jetzt schlaf schön.«

»Ja, und die Kuchen, die ich gemacht habe, waren lecker, nicht wahr?«

»Ja.«

»Ich könnte doch auch Kuchen backen, so wie du, und sie dann in der Schule verkaufen. Und dann könnte ich das ganze Geld behalten und mir einen Hund davon kaufen, oder, Mami?«

»Nein, könntest du nicht. Gute Nacht, Charlie.«

»Ich hasse dich, Mami. Echt. Gute Nacht.«

KAPITEL 5

Grüße an die Heimat

Schließlich dämmert der Tag meiner Verabredung mit Mack herauf, und ich bin furchtbar nervös. Kate hat sich erboten, Charlie über Nacht zu sich zu nehmen.

»Ich habe seinen Schlafanzug und alles andere in die Tasche gepackt, auch seine Schmusedecke. Er hat sie eigentlich schon fast aufgegeben, aber es kann sein, daß er sie heute nacht wieder braucht.«

»Okay. Auch wenn ich bezweifle, daß sie heute nacht überhaupt schlafen.«

»Stimmt. Danke, Kate, er ist wirklich aufgeregt. Ich revanchiere mich jederzeit bei dir.«

»Gut zu wissen. James ist jedenfalls begeistert. Er war heute morgen so aufgeregt, daß er sogar sein Zimmer aufgeräumt hat. Und jetzt mach, daß du loskommst, und amüsier dich gut. Mach dir um Charlie keine Sorgen. Ich verspreche, daß ich dich anrufe, wenn er zu spucken anfängt, oder bei sonstigen Katastrophen.«

»Okay. Obwohl bestimmt ich diejenige bin, der schlecht wird. Ich bin so nervös, geradezu lächerlich, aber es ist schon so lange her, daß ich eine echte Verabredung hatte, wenn du weißt, was ich meine.«

»Mach dir keine Sorgen. Oh, dabei fällt mir was ein. Möchtest du die hier vielleicht tragen? Sie haben mir immer Glück gebracht – von Phil abgesehen, natürlich.«

Kate schiebt mir eine kleine lederne Schachtel rüber, und dabei sieht sie sehr verlegen aus. In der Schachtel liegt ein Paar wunderschöner Ohrringe mit grünen Steinen, bei denen es sich, fürchte ich, um echte Smaragde handelt.

»Himmel, sind die schön! Aber ich würde bestimmt einen verlieren.«

»Sei nicht albern. Ich will, daß du sie trägst. Dann haben wenigstens meine Ohrringe ein heißes Rendezvous.«

Ich umarme sie und verspreche, nachher anzurufen.

Ich rase in die Stadt, um mich mit Leila zu treffen. Sie schleppt mich in zahllose Boutiquen, und schließlich finden wir ein kleines Schwarzes, in dem ich nicht aussehe, als sei ich im sechsten Monat mit Drillingen schwanger. Es ist aus schwarzem Samt und kostet ein Vermögen. Außerdem erstehe ich ein paar schwarze Seidenpumps, die so hoch sind, daß ich unmöglich darin laufen kann. Aber sie sind schön. Dann besteht Leila darauf, daß wir unsere Nägel maniküren lassen, und hält mir einen Vortrag über Unterwäsche, während die Nageltanten in sich reingrinsen. Ich willige ein, einen neuen BH zu kaufen, damit sie endlich Ruhe gibt. Ich komme mir vor wie ein geschnürtes Brathühnchen. Außerdem überkommt mich eine Anwandlung von Trotz, und ich will wissen, weshalb ich nicht einfach was ganz Normales anziehen kann, und wenn es ihm nicht gefällt, dann kann er sich verpissen.

»Mach dich nicht lächerlich. Du gehst ins Ivy, nicht zu Burger King. Außerdem war es höchste Zeit, daß du dir was Nettes kaufst. Jede Frau braucht ein perfektes schwarzes Kleid. Wenn sich herausstellt, daß er nicht Mr. Right ist, dann hast du immer noch das Kleid.«

»Mag ja sein, aber ich glaube, ich suche nicht Mr. Right, sondern Mr. Saturday Night.«

»Wenn ein Mann so was sagen würde, würdest du sagen, er ist ein Schwein.«

»Wenn ein Mann so was sagen würde, wäre er schwul, also sei still. Du weißt, was ich meine. Ich mag mein Leben so, wie es ist, vielen Dank. Ich habe keine Lust darauf, gerade zu sitzen und unbequeme BHs zu tragen. Wenn was daraus wird, dann wird es kompliziert und verzwickt, und wenn nicht, dann wird es demütigend und schmerzhaft. Ich kann nicht gewinnen. Ich hätte zu Hause bleiben sollen.«

»Okay, meine kleine Optimistin, dann ruf ihn an und sage ab, weil du nicht gerade sitzen willst. Dann führe ich dich ins Ivy zum Essen aus, und du kannst dich hinlümmeln und deinen Strickpulli anziehen. Und jetzt hör sofort auf zu jammern, oder ich muß schreien.«

Wir essen in Leilas Büro zu Mittag, weil sie wieder zurück an den Schreibtisch muß. Sie bestellt Sushi, und beinahe ehe sie den Hörer aufgelegt hat, kommt ihre Sekretärin mit kleinen Tabletts und Eßstäbchen zur Tür rein. Ich bin mir nicht ganz klar darüber, ob sie immer eine kleine Auswahl an Tabletts mit Sushi in ihrem Schreibtisch bereithält und es in diesem Falle wirklich ratsam ist, sie zu essen, oder ob der Lieferservice in dieser Gegend einfach besonders schnell ist. Ich bitte um eine Gabel, weil ich nichts mehr hasse, als mit Stäbchen zu essen, die einen entweder wie einen kompletten Idioten oder einen schleimigen Angeber aussehen lassen, der stundenlang geübt hat. Dann mache ich es mir bequem und blättere in Zeitschriften, während Leila durch die Gegend rennt, irgendwelche Menschen anschreit und zahllose Telefonate führt, äußerst charmant und immer so, als würde sie mit einem alten Freund sprechen, nur um gleich darauf aufzulegen und zu sagen: »So ein Arschloch!«

Irgendwie erinnert mich das an Lawrence, und ich verspüre den Drang, rüber zu meinem Büro zu gehen, nur um ihn zu ärgern. Aber Barney ist nicht da, deshalb hat es eigentlich keinen Sinn. Ich rufe Charlie an. Er findet es bei James zu Hause ganz toll, und zum Abendessen gibt es Würstchen mit Cola, und er ist selig, aber leider hat er jetzt gerade keine Zeit mehr zu telefonieren, weil sie gerade ein wunderbares Spiel spielen, bei dem man irgendwie schreiend durchs ganze Haus rennen muß. Wie schön für Kate. Ich ziehe mich in Leilas Büro um und torkle auf meinen neuen Schuhen zum Parkhaus, um die Tüten im Auto zu verstauen. Das Gehen entpuppt sich als gewisse Herausforderung. Ich wünschte, die Schuhe hätten Stützräder, so wie Charlies Fahrrad. Es gelingt mir, heil und ganz zurück zu Leila zu gelangen, allerdings muß ich einmal an einem Laternenmast und zweimal an einem Geländer Halt suchen.

Kates Ohrringe sind wie gemacht für meine neue Robe, und Leila besteht darauf, daß wir kurz auf einen Drink gehen, um meine jüngste Verwandlung zu feiern. Ich gestehe, daß ich in den neuen Schuhen eigentlich nicht laufen kann, und sie führt mich in ihrem Büro auf und ab und gibt mir nützliche Tips. Offensichtlich ist es unerläßlich, den Kopf nach hinten, die Brust raus und die Hüften vorzustrecken, wozu ich gerade noch in der Lage bin. Außerdem muß man aber den Hintern anspannen und den Bauch einziehen, und das schaffe ich nicht. Wir gehen in eine Bar um die Ecke, und ich falle zweimal fast hin und brauche deshalb zur Beruhigung dringend einen Wodka. Leila erzählt mir alles von James, und wie wunderbar die Dinge sich entwickeln.

»Er bringt mich zum Lachen, und der Sex ist toll. Was kann ein Mädchen denn sonst noch wollen?«

»Da fällt mir so spontan auch nichts ein. Hast du ihm schon von der Hochzeit erzählt?«

»Noch nicht, und außerdem bin ich von diesem ganzen Kirchenkram abgekommen, das ist so unoriginell. Aber eine Segnung an einem verzauberten Ort wäre doch hübsch, irgendwas Abgeschiedenes, die Sahara zum Beispiel.«

»Leila, ich ziehe auf keinen Fall durch die Wüste, nur um dir die Blumen zu halten.«

»Also gut, dann vielleicht nicht die Sahara. Aber irgendein exotischer Ort muß es sein, wo das Licht toll ist, damit wir phantastische Bilder kriegen. Vielleicht könnte Barney uns ja filmen.«

»Super Idee. Wenn du wirklich sechsundzwanzig Wiederholungen von deiner Trauung möchtest, könnte ich ihn sicher dazu überreden.«

Wie immer trifft Leila einen Haufen Leute, darunter auch einen, mit dem sie letztes Jahr im Bett war. Ich bin sicher, sie könnte mitten über dem Regenwald am Amazonas mit dem Fallschirm abspringen, und es würde keine fünf Minuten dauern, da hätte sie mindestens zwei alte Freunde und einen abgelegten Liebhaber getroffen. Wir werden in eine lange, ausgelassene Unterhaltung verstrickt. Plötzlich stelle ich mit Schrecken fest, daß es schon fünf vor acht ist und ich zu spät kommen werde. Leila hilft mir aufzustehen und schickt einen Kellner hinaus, um mir ein Taxi zu besorgen. Ihre stürmische Umarmung wirft mich fast wieder um. Leila wünscht mir Glück und erzählt dann jedem, daß ich auf dem Weg zu meinem ersten heißen Rendezvous seit Jahrzehnten bin. Daraufhin wünscht mir die ganze Bar Glück. Manchmal könnte ich Leila ohrfeigen, aber ehe ich ihr dafür danken kann, daß sie einen ganzen Saal voll Fremder an meinem Privatleben teilhaben läßt, steht das Taxi vor der Tür.

Um zwanig Minuten nach acht bin ich bei Macks Agentur, was meiner Meinung nach ziemlich lässig ist – ganz im Gegenteil zu mir selbst, und deswegen bin ich ziemlich zufrieden. Mack schreitet am Empfang auf und ab, was überhaupt nicht lässig wirkt, und ich fühle mich leicht im Vorteil. Um so besser, da ich praktisch aus dem Taxi herausfalle, und zwar in dem Augenblick, als Mack sich umdreht. Ich tue so, als sei es Absicht gewesen, und bezahle den Fahrer. Die Agentur hat Drehtüren. Mack geht lächelnd auf den Eingang zu und schiebt die Tür von seiner Seite an. Es gelingt mir, meinerseits genau in die andere Richtung zu drücken, und die Drehtüre bleibt zitternd stecken. Mack macht einen Schritt zurück, die Türen lösen sich schneller als erwartet, und ich werde mit großer Geschwindigkeit in den Empfangsbereich katapultiert. Es gelingt mir, abzubremsen, ehe ich gegen den Tresen knalle, und gnädigerweise gehe ich nicht zu Boden. Trotzdem hatte ich meinen Auftritt irgendwie ganz anders geplant.

Mack mustert mich, wie mir scheint, eine Ewigkeit und sagt dann: »Stürzt du immer so Hals über Kopf herein? Tolles Kleid übrigens.«

»Danke. Ich laufe die Schuhe für eine Freundin ein, und sie sind noch ein bißchen lebhaft. Wenn ich mich recht entsinne, hast du auf einem schwarzen Kleid bestanden, als wir uns das letzte Mal unterhalten haben. Meine Jeans sind im Auto. Ich kann mich jederzeit umziehen.«

»Nein, nein, laß es an. Wenigstens beim Essen.« Er grinst, und der Sicherheitsmann am Empfang hustet und läßt seine Zeitung fallen. Mack starrt ihn an.

»Also, mein Wagen steht unten, laß uns essen gehen. Es sei denn, du möchtest eine Besichtigungstour durch die Büroräume machen.«

»Nein, vielen Dank. Ich bin mir nicht sicher, ob diese Schuhe tourentauglich sind. Essen klingt gut.«

Der Lift kommt, und Mack erklärt, daß er am Empfang warten mußte, weil Bill, der Sicherheitsmensch, einen Intelligenzquotienten unter der Raumtemperatur hat und nicht gerne telefoniert. Deshalb sagt er grundsätzlich allen, die nach achtzehn Uhr auftauchen, daß die Person, mit der sie verabredet sind, schon nach Hause gegangen ist. Wir fahren in die Tiefgarage. Die Atmosphäre ist elektrisch geladen, und es fällt mir schwer, auch nur ansatzweise normal zu atmen. Mack sieht abwechselnd mich und seine Schuhe an. Der Lift öffnet sich, und wir gehen auf einen dunkelgrauen BMW zu, einer von diesen besonders großen, die aussehen, als seien sie speziell dafür gebaut, um den gesamten Vorstand der Bundesbank zum Essen zu chauffieren. Mack sucht in seinen Taschen nach dem Schlüssel und drückt einen Knopf, worauf der Wagen eine komplette Disco-Show mit Blinklichtern hinlegt, ehe die Türschlösser öffnen und das Licht angeht.

»Aber hallo, absolut James-Bond-mäßig.«

»Ja, aber bitte faß keine Knöpfe an, sonst katapultierst du uns beide ins Jenseits.«

»Okay. Darf ich fahren?«

Mack stutzt, wird ein bißchen blaß und sagt dann: »Klar, wieso? Machst du dir was aus Autos?«

»Nein. Ich wollte nur dein Gesicht sehen.«

»Oh, sehr witzig. Also bitte, stets zu Diensten: Aber wenn du ihn gegen die Mauer setzt, rede ich den ganzen Abend kein Wort mehr mit dir.«

»Ich dachte immer, bei so einem Wagen wäre grundsätzlich ein kleiner Mann mit Schirmmütze integriert, der fürs Fahren zuständig ist.«

Mack wirkt peinlich berührt.

»Jetzt sag bitte nicht, du hast wirklich einen Chauffeur. Wo ist er? Im Kofferraum?«

»Er ist kein Chauffeur. Er ist der Firmenfahrer. Ich habe ihm gesagt, daß ich ihn heute abend nicht brauche, weil du fährst. Wir sparen dadurch Unmengen an Taxikosten.«

»Sicher. Wahre Sparmaßnahmen.«

»Nein, im Ernst. Außerdem war es Teil der Vereinbarungen, als ich in die Firma gekommen bin. Das darfst du mir glauben: Ich würde mir nie so einen Wagen zulegen und auch keinen Fahrer, wenn wir schon dabei sind. Aber unser Boß legt großen Wert auf diesen ganzen Kram. Und wenn er einen hat, müssen alle einen haben.«

»Was, die ganze Firma? Oder nur die Jungs aus der Führungsriege? Wenn bei euch jeder einen BMW mit Fahrer bekommt, dann bewerbe ich mich gleich morgen um einen Job. Im Grunde deines Herzens sehnst du dich wahrscheinlich nach einem Fiat 500.«

»Willst du den ganzen Abend lang so sarkastisch bleiben?«

»Schon möglich. Ich bin nervös.«

»Ich auch.«

»Sollen wir noch mal von vorn anfangen?«

»Mit was?«

»Komm her, ich zeig's dir.«

Mack grinst und wird sichtlich entspannter. »Wenn du tun willst, was ich vermute, dann würde ich lieber damit warten, bis wir aus der Tiefgarage und außer Reichweite der Überwachungskameras sind, wenn es dir nicht allzuviel ausmacht. Sonst kriegt der arme Bill noch einen Herzinfarkt.«

»Einverstanden. Kannst du dieses Ding hier wirklich fahren?«

»Halt den Mund und steig ein.«

Wir rasen mit erstaunlichem Tempo aus der Tiefgarage, und ich sinke in meinen Sitz und genieße es, mich ausnahmsweise mal von jemand anderem fahren zu lassen. Plötzlich dröhnt gräßlicher Lärm aus dem CD-Spieler, unerträglich laute Rap-Musik à la »Haut den Mistweibern die Fresse ein«. Mack bremst und nimmt die CD heraus.

»Entschuldige, das habe ich mir heute morgen für eine Präsentation angehört, die wir nächste Woche haben. Fürchterlich, oder?«

»Nicht gerade zum Mitsingen geeignet, es sei denn, man hat einen Haß auf Frauen und ein ernstes Drogenproblem.«

»Das beschreibt unseren Kunden ziemlich gut. Also, willst du wirklich essen gehen?«

»Ja.«

»Lügnerin.«

»Das Kleid hat ein Vermögen gekostet. Also sollte man ihm auch ein edles Abendessen gönnen.«

»Können wir es nicht einfach bei Ivy absetzen und nach Hause fahren?«

»Nein. Ich mußte Leila versprechen, eine Liste aller berühmten Leute zu machen, die mir über den Weg laufen.«

»Leila?«

»Leila Langston. Meine beste Freundin. Kennst du sie?«

»O Gott, die kenne ich. Sie ist schrecklich. Hast du viele so schreckliche Freundinnen?«

»Haufenweise. Und sie ist nicht schrecklich, sondern furchtbar nett.«

»Aber nicht, wenn sie glaubt, daß man einen ihrer Kunden reinlegen will. Dann nicht.«

»Ach, das erklärt einiges. Sie hat gesagt, ich soll mir keine Sorgen machen, wenn sie irgendwann heute abend auftaucht und dich auf ein Wort vor die Tür bittet.«

Er lacht, und dann fährt er auf einmal an den Straßenrand und hält an. »Also, was wolltest du mir vorhin in der Tiefgarage zeigen?«

Wir sind nie bis ins Ivy gekommen. Wir sind kaum bis zu Macks Haus gekommen. Irgendwann gegen zwei Uhr morgens ergibt sich schließlich ein Anruf beim Pizzaservice. Es ist herrlich in London zu sein, wo man um zwei Uhr morgens einfach irgendwelche Dinge bestellen kann. Es ist herrlich in Macks Bett zu sein. Und ehrlich, ganz ehrlich, auch mein Kleid ist absolut herrlich. Ich weiß überhaupt nicht mehr, wo meine Schuhe hingekommen sind, und mein neuer BH hat für seine Bemühungen zwar eine Auszeichnung verdient, ist aber für die Bedürfnisse doch überflüssig und wird beiseite gelegt. Ich hatte vergessen, wie überaus nett es ist, Stunden mit einem attraktiven Mann im Bett zu verbringen – eine schöne Abwechslung zu Prinzenrolle und Fernbedienung, wenn auch zweifellos ungleich anstrengender. Zwischen leidenschaftlichen stundenlangen Intermezzi reden und reden wir.

Gegen Samstag mittag tauchen wir endlich wieder auf. Wenn ich noch nach Hause und mich umziehen will, ehe ich Charlie abhole, muß ich bald aufbrechen. Mack bringt mich mit dem Vorschlag aus dem Konzept, mich nach Hause zu fahren, Charlie kennenzulernen und ihn dann gemeinsam unter Drogen zu setzen, damit er früh schlafen geht. Ich gebe zu bedenken, daß es Charlie bestimmt nicht gefallen wird, wenn ich mit einem Fremden auftauche, und er sich sicher weigern wird, ins Auto zu steigen, geschweige denn Drogen zu nehmen. Also einigen wir uns darauf, daß ich alleine nach Hause fahre und Mack später am Abend nachkommt.

Die ganze Fahrt über fühle ich mich wie betäubt. Kate genügt ein einziger Blick auf mich: »Wow. An dem Typen muß was dran sein!«

»Ja. Und heute abend kommt er für eine Wiederholung zu mir. Findest du, ich sollte versuchen, etwas zurückhaltender zu sein?«

Sie sieht mich an, und wir müssen beide lachen.

»Ach herrje, das hab ich ganz vergessen: deine Ohrringe! Ich habe keine Ahnung, wo sie abgeblieben sind.«

Ich rufe Mack an und bitte ihn, sie zu suchen. Fünf Minuten später ruft er mit der Information zurück, er habe den einen unter dem Bett und den anderen auf der Treppe gefunden, und ob es echte Smaragde wären, weil er sie dann behalten würde. Ich sage Kate, ihre Juwelen sind in Sicherheit, und dann kommt Charlie die Treppe runtergepoltert und wirft mich beinahe um, und während einer ausgedehnten Schmuserunde erzählt er mir all die wunderbaren Dinge, die er getan hat. Ich bin davon überzeugt, daß sie nicht halb so wunderbar waren wie das, was ich getan habe, aber das sage ich ihm natürlich nicht. Seine Liste beinhaltet Cola im Bett trinken und Phoebe während des Mittagschlafs mit nassen Handtüchern bewerfen und dann in den Garten rennen und sich verstecken. Ich will schon ernsthafte Einwände erheben, doch Kate sagt, daß Phoebe sich mit dem Gartenschlauch selbst zur Wehr gesetzt hat, weshalb Charlies Tasche jetzt auch voll nasser Sachen ist. Ich bedanke mich bei ihr und verspreche, mich bei der nächsten kinderfreien Gelegenheit mit ihr auf einen Kaffee zu treffen.

Charlie ist erledigt und sitzt zufrieden vor einem Video, während er mir ab und zu sagenhafte Bruchstücke von seiner Nacht bei James erzählt. Er ist sogar bereit, früh in die Wanne zu gehen und gleich zu Abend zu essen. Ich erzähle, daß ich nachher noch Besuch bekomme, aber wahrscheinlich erst, wenn er schon im Bett ist.

»Wer denn? Leila?«

»Nein, ein neuer Freund. Er heißt Mack.«

»Wie Old MacDonald?«

»Nicht ganz. Außerdem schläfst du dann sowieso schon. Aber wenn du noch wach bist, bringe ich ihn rauf, damit du hallo sagen kannst.«

»Okay, Mami. Mami, kennst du Coke?«

Ich nehme an, er meint das Blubbergetränk – hoffe ich zumindest! – und sage ja.

»Das will ich Montag mit in die Schule nehmen. Es schmeckt toll.«

»Charlie, du kennst doch die Schulregeln. Wasser oder Saft.«

»Das ist doch doof. Gibt es morgen zum Mittagessen Coke? Es ist doch Wochenende.«

»Ja, vielleicht. Wir werden sehen. Und jetzt ab ins Bett.« Hoffentlich schläft er gleich ein. Wenn er sehr müde ist, schläft er manchmal extrem früh ein, aber manchmal bedeutet es perverserweise, daß er dann besonders lange wach bleibt und wie wild auf seinem Bett rumspringt. Als ich aus dem Zimmer schleiche, erzählt er seinen versammelten Stofftieren, wie phantastisch Coca-Cola schmeckt.

Mack kommt um neun. Er hat Abendessen mitgebracht,

zum Glück, weil ich nichts zu essen im Haus habe und nur auf Käse und Cracker hätte zurückgreifen können. Wir essen vor dem Kamin, und Mack beschwert sich, weil das Dorf auf keiner Karte zu finden ist und er seinen Kompaß zu Hilfe nehmen und einen Irren an der Tankstelle fragen mußte, um herzufinden. Ich gebe zu bedenken, daß »London von A bis Z« die Dörfer in Kent nicht beinhaltet, und er bewirft mich mit Salami. Wir stürzen uns in ein kleines Nahrungsmittelgefecht, das mit Küssen beigelegt wird. Die Tür fliegt auf, und Charlie marschiert herein. Er sieht Mack kurz an und sagt: »Oh, es gibt Kuchen.« In der Tat gibt es Kuchen, eine edle Schokoladentorte mit vielen Schokosahnetupfen oben drauf, in einer weißen Pappschachtel aus einer angesagten Patisserie in Soho. Mack stellt sich vor, und ich weigere mich, was Kuchenessen mitten in der Nacht angeht, die Sanktionen außer Kraft zu setzen, verspreche aber, die Torte bis morgen in den Kühlschrank zu stellen.

Ich bringe Charlie zurück ins Bett, und es scheint ihn überhaupt nicht zu interessieren, wer der fremde Mann auf unserem Wohnzimmerboden war. Trotzdem habe ich irgendwie das Gefühl, ich wäre bei etwas Verbotenem ertappt worden. Ich habe noch nie jemanden mit nach Hause genommen. Nicht, daß es unzählige Gelegenheiten gegeben hätte, irgend jemanden irgendwohin mitzunehmen, aber bei den paar Anlässen, wo es zur Debatte hätte stehen können, sind wir zu ihm oder in ein Hotel gegangen. Mack ist irgendwie anders, aber ich weiß nicht, weshalb. Ich weiß auch nicht, ob das Ganze auf eine Wochenendaffäre hinausläuft, aber dann will ich Charlie nicht mit hineinziehen. Ich erleide auf der Treppe einen kleinen Nervenzusammenbruch und erkläre Mack, ich fühle mich gerade ziemlich überfordert. Er sagt, er kann das gut verstehen und wenn ich möchte, dann fährt er jetzt. Möchte ich nicht. Ich koche Kaffee und beschließe, daß wir am besten bleiben, wo wir sind, und die Tür verbarrikadieren, damit wir wenigstens vorgewarnt sind, wenn Charlie das nächste Mal hereinspaziert kommt. Etwa gegen drei Uhr morgens erweist sich der Wohnzimmmerteppich endgültig als zu unbequem und das Sofa als zu schmal. Also stolpern wir rauf in mein Zimmer, wo Charlie mitten im Bett liegt wie ein Seesternchen. Mack lächelt und sagt, er wird auf dem Sofa schlafen, und ich soll mich zu Charlie legen, damit er mit mir allein aufwachen kann. Was ich absolut süß von ihm finde. Das sage ich ihm auch und – lande wieder im Wohnzimmer, wo wir uns beide auf das Sofa quetschen, bis wir runterfallen. Torkle im Morgengrauen rauf in mein Bett, zerschunden, aber glücklich.

Wache also mit Charlie auf, der beängstigend guter Laune ist, runter ins Wohnzimmer stürmt und den Fernseher anmacht, ehe ich ihn aufhalten kann. Der arme Mack wird von Kinderfernsehen in voller Lautstärke geweckt. Gott sei Dank hat er selbst Kinder und ist an frühmorgendliche Fernsehorgien gewöhnt. Charlie scheint von Mack gänzlich unbeeindruckt und fragt ihn lediglich, ob er nicht auch findet, daß Shreddies widerlich sind und man niemanden dazu zwingen darf, sie zu essen. Mack sagt, das kommt drauf an, was in meinen Augen eine ausgezeichnete Antwort ist. Charlie will wissen, worauf, und Mack sagt, »darauf, ob deine Mutter dir vielleicht grade eine Schüssel Shreddies vorsetzen will und ich in hohem Bogen rausfliege, wenn ich sage, daß sie nach Pappkarton schmecken.« Charlie ist entzückt und ich auch.

»Macht nichts. Wenn sie dich in den Garten sperrt, dann kannst du in meinem Haus wohnen. Es hat eine Tür und alles drum und dran.«

»Das ist gut zu wissen, Charlie, danke.«

Ich habe nicht den Mut, ihm zu sagen, daß Charlies »Haus« nur ein schäbiger alter Schuppen ist, voll von Dreck und Holz. Charlie entschwebt ins Trickfilmland, und ich mache Mack das Angebot, sich in mein Bett zu legen und ein bißchen Schlaf nachzuholen, während ich ein Bad nehme und Frühstück mache.

Wir gehen zum Mittagessen in ein Pub, ehe Mack sich wieder auf den Weg nach London macht. Charlie spielt zufrieden im Garten. Dort gibt es eine Schaukel und einen herrenlosen Hund, der plötzlich aufgetaucht ist, aber ganz harmlos wirkt. Mack und ich reden, und es stellt sich heraus, daß er sich zwar auch ein bißchen überrumpelt fühlt, aber trotzdem nicht nach Hause fahren will und überlegt, ob er ein neues, überbreites Sofa bestellen und pünktlich zum nächsten Wochenende liefern lassen soll. Wir stehen vor einem ziemlich verzwickten logistischen Problem: Wir versuchen, für nächstes Wochenende etwas zu verabreden, am liebsten sogar früher, aber Mack hat die Kinder übers Wochenende, und ich will Charlie nicht schon wieder abschieben. Und eine Autobahnraststätte scheint irgendwie kein sehr vielversprechender Ort für eine Affäre zu sein. Wir beschließen, die Diskussion zu vertagen, weil es einfach eine Lösung geben muß. Dann fahren wir zurück nach Hause. Wir vertiefen uns in die Lektüre der Wochenendzeitung, und Charlie puzzelt. Nach dem Tee fährt Mack schließlich zurück. Charlie ist ganz mit seiner Tiersendung beschäftigt und winkt abwesend, und Mack und ich stehen geschlagene 20 Minuten in der Küche und verabschieden uns. Wir finden beide, daß es ein außergewöhnliches Wochenende war. Er sagt, er ruft mich in ein paar Tagen an, sobald er weiß, was er vorhat.

Mir versetzt es einen fürchterlichen Stich, als sein Wagen die Straße hinunter verschwindet. Andererseits bin ich auch schrecklich erleichtert, denn die Kombination von Mack und Charlie ist irgendwie total ermüdend. Eine behutsame Befragung während der abendlichen Badestunde bringt ans Licht, daß Charlie Mack in Ordnung findet, Leila aber lieber mag, weil sie Spielzeug und nicht nur Kuchen mitbringt. Dann wenden wir uns dem Thema zu, warum ich nicht in der Lage bin, Zahnpasta zu kaufen, die nicht zum Kotzen schmeckt. Nach zwei Fluchtversuchen schläft Charlie schließlich ein, mit einem Plastikhelm auf dem Kopf und ein Schwert umklammernd.

Ich rufe Leila zur Lagebesprechung an. Sie sagt, es hört sich alles wunderbar an, und sie ist eine Expertin auf dem Gebiet der Entschlüsselung von Sätzen wie »Ich rufe dich in ein paar Tagen an«. Ich hatte völlig vergessen, wie kompliziert das alles ist. Im Grunde ist es fast, wie den Enigma-Code zu knacken. Wenn er bis Freitag nachmittag nicht angerufen hat, heißt das in meinen Augen, daß er ein Schwein ist, aber Leila sagt, nicht unbedingt: Er könnte auch einfach nur unaufschiebbare Verpflichtungen haben. Dann besprechen wir, wie ich reagieren soll, wenn er anruft. »Dem Himmel sei Dank, ich sitze seit drei Tagen pausenlos am Telefon und warte« zu kreischen ist offensichtlich unsinnig und wird zweifellos zu einer Katastrophe führen. Man selbst darf natürlich niemals anrufen, weil man sich damit als mannstolles, verzweifeltes Dummerchen outet. Also muß ich Ruhe bewahren und wenn möglich den Anrufbeantworter einschalten, um Leila etwaige Nachrichten vorzuspielen und entsprechende Antworten auszuarbeiten.

Ich habe das Gefühl, einen Zeitsprung nach hinten gemacht zu haben. Ich fühle mich in mein Teenager-Ich zurückversetzt, das darauf wartet, daß Gary Johnson anruft und fragt, ob ich mit ihm zur Schulparty gehe. Was er nie getan hat, und deshalb wäre es mir lieber, ich hätte mich nicht daran erinnert. Ich beschließe, Leilas wunderbaren Ratschlägen zum Trotz einfach selbst ans Telefon zu gehen, wenn es klingelt, und wenn er bis Mittwoch nicht angerufen hat, dann rufe ich ihn an und frage ihn, was er zum Teufel noch mal für ein Problem hat. Leila sagt, bei mir sei Hopfen und Malz verloren, aber es könnte sich trotzdem als richtig erweisen, weil sie gerade ein Buch liest, das besagt, daß man keine Spielchen spielen, sondern sich nur auf seine Gefühle verlassen soll. Mein Gefühl sagt mir allerdings, ich soll mich die nächsten sechs Monate unter der Bettdecke verkriechen, deshalb könnte sich auch dieser Rat als wenig hilfreich erweisen. Ich sage, daß ich gar nicht weiß, ob ich überhaupt will, daß er anruft, weil mein Leben auch so schon kompliziert genug ist. Leila fällt nicht darauf rein, und mit honigsüßer Stimme sagt sie, wenn ich nicht sofort aufhöre, Mitleid zu heischen, kommt sie auf der Stelle zu mir raus, eigens um mir eine runterzuhauen.

Charlie wacht mitten in der Nacht auf und stürzt sich schluchzend in mein Bett, weil er geträumt hat, ein Fuchs hätte Buzz und Woody aufgefressen. Schließlich müssen wir, mit einer Fackel bewaffnet, durch den Garten schleichen, damit er sieht, daß sie noch am Leben sind. Die beiden sind überaus erfreut, uns mitten in der Nacht zu sehen, und geben uns zu Ehren eine kleine Show zum Besten. Sie rennen in ihrem Stall auf und ab und werfen mit Stroh um sich. Ich bringe Charlie zurück ins Bett und muß ihm 20 Minuten lang den Rücken kraulen, bis er sich so weit beruhigt hat, daß er wieder einschlafen kann. Ein paar Stunden später wache ich mit dem Gefühl auf, ich hätte kein bißchen geschlafen. Charlie ist furchtbar schlecht gelaunt und quengelig. Er steht kurz vor einem Wutanfall, als ich auf die großartige Idee komme, wir könnten uns anziehen, Buzz und Woody in ihren Auslauf setzen und draußen frühstücken, während wir ihnen zusehen. Charlie kann es kaum erwarten, sie rauszulassen, damit sie im Garten rumspringen und alle meine Pflanzen platt machen können. Ich überzeuge ihn, daß die Erde vom Regen letzte Nacht viel zu naß ist und die Hasen von dem vielen Schlamm wunde Füßchen kriegen, weil sie keine Gummistiefel haben. Charlie will ihnen seine leihen.

Mack ruft am Montag an und am Dienstag und am Mittwoch auch. Leila sagt, ganz offensichtlich hat er nicht das richtige Buch gelesen, weil er klassische Symptome eines Weicheis an den Tag legt. Es sieht so aus, als wäre das nächste Wochenende zu kompliziert, aber wir verabreden uns für das übernächste. Lizzie bietet an, zu uns nach Hause zu kommen – Matt ist auf einer Konferenz –, und sie wird ganz aufgeregt und fängt sofort an, einen spannenden Stundenplan mit Dingen zu entwerfen, die sie mit Charlie unternehmen will. Ihre Liste beinhaltet schwimmen gehen, einen Kuchen backen und lange Spaziergänge. Charlies Liste beinhaltet Spielzeug kaufen und bei Blockbuster ungeeignete Videos ausleihen. Ich bin einen Bürotag lang in der Stadt, widerstehe aber der Versuchung, Mack anzurufen, um zu fragen, ob er Zeit hat, mit mir zu Mittag zu essen. Von allem anderen abgesehen habe ich mit diversen neuen Aufträgen viel zuviel zu tun. Barney ist glänzend gelaunt, weil jeder, der den Cornwall-Spot sieht, ihn bereits als kleinen Klassiker handelt.

Lizzie kommt Samstag nachmittag rechtzeitig zum Tee und wird von einem kleinen Berg Puzzlespiele begrüßt, die Charlie eigens herausgesucht hat. Es folgt eine hitzige Debatte darüber, wann genau sie zu Blockbuster fahren können. Ich gehe, bevor Puzzleteile durch die Gegend fliegen. Ich komme zu früh, und Mack macht mir triefend naß die Tür auf, in ein Handtuch gewickelt. Er begrüßt mich mit einem Kuß und lädt mich ein, mit ihm zu duschen. Die Vorstellung, mich im hellen Tageslicht auszuziehen, behagt mir gar nicht, also bitte ich ihn, das Licht im Bad auszumachen, woraufhin ich sofort stolpere. Schaffe es irgendwie doch in die Dusche. Sie ist riesengroß, aus Marmor und satiniertem Glas, und überall sind Wasserdüsen und ein ganzes Schaltbrett zur Bedienung. Mitten in einer leidenschaftlichen Umarmung drücke ich versehentlich auf einen Knopf, und sofort kommen aus den Wasserdüsen wahre Sturzbäche, die uns fast umwerfen. Ich fühle mich ein bißchen an *Poseidon Inferno* erinnert. Mack stellt mit einer Hand das Wasser ein und manövriert mich mit der anderen so weit wie möglich weg von den Knöpfen. Nach einer halben Stunde steige ich sehr glücklich und sehr, sehr sauber wieder aus der Dusche.

»Himmel. Das war unglaublich. Ich wußte, daß es sich irgendwann als nützlich erweisen würde, ein Vermögen für die verdammte Dusche auszugeben. Ich habe Hunger. Worauf hast du Lust? Chinesisch oder Italienisch?«

»Auf Chinesisch, glaube ich.«

»Wunderbar. Ich rufe schnell an, dann können wir hier essen.«

Der Lieferservice unterscheidet sich grundsätzlich von den sonst üblichen fünf Alubehältern, die mit dem Moped gebracht werden. Ein Kellner mit zahllosen wattierten Beuteln taucht auf, und nirgends ist gebratener Reis in Sicht. Er füllt die Gerichte in Schalen und zaubert Stäbchen, Servietten und eine kleine Vase Orchideen hervor. Der Tisch sieht prachtvoll aus, und er hat sogar irgendwo Kerzen gefunden und angezündet. Dann fragt er, ob wir wollen, daß er serviert. Mack sagt, wir kämen wohl allein zurecht, und der Kellner verabschiedet sich. In seiner Hand ein zerknülltes Etwas, das aussieht wie ein Zwanzig-Pfund-Schein.

»Jetzt sag mir nicht, dieser Wahnsinn hat nur zwanzig Pfund gekostet!«

»Das war das Trinkgeld, Liebling. Ich habe dort ein Kundenkonto. Glaub mir, du willst nicht wissen, was das kostet. Das will selbst ich nicht wissen.«

Mack zieht eine normale Gabel den Stäbchen vor, weil er findet, daß Stäbchen nur ein Vorwand sind, um kleinere Portionen zu servieren und gleichzeitig die Gäste zu demütigen. Ich könnte diesen Mann wirklich gern haben. Wir unterhalten uns über Musik und entdecken unsere gemeinsame Vorliebe für Motown, Mahler, Sinatra, Elvis Costello und die italienische Oper, aber nur, wenn der Sopran nicht zu kreischend ist. Dann tanzen wir zu Frank Sinatra, was schnell in einer leidenschaftlichen Umarmung auf dem Sofa endet, als sich herausstellt, daß keiner von uns wirklich zu »New York, New York« tanzen kann. Stunden später fallen wir erschöpft ins Bett, und ich schlafe ein paar Stunden. Danach beobachte ich Mack im Schlaf. Ich könnte mich wirklich ernsthaft in ihn verlieben und hoffe bei Gott, daß diese Sache nicht mit Tränen und Verzweiflung endet.

Ich bewundere gerade den Schwung seiner Schulter, als er ein Auge öffnet und sagt: »Hör um Himmels willen auf, mich so anzusehen, und tu zur Abwechslung mal was Vernünftiges, Moneypenny. Wenn du mir eine Tasse Kaffee kochst, bin ich dein bis in alle Ewigkeit.«

»Gerührt, nicht geschüttelt, richtig?«

Mack lacht, und ich gehe runter, Kaffee kochen. Ich trage seinen Morgenmantel, der sehr viel hübscher ist als meiner, und ich frage mich, ob ich ihn rausschmuggeln kann, wenn ich gehe. Ich rufe Lizzie an. Sie klingt k.o. Offensichtlich hat Charlie sie dazu überredet, *Der Weiße Hai* auszuleihen, und sich dann schrecklich gefürchtet. Sie mußte die halbe Nacht aufbleiben und ihm versichern, daß große weiße Haie keine Treppen hinaufschwimmen können.

Wir frühstücken im Bett und tauchen erst gegen Mittag wieder auf. Ich gehe schnell unter die Dusche, aber erst, nachdem ich darauf bestanden habe, daß Mack währenddessen nach unten geht und Kaffee kocht, anstatt mir unter der Dusche Gesellschaft zu leisten, weil ich sonst wieder stundenlang nicht mehr rauskomme. Zum Abschied sagt er: »Ich ruf dich heute abend an, und dann kannst du mir erzählen, wie gut sich mein Morgenmantel trägt.«

»Mist! Ich dachte, du merkst es nicht.«

Wir küssen uns so lange zum Abschied, daß sich auf dem Gehsteig eine kleine Menschentraube bildet.

Ich komme zum Tee nach Hause, und Lizzie und ich haben eine kurze Lagebesprechung in der Küche.

»Er klingt nett.«

»Das ist er auch.«

»Bist du glücklich?«

»Ja, ich glaube schon. Ich meine ja, definitiv. Es ist alles ein bißchen viel. Und ich bin vollkommen erschöpft.«

»Ja. Aber es ist doch eine nette Art Erschöpfung. Es ist keine Ich-habe-zuviel-gebügelt-Erschöpfung.«

»Nein, Lizzie, das schlägt Bügeln definitiv um Längen!«

Charlie freut sich sehr, mich zu sehen. Die beiden haben den gesamten Vormittag damit verbracht, einen Kuchen zu backen, und Charlie hat fast die ganze Glasur gegessen. Ich koche Tee, dann fährt Lizzie nach Hause, und ich stecke Charlie in die Badewanne. Mit ein bißchen Schrubben gelingt es mir, seine Arme und Beine von der Zuckerkruste zu befreien. Wir essen vor dem Fernseher zu Abend, und Charlie darf in meinem Bett schlafen. Nach einer ausgedehnten Schnatterstunde schläft er schließlich um halb zehn ein. Ich rufe Mack an, und er erzählt mir, daß er sich »New York, New York« noch mal angehört hat und glaubt, daß ihm jetzt eine Schrittfolge eingefallen ist, die bestimmt hoch punkten würde, sollten wir jemals an einem Tanzturnier teilnehmen.

Ich telefoniere mit Kate und mit Leila. Beide finden, daß sich Mack wunderbar anhört. Ich bin nicht sicher, ob ich mit sämtlichen Verwicklungen dieser Angelegenheit umgehen kann. Deshalb beschließe ich, lieber nicht darüber nachzudenken und alles auf mich zukommen zu lassen. Dann denke ich stundenlang über nichts anderes nach, bis ich mich schließlich richtig schlecht fühle. Unser Urlaub mit Mum in Spanien steht vor der Tür. Mack muß am Wochenende arbeiten und danach hat er seine Kinder. Er will wissen, ob ich dann mit Charlie bei ihm übernachten möchte, aber ich finde es doch noch ein bißchen zu früh, die Kinder mit ins Spiel zu bringen. Außerdem muß ich noch eine Million Dinge erledigen, ehe wir fliegen, und wir beschließen, uns wiederzusehen, sobald ich aus Spanien zurück bin. Fast würde ich mir wünschen, gar nicht erst zu verreisen, aber mir ist klar, daß es nie gut ist, alles über den Haufen zu werfen, nur weil ein Mann auf der Bildfläche auftaucht. Außerdem würde Mum mich umbringen.

»Wenigstens habe ich dann braune Beine.«

»Mir wäre lieber, du hättest weiße Beine und würdest hierbleiben. Wohin fliegt ihr überhaupt?«

»Nach Lanzarote. Und bitte keine snobistischen Witze. Noch mal zwei Wochen Schulferien im Regen würde ich nicht ertragen.«

»Klingt gut. Kommt mein Morgenmantel mit?«

»Ja, wahrscheinlich.«

»Gut. Ich werde ihn per Fernbedienung programmieren, damit er ein Auge auf dich hat.«

»Mach dich nicht lächerlich: Wenn Charlie in meinem Zimmer schläft und Mum gleich daneben, dann ist mein Blutdruck das einzige, worauf man ein Auge haben muß.«

»Funktioniert dein Handy auch in Spanien?«

»Nein. Hauptsächlich, weil ich es hierlasse. Sonst ruft Barney mich tagtäglich an.«

»Verständlich. Das habe ich auch mal probiert, aber die Agentur hat mir per Boten ein neues ins Hotel geschickt.«

»Du lieber Himmel. Erzähl Barney bloß nichts davon!«

Gatwick. Sechs Uhr dreißig. Das wird ein langer Tag. Mum hat einen riesigen Koffer und die komplette Tuppersammlung dabei, weil sie die, wie sie sagt, sicher sehr gut gebrauchen kann. Außerdem hat sie einen riesigen Erste-Hilfe-Kasten im Handgepäck, obwohl ich nicht genau weiß, wozu fünf Kilometer Mullbinden gut sein sollen, wenn das Flugzeug ins Meer stürzt. Charlie hat seinen Rucksack dermaßen voll gepackt, daß er nicht mehr aufrecht stehen kann, und außerdem darauf bestanden, seine Lieblingsmütze aufzusetzen, welche sich unglücklicherweise als eine leuchtend gelbe Pudelmütze entpuppt, die Mum ihm irgendwann mal gestrickt hat. Charlie findet, daß die Mütze in Kombination mit seinen neuen Urlaubsshorts furchtbar cool aussieht. Wenigstens können wir ihn so in dem Gewimmel nicht verlieren.

Im Duty-Free-Shop durchleide ich eine kleine Krise, weil ich mir nicht sicher bin, ob Lanzarote zur EU gehört und man deswegen keine zollfreien Waren mitnehmen darf. Ich habe Visionen, wie ich zollfreie Zigaretten illegal ins Land schmuggle, am Zoll einer Leibesvisitation unterzogen werde und den gesamten Urlaub in einem Alptraum à la *Midnight Express* in einer Zelle der örtlichen Polizei verbringe. Endlich kommt eine Verkäuferin auf mich zu, mit einem leuchtend-orangenen Gesicht, lila Lidschatten und blauen Haaren. Sie besprüht mich mit einer widerwärtigen Duftwolke und fragt, ob sie mir helfen kann. Sie versichert mir, ich könne zollfrei einkaufen, und ich besorge Zigaretten und ein Fläschchen Chanel, um den grausamen Gestank zu übertünchen, von dem mir inzwischen die Augen tränen.

Der Flug ist der blanke Horror. Die Kombination von streitenden Ehepaaren und kreischenden Krabbelkindern ist der Entspannung nicht gerade förderlich. Außerdem entdecken wir, daß die Fluggesellschaft sich zur Erheiterung der Kabinenbesatzung ein neues Spiel ausgedacht hat: Die Sitze soweit einzuschrumpfen, daß nur Passagiere unter zehn Jahren darin sitzen können, ohne sich die Hüften auszurenken. Noch ehe die Maschine in der Luft ist, habe ich jedes Gefühl in meinen Beinen verloren. Das Essen spottet jeder Beschreibung, aber Charlie gefallen die vielen kleinen Päckchen, weswegen er sie alle aufreißt und sich dann weigert, irgendwas zu essen. Mum sagt, ihr Hühnchen ist ekelhaft, und sie begnügt sich mit Tee, vorausgesetzt, es gibt denn jemals einen. Ganz offensichtlich werden heiße Getränke frühestens fünf Minuten vor Landung ausgeschenkt. Mum hat Wegzehrung in den unendlichen Tiefen ihrer Tasche, aber wir brauchen zehn Minuten, um das Ding unter dem Sitz rauszuzerren. Dabei wird Charlies Tablett in die Luft katapultiert, und die Leute in der Reihe vor uns werden mit fliegendem Plastikbesteck und Butterpäckchen bombardiert. Sie sind wahnsinnig begeistert.

Ich drücke mich so lange wie möglich bei den Toiletten herum, damit ich bei unserer Ankunft keinen Chirurgen für meine Knie benötige. Die Maschine beginnt den Landeanflug. Irgendwie sieht es aus, als würden wir auf dem Wasser landen, und Charlie bekommt Angst. Ich erkläre, daß er sich keine Sorgen machen muß: Das Flugzeug ist rundherum mit aufblasbaren Stoßstangen ausgestattet wie ein Luftkissenboot, und wenn der Pilot die Landebahn nicht trifft, dann schwimmt das Flugzeug einfach zurück zum Flughafen. Die Frau hinter uns sagt zu ihrem Mann: »Ist das nicht wunderbar, Trevor, die denken wirklich an alles!« Wir landen ohne die Luftkissen, und der Kapitän befiehlt uns, angeschnallt sitzenzubleiben und die Gepäckfächer keinesfalls zu öffnen, um Mitreisenden keine Gehirnerschütterung zu verpassen, ehe die Maschine nicht völlig zum Stillstand gekommen ist und die Crew sich schnell aus dem Staub machen kann, wenn die Situation unangenehm wird.

Es dauert Stunden, bis das Gepäck auftaucht, wir passieren den Zoll, ohne verhaftet zu werden, und stoßen auf eine Schar Reiseleiter in knallbunten Polyesteroutfits. Die Kombination aus Orange und Kirschrot läßt einen beinahe erblinden, und als mir das Willkommenspaket überreicht wird, erleide ich einen leichten elektrischen Schlag. Ich reihe mich in die Schlange vor der Autovermietung ein und vernehme allgemeine Empörung darüber, daß für die Tankfüllung fünftausend Peseten Kaution zu hinterlegen sind. Als ich an der Reihe bin, biete ich 15 000 Peseten, aber nur, wenn ich dafür ein größeres Auto bekomme. Ein Mann in der Schlange versucht allen Ernstes, mir zu erklären, daß es nur um 5000 geht.

Den Trick hat Barney mir beigebracht. Er behauptet, der funktioniert immer, nur in Deutschland darf man ihn auf keinen Fall anwenden, weil sie sonst denken, man will sie verarschen, und einem einen uralten VW-Campingbus geben.

Der Mann von der Autovermietung grinst mich an und gibt mir die Schlüssel zu einem nagelneuen Renault Laguna Kombi. Alle anderen kriegen einen Renault Clio und starren uns ungläubig nach, als wir die Rampe zum Parkplatz hinaufgehen. Der Wagen ist absolut schnieke, mit Hunderten Schaltern, die mit völlig unverständlichen Zeichen versehen sind. Gott weiß, wofür ± steht. Da drücke ich besser gar nicht erst drauf, für den Fall, daß es sich um eine Art französischen Witz handelt und sich bei Betätigung automatisch die Airbags aufblasen. Ich vergesse immer wieder, auf welcher Seite die Gangschaltung ist. Sobald ich mit der linken Hand schalten will, treffe ich statt dessen den elektrischen Fensterheber, was jedesmal einen kleinen Hurrikan in der Fahrgastzelle auslöst. Charlie ist völlig außer sich vor Freude.

Daß ich das Ferienhaus finde, ist reines Glück, wobei ich natürlich so tue, als hätte ich die ganze Zeit genau gewußt, was ich tue. Mum ist tief beeindruckt, nur kann sie leider ihren Sicherheitsgurt nicht lösen, der sich irgendwie verhakt haben muß. Ich brauche ewig, bis ich sie befreit habe, und merke dann, daß Charlie inzwischen ausgestiegen ist, sich seinen Rucksack aufgesetzt hat und durch das Tor ins Haus verschwunden ist. Mum und ich wechseln entsetzte Blicke, und dann hören wir ihn »Da ist ein Pool« rufen, gefolgt von einem unheilverkündenden Platscher. Ich sprinte zum Pool. Charlie ist mitsamt seinem Rucksack reingesprungen und wie ein Stein untergegangen. Ich will gerade hinterherspringen, da taucht er wieder auf, ohne den Rucksack, und sagt, das Wasser sei herrlich. Ich packe ihn und halte einen ausführlichen Vortrag über Sicherheit und darüber, daß man nie in einen Pool springen darf, und ganz besonders dann nicht, wenn man einen Rucksack aufhat. Ich hoffe nur, daß dies wirklich unser Haus ist, sonst tauchen vielleicht jeden Augenblick die rechtmäßigen Besitzer auf und rufen die Poolpolizei. Wir holen die Koffer, packen aus und machen einen Spaziergang über die Hauptstraße, die durch die ganze Anlage führt. Die Eisbecher in der Pizzeria werden mit Wunderkerzen serviert, und Charlie ist begeistert.

Wir versuchen langsam und behutsam, eine Art Tagesablauf einzuführen, mit Schwimmen am Morgen und einer Siesta am Nachmittag, aber das findet Charlie vollkommen lächerlich.

»Nur Babys schlafen tagsüber.«

»In Spanien nicht. Wenn es heiß wird, legen alle sich schlafen, und dafür bleiben sie abends viel länger auf.«

»Wieviel länger?«

»So bis neun oder zehn.«

Charlie denkt einen Augenblick darüber nach, legt sich hin und versucht zu schlafen, nur um fünf Minuten später wieder aufzustehen, gerade als ich am Wegdösen bin.

»Das ist doof. Ich kann nicht schlafen, und damit basta.« Also spielen wir Tieralphabet: Man sucht sich einen Buchstaben und sagt alle Tiere, die einem einfallen. Charlie besteht darauf, daß Fau bei F gilt und Großer Bär für G völlig in Ordnung ist. Also hören wir auf und malen statt dessen.

Dann absolvieren wir ein kleines Kulturprogramm und besuchen das Haus von Cesar Manrique, einem örtlichen Maler und Bildhauer. Die Anlage ist wunderschön, mit herrlichen vulkanischen Schwimmbecken und Gärten und einer Kunstausstellung. Charlie zeigt sich von der Kunst wenig begeistert, dafür entdeckt er im Café eine Katze und füttert sie mit Eis. Charlie und das ganze Café zeigen sich entzückt von den Mätzchen des Kätzchens, und ich weiß, daß er sich daran später viel eher erinnern wird als an die Kunst. Und allen anderen wird es wahrscheinlich genauso gehen. Wir suchen die

Toiletten, um Hände zu waschen. Die Türen sind mit Metallskulpturen verziert. Die weibliche Figur hat riesige Brüste, und die männliche ist leuchtendgrün gestrichen und hat einen Garderobenhaken in Form eines Pimmels, der kerzengerade herausragt. Ich hätte mir glatt das Auge daran ausstechen können! Und sich auf dem Weg zur Toilette an dem Pimmel einer symbolischen Metallfigur ein Auge auszustechen würde bei denen von der Reiseunfallversicherung sicher keinen allzu guten Eindruck machen. Charlie findet, die Skulpturen sind das Beste, was er je gesehen hat, und er besteht darauf, daß wir sie für Miss Pike fotografieren.

Langsam kriege ich den Mietwagen in den Griff, aber ich habe immer noch ab und zu für den Bruchteil einer Sekunde die Horrorvision, ich wäre die Beifahrerin und Charlie würde fahren. Wir statten dem örtlichen Großmarkt einen Besuch ab, was sich als Herausforderung entpuppt, denn Charlie will alles haben, was irgendwie ungewöhnlich aussieht, weil es schließlich toll sein könnte. Und Mum muß alles haben, was britisch aussieht. Das Abendessen besteht aus Dosenfleisch, Kartoffelbrei aus der Packung und Waffelkeksen. Charlie darf Coca-Cola trinken. Er ißt zuviel und rennt dann laut schreiend durch die Gegend.

Mum meint, ein Klaps könnte kaum schaden. »Bitte, gerne! Aber ich glaube kaum, daß ihn das beruhigen wird, oder?«

»Sprich nicht in diesem Ton mit mir, ich will ja nur helfen.«

»Ach so, und ihn zu schlagen ist da genau das richtige! Er ist weder Cola zum Essen gewohnt noch so viele Kekse.«

»Oh, natürlich, ich hätte wissen müssen, daß es meine Schuld ist. Heutzutage gibt es ja keine ekelhaften Kinder mehr. Entweder haben sie zuviel Zucker gegessen oder irgendeine Lebensmittelallergie.«

»Mum –«

»Nein, im Ernst.«

An diesem Punkt der Diskussion hält Charlie in seiner irrsinnigen Rennerei inne und sagt: »Mami! Sei nicht so gemein zu meiner lieben Nana!«

Ich bin ernstlich versucht, ihm zu sagen, daß seine liebe Nana eine Verfechterin von Schlägen ist, aber ich reiße mich mühsam zusammen.

»Sei still, Charlie, du benimmst dich sehr albern. Hör mit der Rumrennerei auf, du gehst jetzt in die Badewanne.«

»Ich hasse dich, Mami, und Nana haßt dich auch!«

Nana grinst, aber sie sagt: »Sei nicht frech, Charlie. Komm, wir beide gehen jetzt und lassen dir ein schönes Bad ein.«

Ich bleibe allein, vor Wut kochend.

Mum kommt zurück und sagt, Charlie sitzt jetzt in der Wanne und hört nicht auf zu spritzen, und vielleicht möchte ich ja eine gewaltfreie Taktik anwenden, um ihn zum Aufhören zu bewegen. Ich stürme ins Bad, ziehe den Stöpsel raus und befehle Charlie, umgehend rauszukommen, weil es mir jetzt reicht.

»Was reicht dir, Mami?«

»Charlie, treib es nicht zu bunt. Hör auf zu spritzen, und komm sofort da raus. Oder du bekommst morgen kein Eis. Kein einziges.«

Ich bin mir nicht sicher, ob Erpressung offiziell zu den pädagogisch wertvollen Techniken gehört, aber zumindest gibt es seitens des Kinderschutzbundes keine Kampagne dagegen, also wird es wohl gehen müssen.

Als Charlie im Bett ist, sitzen wir auf der Terrasse und trinken Tee. Mum sagt: »Es tut mir leid wegen vorhin, ich war einfach ein bißchen müde.«

»Ach, sei doch nicht albern, Mum, schon in Ordnung. Ich weiß, wie nervig er manchmal ist – eigentlich mehr als nervig. Manchmal wünsche ich mir, Kinder hätten eine Fernbedienung und man könnte ab und zu einfach mal auf Pause drücken.«

Mum lächelt. »Du warst viel schlimmer.«

»Danke, Mum.«

Ich muß sie dringend sofort ablenken, ehe sie mit ihren Als-du-noch-klein-warst-Geschichten anfängt. Wenn ich noch ein einziges Mal die Geschichte von dem Tag höre, als der Pfarrer zum Tee kam und ich unter dem Gästebett eine Einpfundpackung Maltesers-Schokoklicker gegessen habe, dann runtergekommen bin und mich über den ganzen Wohnzimmerteppich erbrochen habe, fange ich an zu schreien, definitiv.

»Morgen koche ich, wenn du willst. Ich könnte Nudeln machen.«

»Nein, ich will, daß du dich richtig erholst.«

»Es ist okay, Mum, wirklich, ich koche gerne.«

Das ist total gelogen, aber ich will nicht, daß sie ihren ganzen Urlaub mit Kochen verbringt. Eigentlich ist sie eine gute Köchin, aber sie hat im Ausland die Angewohnheit, ausschließlich zu Konserven zu greifen, weil »man bei einer Dose Corned Beef wenigstens weiß, woran man ist«. So in etwa.

»Also gut, Nudeln wären schön. Weißt du, wir sind sehr stolz auf dich, dein Vater und ich. Und das mit Charlie hast du wirklich toll im Griff.«

»Danke, Mum.«

Wir besuchen den Vulkanpark der Insel, und Charlie ist sehr aufgeregt und will wissen, ob die Reifen platzen, wenn wir über geschmolzene Lava fahren. Mum wird immer stummer. Wir fahren Ewigkeiten über versteinerte Lava, und die Landschaft ist wirklich außergewöhnlich. Oben auf dem Berg ist ein riesiger Parkplatz. Mum weigert sich auszusteigen. Sie hat eine Kanne Tee dabei, sagt sie, und würde lieber im Auto bleiben und ihr Buch lesen. Ich kann sie überreden mitzukommen, weil ich ihr erzähle, daß sich das Auto nicht abschließen läßt, solange noch jemand darin ist, und das wiederum den Alarm auslöst. Wir gehen den Weg entlang, der vom Parkplatz wegführt, und schließen uns einer Gruppe Menschen an, die um ein paar kleine Löcher im Boden versammelt sind. Ein Aufseher steht neben einem Loch, einen Eimer Wasser in der Hand. Mich beschleicht das ungute Gefühl, daß es sich hier um eine dieser typischen Demonstrationen handelt, wo eine winziger Hauch Dampf erzeugt wird und Kinder sich fürchterlich langweilen. Statt dessen kippt er das Wasser in das Loch, und ohne Vorwarnung schießt eine riesige Dampffontäne etwa 15 Meter hoch in die Luft, und alle schreien. Mum läßt die Kamera fallen, und Charlie versteckt den Kopf unter meinem Pullover.

Als alle sich wieder gefaßt haben, ertönt allgemeines Gelächter, und Charlie taucht wieder auf und sagt: »Sag ihm, er soll das noch mal machen.« Es stellt sich heraus, daß der Mann den ganzen Tag da steht und alle fünf Minuten eimerweise Wasser in irgendwelche Löcher schüttet, und wir sehen noch vier weitere Dampffontänen, ehe Charlie damit einverstanden ist, daß wir in das sehr edle Café gehen, das ganz oben auf dem Vulkan steht. Ich vermute, es gibt eine Art Frühwarnsystem, um zu verhindern, daß das ganze Café irgendwann von einem Lavastrom zu Tale gespült wird. Trotzdem behagt Mum die Vorstellung gar nicht, es sich hier bei einem Täßchen Kaffee gemütlich zu machen, man kann ja nie wissen. Wir entdecken eine kleine Steinhütte. Wie sich herausstellt, ist sie um einen großen Grillplatz herumgebaut worden. Dann sehen wir, daß es sich um einen riesigen Eisenrost handelt, der über einem Loch liegt, das direkt in den Vulkan hinuntergeht. Es ist heiß genug, um ganze Hähnchen zu grillen. Wir spähen hinab, wo es deutlich leuchtendrot glüht. Es gelingt mir, Charlie an seiner Kapuze im Zaum zu halten, und erkläre ihm, daß es keine gute Idee ist, auf den Grill zu klettern, um besser zu sehen, weil sonst, von allem anderen abgesehen, seine Sandalen schmelzen.

Allmählich gewöhnen wir uns an eine gemächlichere Gangart, und ich entdecke wieder, wie angenehm es ist, in der Sonne zu liegen und Gin zu trinken. Herrlich. Ich kaufe Charlie einen riesigen aufblasbaren Wal für den Pool. Ich brauche Stunden, bis er aufgeblasen ist, und falle beinahe zweimal in Ohnmacht. Mum schmiert Charlie andauernd mit Sonnenschutzfaktor 200 ein. Er sieht aus wie einer dieser Wahnsinnigen, die, mit einer dicken Schicht Gänseschmalz bedeckt, durch den Ärmelkanal schwimmen. Mitte der Woche rufe ich Mack an, von der Rezeption eines benachbarten Hotels. Ich habe viel an ihn gedacht. Der Abstand von zu Hause hat mir einen völlig neuen Blickwinkel beschert. Ich vermisse ihn, habe es aber trotzdem geschafft, völlig panisch zu werden, und würde am liebsten zu dem Stadium *Flüchtige Begegnung* zurückkehren. Schließlich gelange ich zu dem Schluß, daß die ganz Sache zum Scheitern verurteilt ist, und kann mir einfach nicht erklären, was zum Himmel er eigentlich an mir findet. Vielleicht habe ich auch nur zuviel Gin Tonic getrunken.

Die ersten zehn Minuten verbringen wir mit überaus nettem Telefongeflirte, aber plötzlich werde ich schrecklich ernst und sage: »Mack, ich habe nachgedacht.«

»O Gott. Du weißt, daß du so was nicht tun solltest.«

»Nein, weißt du, ich versuche nur herauszufinden, was um alles in der Welt du an mir findest.«

Himmel, ich kann nicht glauben, daß ich das wirklich gesagt habe!

»Also, du hast zum Beispiel immer noch meinen Bademantel. Reicht das?«

»Nein.«

»Nervensäge. Hm, also, du bringst mich zum Lachen. Das ist wichtig.«

»Ja, aber ich habe nachgedacht, und ich finde, für einen Mann wie dich bin ich nicht gerade die naheliegende Wahl.«

»Was meinst du damit, ein Mann wie ich?«

»Na ja, jemand, der von morgens bis abends von atemberaubenden jungen Frauen umgeben ist, ohne Kinder und mit flachen Bäuchen. Und Beinen wie Gazellen. Ich meine, ich weiß nicht, ob dir das schon mal irgendwer gesagt hat, aber du selbst bist ziemlich atemberaubend.«

»Danke, Quasimodo.«

»Verpiß dich!«

»Na wunderbar, jetzt flucht sie wieder. Hast du inzwischen mal mit deiner Leila-Freundin geredet?«

»Nein, das gehört wahrscheinlich auch zu meinem Problem. Ich weiß, wenn ich sie anrufe, sagt sie mir, ich soll gefälligst zugreifen.«

»Die Frau wird mir immer sympathischer. Hör mal, ich habe keine Ahnung, wer diese Frauen sein sollen, die mich angeblich umzingeln. Die einzigen, die ich treffe, können mich unter den Tisch saufen, und das macht mir ein bißchen angst. Ein bißchen sehr, um ehrlich zu sein. Ich habe keine Zeit für diesen ständigen Rendezvouskram, und außerdem bin ich, was das anbelangt, richtig schlecht. Es tut mir leid, daß das alles etwas schnell gegangen ist, aber ich vertrödle nicht gerne Zeit. Ich mag dich. Du bist eine starke Frau, und du bringst mich zum Lachen.«

»Meinst du mit stark, daß ich Kartoffelsäcke auf dem Kopf rumschleppe? Da täuschst du dich nämlich.«

»Nein, und unterbrich mich nicht dauernd. Mit stark meine ich, du klammerst nicht. Und weißt du, es ist komisch, aber ich habe noch nie eine richtig schöne Frau kennengelernt, die kein winziges bißchen hohl und selbstgefällig wäre. Und keine von denen ist sexy. Überhaupt nicht. Glaube mir.«

»Ich finde, du solltest in die Werbung gehen; was die guten alten Verkaufsstrategien anbelangt, bist du richtig gut. Mir geht es schon viel besser.«

»Schön. Dann habe ich den Job?«

»Wollen mal sagen, sieht gut aus, James, sieht wirklich gut aus.«

»Dem Himmel sei Dank. Einen Augenblick lang hast du mir richtig Angst eingejagt. Süße Träume, Liebste.«

Und er legt auf. Ich wünschte, er würde das nicht ständig tun. Kehre mit einem ziemlich dämlichen Grinsen in unser Haus zurück. Sieht so aus, als könnte ich meinen neuen Bademantel noch ein bißchen behalten.

KAPITEL 6

Von Läusen und Menschen und 101 Dalmatinern

Die Heimreise ist grauenhaft. In der Reihe hinter uns sitzt eine Familie mit einem kleinen Baby und vor uns eine mit einem lebhaften Jungen im Krabbelalter. Beide schreien den gesamten Flug lang wie am Spieß. Der Junge läßt irgendwann etwas nach, aber nur, weil er seiner Mutter das Essen klauen will. Deshalb schlägt sie ihn, und er fängt wieder von vorne an. Ich finde, der Kinderschutzbund sollte auf allen Charterflügen Notfallseminare anbieten.

Charlie ist froh, wieder zu Hause zu sein. Er rennt herum, begrüßt alle seine Spielsachen einzeln und schleudert Decken durchs Haus wie ein kleines Tier, das sein Revier markiert. Kate ruft an und erzählt, das Wetter sei entsetzlich gewesen, und sie will mich erst sehen, wenn meine Farbe verblaßt ist. Mack ruft an und will mich auf der Stelle sehen, aber wir einigen uns auf nächstes Wochenende. Dann ruft Lizzie an.

»Und? Mußtet ihr Dosenfleisch essen?«

»Ja.«

»Ich hab's gewußt. Ehrlich, wann schafft sie es endlich, diesen Fimmel mit dem Dosenfleisch abzulegen?«

»Keine Ahnung, für mich kann es nicht schnell genug gehen.«

»Hat sie dich zum Wahnsinn getrieben?«

»Nein, sie war wirklich lieb. An einem Abend hatten wir eine kleine Auseinandersetzung, weil Charlie sich aufgeführt hat und sie ihn schlagen wollte. Oder vielmehr, sie wollte, daß ich ihn schlage.«

»O weh, das ist sicher gut angekommen.«

»Ja, wir haben uns klipp und klar die Meinung gesagt, aber dann haben wir eine Tasse Tee getrunken, und damit war die Sache erledigt.«

»Dann ist ja gut. Habt ihr was Interessantes gesehen?«

»Nein, eigentlich nicht. Wir haben den Vulkan besichtigt, nachdem ich zwanzig Minuten gebraucht habe, um Mum aus dem Auto zu kriegen. Es war einfach eine schöne faule Woche. Charlie hat es sehr genossen, und Mum auch, glaube ich.«

»Gut. Du Glückliche. Diese bescheuerten Leute und ihre kitschige Küche hätten mir beinahe den letzten Funken Verstand geraubt.«

»Du Arme. Charlie hat dir ein überaus geschmackvolles Geschenk mitgebracht – wird dich das trösten?«

»Wenn es so geschmackvoll ist wie dieser scheußliche Esel, den ihr aus der Türkei mitgebracht habt, dann nicht, ehrlich gesagt.«

Es regnet ununterbrochen, und meine gute Farbe verblaßt zusehends. Charlie geht wieder in die Schule, aber der ständige Regen bedeutet, daß die Kinder nicht genügend Auslauf bekommen. Alle werden fürchterlich mürrisch und sind am Ende des Tages fast hysterisch, weil sie die ganze Zeit mit der Spielzeugkiste in ihr Klassenzimmer eingesperrt waren. Der Inhalt der Kiste besteht aus alten, zerfledderten Brettspielen und ein paar Stofftieren.

Mack hat die Pläne fürs Wochenende geändert. Er hat mit seiner Exfrau Laura vereinbart, daß er Daisy und Alfie am Freitag abholt und sie Samstag zum Tee wieder nach Hause bringt. Dann rast er umgehend über die Autobahn hierher und verbringt den Rest des Wochenendes bei uns. Ich kann mir die Frage nicht verkneifen, was Laura dazu sagt. Aber Mack erklärt, sie hätten sich in aller Freundschaft scheiden lassen und der Anstoß dazu sei von ihr ausgegangen. Sie besucht jetzt einen Kurs für Homöopathie, was sie immer schon tun wollte, worüber sich Mack aber ständig lustig gemacht hat. Außerdem hat sie einen wunderbaren neuen Mann gefunden, Troy, einen Heilpraktiker, der ausschließlich Sandalen trägt, auch im Winter. Mack hält ihn für einen Volltrottel, aber die Kinder mögen ihn.

Anscheinend wollen Laura und Troy Freitag abend unbedingt zu einem Vortrag über die Verwendung gewöhnlicher Heckenpflanzen gehen, und auch wenn ich den Verdacht habe, daß Mack sich den Teil ausgedacht hat, hört sich der Plan wirklich gut an. Und sollte ich jemals kleinste Dosen Belladonna benötigen, dann sitzt Mack an der Quelle. Insgeheim bin ich zutiefst erleichtert, daß im Hintergrund keine verbitterte Exfrau lauert, vor allem nicht, wenn sie die Verwendung gewöhnlicher Heckenpflanzen erforscht.

In Charlies Schule findet heute der halbjährliche Gottesdienst statt. Charlie mault herum, weil er schließlich ein Heidenkind ist. Ich sage ihm, daß er jederzeit in der Schule bleiben und mit der Sekretärin Matheaufgabenblätter machen kann, woraufhin er sich doch zu einem Besuch des Gottesdienstes hinreißen läßt. Wir fahren zur Kirche. Sie ist winzig klein und uralt und liegt am Ende einer schmalen Straße inmitten von Feldern, die der Dauerregen in einen Sumpf verwandelt hat. Kaum ist Charlie ausgestiegen, tritt er in eine riesige Pfütze. Ich versuche nach Kräften, ihn mit einem Taschentuch zu säubern, aber er sieht trotzdem aus, als hätte er auf dem Weg zur Schule an einem Wrestlingturnier teilgenommen und nicht eine Runde gewonnen. Die Sonne kommt raus, und das ganze verwandelt sich in eine Beschreibung aus einem Thomas-Hardy-Roman. In solchen Momenten liebe ich das Leben auf dem Land: Es ist wunderschön und zeitlos und zutiefst beruhigend. Abgesehen von dem Schlamm.

Anscheinend hat sich Mrs. Harrison-Black heute eigenmächtig zur Kirchenvorsteherin des Tages ernannt. Sie steht an der Tür und geht allen, die hereinkommen, mit der Ermahnung auf die Nerven, sie mögen die Schuhe abstreifen. Die Kinder reihen sich in die vorderen Bänke ein und fangen an zu drängeln. Die Eltern sitzen alle hinten, und ich ergattere einen Platz bei Kate und Roger, der sagt, Sally habe ihn gebeten, ein wachsames Auge auf William zu haben, weil er heute morgen in einem unbeobachteten Moment die Keksdose in die Finger bekommen und eine ganze Packung Schokoladenplätzchen gegessen hat. Klar, daß man ihm jetzt dabei zusehen kann, wie er einem kleinen Jungen sein Gesangbuch auf den Schädel haut. Miss Pike scheint nichts zu bemerken. Sie ist anscheinend eingeschlafen, oder betet sie? Roger tut, was er kann, indem er durchdringende Blicke aussendet. Leider vergeblich. Schließlich muß er auf Zehenspitzen nach vorne schleichen, William von seinem Platz heben und ihn hinaus vor das Portal scheuchen, ehe das Kind bleibende Hirnschäden verursachen kann.

Wir lauschen auf verräterische Klatschgeräusche von draußen, aber Roger hat sich dankenswerter Weise für die Vernünftig-aber-bestimmt-Methode entschieden und kommt einige Augenblicke später mit William an der Hand zurück, der schon viel ruhiger aussieht. Er sitzt jetzt bei uns und konzentriert sich darauf, mit den Beinen vor- und zurückzuschaukeln, wobei er jedesmal nur um Haaresbreite die Vorderbank verfehlt. Der Vikar erscheint und hebt zu einem ziemlich beherzten Versuch eines modernen, kindgerechten Gottesdienstes an. Er fragt die Kinder, was passiert, wenn man ein Samenkorn in die Erde steckt, und alle sehen ihn mit großen Augen an, bis ein kleiner Junge die Hand hebt und sagt: »Dann wächst daraus eine Bohnenranke«. Ich glaube, er hofft, daß es sich bei der heutigen Lesung um *Jack und die Wunderbohne* handelt. Unser Vikar sagt mit sehr sanfter Stimme:

»Nun ja, so ähnlich. Aber eigentlich wollte ich damit sagen, daß aus winzigen Eicheln große Eichen wachsen können«, und alle Kinder machen »Oh!«.

Dann schwafelt unser Vikar endlos darüber, wie wichtig es ist, freundlich zu sein und nett, und daß wir alle heute die Samen für die Menschen säen sollten, die wir morgen sein möchten. Ich befinde mich mitten in einem Tagtraum, wo ich ein Tütchen Samen finde, die mich in Cindy Crawford verwandeln, als die Kinder auf einmal aufstehen und *Alle Dinge, strahlend und schön* zu »singen« anfangen. Eine sehr alte Dame ist eigens gekommen, um die Orgel zu spielen, aber ihr Tempo ist nicht gerade schmissig, und die Kinder sind ungefähr drei Minuten eher fertig als sie.

Der Vikar ergeht sich in Gebetsergüssen und dankt den Kindern dafür, daß sie sich in Gottes Haus so artig benehmen. Die Kleinen schauen sich ständig um, als würde Gott persönlich jeden Augenblick hinter dem Taufbecken hervortreten. Dann drängeln sich alle im Gang, und an der Pforte herrscht fürchterliches Geschiebe, weil sie es kaum erwarten können, endlich draußen im Sonnenschein herumzutoben, bevor ihre Eltern sie am Kragen packen und für die Fahrt zur Schule ins Auto verfrachten können. Gerade, als der Vikar vor das Portal tritt, ruft ein entnervter Vater: »Steig endlich ein, verdammt noch mal!« Roger und ich prusten los, und Kate erzählt, ihr ist beim Erntedankfest mal genau das gleiche passiert, direkt hinter unserem Vikar, und es war ihr so peinlich, daß sie von Kopf bis Fuß rot angelaufen ist und Mrs. Taylor sie gefragt hat, ob ihr nicht gut wäre. Ich erbiete mich, William und Rosie mit zur Schule zu nehmen, damit Roger in die Arbeit fahren kann, und ernte dafür einen Blick tiefster Verehrung, während er die Beine in die Hand nimmt und praktisch schon hinter dem Steuer sitzt. William und Charlie sitzen hinten und sagen ungezogene Dinge über unseren Vikar, und Rosie sitzt vorne neben mir und sagt, wenn sie groß ist, will sie keine Kinder haben. Und wenn doch, dann ganz bestimmt keine Jungen. Auf keinen Fall. Weil jeder weiß, daß Jungen blöd sind. Gott sei Dank sind die beiden hinten damit beschäftigt, den Vikar zu verunglimpfen, und haben sie nicht gehört.

Den restlichen Vormittag verbringe ich mit dem Versuch, einen Stapel Rechnungen, Kontoauszüge und diverse andere irritierende Zettel zu sortieren, die sich im Laufe der letzten Tage angesammelt haben. Barney ruft an und erzählt mir von zwei neuen Manuskripten: zwei Hundefutter-Spots, Studioaufträge, und beide von Macks Agentur.

»Wunderbar, Barney, ich könnte etwas Arbeit gebrauchen. Ich habe gerade meine Kontoauszüge durchgesehen.«

»Oh, das ist ein böser Fehler. Mach's wie ich, schmeiß sie einfach in den Mülleimer.«

»Also, wenn diese Aufträge was werden, muß ich mir keine Sorgen mehr machen.«

»Na ja, offensichtlich hat es nicht geschadet, daß du den Creative Director gebumst hast.«

»Wie bitte?«

»Oh, spiel bloß nicht die Unschuld vom Lande. Ich spreche von dir und Mack MacDonald. Du weißt schon, der Typ, bei dessen Anblick du beinahe in Ohnmacht gefallen wärst, als er am Set aufgetaucht ist. Also wirklich, ich bin schließlich nicht vollkommen blind.«

»Doch bist du, Barney. Kannst du dich noch an den Dreh in Wales erinnern, als die Leute vom Team ihre Sachen getauscht und sich alle die Mäntel verkehrt herum angezogen haben? Du hast erst was gemerkt, als sie sich die Kapuzen aufgesetzt haben und übereinander gestolpert sind.«

»Das war was anderes. Außerdem hat Lawrence es mir erzählt.«

»Was hat er dir erzählt? Wirklich, was ist los mit dem Mann? Nun gib's schon zu, du hast gar nichts gemerkt.«

»Hör mal, jetzt werde nicht pampig. Ich mach dir ja keinen

Vorwurf, kapiert? Es war höchste Zeit, daß du jemanden findest, mit dem du spielen kannst, wenn Charlie im Bett ist.«

»Leck mich, Barney!«

»Hör mal. Ich hab doch nur Spaß gemacht. Ich finde es toll. Aber vergiß bitte nicht, Mr. MacDonald zu sagen, daß es ein klein wenig auffällig war, wegen einem vergessenen Ordner im Büro anzurufen, sogar für Lawrence. Du weißt doch, wie er ist, wahrscheinlich hat er sofort das Hotel angerufen und Fingerabdrücke nehmen lassen.«

»Weißt du, es ist alles noch so vage; ich wollte es dir erst erzählen, wenn es etwas zu erzählen gibt. Ich weiß doch, wie sehr du Agenturleute liebst.«

»Also, ich finde ihn ganz in Ordnung. Wir haben uns auf der Fahrt etwas unterhalten, und er scheint ziemlich viel Ahnung zu haben.«

»Du meinst, er hat dich als Genie bezeichnet.«

»Ja, das natürlich auch, aber das zeugt nur von gutem Geschmack, und daran gibt es nichts auszusetzen.«

»Dann wirst du also ab jetzt nicht ständig darauf rumreiten?«

»Ganz im Gegenteil, Herzchen. Ich werde jammern und zetern, wie ich es immer tue, und wenn er irgendwo auf meinem Set aufkreuzt und sich wichtig macht, dann fliegst du. Aber ansonsten wünsch ich dir viel Glück. Ach übrigens, ich habe zu Lawrence gesagt, ich hätte es schon gewußt und wäre begeistert. Er ist außer sich!«

»Barney, du bist wunderbar. Danke.«

»Gern geschehen. Wann bist du wieder im Büro?«

»Freitag, ist das in Ordnung?«

»Gut. Es ist noch so ein Scheißmanuskript gekommen. Über Orangensprudel oder so was – scheiß Skript, aber ich glaube, ich könnte was draus machen. Müßte eigentlich ein netter Auftrag werden, irgendwas mit einem Klavier, das die Treppe runterfällt. Wird ein Riesenbudget.«

»Barney. Ich habe dir doch gesagt, daß ich keine Aufträge mehr mit dir mache, wo Stunts involviert sind. Und dabei bleibt's. Ich habe heute noch Alpträume von dieser Hubschraubergeschichte.«

»O nein, das hier ist was anderes. Ich muß mir nur noch überlegen, wie man das Klavier bremsen kann, wenn es unten ist, der Rest ist ein Klacks.«

Ich erzähle Mack am Telefon von dem Gespräch mit Barney, und er schlägt vor, Lawrence aufzulauern und ihm eins auf die Nase zu geben. Ich bin sehr in Versuchung und lehne schweren Herzens ab. Im Grunde bin ich ziemlich erleichtert, daß Barney Bescheid weiß, was heißt, daß das ganze Büro es weiß. Ich muß keine heimlichen Telefongespräche führen und kann bei Bedarf auf die Unterstützung der Mädels zählen. Außerdem freut es mich, daß Mack anscheinend vollkommen unberührt davon ist, daß Lawrence den Tratsch in ganz London verbreitet. Ich rufe Leila an und bringe sie auf den neuesten Stand. Sie frohlockt, erklärt uns zum offiziellen Paar und sagt, wir müssen sofort eine Dinnerparty geben. Nur über meine Leiche, sage ich ihr, und sie sagt, sie wußte, daß ich das sagen würde.

Der Freitag im Büro ist die reinste Hölle. Weil sich der Zeitplan für die Hunde-Spots geändert hat und der Kunde sie so schnell wie möglich haben will, verbringe ich den ganzen Tag über den Budgets und streite mich mit Lawrence herum. Irgendwann gegen zehn komme ich fix und fertig nach Hause, und Edna sagt, Charlie war der reinste Engel, und deshalb hat sie versprochen, Mami zu bitten, morgen vormittag mit ihm schwimmen zu gehen, und sie hofft, ich habe nichts dagegen, aber es war die einzige Möglichkeit, ihn aus der Badewanne zu locken. Wir trinken noch eine Tasse Tee, und sie erzählt mir von dem jüngsten Versuch ihres Sohnes, ihr das Geld aus der Tasche zu ziehen. Diesmal will er offensichtlich ein neues Auto. Arschloch.

Irgendwann in der Nacht kommt Charlie zu mir ins Bett und wälzt sich so sehr hin und her, daß ich kaum schlafen kann. Ich stehe äußerst schlechtgelaunt auf und sage, ich gehe auf keinen Fall zum Schwimmen. Er ist beleidigt, und ich verliere die Geduld und sage, er soll ja nicht frech werden, woraufhin er in Tränen ausbricht. Zum Trost verbringe ich die nächste halbe Stunde damit, ihm ein langweiliges Buch über Dachse vorzulesen, und danach stürzt er sich in ein riesiges Lego-Bauvorhaben, das immer noch andauert, als Mack kommt. Während ich das Abendessen mache, muß Mack eine Legoburg bauen, aber er schlägt sich wacker. Ihm gelingt sogar, was ich den ganzen Nachmittag nicht geschafft habe, nämlich Charlie davon abzubringen, ständig die Legokanonenkugeln ins Kaminfeuer zu schießen. Er schlägt vor, sie in einem ganz speziellen Lager in der Burg zu deponieren, bis die Eindringlinge sich blicken lassen.

Dann folgt eine lange Diskussion mit Charlie über die angemessene Zeit, ins Bett zu gehen. Zur ganz besonderen Belohnung darf er heute länger aufbleiben – in Wirklichkeit ist es nur eine halbe Stunde, aber er denkt, es wäre Mitternacht –, und dann schafft er es kaum noch die Treppe rauf, ehe er einschläft. Als ich wieder runterkomme, ist Mack auch eingeschlafen, also gönne ich ihm ein Nickerchen. Als er in die Küche kommt, bin ich gerade mit dem Abwasch beschäftigt.

»Tut mir leid, die Kinder waren ziemlich anstrengend letzte Nacht.«

»Kein Thema, möchtest du noch einen Kaffee?«

»Eigentlich will ich nur schlafen. Es besteht wohl kaum die Möglichkeit, in einem richtigen Bett zu schlafen, oder? Ich meine zusammen mit dir, in einem Bett, und neben dir aufwachen. Du weißt schon.«

»Also gut. Aber du darfst dich nicht wundern, wenn Charlie in aller Frühe reingeschneit kommt.«

»Einverstanden. Ich werde dran denken.«

Es ist herrlich, gemeinsam schlafen zu gehen wie erwachsene Menschen, und meine neue Sonnenbräune kommt sehr gut an. Mack ist auf einmal überhaupt nicht mehr müde, und ich schlafe Stunden später in seinen Armen ein, sehr glücklich und gleichzeitig ein bißchen bange, daß Charlie hereinplatzt und sich erschreckt, weil Mack in meinem Bett liegt. Aber irgendwann kurz nach Sonnenaufgang kommt er einfach rein, schiebt Mack zur Seite und quetscht sich zwischen uns. Mack grunzt nur kurz, ganz offensichtlich hat er Erfahrung darin, von kleinen Jungen in den Bauch getreten zu werden, weil er einfach weiterschläft. Wir schlafen alle noch ein bißchen, und dann sitzt Charlie auf einmal kerzengerade im Bett, ruft »Kinderfernsehen!« und verschwindet blitzschnell nach unten, damit er auch ja nicht noch eine einzige Sekunde verpaßt. Ich stehe auf, koche Kaffee, und als ich wieder hinaufgehe, ist Mack im Bad und singt.

Alles läuft ruhig und friedlich, und ich bin gerade in der Küche, da stürmt Charlie herein.

»Mami, Mack ist in unserem Bad, ganz ohne Sachen an!«

O Gott: Meine Antwort ist mit Sicherheit entscheidend für Charlies gesamte psychologische Zukunft!

»Das ist doch in Ordnung, oder, Charlie? Ich meine, Mack darf sich doch waschen gehen.«

»Natürlich darf er das. Aber als ich ins Bad gekommen bin, hat er seinen Pillermann zugedeckt.«

Das will ich meinen!

»Ja, das ist doch auch in Ordnung, oder? Weißt du, Charlie, manche Leute sind in diesen Dingen einfach etwas scheu.«

»Ja. Aber er hat mein Handtuch genommen, Mami. Sag ihm, daß er mein Handtuch nicht nehmen darf.«

»Sei doch nicht albern, Charlie. Heute abend bekommst du ein frisches Handtuch aus dem Schrank. Kein Grund, sich aufzuregen. Also, willst du knusprigen Speck und Rührei oder nur knusprigen Speck?«

»Speck!« schreit er und saust wieder hinauf, und dann höre ich ihn rufen: »Es ist okay, Mack. Du darfst dir mit meinem Handtuch den Pillermann waschen, Mami hat gesagt, daß sie mir nachher ein frisches gibt.«

Kurze Zeit später kommt Mack mit breitem Grinsen in die Küche.

»Ich verspreche dir, daß ich nächstes Mal mein eigenes Handtuch mitbringe. Ehrlich, ich habe fast einen Herzinfarkt bekommen. Was ist mit dem Türschloß passiert? Hast du es extra abgeschraubt, um deine Gäste zu traumatisieren, oder was?«

»Charlie hat sich ständig eingeschlossen. Letztes Mal mußte ich beinahe die Feuerwehr rufen, deshalb habe ich es abmontiert, Tut mir leid, daß er einfach so reingeplatzt ist.«

»Oh, kein Problem. Alfie hatte eine Phase, da hat er mich ständig im Bad beobachtet, ich habe mich schon fast daran gewöhnt. Er kann es auch nicht leiden, wenn ich sein Handtuch benutze, aber trotzdem. Ein Mann kann nur ein gewisses Maß an schweigendem Starren verkraften.«

Der Vormittag vergeht mit Legospielen, ruhig und entspannt. Mack liest Zeitung, und ich koche uns was. Daran könnte ich mich gewöhnen. Ich schaffe es, nichts anbrennen zu lassen, und Mack behauptet, so gut hätte er seit Jahren nicht mehr zu Mittag gegessen. Eine glatte Lüge, es sein denn, sämtliche Londoner Edellokale wären gleichzeitig den Bach runtergegangen, aber es ist trotzdem ein nettes Kompliment. Wir machen einen Waldspaziergang, und Charlie versucht, Fasane aufzustöbern, indem er ständig ins Gebüsch springt und dabei in die Hände klatscht. Zu seinem Erstaunen zeigt diese Methode keinerlei Erfolg. Mack fragt, ob wir Lust hätten, nächstes Wochenende zu ihm in die Stadt zu kommen. Er hat Alfie und Daisy bei sich, und es wird sicher lustig. Ich fühle mich von seinem Vorschlag etwas überrollt, bin aber trotzdem einverstanden und sage, es wäre bestimmt nett. Ich werde das Gefühl nicht los, daß die Begegnung mit den Kindern einen ganz wesentlichen neuen Schritt bedeutet, und weiß nicht, ob ich schon dazu bereit bin. Andererseits freue ich mich, daß er gefragt hat. Charlie sagt, Alfie würde er gerne kennenlernen, aber auf Mädchen legt er keinen Wert, weil sie dumm sind und ständig tuscheln. Mack sagt, er weiß genau, was Charlie meint, ich spiele die Beleidigte, und Charlie ist entzückt.

Mack macht sich nach dem Tee auf den Weg. Laut hupend fährt er die Straße runter. Charlie ist begeistert, wobei ich vermute, daß die Nachbarn ganz anderer Meinung sind. Charlie und ich schlagen uns unendlich lange mit den Hausaufgaben herum. Er besteht darauf, Wikingerkrieger mit Maschinengewehren zu malen, ungeachtet meines Einwands, dies sei weder historisch korrekt noch das, was Miss Pike meinte, als sie sagte, die Kinder sollen aufschreiben, was sie am Wochenende erlebt haben. Abends telefoniere ich mit Leila und mit Kate, und der allgemeine Konsens lautet dahingehend, daß die Begegnung mit den Kindern ein bedeutender Schritt ist, mit potentiellen Fußangeln befrachtet und gewiß ein wenig heikel. Aber es bedeutet auch, daß er es ernst meint. Ich gehe ins Bett; ganz wirr, aber überglücklich.

Die nächsten Tage sind vollgepackt mit Arbeit. Wir haben grünes Licht für die Hundefutter-Aufträge bekommen, und die Dreharbeiten sind für nächste Woche angesetzt. Gott sei Dank hat Mack nichts mit den Skripts zu tun, und ich muß nicht schon wieder mit ihm zusammenarbeiten. Paul, einer seiner jungen Kreativen, hat die Spots geschrieben und ist seitens der Agentur der Ansprechpartner für die Aufträge. Ich fahre ins Büro und habe endlose Besprechungen mit Barney, die Lawrence ständig mit einer ungeheuren Palette mieser Ausreden zu unterwandern versucht, weshalb Barney sich schließlich dazu hinreißen läßt, ihn zu bitten, sich zu verpissen. Paul erscheint zum Casting und entpuppt sich als ziemlich süß. Als ich Mack davon erzähle, ist er zutiefst beleidigt und sagt, er hofft, daß ich mir leidenschaftliche Begegnungen mit Agenturleuten während der Dreharbeiten nicht zur Gewohnheit mache, weil er sonst unangemeldet wird aufkreuzen müssen, um nach dem rechten zu sehen.

Aus der Schule kommt ein Rundschreiben mit der Mitteilung, daß bei vielen Kindern in Charlies Klasse Läuse entdeckt worden sind. Hektisch mache ich mich mit Kamm und Shampoo ans Werk, und natürlich hat Charlie auch welche. Eigentlich finde ich nur drei, aber in dem Schreiben steht, Läuse vermehren sich wie die Weltmeister und morgen früh könnten es bereits locker sieben Millionen sein. Mir ist schlecht, und ich wasche mir zweimal die Haare. Dabei bemühe ich mich sehr, meinen Ekel vor Charlie zu verbergen, aber darum hätte ich mir keine Sorgen machen müssen. Charlie ist begeistert – er nennt sie seine Lausies und will sie in einem Glas aufheben und versuchen, ihnen Kunststücke beizubringen. Ich lege entschieden mein Veto ein und verbringe eine schreckliche Zeit im Drogeriemarkt mit dem Kauf diverser Flaschen Läuseshampoo. Ich entscheide mich, den Kauf sämtlicher Peinlichkeiten in einem Aufwasch zu erledigen, und nutze die Gelegenheit, meine Kondomvorräte aufzustocken. Die Frau an der Kasse schenkt mir einen äußerst seltsamen Blick.

Ich rufe Mack auf seiner Durchwahl im Büro an, und er geht mit einem sehr knappen »Was?« an den Apparat.

»Was für eine nette Art, ein Gespräch zu beginnen. Du mußt mir bei Gelegenheit unbedingt erzählen, wo du dir deine Telefontechnik angeeignet hast!«

»Oh, hallo, Herzblatt.«

Klingt, als würde er sich über meinen Anruf freuen, und das ist immer nett. Ich frage mich nur, ob das auch dann noch so bleibt, wenn ich ihm sage, daß er womöglich Läuse hat.

»Ich rufe nur an, um dir zu sagen, daß Charlie es geschafft hat, sich Läuse zu holen, und du darum wohl gut beraten wärst, dir mit einem enggezinkten Kamm zu Leibe zu rücken.«

Es folgt gedehntes Schweigen.

»O Hilfe, du bist nicht gerade erfreut darüber, das merke ich schon. Komm, sag etwas.«

»Ja, ja, tut mir leid. Ich habe nur gerade darüber nachgedacht, wie wonnevoll das Leben mit kleinen Kindern doch ist.«

»Erzähl mir mal was Neues. Ich bin sicher, ich kann Charlie überreden, dir ein paar Bilder zu malen. Er ist absolut begeistert.«

»Bitte mach dir meinetwegen keine Sorgen. Weißt du, mir fällt gerade ein, die Kinder hatten sie letztes Jahr. Laura hat es mit Nesselöl oder irgend etwas in der Richtung probiert, aber dann hat sie aufgegeben, und wir mußten irgend so ein Agent-Orange-Spezialzeug aus den USA bestellen, weil sie sich Großstadt-Guerilla-Läuse eingefangen haben, die gegen alles andere resistent waren. Ich bin mir ganz sicher, daß Charlies Läuse einer viel gesünderen, ländlichen Klasse angehören – ein bißchen Schafsmist, und schon ist die Sache erledigt.«

»Hör auf, das ist ja furchtbar. Oh, dabei fällt mir ein, es gibt noch etwas, das ich dir sagen sollte.«

»Nein, laß mich raten. Spulwürmer?«

»Nein, aber vielleicht brauche ich einen neuen Haarschnitt, ein bißchen à la Demi Moore in diesem GI-Film. Würde es dir viel ausmachen, wenn ich bei unserer nächsten Begegnung kahl wäre?«

»Könnte durchaus sein, ja. Außer, du fängst sofort mit Armdrücken an und trägst nur noch hautenge Tanktops. Das wäre in Ordnung.«

»Sehr komisch. Wenigstens hast du kurze Haare. Ich habe

einen hochnotpeinlichen Einkauf im Drogeriemarkt hinter mir. Läusecreme und Unmengen Kondome.«

»Klingt, als hättest du Pläne fürs Wochenende.«

»Hoffe ich jedenfalls. Allerdings könnte es sein, daß er seine Meinung ändert, wenn er von den Läusen erfährt.«

»Das bezweifle ich. Ich glaube nicht, daß er sich von ein paar windigen Kopfläusen abschrecken läßt.«

»Könntest du dich nicht ein bißchen genauer ausdrücken? Ich könnte etwas Aufmunterung gebrauchen.«

»Würde ich ja liebend gerne, Herzblatt, aber ich bin gerade mitten in einer Art Vorstandssitzung, wenn es dir also nicht allzu viel ausmacht, dann rufe ich dich diesbezüglich zurück.«

»Verdammte Scheiße, Mack, warum hast du das nicht gleich gesagt?«

»Ich muß jetzt wirklich Schluß machen, Liebling, aber ich rufe dich heute abend an.«

Und damit legt er auf. Das läuft ja wirklich alles ganz wunderbar; selbst Läuse scheinen ihn nicht abzuschrecken.

Charlie ist sehr aufgeregt, als ich ihm von dem Wochenende bei Mack in London erzähle, und will wissen, ob wir wohl ganz zufällig bei diesem Superspielzeugladen Hamleys vorbeikommen würden.

Ich führe lange Diskussionen mit Mack darüber, ob es sinnvoll ist, daß Charlie Alfie und Daisy bei ihrer allerersten Begegnung gleich mit Läusen ansteckt, aber wir kommen zu dem Schluß, daß bestimmt alles in Ordnung ist, weil wir wirklich ausgiebig Gebrauch von dem Giftshampoo gemacht haben. Wir machen uns Samstag vormittag auf den Weg. Charlie spielt ein langes kompliziertes Spiel, in dem unser Auto sich in ein Raumschiff verwandelt. Natürlich ist er der Kapitän, und ich erhalte ständig Anweisung, den Verkehr mit Laserstrahlen zu beschießen und auf der Autobahn auf Warp Drive zu schalten. Irgendwann wünschte ich wirklich, der

Wagen wäre mit Laserkanonen bestückt. Sie wären eine wunderbare Waffe gegen die Lkws.

Als wir ankommen, hat Mack gerade seine Kinder abgeholt, und wir beschließen, Pizza essen zu gehen. Alfie und Charlie verstehen sich auf Anhieb und vertiefen sich in ein Endlosgespräch über *Star Wars* und Pokémon. Alfie ist eine Kopie von Mack in klein und gewinnt auf Anhieb mein Herz. Daisy ist still und wachsam und besteht darauf, neben Mack zu sitzen, wobei sie Alfie so heftig zur Seite schubst, daß er vom Stuhl fällt. Ansonsten verläuft das Mittagessen ohne außergewöhnliche Vorkommnisse, und auf der Rückfahrt erkläre ich mich bereit, hinten bei den Jungen zu sitzen, was mir ein winzig kleines Lächeln von Daisy einbringt. Davon abgesehen gibt sie sich alle Mühe so zu tun, als sei ich schlicht nicht vorhanden, was vollkommen verständlich ist. Trotzdem habe ich den Eindruck, das Wochenende wird mir vorkommen wie mindestens zwei Wochen.

Mack lebt in einem schönen Haus in Notting Hill; überall Fischgrätparkett und der letzte Schrei an Fernsehern. Ich zähle fünf verschiedene Fernbedienungen. Aber es ist nicht eben kindgerecht, und ständig verschwinden lebenswichtige Legosteinchen in den Ritzen des Parkettfußbodens. Und das Geräusch rennender Kinder klingt wie eine Büffelherde, die durch eine Schlucht donnert. Die Küche ist sehr minimalistisch, und der Kühlschrank ist voll mit Bier und Cola. Ich beschließe, für das Abendessen einzukaufen, und nehme die Jungen mit, damit Daisy Mack ein bißchen für sich hat. Ich ernte noch ein winziges Lächeln.

Die Jungen sind glücklich und zufrieden, weil ich ihnen für den Rückweg ein Eis versprochen habe. Ich streife endlos durch die Gegend und decke mich mit Unmengen Vorräten ein. Als wir nach Hause kommen, sitzen Mack und Daisy vor einem Video. Die Jungen finden, der Film ist was für Mädchen, und fordern lautstark einen mit Pistolen. Ich überlasse

Mack die Entscheidung und versuche, die Einkäufe irgendwie im Kühlschrank zu verstauen. Dann machen wir in der Küche flüsternd Pläne für morgen. Mack ist für einen Besuch bei Hamleys, während ich für etwas Gehaltvolleres plädiere und das Museum für Wissenschaft vorschlage. Wir enden gegen die Küchentüre gelehnt, um ja die zarten Kleinen nicht zu schockieren.

»Das genieße ich richtig.«

»Ich auch.«

»Nein, ich meine, dich und Charlie hier zu haben.«

»Ach so, finde ich auch. Obwohl ich nicht weiß, ob Daisy so begeistert ist.«

»Nein. Ich wußte gar nicht, daß sie so besitzergreifend sein kann. Eigentlich ziemlich schmeichelhaft.«

»Ja, aber wir sollten nichts forcieren. Charlie und ich können uns morgen ja ein bißchen früher auf den Weg machen, dann bleibt dir noch etwas Zeit für sie allein.«

»Einverstanden. Aber vorher müssen wir zu Hamleys. Ich habe Charlie versprochen, daß wir uns die Laserwaffen anschauen.«

»Himmel, Miss Pike wird nicht dagegen ankommen.«

Aus dem Wohnzimmer erklingt ohrenbetäubender Krach. Alfie hat es geschafft, mitten in einem Schwertkampf gegen Charlie eine Kaffeetasse und ein Wasserglas vom Wohnzimmertisch zu fegen. Überall liegen Glasscherben und zerbrochenes Porzellan herum. Die Jungen machen betretene Gesichter, und Daisy sieht nervös aus. Mack schreit ein bißchen herum, und plötzlich bricht Charlie in Tränen aus und schluchzt, er mag es nicht, wenn man ihn anschreit, und es war nicht seine Schuld, und er will sofort nach Hause, und Alfie bricht in Tränen aus, und Daisy wird blaß und ist den Tränen nahe.

Mack sagt »O Himmel!« und sieht aus, als wüßte er nicht, was er jetzt machen soll. Also nehme ich Charlie in die Arme und bedeute Mack, mit seinen beiden das gleiche zu tun. Endlich kapiert er, was ich meine, und setzt sich aufs Sofa. Seine Kinder krabbeln ihm auf den Schoß und lassen sich umarmen. Der Frieden ist wiederhergestellt, und wir sprechen darüber, wie wichtig es ist, Tassen und Gläser sorgsam zu behandeln. Charlie bietet an, das kaputte Geschirr von seinem Taschengeld zu bezahlen, was wirklich süß von ihm ist, nur, daß er eigentlich kein Taschengeld bekommt. Der letzte Versuch in dieser Richtung führte zu endlosen Diskussionen darüber, weshalb er keinen Vorschuß auf das Taschengeld der nächsten Woche haben kann. Ich mache den Vorschlag, Charlie und Alfie zu meinen speziellen Küchenhelfern zu ernennen und das Abendessen vorzubereiten. Sie machen sich mit Begeisterung daran, Gemüse in seltsame Formen zu schneiden. Ich habe in der Besteckschublade zwei stumpfe Messer gefunden. Die Küchenmesser sind ausnahmslos furchteinflößende Designerteile aus Stahl, die aussehen, als würden sie kleine Kinderfinger in Sekundenschnelle abhacken.

Das Abendessen ist ein Erfolg, und sogar Daisy sagt, daß es ihr schmeckt, und dann bringen wir die Kinder erst ins Bad und dann ins Bett, was Stunden dauert. Irgendwann gebe ich auf und lege mich zu Charlie ins Bett. Ich kraule ihm den Rücken, bis er einschläft. Ich weiß, daß ich streng sein und ihn einfach in Ruhe lassen sollte, aber das Bett im Gästezimmer ist riesig, und er sieht darin so winzig aus. Als ich wieder nach unten komme, ist Daisy immer noch wach, und Mack ist verzweifelt. Fest entschlossen, mich nicht einzumischen, erbiete ich mich, Kaffee zu kochen. Mack besteht darauf, daß Daisy endlich nach oben geht und zu schlafen versucht. Sie gibt auf, und wir haben eine friedliche halbe Stunde für uns. Ich beschließe, bei Charlie im Gästebett zu schlafen, weil – von allem anderen mal abgesehen – Alfie in einem unbeobachteten Augenblick in Macks Bett geschlichen ist und jetzt tief und fest schläft. Außerdem wird Daisy sich ihm höchstwahrscheinlich jeden Moment anschließen. Momentan schläft sie zwar in dem Stockbett des Kinderzimmers, das Mack für die Wochenenden mit den Kindern eingerichtet hat, aber Mack zufolge ist es höchst unwahrscheinlich, daß sie auch dort bleibt.

»Irgendwie habe ich mir das anders vorgestellt, als ich euch für das Wochenende eingeladen habe.«

»Ja, aber solange die Kinder glücklich sind, sollten wir es dabei belassen, finde ich.«

»Ja, wahrscheinlich, aber ich habe einfach gehofft, wir hätten etwas mehr Zeit für uns. Es tut mir leid, daß ich sie vorhin so angeschrien habe. Was das Krisenmanagement bei kleinen Kindern anbelangt, bin ich nicht sehr gut, fürchte ich.«

»Ich weiß, ich hab's gemerkt.«

»Meine Eltern haben sich nicht viel aus Schmusen gemacht; um ehrlich zu sein, bevorzugten sie einen kräftigen Klaps. Versteh mich nicht falsch, sie haben uns geliebt, und sie waren genauso wie alle anderen Eltern um uns herum. Aber wenn sich die Dinge zuspitzen, weiß ich einfach nie genau, wie ich damit umgehen soll. Dafür war eigentlich immer Laura zuständig.«

Er sieht mich ängstlich an, was ich sehr liebenswert finde.

»Schon in Ordnung, Mack. Schreien darf man. Ich glaube, wir waren einfach alle etwas nervös. Es war in Ordnung. Sie himmeln dich an, du mußt es also irgendwie richtig machen.«

Mack ist erleichtert. Schließlich sitzen wir auf dem Sofa und benehmen uns schändlich, und dann wanken wir in unsere getrennten Schlafzimmer voller schlafender Kinder. Ich bin sehr froh, daß das Wochenende noch nicht in hysterische Wutanfälle ausgeufert ist, aber trotzdem fühle ich mich von all dem ein klein bißchen überfordert. Glaube kaum, daß mir die Rolle der Stieffreundin auf den Leib geschneidert ist, und die der Stiefmutter erst recht nicht. Ich liege im Bett und versuche mir vorzustellen, was mir eigentlich auf den Leib geschneidert sein könnte, als Charlie weinend aufwacht. Er hatte einen schrecklichen Traum, in dem er sich verlaufen hat und mich nicht finden konnte. Ich wiege ihn wieder in den Schlaf und bemühe mich, seinem Traum nicht zuviel Bedeutung beizumessen, weil er auch früher schon solche Träume hatte, ohne daß irgendwo in meinem Leben auch nur im entferntesten ein Mann gelauert hätte. Trotzdem bin ich froh, daß ich bei ihm war, als er aufgewacht ist.

Das Museum ist der Hit, obwohl ich persönlich der Meinung bin, es wäre noch viel toller, wenn man dort dynamische Teenager mieten könnte, die mit den Kindern durch die Ausstellung fegen, und man selbst nicht so tun müßte, als interessiere man sich dafür, wie ein Motor funktioniert. Wir essen im Museum, was ein Vermögen kostet, und dann rasen wir zu Hamleys, wo Mack einen riesigen Haufen Geld für Spielzeug für sich und die Kinder ausgibt. Wir fahren mit dem Taxi zurück zu Mack, und nach dem Tee machen Charlie und ich uns auf den Heimweg. Charlie und Alfie trennen sich als beste Freunde, Daisy wirkt erleichtert, und Mack sagt, er ruft nachher an. Es ist sehr schön, wieder mit Charlie allein zu sein, und er erzählt auf der ganzen Rückfahrt, daß Hamleys der tollste Spielzeugladen der Welt ist und daß Alfie zu seinem Geburtstag kommen darf, aber Daisy nicht, weil sie doof ist. Mack ruft an und sagt, das Wochenende war ein voller Erfolg, weil Alfie findet, daß ich gut Spaghetti kochen kann und Charlie toll ist, und Daisy gesagt hat, daß die Spaghetti in Ordnung waren. Ich fühle mich lächerlich geschmeichelt. Hoffe nur, daß sich niemand mit Läusen angesteckt hat.

Edna ist in aller Frühe auf dem Posten, und als ich mich auf den Weg ins Studio mache, habe ich das Gefühl, es ist noch mitten in der Nacht. Der Hundetrainer taucht mit vier Dalmatiner-Welpen auf, einer süßer als der andere und alle schrecklich aufgeregt. Dann kommen mehrere Besitzer mit ihren Welpen, und sie haben es alle furchtbar wichtig und sind nicht in der Lage, ihre kläffenden, herumspringenden Hunde im Zaum zu halten. Der Elektriker wird als erstes gebissen, doch er ist ein stoischer Mann und sagt: »Hat nur geknabbert, die wollen doch keinem was Böses.« Dies wird ein sehr langer Tag! Inzwischen haben wir 20 Welpen, vier pampige Besitzer und einen verzweifelten Hundetrainer, der dabei ist, einen Welpenkäfig aufzubauen, damit es uns vielleicht gelingt, alle Hunde länger als zwei Sekunden an einem Ort zu behalten. Der Käfig ist riesig, und drei Leute von der Crew helfen eine geschlagene Stunde lang, bis das verdammte Ding nicht mehr hin und her schwankt und aussieht, als würde es jedes Tier, das in seinem Innern sitzt, sofort enthaupten. Als er endlich steht, ist er groß genug für alle Hunde und den Trainer, also setzt er sich innen auf eine Decke und fängt an, die Welpen zu beruhigen, indem er ihnen etwas vorsingt. Alle Anwesenden sind davon vollkommen verzaubert, und es scheint zu funktionieren. Die Hundebabys legen sich hin und starren den Trainer fasziniert an. Barney kommt und sagt: »Was zum Teufel treibt der da?«, nicht wirklich hilfreich, aber Gott sei Dank hat der Trainer es nicht gehört. Das Set ist bereit, und wir machen uns für die erste Einstellung fertig. Es geht darum, daß eine Frau in die Küche kommt, ihrem Dalmatinerwelpen das neue Trockenfutter in den Napf schüttet, und dann – wer hätte es gedacht? – stürmen Horden kleiner Racker durch die Türklappe in die Küche. Wirklich ziemlich schlicht gestrickt, und eine Stimme sagt: »Ihre Welpen lieben es. Sie werden es lieben. Und die Nachbarn auch. Nächstes Mal kaufen Sie besser gleich die große Packung.«

Barney hat einen heftigen Meinungsaustausch mit John, dem Kameramann, weil John der Meinung ist, wenn die Kamera schwarzweißen Hunden, die über einen schwarzweiß gefliesten Küchenboden rennen, zu schnell folgt, könnte das Ganze flimmern, worauf Barney sagt, er redet Mist. Schließlich einigen sie sich darauf, es so zu machen, wie Barney will, und außerdem eine langsamere Version zu drehen für den Fall, daß John recht hat. »Aber wenn es nicht flimmert wie verrückt, dann hast du ein ernsthaftes Problem, John.« John macht einen Rückzieher und sagt, er hätte nie behauptet, es würde flimmern, sondern nur, daß es flimmern *könnte*. Während der Debatte haben zwei Besitzerinnen angefangen darüber zu streiten, wessen Welpe eher den ersten Platz in einer anstehenden Hundeschau gewinnen wird. Der Streit gipfelt darin, daß eine der beiden eingeschnappt davonrauscht, weil sie ganz offensichtlich noch nie in ihrem Leben derart beleidigt worden ist. Ich sehe, wie sie sich drei Welpen krallt und geht. Ich versuche, sie zum Bleiben zu überreden, doch sie ist unerbittlich. Als ich Barney informiere, daß wir leider nur noch 17 Welpen haben, blafft er: »Warum zum Teufel hast du sie nicht aufgehalten?«

Eine Zeitlang sind die Welpen ganz scharf auf die Futterschüsseln, aber dann sind sie alle vollgefressen und legen sich hin, um ein Nickerchen zu machen. Alle bis auf einen kleinen strammen, den wir Schweinchen taufen. Unentwegt kommt er durch die Klappe gesprungen und verschlingt Futter wie ein Verrückter. Wir ernennen ihn zu unserem besten Mann und machen ein paar Aufnahmen von ihm, wie er seinem Filmfrauchen schwanzwedelnd am Bein hochspringt. Die anderen Welpen wachen wieder auf und schließen sich an. Barney sagt: »Verdammt noch mal, wo ist Cruella de Ville, wenn man sie braucht?«, und noch eine Besitzerin droht uns abzuspringen.

Irgendwie kriegen wir schließlich, was wir brauchen, aber es dauert Stunden länger als geplant, und wir müssen Überstunden machen, sehr zur Freude des Teams. Nur Barney wird fuchsteufelswild. Die Leute von der Agentur haben vorbildliches Betragen an den Tag gelegt, und Paul ist es sogar gelungen, ein paar Ausreißer umzulenken, die gerade zur Studiotür hinausrennen wollten. Der Kunde läßt sich zwar auch kurz blicken, verschwindet aber sofort wieder, als die Welpen anfangen, die Leute in die Knöchel zu zwicken. Barney schimpft weiter unentwegt über diese Scheißköter. Es gibt noch ein anderes Manuskript für das gleiche Zeug, diesmal aber eine Version für größere Hunde. Es geht um einen Bernhardiner, der eine Tür eintritt, um in die Küche zu gelangen und einen Napf Futter zu fressen. Die Stimme sagt: »Lassen Sie die Tür offen. Sie wissen, warum.« Ich kann es kaum erwarten und hoffe halbwegs, daß der Kunde den Spot von heute schrecklich findet. Aber irgendwie habe ich das dumpfe Gefühl, er wird es nicht tun, und ehe wir's uns versehen, werden wir alle wieder hier sein, bis zum Hals in Bernhardiner versunken.

KAPITEL 7

Torten, Tröten, Tränen

Aufgeregt kommt Charlie aus der Schule nach Hause und wedelt mit einer Geburtstagseinlandung. Jack, das Geburtstagskind, hat versprochen, es gibt eine Zaubervorführung und Cola und ein Tischfeuerwerk! Ich rufe Jacks Mutter Claire an, weil ich sie um einen Tip für das Geschenk bitten will, und erzähle ihr, daß Charlie wegen des Zauberers und des Tischfeuerwerks schon ganz aus dem Häuschen ist. »Was für ein Zauberer?« fragt sie, und es stellt sich heraus, daß sie eher auf Topfschlagen und Unmengen Süßigkeiten eingerichtet war, sich jetzt aber gezwungen sehen könnte, völlig umzudenken, wenn sie Jacks guten Ruf nicht ruinieren will. Wir sind uns einig, daß kleine Jungen wirklich unverbesserlich sind, und ich verspreche, Kate anzurufen und zu fragen, ob sie zufälligerweise Zauberer kennt, die gewissermaßen auf Abruf arbeiten.

Als ich Kate anrufe, hat Claire bereits mit ihr telefoniert, aber sie weiß auch keinen Rat. Wir haben uns dieses Jahr zu einer gemeinsamen Geburtstagsfeier für Charlie und James entschlossen, die ebenfalls in ein paar Wochen vor der Tür steht. Kate hat zu einem horrenden Preis das örtliche Hallenbad gemietet, und das angeschlossene Café wird die Geburtstagstafel ausrichten. Den Kuchen dürfen wir selbst mitbringen, aber alles andere muß zu lächerlich überzogenen Preisen im Café bestellt werden. Aber – und das ist das wirklich Tolle daran – sie kümmern sich anschließend ums Aufräumen, blasen die Luftballons auf und stellen sogar eine Betreuerin zur Verfügung. Göttlich. Es ist mir ganz egal, was es kostet, wenn ich dafür hinterher keine zermatschte Geburtstagstorte aus dem Wohnzimmerteppich kratzen muß.

Kate muß nächsten Monat außerdem Phoebes Geburtstagsfeier ausrichten, und das ist viel schwieriger. Den einzigen Hinweis, den Phoebe bis jetzt von sich gegeben hat, ist, daß James nicht kommen darf, und wenn Kate ihr nicht erlaubt, sich zu schminken und hohe Absätze zu tragen, dann stirbt sie. Momentan ist sie irgendwie auf dem Schminktrip, und Kate muß ihre Schminksachen inzwischen hinten im Schrank verstecken, um Phoebes Versuche zu durchkreuzen, wie Peg Bundy auszusehen, wenn sie aus dem Haus geht. Ich schlage Kate vor, sie soll doch eine Kosmetikerin buchen, die ins Haus kommt und Phoebe und ihren Freundinnen ein Abend-Make-up verpaßt, und dann kann Kate sie alle fotografieren. Kate macht sofort Schluß, um Phoebe davon zu erzählen, und ruft zehn Minuten später zurück, um mir zu berichten, daß sich Schmoll-Phoebe in eine hysterisch überglückliche Phoebe verwandelt hat. Außerdem bin ich als Ehrengast eingeladen, aber nur, wenn ich verspreche, daß Charlie nicht mitkommt.

Es sieht so aus, als hätten wir den zweiten Hundefutter-Auftrag, und Barney hat mich kurz vor einem hysterischen Anfall angerufen, weil Lawrence zahllose Hundebesitzer samt ihren Bernhardinern ins Büro eingeladen hat, damit Barney sich ein Bild machen kann. Ich verbringe Stunden am Telefon, buche Studio und Team, und Mack droht, mit ein paar Katzen am Set aufzutauchen, damit es ein bißchen lustiger wird. Wir wollen uns nächstes Wochenende treffen, aber ich sage ihm, wenn er noch einmal das Wort Katze erwähnt, kann er gleich in London bleiben.

Ich habe Charlie von der Schule abgeholt und komme gerade zur Tür rein, als das Telefon klingelt. Ehe ich mich's versehe, stürzt Charlie nach drinnen und hebt ab.

»Ach, hallo Barney.«

Gott.

»Ja, mir geht es gut, danke sehr. Willst du meinen neuesten Superwitz hören?«

Gottogott.

»Wie nennt man einen Mixer mit Wackelkontakt?«

Lange Pause.

»Hickser!«

Ich winke Charlie mit einem Apfel und sage ihm, es ist Trickfilmzeit. Er läßt den Hörer fallen, schnappt sich den Apfel und rennt davon.

»Hallo, Barney.«

»Könnte es sein, daß dein Sohn und Meister mich vielleicht gerade Wichser genannt hat?«

»Kindermund, Barney, Kindermund.«

»Ganz schön großmäulig für ein Kind, genau wie seine Mutter. Egal, laß uns zur Sache kommen, hast du das Team schon gebucht?«

»Ja, ich habe die Listen schon vor Stunden durchgefaxt.«

»Gut, ich seh's mir an, wenn ich wieder im Büro bin. Lawrence hat noch mehr Scheißhunde reinbestellt, da hab ich mich aus dem Staub gemacht. Bis später.«

Armer Lawrence. Ich bin fast versucht, ihn zu warnen, daß Barney nicht dasein wird, um die Hunde zu mustern, aber dann komme ich doch zu dem Schluß, daß ich mich am besten raushalte. Allerdings rufe ich Stef an und warne sie, weil Lawrence sicher versucht, ihr die Schuld zu geben, wenn sie nicht aufpaßt. Charlie kommt und will wissen, ob Barney sein Witz gefallen hat. Ja, sage ich, aber das nächste Mal muß er mich ans Telefon gehen lassen. »Okay, Mami, aber ich rede gern mit Barney – er ist nämlich sehr nett, weißt du?« Also ich kenne jede Menge Leute, die vor Gericht einen Eid auf das Gegenteil schwören würden, aber schließlich will ich ihn nicht desillusionieren.

Der Tag von Jacks Geburtstagsfeier ist gekommen, und ich liefere Charlie um drei Uhr ab. Es sind schon viele Kinder da, und Claire sieht aus wie kurz vor einem Nervenzusammenbruch. Jack rennt wie verrückt im Kreis herum und kreischt: »Ich habe einen Zauberer. Ich habe einen Zauberer«, während er den Neuankömmlingen die Geschenke aus den Armen reißt. Jacks Vater entwindet sie ihm wieder und sagt: »Wir haben doch gesagt, die Geschenke werden erst nachher ausgepackt.« Sieht aus, als würde es jeden Moment zum Eklat kommen, also trete ich den Rückzug an, ehe das Geschrei losbricht.

Kate kommt mit Phoebe auf eine Tasse Tee vorbei. Wir legen ihr ein Video ein und schleichen uns auf eine heimliche Zigarette nach draußen und kommen uns dabei vor wie unartige Teenager, die im Bushäuschen rauchen. Wir versuchen, vor den Kindern nicht zu rauchen, weil, abgesehen von allem anderen, die Moralpredigten übers Rauchen unerträglich sind. Also nehmen wir es auf uns, mit Mützen und Mänteln frierend im Garten zu stehen, nur um in Frieden eine Zigarette zu rauchen. Wirklich albern. Ich erzähle Kate, daß ich, was Mack anbelangt, nicht mehr so nervös bin, aber trotzdem immer noch nicht weiß, was eigentlich vor sich geht.

»Ich würde so gerne sechs Monate vorspulen und sehen, was daraus wird.«

»Denk nicht darüber nach, und genieß es, solange du kannst. Vielleicht hält es gar keine sechs Monate. Oh, tut mir leid!«

»Schon gut. Es fällt mir einfach schwer, ruhig zu bleiben und abzuwarten, wie die Dinge sich entwickeln.«

»Das kenne ich. Deswegen kann ich auch nicht stricken. Was ist eigentlich das Beste an ihm? Ich meine, mal abgesehen von den ganz offensichtlichen Vorzügen.«

»Er bringt mich wirklich zum Lachen.«

»Oh, das ist so wichtig. Phil hat mich nie zum Lachen gebracht – jedenfalls seit Jahren nicht mehr. Ich mußte zwar manchmal kichern, aber nie absichtlich.«

»Wie geht es ihm eigentlich?«

»Er nervt, wie immer. Jetzt hat er doch tatsächlich vorgeschlagen, sie könnten das Baby übers Wochenende bei mir abliefern und sich eine kleine Auszeit nehmen. Kannst du dir das vorstellen? Ich meine, mal ganz abgesehen von allem anderem, sie ist potthäßlich. Sogar Phoebe war hübscher als sie, und dabei hat sie nach der Geburt ausgesehen wie Rote Bete. Und warum um alles in der Welt haben sie sie Safran genannt? Gut, sie hatte nach der Geburt ziemlich starke Gelbsucht, sie war knallgelb. Da hätten sie sie doch gleich Butterblume nennen können. Phil sagt, sie wollen so schnell wie möglich das zweite kriegen. Gott, wie das wohl heißen wird? Korianda?

»Wenn's ein Junge wird, könnten sie ihn Petersil nennen.«

Wir müssen kichern, und es ist schön, Kate lachen zu sehen, denn das letzte Jahr war nicht gerade lustig für sie. Sie wollte noch ein Kind von Phil, als er ihr eröffnete, daß sie alt und langweilig geworden war und er sie wegen einer 20jährigen Schönheit namens Zelda verließ, die für seinen Kunstkurs Modell saß. Eigentlich heißt sie Sandra, aber als sie anfing, sich künstlerisch zu betätigen, beschloß sie, sich Zelda zu nennen. Offensichtlich fand sie Phil ganz wunderbar und verstand genau, weshalb es ihm so wichtig war, kreativ zu sein. Phil ist Rechnungsprüfer, und zwar ein schlechter. Ständig verliert er Klienten, weil er ihre Unterlagen zu spät einschickt.

»Aber es gibt gute Neuigkeiten. Es sieht so aus, als würde Phil seiner Zelda bereits ein wenig auf die Nerven gehen. Als sie das letzte Mal bei ihnen war, hat Phoebe erzählt, Zelda hätte zweimal gesagt, er soll den Mund halten, und wenn er kreativ sein wollte, dann könnte er gerne das Mittagessen kochen, während sie sich ein bißchen ausruht. Weißt du, es könnte gut sein, daß sie mir am Ende noch richtig leid tut.«

Eine Weile lassen wir die unerwartete Wendung der Ereignisse schweigend auf uns wirken, und dann sagen wir wie aus einem Munde: »Aber nicht genug, um Safran übers Wochenende zu nehmen.« Und dann ist es Zeit, die Jungen abzuholen.

Der tosende Lärm vieler überdrehter Kinder wirft uns fast um, und der Zauberer versucht verzweifelt, seinen Kasten einzupacken. Er sieht aus, als sei er den Tränen nahe. Sein Kaninchen rast wie verrückt durchs Wohnzimmer, verfolgt von einer Horde schreiender Kinder, während er versucht, einem Mädchen den Zauberstab zu entwinden, den sie unbedingt mit nach Hause nehmen will. Clare versucht, sie mit Süßigkeiten abzulenken, aber die Kleine sieht äußerst entschlossen aus. Ich entdecke Charlie und muß ihn am Pullover packen, damit er mir nicht wieder davonrennt. Jacks verzweifelter Vater drückt uns zum Abschied eine Tüte Süßigkeiten und ein Stück Kuchen in die Hand. Die Heimfahrt verläuft ziemlich ruhig, weil Charlie mit seinen Süßigkeiten beschäftigt ist. Dann schmeißt er auf einmal den Kuchen zum Fenster hinaus. Ich erkläre, daß er einen Fußgänger mit fliegendem Kuchen ernstlich hätte verletzen können, doch Charlie zeigt sich ungerührt. Er sagt, schließlich sei draußen niemand langgelaufen und außerdem würden die Dachse sich freuen. Es sei doch allgemein bekannt, daß Dachse Kuchen lieben, und jetzt hätten sie zum Abendessen eine tolle Belohnung. Manchmal wünschte ich mir so sehr, ich wäre eine Verfechterin von Prügeln als Erziehungsmaßnahme.

Mit einem gänzlich zuckerfreien Abendessen versuche ich, die nachmittägliche Überdosis auszugleichen. Nach zwei Crackern und einem winzigen Stückchen Käse ist Charlie satt und sagt, er platzt, wenn er auch nur noch einen einzigen Happen essen muß. Dann spielt er stundenlang in der Badewanne und erzählt mir alles über den Zauberer. Er hat so viele Wimpel aus Jacks Ohr gezogen, daß er ein ganzes Wimpelband daraus machen konnte. Außerdem hat er ein Kaninchen und viele kleine Päckchen Smarties aus dem Hut gezaubert, und aus Luftballons hat er alle möglichen Tiere gemacht, die beim Luftauslassen unanständige Geräusche von sich gegeben haben. Offensichtlich kannte er seine Zielgruppe sehr gut, denn unanständige Geräusche mit Luftballons sind bei der Gruppe der Unterzehnjährigen ein garantierter Renner. Ich finde auch, daß es sich ganz toll anhört, und erwähne ganz beiläufig, daß Mack nachher vielleicht noch vorbeischaut. Charlie wirkt völlig desinteressiert und will wissen, ob Herr Hokuspokus (ganz offensichtlich hieß so der Zauberer!) vielleicht auch zu seiner Schwimmparty kommen möchte. Ich gebe zu bedenken, daß dann sein Kaninchen naß würde, und das scheint zu wirken.

Wie durch ein Wunder schläft Charlie fast augenblicklich ein, und mir bleibt eine halbe Stunde, um in aller Ruhe das Haus und mich selbst in Ordnung zu bringen, ehe Mack kommt.

Mack sieht erledigt aus. Die Kinder waren sehr lebhaft, und auf dem Heimweg hat Alfie hinten im Auto alles vollgekotzt. Mack mußte auf der Autobahn mit offenen Fenstern fahren, und jetzt ist ihm so kalt, daß er seine Hände nicht mehr spürt. Ich verspreche, ihm nach Kräften beizustehen, und wir landen auf dem Sofa, nachdem wir die Tür mit einem Stuhl verbarrikadiert haben. Wir tauchen zum Abendessen wieder auf, und gerade, als wir Kaffee trinken und uns zu einem kinderfreien Abend beglückwünschen, hämmert Charlie gegen die Tür und begehrt Einlaß. Sein Bauch tut weh, und er hat schlecht geträumt.

Ich mache auf, und er will wissen, wieso die Tür versperrt war. Dann erzählt er von seinem Traum. Herr Hokuspokus ist in unserem Garten aufgetaucht und hat versucht, Buzz und Woody zu stehlen. Mack scheint zu glauben, Herr Hokuspokus sei Charlies neuer Name für ihn. Er beteuert, er würde niemals Kaninchen stehlen, und ist sehr erleichtert, als ich ihn aufkläre. Ich sage Charlie, er soll sich aufs Sofa legen, während ich ihm ein bißchen Milch warm mache. Aber nur fünf Minuten, und dann muß er sofort zurück ins Bett. Als ich aus der Küche komme, hat Charlie sich auf Macks Schoß gekuschelt. Mack versucht, ihm klarzumachen, wie wichtig es ist, daß er auf die Zeitung zielt, wenn ihm schlecht wird. Der gesamte Fußboden ist mit Zeitung bedeckt, und Charlie verkündet, daß sein Bauch gar nicht mehr weh tut, er nach dem Schrecken aber trotzdem dringend eine warme Milch braucht.

Er trinkt so langsam wie möglich seinen Becher leer und sagt, er weiß genau, daß er wieder einen Alptraum haben wird, diesmal einen von Vampiren, die ihn fressen wollen, den hatte er letzte Woche schon, und es kann gut sein, daß er wiederkommt. Ich verliere die Geduld und verfrachte ihn zurück nach oben. Stecke ihn unverzüglich ins Bett und spreche deutliche Warnungen aus, falls er noch mal aufstehen sollte. Prompt fängt Charlie an zu weinen, also muß ich einen Gang zurückschalten und ihn ein bißchen trösten. Schließlich ist alles wieder gut, und ich gehe nach unten. Mack liegt schlafend auf dem Sofa. Erschrocken fährt er hoch.

»Was? O Gott, ihm ist doch nicht schlecht geworden, oder?«

»Nein, er schläft tief und fest. Tut mir leid, daß ich dich geweckt habe.«

»Oh, ist schon gut. Ich weiß wirklich nicht, warum ich so müde bin. Muß wohl an der vielen Fahrerei in letzter Zeit liegen.«

»Wenn Sie aber auch so ein kompliziertes Leben führen, Herr Hokuspokus.«

»Ich habe gehofft, du hättest es vergessen.«

»Nein. Ich finde, es paßt zu dir. Soll ich Montag deine Assistentin anrufen, damit sie das Büro informieren kann? Es ist ein sehr hübscher Spitzname.«

»Wag es bloß nicht. Oh, da fällt mir ein, uns steht ein Arbeitswochenende in einem Edelhotel ins Haus. Vormittags ein bißchen Firmenplausch und Samstag abend ein festliches Dinner, und die restliche Zeit zur freien Verfügung. Möchtest du mitkommen? Das Hotel soll großartig sein.«

»Klingt toll, aber ich muß erst klären, ob Mum und Dad Lust auf ein Wochenende mit Charlie haben. Es ist aber nicht das Wochenende von seinem Geburtstagsfest, oder?«

»Nein, erst im August, und wenn du willst, kannst du ihn mitnehmen. Ich habe mich erkundigt. Sie haben Suiten und Babysitter und alles Drum und Dran.«

Ich bin sehr gerührt, daß er sich nach den Kinderoptionen erkundigt hat. Trotzdem bin ich mir darüber im klaren, daß dieses Wochenende für uns alle sehr viel lustiger wird, wenn Charlie zu Hause bei Nana und Opa bleiben kann.

»Und was tue ich, während du firmenmäßig beschäftigt bist?«

»Oh, ich glaube, es gibt ein Programm für Ehefrauen und Partnerinnen, irgendwas in Richtung Schönheitskur. Ich erkundige mich, wenn du willst.«

»Nein, vielen Dank. Ich kann mir nichts Schlimmeres vorstellen, als mit einem Haufen Gattinnen bei einer Kosmetikbehandlung eingesperrt zu sein. Ich bin nicht dazu geschaffen, mich als Schicki-Micki-Trulla zu stylen. Ich sehe mich nicht, wie ich das ganze Wochenende über Privatschulen und die besten Skiorte plaudere, während du an der Bar sitzt und übers Geschäft redest.«

»Aha. Außerdem sind es nicht nur Schicki-Micki-Trullas. Ein paar von ihnen, ja, aber die anderen sind ganz normal, zumindest hatte ich den Eindruck, als ich das letzte Mal dabei war.«

»Hm, na ja, mal sehen. Außerdem muß ich mich erst um Charlies Geburtstag kümmern – hast du schon entschieden, was du tun wirst?« Ich hoffe insgeheim, daß er nicht kommt, weil ich mich dann ganz auf das Geburtstagskind konzentrieren kann. Es stellt sich heraus, daß er das Wochenende mit den Kindern verbringen muß, weil er sie danach zwei Wochen lang nicht sieht. Laura fährt mit ihnen zu ihrer Mutter. Wir überlegen, ob wir zusammen mit allen Kindern im August eine Woche irgendwo hinfahren sollen. Aber die Gefahr einer völligen Katastrophe und das Unvermögen, einen gemeinsamen Termin zu finden, machen sämtliche Überlegungen für den Moment zunichte. Als wir ins Bett gehen, sind wir beide schon im Halbschlaf, aber irgendwann mitten in der Nacht wachen wir auf und sind auf einmal viel wacher.

Am Sonntag versuche ich, Kräfte für die vor mir liegende Woche zu sammeln und Charlie von der Idee abzubringen, im strömenden Regen spazierenzugehen, weil in Pfützen springen und Gummistiefel fluten für Erwachsene nicht wirklich in die Rubrik Spaß und Vergnügen fällt. Mack fährt direkt nach dem Tee, begleitet von Charlies Protestgeheul, weil er will, daß Mack dableibt und Junior-Scrabble mit ihm spielt. Schließlich muß ich versprechen, daß ich mit ihm spiele, und Mack fährt breit grinsend davon, voll Freude über seine gelungene Flucht.

Die Bernhardiner-Dreharbeiten werden schlimmer, als ich es mir je hätte träumen lassen. Diesmal versucht der Hundetrainer nicht zu singen. Statt dessen muß er zwischen den streitenden Besitzern schlichten. Die Besitzer sehen alle aus wie ihre Hunde, mit unglaublichen Haaren und mürrischen Gesichtern. Wir haben fünf riesige Hunde, die alle unbeschreiblich stinken. Zwei von ihnen hassen sich auf den ersten Blick und knurren beängstigend. Ihre Besitzer müssen sich in zwei entgegengesetzte Ecken des Studios setzen. Außerdem sabbern die Hunde unglaublich. Die Maskenbildnerin weigert sich, in ihre Nähe zu kommen.

»Ich bin nicht hier, um Hunden die Spucke vom Kinn zu

wischen. Ich habe ein Diplom, ich habe mit ein paar wirklich berühmten Leuten gearbeitet.«

Es gelingt mir, Barney davon abzuhalten, sie auf der Stelle zu feuern, weil wir sie noch für die Schauspielerin brauchen, die die Besitzerin spielt und Futter in einen Napf füllt, ehe sie von ihrem Hund über den Haufen geworfen wird. Die Frau ist sehr gut drauf, und es scheint ihr nichts auszumachen, daß die Hunde die ganze Zeit an ihr hochspringen, zu unserer großen Erleichterung, denn wir könnten sie kaum davon abhalten, selbst wenn wir wollten. Das ganze Team weigert sich, den Hunden zu nahe zu kommen, also muß ich zwischen den einzelnen Aufnahmen auf dem Boden herumkrabbeln und Hundesabber aufwischen. Den Hunden wird im Scheinwerferlicht fürchterlich heiß, deshalb müssen sie ständig draußen Gassi gehen. Einer legt ein Päuschen im Parkhaus ein und macht beinahe den eben eintreffenden Kunden platt. Der ist nicht gerade erfreut und will wissen, wo der Tiertrainer ist und wieso überall im Parkhaus Bernhardiner herumlaufen.

Endlich haben wir genügend Aufnahmen von Hunden, die über den Küchenboden rutschen, und machen uns an den Teil, wo sie die Küchentüre niedertrampeln. Die Hunde wollen nicht gegen die Türe springen, und als sie dann den Bogen raushaben, wollen sie nicht mehr aufhören. Allen ist unendlich heiß, und die Hunde werden knatschig. Und in einem winzigen stickigen Studio eingesperrt zu sein, überall Kabel und dazu fünf knatschige Bernhardiner, ist wirklich kein Spaß. Schließlich haben wir bekommen, was wir kriegen konnten, es sei denn, wir hätten die Hunde umgebracht und ausgestopft, und das hätten die Besitzer wohl gespannt. Also machen wir Schluß für heute. Im Gehen sagt Barney laut und vernehmlich: »Annie, schreib mit! Sollte ich jemals in eine Lawine geraten und um Hilfe bitten müssen, dann will ich auf keinen Fall von einem Scheißbernhardiner gerettet werden!«

Das Team hält sich vor Lachen die Bäuche, und sämtliche Hundebesitzer fallen wütend über mich her. Und dann wittern die beiden Hunde, die sich schon den ganzen Tag lang an die Gurgel wollten, endlich die Chance, ihre Besitzer abzuschütteln und zur Sache zu gehen. Aus der hintersten Ecke des Studios ertönt furchterregendes Knurren, und dann vereinigen sich die beiden Hunde zu einem Riesenfellknäuel. Die Besitzer versuchen, sie zu trennen, und ein hilfreicher Tischler schüttet einen Eimer Wasser über die Tiere, worauf sie für den Bruchteil einer Sekunde innehalten. Gerade lange genug, damit ihre Besitzer sie packen und versuchen können, sie zu trennen. Wir lernen, daß triefend nasse Bernhardiner noch schlimmer sind als trockene, und es sieht so aus, als würden wir nie nach Hause kommen, aber einer nach dem anderen verschwinden die Besitzer, und wir fangen an einzupacken. Plötzlich bricht neuer Tumult aus, als ein Elektriker schreit: »Scheiß Hunde! Einer hat in meinen Werkzeugkasten gekackt!«

Wir sind uns alle einig, daß wir nie, nie wieder mit Tieren arbeiten werden.

Der große Tag der Geburtstagsfeier ist da. Charlie ist seit sechs Uhr wach und besteht darauf, mit Schwimmflossen zu frühstücken. Kate ruft an und berichtet, daß James genau das gleiche tut, also lade ich sie zum Mittagessen zu uns ein. Mum und Dad und Lizzie und Matt kommen auch gleich, und so vergeht die Zeit bis zum Beginn der Feier um drei wenigstens ein bißchen schneller. Charlie findet den Plan ganz wunderbar und fängt sofort an, hüpfend auf und ab zu rennen. Ich überrede ihn, mir beim Salat fürs Mittagessen zu helfen, und er schneidet begeistert Tomaten zu Brei. Ich lasse ihn statt dessen Blattsalat waschen, bis ich ihn dabei erwische, wie er Unmengen Spülmittel in die Waschschüssel spritzt, damit der Salat auch wirklich sauber wird, und wir müssen noch mal ganz von vorne anfangen. Ich brate ein Hühnchen; Kate hat versprochen, zur Abrundung unseres Mahls eine Wagenladung kalten Schinken mitzubringen. Der Backofen verwandelt die Küche in eine Sauna, und dann verbrennt Charlie sich die Hand an der Ofenklappe und wird hysterisch.

Es ist nur eine winzige Brandwunde. Trotzdem halte ich seine Hand unter kaltes Wasser, damit es nur ja nicht schlimmer wird, und gehe dann auf der Suche nach Wund- und Brandgel nach oben. Charlie kommt jammernd hinter mir her, rennt prompt gegen die Badezimmertür und hat eine aufgeplatzte Lippe. Er fängt an zu schluchzen, Blut läuft ihm übers Kinn, und er schluchzt noch lauter.

»Jetzt kann ich nicht auf meine Party gehen!«

»Doch, das kannst du, mein Schatz, es ist nur ein ganz kleiner Riß. Es hört in Windeseile auf zu bluten.«

Ich nehme ihn fest in den Arm, aber die Tränen fließen weiter, und er tut sich sehr, sehr leid.

»Ich glaube, ich brauche eine Adlerpresse, Mami.«

Ich verstehe nicht ganz, wieso ein Raubvogel, dem in unserem Garten merkwürdige Dinge geschehen, ihn ablenken kann.

»Was meinst du damit, Spatz?«

»Du weißt schon, so ein Verbanddings zum Rumwickeln, wie bei *Notruf*.«

Mir ist bis jetzt entgangen, daß er *Notruf* oder irgendwelche anderen Erste-Hilfe-Sendungen überhaupt kennt. Aber ich weiß, daß Edna sie liebt, und ich vermute, daher weht der Wind.

»Ich glaube, du meinst vielleicht eine Aderpresse. Das ist ein spezieller Druckverband für sehr große Verletzungen, aber nicht für winzige Risse in der Lippe.«

Obwohl, es wäre einen Versuch wert, wenn er nicht zu jammern aufhört.

»Ja, aber hast du eine, Mami? Vielleicht läuft mein ganzes

Blut aus der Lippe raus, und dann kann ich auf meiner eigenen Schwimmparty nicht mitmachen.«

Charlie fängt wieder an zu schluchzen. Ich tupfe ein bißchen Brandsalbe auf seine Hand, und dann hören wir, daß Kate mit James und Phoebe gekommen ist, und, auf wundersame Weise geheilt, stürmt Charlie die Treppe hinunter.

Mum und Dad bringen ihm ein riesiges Lego-Fort mit. Er ist begeistert und bedankt sich artig, ehe er mit James nach oben verschwindet, um sofort mit dem Bauen anzufangen. Lizzie und Matt schenken ihm noch eine Riesenkiste Lego, passend zu dem Fort, und außerdem ein schreckliches Gewehr, das entsetzlich kreischende Geräusche macht. Lizzie entschuldigt sich dafür, aber Matt sei überzeugt gewesen, daß Charlie begeistert wäre. Ist er. Ich muß die Batterien entfernen, damit wir in Ruhe zu Mittag essen können. Mum und Lizzie haben eine riesige Torte gebacken, die sie zu zweit aus dem Auto holen müssen. Mit blauem Zuckerguß steht »Alles Gute zum Geburtstag, Charlie und James« darauf geschrieben, und sie wiegt sicher eine Tonne. Was von Vorteil ist, denn den letzten Zählungen zufolge erwarten wir inzwischen 40 Kinder zu der Feier, und dazu eine bunte Mischung aus Eltern und Großeltern.

Wenigstens müssen wir uns nicht den Kopf über Partysäckchen zerbrechen, weil hier bei uns niemand welche verschenkt: zum Abschied ein Stückchen Torte und ein Tütchen Süßigkeiten, und damit hat sich's. Lizzie ist schwerst beeindruckt und erzählt, ihre Freundinnen in London geben Unsummen für die Partysäckchen auf ihren Kindergeburtstagen aus, und es herrscht ein ziemlicher Konkurrenzdruck bezüglich des Inhalts. Alles läuft ganz wunderbar, und, auf drei Autos verteilt, machen wir uns auf den Weg. Aus unerfindlichen Gründen setzt Dad sich an die Spitze unserer kleinen Kolonne, wobei er leider der einzige ist, der den Weg zum Hallenbad nicht kennt. Es folgen überaus komplizierte Manöver auf engen Landstraßen, aber schließlich ist Kate mit ihrem Wagen vorne und fährt voraus. Wir kommen an und treiben die Geburtstagsgäste zusammen und nehmen Geschenke in Empfang, die wir den Jungen aus den Händen reißen müssen, weil sie sie sofort und auf der Stelle auf dem Parkplatz aufmachen wollen. Die Betreuerin entpuppt sich als schmächtiger Teenie. Sie sieht aus wie zwölf, und das bedeutet nichts Gutes. Aber sie beherrscht eine beeindruckende Schreitechnik, und in Null Komma nichts stehen die Kinder in einer Zweierreihe vor ihr und melden an, was sie später zum Tee trinken wollen. Dann marschiert sie mit ihnen zu den Umkleiden, und ehe wir's uns versehen, sind wir in der Schwimmhalle versammelt und springen fröhlich von der Rutsche auf der aufblasbaren Insel. Mum und Dad sitzen auf der Zuschauergalerie und machen Unmengen Fotos. An den vier Ecken hat sich je ein Bademeister postiert, und sie wachen mit Argusaugen darüber, daß wirklich alle Kinder, die am Ende der Insel von der Rutsche ins Wasser schießen, auch wieder zum Vorschein kommen. Sie sind mit langen Stangen bewaffnet, mit denen sie sofort jeden, der unterzugehen droht, herausangeln können. Kate und ich sind von ihrer Wachsamkeit schwer beeindruckt, und wir beglückwünschen uns gerade, weil alles so reibungslos läuft, als wir sehen, wie ein kleiner Junge mit hochrotem Kopf aus dem Wasser gefischt wird. Hustend und prustend klammert er sich an die Rettungsstange. Er sieht aus, als hätte er 20 Liter Wasser geschluckt.

Höchst besorgt rennen wir zu ihm, aber als er wieder zu Atem gekommen ist, macht er einen ganz fröhlichen Eindruck. Nur der Bademeister ist ziemlich blaß geworden. Er sagt, auf jeder Schwimmparty erwischt es mindestens einen, und wenigstens ist diesem hier nicht schlecht geworden. Zumindest nicht sehr. Offensichtlich haben die Aufseher schon viel Erfahrung darin gesammelt, überdrehte Kinder aus dem Wasser zu kriegen, weil sie plötzlich einfach die Luft aus den

Schwimmtieren lassen und »Schluß für heute!« rufen. Die Kinder protestieren zwar, aber sie folgen aufs Wort, und dann taucht die Betreuerin wieder auf und nimmt sie zum Umziehen mit. Das erweist sich als genauso kompliziert, wie wir es befürchtet haben, aber schließlich haben alle Kinder wieder ihre eigenen Sachen an. Dann sitzen sie vergnügt mit Papphütchen auf dem Kopf oben im Café und essen Pommes frites. Die Torte kommt riesig gut an, und als alle »Happy Birthday« singen, wird Charlie knallrot und James auch.

Als die Tafel schon halb wieder aufgehoben ist, taucht Phil auf, Baby Safran auf dem Arm. Er ist viel zu spät gekommen, und Kate ist furchtbar sauer. Safran fängt an zu schreien, und Phil sucht verzweifelt jemanden, der bereit ist, sie ihm abzunehmen. Leider findet sich niemand, der blöd genug ist, darauf reinzufallen, und schließlich sagt er, am besten geht er wohl wieder nach Hause. Aber er würde heute abend bestimmt vorbeikommen, um James in Ruhe zu gratulieren. Kate ist außer sich. Sie weiß gar nicht, weshalb er sich überhaupt die Mühe gemacht hat herzukommen, sagt sie, aber dann beruhigt sie sich wieder. Wenigstens sei er überhaupt gekommen, und was James betrifft, ist das alles, was zählt. Ich bin ihrer Meinung, und trotzdem finde ich es ein winziges bißchen rücksichtslos. Besonders, weil Kate sich um alles gekümmert hat und er nichts weiter zu tun brauchte, als pünktlich hier zu sein.

Die ersten Eltern kommen und holen ihre leicht feuchten und völlig überdrehten Kinder ab. Man ist sich einig, daß es ein toller Nachmittag war. Ich fahre nach Hause, total erledigt und gleichzeitig erleichtert, weil alles so gut geklappt hat, und ohne einen einzigen Wutanfall. Kate fährt mit James und Phoebe direkt nach Hause. James hat einen Teil seiner Geschenke schon auf dem Weg zum Auto aufgemacht. Charlie öffnet seine, sobald wir zu Hause sind, und jedes einzelne versetzt ihn aufs neue in Entzücken. Mir fällt auf, daß die teuersten Geschenke anscheinend von den ärmsten Eltern kommen. Das ist mir früher schon aufgefallen, und ich finde es immer seltsam rührend. Mum sagt, das war schon so, als ich noch klein war, und einmal hätte eine sehr wohlhabende Mutter ihre Tochter mit einer Packung Smarties und einem Ballon in hübschem Geschenkpapier zu meiner Feier geschickt. Wohingegen Ivy, die überhaupt kein Geld hatte und dreimal wöchentlich putzen ging, um sich über Wasser zu halten, ihrer Tochter eine nagelneue Cindy-Puppe samt selbstgenähter Ausstattung aus glänzendem Chiffon als Geschenk mitgab. An das Chiffon-Kleid kann ich mich heute noch erinnern, und wir schwelgen in Erinnerungen an lang verlorene Puppen und ihre Kleider, bis Dad sagt: »Was um Himmels willen muß ein Mann hier eigentlich tun, um endlich eine ordentliche Tasse Tee zu bekommen?« Ich bin schwer versucht zu sagen: »Wasser aufsetzen!«, aber das verkneife ich mir.

Das restliche Wochenende verbringe ich damit, Charlie dabei zu helfen, sich von den Aufregungen der Geburtstagsfeier zu erholen. Mack ruft an und bekommt von Charlie aufgetischt, wie toll sein Fest war. Dann spricht er mit mir und sagt, sein Freund Graham gibt nächsten Freitag eine Dinnerparty und möchte mich gerne kennenlernen. Was sehr nett ist, nur leider ist an dem Tag unser Schulgrillfest.

»Du willst mir doch nicht ernsthaft erzählen, daß du lieber zu einem Schulgrillfest gehst als mit mir zu einer furchtbar schicken Dinnerparty, oder?«

»Eigentlich schon.«

»Liebling, ich möchte wirklich, daß du mitkommst.«

»Ja, ich weiß, aber Charlie will unbedingt zu dieser Schulfete gehen. Es gibt ein Tauziehen, und wir haben schon geübt. Letztes Jahr haben bei ›Männer gegen Frauen‹ die Männer gewonnen, und dieses Jahr müssen wir einfach gewinnen.«

»Ach so, das ist was anderes. Tauziehen ist natürlich sehr reizvoll. Und wie genau übt ihr für ein Tauziehen, wenn man fragen darf?«

»Also, Kate hat um einen Baumstumpf in ihrem Garten ein Seil geknotet, und damit versuchen wir ihn rauszuziehen. Ich falle immer noch ständig hin, aber ich glaube, ich bin schon ein bißchen stärker geworden.«

»Ich bin noch nie einer Frau begegnet, die versucht, Baumstümpfe rauszuziehen. Das ist eine vollkommen neue Welt für mich. Was für ein arbeitsreiches Leben du doch führst.«

»Sei still. Außerdem hasse ich Dinnerpartys. Weißt du, ein Mädchen vermag nur ein gewisses Maß an Fenchelknollen zu ertragen. Außerdem ist diese Sache eine offizielle Veranstaltung des Elternbeirats, und wenn ich nicht komme, dann schreiben sie mich auf die Hat-unentschuldigt-gefehlt-Liste und ich komme monatelang auf den Fundkisten-Dienstplan. Ich werde Stunden damit verbringen, stinkige Socken zu sortieren.«

»Schon gut, schon gut. Du gehst grillen und ich zu der Fenchelsache.«

Aber ich weiß genau, daß es ihm nicht paßt und er es nicht gewohnt ist, wenn jemand seine Pläne durchkreuzt. Aber daran muß er sich gewöhnen, weil ich Dinnerpartys wirklich nicht ausstehen kann. Ich mache es wieder gut, indem ich erzähle, daß Charlie seine Pokémon-Karten aussortiert und alle doppelten für Alfie aufgehoben hat. Mack ist sehr erfreut, weil er bereits ein kleines Vermögen für Karten ausgegeben hat und ihm deshalb alle Lieferungen höchst willkommen sind, für die er nicht mit sauer Verdientem blechen muß.

Am letzten Schultag fahre ich nachmittags zur Schule und hole einen stattlichen Haufen Turnsachen ab, Malkittel und stapelweise Zeichnungen und Gemälde. Außerdem Charlies Zeugnis, das ein Witz ist. Ganz offensichtlich hat die gute alte Miss Pike eine Schwäche für ihn und sich bemüht, die Formulierungen so positiv wie möglich zu halten. Er kann anscheinend wunderbar lesen, gehört in Mathematik zu den Besten, bemüht sich sehr, obwohl er sich leicht ablenken läßt, und hat zwar beim Stricken nie wirklich den Bogen rausgekriegt, dafür aber ein wunderbares Boot getöpfert. Ganz unten hat Mrs. Taylor »Weiter so!« vermerkt, aber es stellt sich raus, daß sie den Vermerk unter fast jedes Zeugnis geschrieben hat. Vielleicht wollte sie nur allgemein positive Stimmung verbreiten und gleichzeitig ihr Arbeitspensum verringern, was in meinen Augen vollkommen vernünftig ist.

Ich verabrede mit Kate, daß sie uns nachher abholt und wir zusammen zum Grillfest fahren. Gott sei Dank regnet es nicht, es war den ganzen Tag lang sonnig und heiß, und im Gegensatz zu letztem Jahr können wir die Regensachen im Schrank hängen lassen. Ich mache Charlie zum Tee etwas zu essen wie immer, weil er jetzt schon Hunger hat und nachher sowieso viel zu sehr damit beschäftigt ist, mit seinen Freunden durch die Gegend zu sausen. Ein paar geschickten Manövern am Schultor ist es zu verdanken, daß es mir dieses Jahr erspart geblieben ist, irgend etwas zu essen zu machen. Dafür habe ich versprochen, unseren Anteil an diesem Abend in Form von Wein und Würstchen beizusteuern. Wir kommen an, ich gebe die Sachen ab, und dann breiten wir die Picknickdecken auf dem Spielfeld aus, während die Kinder Kartoffelchips essen. Sally und Roger kommen mit William und Rosie, und wir lassen uns mit Wein und Cola nieder. Der Grill wird entfacht, und die Luft füllt sich mit Rauch. Aus zwei Lautsprechern plärrt Musik, und die Lehrerinnen versuchen, die Kinder auf zwei Mannschaften aufzuteilen. Die Schule hat das Sportfest vor einiger Zeit zugunsten einer gemeinsamen Abendveranstaltung mit dem Elternbeirat abgeschafft, und wir sind uns einig, daß es viel besser ist, als in der glühenden Hitze auf einer Tribüne zu sitzen und kleinen Kindern zuzusehen, die in ihren Turnanzügen schwitzen.

Die Wettläufe beginnen, und Charlie ist in beinahe jedem der letzte. Er steht mindestens eine Minute lang da und unterhält sich mit James, ehe sie merken, daß der Eierlauf längst angefangen hat, und Miss Pike muß zu ihnen laufen und sie aufscheuchen. Aber es scheint ihnen nichts auszumachen. William hat mehr Erfolg, er hat ein Rennen gewonnen und ist einmal Zweiter geworden. Dafür machen Charlie und James sich beim Drei-Bein-Rennen ziemlich gut, hauptsächlich, weil sie gar nicht erst versuchen zu rennen. Sie schlendern gemütlich die Strecke entlang, wobei sie fast alle anderen schlagen, die in einem Affenzahn lossausen und prompt umfallen. Die Lehrerinnen denken sich komplizierte Manöver aus, damit jedes Kind etwas gewinnt, was sehr weise von ihnen ist, weil die meisten Schüler aus der Anfängerklasse entweder in die völlig verkehrte Richtung oder überhaupt nicht rennen.

Als alle Medaillen vergeben sind, wird das Tauziehen angekündigt, und die erste Kategorie ist, wie im letzten Jahr, der Wettkampf Männer gegen Frauen. Es stellt sich heraus, das wir im Besitz einer neuen Geheimwaffe sind, einer dreifachen Mutter mit der Figur eines kleinen Panzers, die sehr gut darin ist, sich festzuklammern und nicht einen Millimeter zu weichen. Wir ziehen unsere Schuhe aus, krempeln die Hosenbeine hoch oder stopfen Rocksäume in die Unterhosen um zu zeigen, daß wir es ernst meinen, und packen das Tau, so fest wir können.

Die anderen Frauen feuern uns an und rufen den Männern wüste Beschimpfungen zu. Ich fühle mich sehr kampflustig. Kate ist hinter mir und Sally vor mir. Roger wagt einen zaghaften Zuruf der Ermunterung und erntet dafür von allen Männern zornige Blicke.

Die erste Runde geht an uns, die zweite an die Männer, und die dritte und letzte Runde wird ziemlich spannend. Wir klammern uns alle verzweifelt ans Seil, und dann reißt Panzer-Lili kräftig an, und alle Männer purzeln hin. Wir auch, aber erst, nachdem wir das Seil soweit in unsere Richtung geschleppt haben, um als Siegerinnen zu gelten. Göttlich. Schreiend rennen wir durch die Gegend und gratulieren uns, wobei unser ganz spezielles Lob der neuen Teamkollegin gebührt, die von all den Komplimenten ganz rot wird. Die Kinder sehen ziemlich verlegen aus und wenden sich von dem peinlichen Spektakel ab, das ihre Mütter veranstalten. Ein paar von den Männern fordern beleidigt Revanche, aber wir jubeln und lehnen dankend ab. Aus dem Augenwinkel erspähe ich am Rand des Spielfelds einen vertrauten Wagen, einen riesigen BMW, genau so einen, wie Mack ihn fährt, da bin ich sicher. Ich schlendere unauffällig hinüber, um einen genaueren Blick darauf zu werfen, da geht die Tür auf und, siehe da, Mack steigt aus.

Er gibt mir einen überschwenglichen Begrüßungskuß, worauf sich eine Welle von Kommentaren über das gesamte Spielfeld verbreitet. Das nächste Mal, wenn ich wegen einem Liter Milch in den Dorfladen komme, bin ich wohl eine Erklärung schuldig, das steht fest.

»Ich konnte dem Tauziehen nicht widerstehen, es klang einfach zu verlockend. Ich habe dich und die Mädels beobachtet, und ich muß sagen, es war überaus unterhaltsam. Bleibt dein Rock so hochgesteckt? Sieht ganz reizend aus, aber auf die Dauer könnte dir etwas kalt werden.«

»Hör auf. Du kommst gerade recht für den Wettkampf zwischen Dörflern und Neulingen. Jeder, der weniger als fünf Jahre im Dorf wohnt, wird von den Einheimischen über den Rasen gezerrt. Komm, es wird dir gefallen!«

»O nein, das geht nicht. Weißt du, Moneypenny, ich habe die Lizenz zum Töten, und es könnte ein unschönes Ende nehmen. Schau mal, da kommt noch eine Frau, die ihren Rock in den Schlüpfer gesteckt hat – sie scheint dich zu kennen.«

»Ja, das ist Kate.« Kate kommt zu uns und sieht Mack an, und ich stelle sie vor. Während sie hallo sagt, zupft sie schnell ihren Rock zurecht, und ich tue das gleiche, weil es, abgesehen von allem anderen, auf die Dauer wirklich etwas frisch wird. Wir laden Mack ein, auf unserer Decke Platz zu nehmen und sich zu amüsieren.

Er hat einen sehr edlen Picknickkorb mitgebracht, und wer immer ihn gepackt hat, hat einen viel besseren Geschmack als wir. Der Korb ist randvoll mit köstlichen kleinen Kuchen und Pasteten und einer Flasche Champagner mit richtigen Gläsern und dazu einer piekfeinen wasserfesten Picknickdecke.

»Ich wußte nicht, ob das so eine Selbstversorgerveranstaltung ist, ich hoffe, es stört niemanden.«

»Ob es stört? Es ist phantastisch. Aber ich muß trotzdem am Stand vom Elternbeirat ein paar Sachen kaufen, sonst sind sie beleidigt.«

Während Kate mit Mack plaudert, gehe ich zum Salatstand, wo ich auf eine Reihe überaus angespannter Mütter treffe, die sich hinter ihren Salatschüsseln postiert haben. Ich tue das einzig Richtige und bitte jede von ihnen um eine Portion und sage ihnen, wie köstlich das alles aussieht. Wenn der örtliche Frauenverein einen Kurs in Wett-Salatmachen anbieten würde, würde diese Meute sich gleich morgen anmelden. Mrs. Harrison-Black bewacht den Grill und bellt ab und zu die zwei Männer an, die auch ohne ihre Hilfe bestens zurechtkommen. Ich kaufe ein paar Würstchen und kehre meiner Pflichten ledig zurück an unseren Platz. Mack teilt inzwischen unsere sündhaft teuren Teilchen zwischen Charlie und James und William auf, die sie hinunterschlingen, als würde ihr Leben davon abhängen. Charlie scheint kein bißchen erstaunt zu sein, daß Mack gekommen ist. Er zeigt ihm die neu erworbene Medaille und rennt dann davon, um zu spielen. Als Mack den Korb zurück ins Auto bringt, hält Kate den Daumen hoch.

»Du hast mir nicht erzählt, daß er so toll ist!«

»Ach weißt du, ein Mädchen prahlt nicht gern.«

»Also ich schon. Die ganze Wiese lechzt nach ihm. Gut gemacht!«

Sally stimmt zu: »O ja, er ist wunderbar«, und Roger sagt: »Er scheint ein anständiger Bursche zu sein«, womit er uns alle zum Lachen bringt, und dann sagt Kate: »Achtung, er kommt zurück!«

Aus den Lautsprechern schmettert wieder Musik, und die Leute fangen an zu tanzen. Der Spielplatz ist mit bunten Lichterketten dekoriert, und die Leute trinken viel zuviel Wein und glauben, sie könnten alle wieder twisten, »Like They Did Last Summer«. Es stellt sich heraus, daß das nicht stimmt, aber darum scheint sich niemand zu kümmern. Bei Sonnenuntergang schlafen die ersten Kinder ein und werden auf die Rückbänke der Autos verfrachtet, weil ihre Eltern noch einen letzten Tanz wollen, ehe sie nach Hause fahren. Miss Pike hat ziemlich viel Wein getrunken und tanzt ganz alleine den Hokey Cokey vor sich hin, aber weil sie dabei glücklich und zufrieden wirkt, wollen wir sie nicht stören. Ein paar Väter stellen ein Abenddämmerungsfußballspiel auf die Beine, was sehr lustig wird, weil die meisten Spieler ein bißchen angeheitert sind und ständig stolpern. Die Kinder, die noch wach sind, Charlie und James eingeschlossen, haben einen Riesenspaß dabei, die Tore gegen Roger zu zählen, der sich nur deswegen bereit erklärt hat, ins Tor zu gehen, weil er gehofft hat, er könnte sich dort ein bißchen hinsetzen. Mack sagt, im Fußball wäre er ganz schlecht und außerdem hätte er nicht die passende Hose an. Darüber muß ich so lachen, daß ich mich hinterher entschuldigen und sagen muß, ich wäre ein bißchen betrunken. Er sagt, das hätte er schon gemerkt, und tut beleidigt, und plötzlich küßt er mich, was außerordentlich angenehm ist, allerdings auch Mrs. Harrison-Black nicht verborgen bleibt.

Auf einmal wechselt die Musik zu langsamen Schmusenummern, und Mack fragt, ob ich tanzen will. Eigentlich ist mir viel mehr nach einem Nickerchen auf der Decke zumute, aber ich habe das Gefühl, da er nun mal den ganzen Weg hergekommen ist, sollte ich wenigstens mit ihm tanzen. Wir gehen zum Spielplatz und zu den Lichterketten rüber und fangen an zu tanzen. Gerade als ich den Bogen raushabe und es anfängt, mir richtig Spaß zu machen, drängelt sich Mrs. Harrison-Black zu uns rüber. Sie klopft Mack entschlossen auf die Schulter und sagt: »Ich glaube nicht, daß wir schon das Vergnügen hatten.« Mack schaut sie mit unverhohlener Verachtung an und sagt: »Nein. Hatten wir nicht.« Er wirbelt mich heftig herum und steuert uns ans andere Ende der Tanzfläche. Mir fehlen vor Begeisterung die Worte, also küsse ich Mack statt dessen, wobei der Kuß sehr viel leidenschaftlicher ausfällt als beabsichtigt, und dann hört die Musik auf. Wir gehen zurück zu unserer Decke. Kate hat ihre Arme um Charlie und James geschlungen, die schon fast eingeschlafen sind. Mack legt Charlie auf die Rückbank seines Wagens, und ich erzähle den anderen von seiner wunderbaren Begegnung mit Mrs. Harrison-Black. Wir beschließen aufzubrechen, ehe sie einen zweiten Anlauf unternimmt. Mack fährt uns nach Hause, und ich stecke Charlie sofort ins Bett, und dann fordert Mack mich zu einer neuen Runde Tauziehen heraus, diesmal mit der Bettdecke. Ich gewinne wieder. Das vollkommene Ende eines vollkommenen Tages.

KAPITEL 8

Sommer, Sonne, Sand und See

Es ist schrecklich heiß geworden, und die Hitze in Kombination mit dem Versuch, Charlie bei Laune zu halten, ist fürchterlich anstrengend. Mir wird klar, und zwar nicht zum erstenmal, daß ich schlicht und ergreifend nicht für die Schulferien geschaffen bin. Ich bin jetzt schon zu Tode genervt davon, stundenlang das Planschbecken einzulassen und eine Riesenpalette Spielzeug in den Garten zu schleppen, nur damit Charlie das Becken dann mit Gras und Schlamm füllt und zwei Minuten später verkündet, daß er sofort und auf der Stelle ein Video anschauen will. Wir starten einen Versuch in Freiluftmalerei mit Schwamm und Plakatfarbe. Irgendwann ist die Farbe überall, sogar Buzz und Woody sind bunt. Auf der Suche nach ein bißchen Ruhe und Frieden kann ich mich nicht mal guten Gewissens ins Büro flüchten, weil Barney in sein Haus nach Frankreich abgedüst ist.

Lawrence nutzt die Gelegenheit zur Reorganisation des kompletten Ablagesystems im Büro, damit im September keiner mehr irgend etwas wiederfindet und ihn zu seiner großen Genugtuung alle fragen müssen, wo was zu finden ist. Außerdem stellt er alle Schreibtische um und probiert neue Möbelkombinationen aus. Was auch immer am Ende dabei herauskommt, der kollabierende Stuhl bleibt mir mit Sicherheit erhalten. Ich habe Vorsichtsmaßnahmen ergriffen und sämtliche Akten und Notizbücher mit nach Hause genommen, damit sie ihm während der Umbauarbeiten nicht versehentlich abhanden kommen. Darüber ist Lawrence immer noch sauer.

Ich beschließe, unseren Gartenteich zu sanieren. Es kostet mich Stunden und ein kleines Vermögen im Gartencenter, bis ich eine Pumpe samt Leitung gekauft habe. Wichtige Teile der Pumpe fallen ständig ab und versinken im Schlamm auf dem Grund des Teiches. Charlie findet das ganze Vorhaben furchtbar lustig und geht mir zur Hand, indem er eimerweise Teichwasser ausschöpft und es in hohem Bogen über den ganzen Garten spritzt. Am Rand balancierend versuche ich, aus Flußsteinen und Kieseln einen Wasserfall zu arrangieren, wobei ich zweimal in den Teich falle und schließlich klitschnaß bin. Endlich schalte ich in der Garage den Strom ein und eile nach draußen, um das Ergebnis zu betrachten. Unglücklicherweise ist die Pumpe viel stärker, als ich dachte, und der Wasserfall spült sämtliche Steine und Pflanzen weg, und die Fontäne ist ungefähr zehn Meter hoch. Nach stundenlangem Hin- und Herrennen, Einstellen und Justieren ist es dann endlich vollbracht. Charlie und ich sitzen da und beobachten die Fische, die sich in dem ungewohnt klaren Wasser tummeln, und lauschen dem leisen Plätschern.

Gerade als ich anfange, ein bißchen ruhiger zu werden, verstellt sich die Pumpe und schaltet auf Hochleistung. Charlie und ich sind klatschnaß, und der Wasserfall reißt wieder alle Pflanzen aus. Charlie rennt, vor Entzücken kreischend, im Kreis herum, während ich die Nerven verliere, die Pumpe aus dem Wasser ziehe und sie zur Abwechslung ein bißchen gegen die Gartenmauer knalle. Scheinbar ist das genau die richtige Methode, denn auf einmal funktioniert sie wunderbar, ohne weitere Niagara-Einlagen. Ich lade Kate ein, vorbeizukommen und mein Werk zu betrachten, und sie ist tief beeindruckt. Morgen fährt sie in Urlaub, nach Dorset in das Häuschen ihrer Tante Stella. Wir wollen sie über ein verlängertes Wochenende besuchen. Wir sind schon öfter dort gewesen, und die Kinder können es kaum erwarten, alte Schlupfwinkel wiederzuentdecken. Ich hoffe nur, ich schaffe es diesmal ohne den üblichen dreistündigen Umweg, weil ich mich mal wieder verfahre. Kate hat mir eine detaillierte Wegbeschreibung mitgebracht.

»Ich kapiere immer noch nicht, wie du in Portsmouth landen konntest. Auf jeden Fall ist das hier die Route von Haustür zu Haustür, du kannst einfach nichts falsch machen. Glaubst du, du schaffst es diesmal vor Einbruch der Dunkelheit?«

»Schon möglich, aber versprechen kann ich gar nichts.«

Wir kommen wieder einmal im Dunkeln an. Ich habe Kates Wegbeschreibung irgendwo an einer Tankstelle verloren und war ab da allein auf meine Fähigkeiten, Karten zu lesen, angewiesen. In Portsmouth kenne ich mich inzwischen richtig gut aus, und ich habe es diesmal auch geschafft, mich nicht in die Schlange für die Fähre einzureihen. Charlie und James machen sich mit großem Getöse daran, das Spielzeug auszupacken, und während ich das Auto auslade, kocht Kate Abendessen. Dann machen wir es uns mit den Kindern vor dem Fernseher bei ein paar Videos gemütlich und trinken zuviel Gin. Ich wußte gar nicht, daß *Mary Poppins* so witzig ist. Irgendwann gehen wir alle zusammen nach oben. Charlie und ich teilen uns das Gästebett, ein altmodisches Riesenmessingding, das einen unglaublichen Lärm veranstaltet und ständig sachte hin und her schaukelt. Charlie findet es toll. Die Matratze hat in der Mitte eine kolossale Kuhle, in der Charlie es sich sofort gemütlich macht – wie in einem Nest, sagt er. Ich klammere mich an einer Seite fest und versuche, nicht mit dem Bettgestell zu knarzen, weil ich Angst habe, das Geräusch von knarrendem Messing weckt die ganze Nachbarschaft. Ich wache unzählige Male auf, weil Charlie mich jedesmal unter sich begräbt, wenn ich in die Kuhle rutsche. Der Versuch, wieder hinauszukriechen, verursacht einen derartigen Lärm, daß ich schließlich aufstehe und nach unten gehe, um mich ein bißchen auszuruhen.

Kate sitzt in der Küche, vor sich eine Tasse Tee. Ihr Bett hat auch eine Kuhle, und sie war auf einmal unter allen beiden Kindern begraben und dachte, sie würde ersticken, wenn sie nicht sofort aufsteht. Sie kocht noch etwas Tee, und wir streifen ein bißchen herum. Der Garten sieht wunderschön aus, und wir setzen uns in unseren Nachthemden auf die Gartenschaukel und trinken Tee.

»Also, was willst du heute machen? Strand und dann Mittagessen hier, oder sollen wir picknicken?«

»Ich kann das Wort picknicken schon nicht mehr hören, und das in der zweiten Ferienwoche!«

»Ich auch nicht. Okay, wie wär's mit Strand und dann Mittagessen im Pub?«

»Klingt schon besser.«

Wir sind stundenlang am Strand. Die Kinder sausen ständig ins Wasser und wieder raus und bauen Sandburgen. Zum Mittagessen gehen wir in ein Pub, und es gibt Krabbenbrote und für die Kinder Limonade.

»Mami?«

»Ja, Charlie?«

»Nächstes Mal müssen wir Ingwerbier bestellen, dann ist es genau wie bei den Fünf Freunden. Weil, wir sind doch fünf, weißt du?«

Davon sind wir alle entzückt, und wir planen für morgen echte Fünf-Freunde-Abenteuer. Wir wollen eine Schatzsuche im Garten machen und eine geheimnisvolle Wanderung, wo wir so tun, als hätten wir uns verlaufen, und die Kinder den Weg nach Hause finden müssen. Es fängt an zu regnen. Wir fahren zurück in unser Häuschen und spielen eine endlose Runde Monopoly, wobei es sehr eng wird, als sich herausstellt, daß Charlie und James sich weigern zu zahlen, wenn sie auf ein fremdes Hotel kommen, und Phoebe James' halbes Vermögen unter dem Brett versteckt hat, als er gerade nicht hingeschaut hat.

Die vormittägliche Schatzsuche ist ein großer Erfolg, vor allem wegen Kates grandioser Idee, sämtliche Hinweise in einem Code zu verschlüsseln, den die Kinder mit Hilfe eines Codebuchs entziffern müssen, das James mitgebracht hat. Die Jungen verbringen den ganzen Nachmittag auf Schatzsuche. Sie verstecken Spielzeug und geben sich dann so geheimnisvolle Tips wie »Es ist unter dem Sofa«. Nach dem Tee wollen wir Krebse fangen gehen. Deshalb kaufen wir im Dorfladen Speck als Köder und drei Plastikspulen, und dann stehen wir stundenlang auf der Brücke über dem Bach, der in die See mündet. Wir fangen fünf winzig kleine braune Krebse und einen erheblich größeren schwarzen, die in einem Eimer zwischen Charlie und James schwimmen und von allen Kindern, die vorbeikommen, maßlos bewundert werden. Wir lassen die Krebse frei und essen in einem köstlichen Fischrestaurant am Strand zu Abend, das Kate schon seit ihrer Kindheit kennt.

Es ist sicher kein feudaler Urlaub, aber er macht uns allen Spaß, mal abgesehen von der ungeheuren Plackerei, die es bedeutet, für drei Kinder, die zu jeder Mahlzeit ihr eigenes Körpergewicht verdrücken können, zu kochen und abzuspülen und einzukaufen. Nach dem Abendessen spielen die Kinder am Strand, und wir trinken Kaffee. Kate gibt zu, daß sie den Urlaub mit Phil immer gehaßt hat, weil es normalerweise eine tödliche Mischung aus schrecklichen Streitereien und Phils nächtlichen Versuchen war, alles wiedergutzumachen, indem er buchstäblich auf sie draufsprang, wenn sie schon fast eingeschlafen war. Klingt wirklich reizend.

»Also, wie läuft es mit Mack?«

»Wunderbar. Aber das Leben ist so kompliziert geworden.«

»Weißt du, ich hätte nie geglaubt, daß ich so etwas je sagen würde, aber eigentlich fühle ich mich allein mit den Kindern viel wohler. Es macht viel mehr Spaß als das Leben mit Phil.«

»Ich weiß, was du meinst. Versteh mich bitte nicht falsch, ich will Mack nicht verlieren. Es ist wie ein Wunder, daß ich ihn überhaupt gefunden habe. Aber ich weiß einfach nicht, ob ich diesem All-Inclusive-Ding wirklich gewachsen bin. Zusammen leben, der ganze Alltag, ich kann es mir einfach nicht vorstellen.«

»Hat er schon was gesagt?«

»Nein, Gott sei Dank nicht. Und es ist ja auch noch früh. Trotzdem, wenn ich daran denke, daß es irgendwann soweit kommt, weiß ich wirklich nicht, was ich tun werde. Mal von allem anderen abgesehen, kann ich mir einfach nicht vorstellen, daß er bei mir auf dem Land lebt, und ich will nicht in London leben.«

»Und eine Mischung aus beidem?«

»Ja, vielleicht. Ich glaube, das könnte ich. Auf jeden Fall will ich ihn nicht verlieren, soviel steht fest.«

»Du magst ihn wirklich, oder?«

»Ja, er ist wunderbar.«

Kate tut, als wäre ihr schlecht.

»Außerdem müssen wir erst mal unseren ersten gemeinsamen Familienurlaub zusammen durchstehen. Mack hat ein Hotel in Cornwall gebucht. Wir haben eine Suite mit drei Schlafzimmern, Video, Satellitenfernsehen, das ganze Programm. Es gibt zwei Schwimmbäder, einen Abenteuerspielplatz und haufenweise Kinderbetreuer. Trotzdem habe ich das Gefühl, es könnte mehr Arbeit bedeuten, als Mack sich das vorstellt. Die Kinder ins Bett zu bringen wird der Horror. Ich glaube, Alfie und Charlie werden keine Probleme machen, aber was Daisy anbelangt, bin ich mir nicht so sicher.«

»Willst du ein paar Tips, wie man kleine Mädchen bändigt?«

»Ja, bitte!«

»Du mußt sie bestechen. Es funktioniert genau wie bei den Jungen, nur mit Nagellack und Schminke. Sie wird dich deswegen vielleicht verachten, aber dafür benimmt sie sich bei Tisch, glaub mir.«

O Gott, jetzt bin ich noch nervöser. Ich versuche, mit Mack darüber zu sprechen, als wir am nächsten Tag telefonieren, aber er sagt: »Sei bitte nicht albern, es wird alles gutgehen. Die Kinder mögen sich – der einzige Mensch, um den du dir Sorgen machen mußt, bin ich; ich werde im Urlaub schnell etwas rastlos. Ich bin nicht sehr gut im Nichtstun. Aber ich bin sicher, du bist voll origineller Ideen, wie du mich bei Laune halten kannst. Stimmt's, Moneypenny?«

»Nein, leider nicht, es sei denn, du stehst auf Schatzsuchen.«

»Ich liebe Schatzsuchen.«

Aber sein Tonfall verrät mir, daß er dabei an irgendein erotisches Spiel denkt, wo einer von beiden eine seidene Augenbinde trägt, und nicht daran, auf der Suche nach einem Päckchen Smarties und ein paar Malkreiden das Hotelgebüsch zu durchkämmen.

»Im Ernst, Mack. Wir sollten daran denken, ein paar Spiele und sonstiges Equipment mitzunehmen, damit die Kinder sich nicht langweilen.«

»Hör mal, Liebling, dieses Hotel kostet genau deswegen ein Vermögen, weil sie garantieren, einem die Kinder während des gesamten Aufenthaltes vom Halse zu halten. Meine Assistentin hat ihnen einen Stundenplan vorgesetzt, bei dem selbst das hyperaktivste Kind spätestens zum Tee bewußtlos wird.«

»Hör zu, versteh mich bitte nicht falsch. Ich habe nichts gegen etwas kinderfreie Zeit; ich kann mir wirklich nichts Schöneres vorstellen. Aber findest du es nicht ein bißchen heftig, mit ihnen in Urlaub zu fahren und sie dann die ganze Woche lang bei völlig fremden Menschen zu parken?«

»Nein, finde ich nicht. Nicht bei diesen Preisen. Peter und Georgia waren letztes Jahr dort, und er hat erzählt, er hätte die Kinder die ganze Woche lang nicht gesehen.«

Peter ist einer von den ganz wichtigen Jungs aus Macks Agentur, und seine Frau Georgia ist laut Mack eine schreckliche Zicke, die ständig jammert und zetert und Peter andauernd in aller Öffentlichkeit in den Rücken fällt und sich dann aufs peinlichste betrinkt.

»Du hast gesagt, Peter wäre ein Trottel und Gloria gehöre zu der Sorte Frauen, die man am besten gleich bei der Geburt sterilisiert hätte.«

»Gut, ja, habe ich wahrscheinlich gesagt. Himmel, bist du manchmal anstrengend. Egal, du lernst sie nächstes Wochenende sowieso kennen, und dann kannst du sie gleich selbst fragen. Übrigens ist alles gebucht, und ich würde gerne schon Freitag abend hinfahren, wenn du einverstanden bist. Am Abend ist eine Veranstaltung, auf der ich ein paar Worte sagen soll.«

»Das sollte kein Problem sein. Mum und Dad kommen sowieso schon Freitag. Ich kann mich mit dir in der Stadt treffen, wenn du willst.«

»Wunderbar.«

»Was soll ich denn zum Anziehen mitnehmen? Ich war noch nie auf einem Firmen-Strategie-Wochenende. Barney macht sich nicht viel aus solchen Dingen.«

»Auf alle Fälle schon mal dein schwarzes Samtkleid. Am besten bringst du alle deine edlen Roben mit.«

»Mack, ich besitze nur zwei edle Kleider. Und eins davon ist so eng, daß ich mich darin nicht hinsetzen kann. Gibt es viele Stehempfänge?«

Er lacht. »Nimm beide mit. Und deine neue Bluse. Ich liebe diese Bluse.«

Die Bluse ist ein Hauch von einem Chiffonfähnchen, ein Geschenk von Leila. Ich habe sie Mack gezeigt, als er das letzte Mal übers Wochenende da war, weil ich wissen wollte, ob sie seiner Meinung nach zu unanständig ist, um sie außer Haus zu tragen. Leila schwört, daß man solche Blusen nur mit einem schwarzen BH drunter trägt und trotzdem niemand glaubt, man würde zum Vorsprechen für eine Rolle im Pornofilm unterwegs sein, aber das konnte ich nicht recht glauben, und ich wollte eine zweite Meinung hören. Macks Reaktion hat mich davon überzeugt, daß ich diese Bluse zu einer Veranstaltung des Elternbeirats niemals ohne Unterhemd tragen werde und vermutlich auch nicht ohne zusätzliche Strickjacke darüber. Doppelt genäht hält besser.

Als wir von Dorset zurückkommen, sehe ich mich mit einem riesigen Wäscheberg konfrontiert, und Charlie ist es fürchterlich langweilig, weil er James nicht mehr ständig zum Spielen um sich hat. Ich versuche, für das Wochenende zu packen, und Charlie kann es kaum erwarten, daß Nana und Großpapa endlich kommen. Am Ende muß ich, statt zu pakken, Pirat spielen und werde mit einem Entermesser aus Plastik ins Auge gepiekst. Über diese unbeabsichtigte Verletzung ist Charlie zutiefst bestürzt, und ich muß ihn trösten, indem ich mir einen feuchten Waschlappen aufs Auge lege. Ich hoffe nur, ich kreuze auf dem edlen Strategiewochenende nicht mit einem blauen Auge auf. Mack findet das sehr komisch und schlägt vor, ich soll eine Augenklappe tragen, weil ich damit sehr geheimnisvoll und sexy wirken werde. Manchmal glaube ich wirklich, er ist völlig irre.

Nach einem ausgiebigen Mittagessen mit Leila treffe ich mich wie verabredet mit Mack in seinem Büro, glücklicherweise ohne Augenklappe. Leila hat darauf bestanden, den Inhalt meiner Reisetasche zu inspizieren, und mich im Anschluß für einige Notkäufe durch die Läden gehetzt. Ich bin jetzt in Besitz eines perlenbestickten Strickjäckchens und eines Spitzentops. Das Gespräch beim Mittagessen dreht sich hauptsächlich um den Stand der Dinge mit James. Es sieht so aus, als hätte er ganz leise Andeutungen gemacht, mit ihr zusammenzuziehen. Leila ist sich nicht sicher, was sie davon halten soll. Einerseits sehnt sie sich nach dem Ring-am-Finger-Augenblick, und andererseits will sie erst einen Probelauf, weil sie nicht weiß, ob er sie zum Wahnsinn treibt, wenn sie erst ernsthaft einen Haushalt teilen. Sie fahren für 14 Tage nach Südfrankreich, und sie sagt, sie wird versuchen, sich dort darüber klarzuwerden. Ich soll also auf Notanrufe gefaßt sein und muß mein Handy immer bei mir tragen.

Mack fährt uns in Windeseile zu dem edlen Hotel, das sich in Wirklichkeit als superedles Hotel entpuppt. Es handelt sich um ein wunderschönes altes Herrenhaus inmitten einer weitläufigen Parkanlage und ist sehr designermäßig, mit alten Eichenböden und modernen Möbeln. Die Mischung aus Chintz und Leder ist fabelhaft, und die Schlafzimmer sind phantastisch, meilenweise weißes Leinen und riesige Bäder. Wir stellen unser Gepäck ab und machen einen Spaziergang. Das Schwimmbad im Freien ist wunderschön, mit grauen Schieferplatten eingefaßt und drum herum mit hellem Holz ausgelegt, und das Wasser ist so perfekt temperiert, daß auf der Oberfläche ständig leichter Dunst liegt. Als wir vorbeigehen, steigt gerade eine magersüchtig aussehende Frau aus dem Wasser. Sie sieht aus wie ein berühmtes Model, an dessen Namen ich mich leider nicht erinnern kann. Sie sieht außerdem aus, als könnte sie ein paar Steaks mit Pommes vertragen, aber ich bezweifle, daß ihr Speiseplan das erlaubt. Auf dem Parkplatz stehen Porsches und Mercedes und eine ganze Flotte BMWs wie der von Mack. Offensichtlich sind andere Firmenangehörige auch bereits angekommen.

Wir schlendern zurück und finden uns im Stehempfang der Firma wieder. Plötzlich locken laute Rotorengeräusche alle an die Fenster, und dann landet auf einer angrenzenden Koppel ein Hubschrauber. Drei Männer steigen aus und gehen die Auffahrt hinauf, sehr, sehr zufrieden mit ihrem glamurösen

Auftritt. Natürlich sind sie von der Agentur, und sie schlendern herüber und fangen an, mit Mack darüber zu plaudern, wie bequem der Heliport von Battersea doch ist. »Rein in die alte Kiste, und fertig ist die Laube!« Fertig ist die Spucktüte trifft es wohl eher, zumindest wenn mein kurzes Intermezzo mit Hubschraubern irgendein Maßstab ist. Barney hat mich vor einigen Jahren ganze zwei Tage in so ein Ding gesperrt, als wir in Miami einen schrecklichen Spot für Tapetenkleister gedreht haben.

Mack stellt mich vor, und dann sagt einer der Hubschrauberjungs: »Na, Annie, schon viel Erfahrung in der Kiste, oder?« und die anderen beiden lachen dreckig.

»Nicht der Rede wert. Wir haben vor ein paar Jahren mal Hubschrauber für einen Spot gebraucht. Allerdings waren die viel größer, und die Piloten waren Vietnamveteranen, völlig verrückt. Es war ein bißchen so, als wäre man zwei Tage lang in einen Trockner gesperrt. Das vergesse ich nie.«

Mack ist von meiner Antwort begeistert, und die Hälfte der Leute, die in unserer Nähe stehen, auch. Kichernd wenden sie sich ab. Die Hubschrauberjungs sind nicht erfreut.

Wir eilen zurück in unser Zimmer, weil Mack ein paar Unterlagen braucht und um uns zum Abendessen umzuziehen. Es klopft, und eine herrische Frau von der Agentur fegt mit dem Tagungsablauf ins Zimmer. Es stellt sich heraus, daß Macks Vorstellung von einem entspannten Wochenende sich nicht ganz mit dem deckt, was die Agentur im Sinn hat. Er hat genau noch zehn Minuten, ehe die erste Besprechung anfängt.

»Scheiße! Ich habe klipp und klar gesagt, daß ich an diesem Mist nicht teilnehme, und die Idioten haben mir die Leitung des Seminars aufs Auge gedrückt. Hör mal, ich gehe am besten gleich runter und kümmere mich darum. Kommst du zurecht?«

»Solange ich den Zimmerservice anrufen und ein Bad nehmen kann, bin ich selig.«

»Gut. Dann treffen wir uns um halb zehn unten zum Abendessen.«

Die Badewanne ist so riesig, daß ich zweimal beinahe untergehe. Dann drücke ich mit dem Ellbogen versehentlich den Knopf für die Sprudelanlage und produziere einen Riesenberg Schaum. Die Blasen türmen sich bis über meinen Kopf. Ich komme mir vor wie in einer Folge von *Mr. Bean.* Ich kämpfe mich frei und wische stundenlang mit Handtüchern den Boden auf, worauf ich mich dann in hektischer Eile anziehen muß. Beschließe, es mit dem neuen Perlenjäckchen, dem schwarzen Spitzentop und meiner besten schwarzen Hose zu versuchen. Die Strickjacke hat unzählige winzige schwarze Knöpfchen, und es dauert ewig, sie zu schließen. Ich komme zehn Minuten zu spät und stoße in der Bar auf eine riesige Meute. Die Frauen sind ausnahmslos in großer Abendrobe. Als ich Mack endlich in der hintersten Ecke der Bar erspähe, herrscht auf einmal allgemeiner Aufbruch zum Abendessen. Es gibt eine Sitzordnung, und Mack sitzt meilenweit entfernt bei den ganz großen Tieren.

Ich mache, wie mir scheint, stundenlang Konversation mit einer sehr aufreizenden Frau namens Sophie. Sie ist anscheinend erstaunlich gut informiert und versorgt mich mit Infos zur Position und einem kurzen Karriereabriß von jedem einzelnen am Tisch. Dann wechselt sie das Thema in Richtung Privatschulen. Ich trinke zu viel und merke, daß es im Laufe des Abends immer einfacher wird, dazusitzen und zu nicken. Endlich ist das Essen vorüber, und Mack kommt zu mir. Er macht einen sehr zufriedenen Eindruck.

»Hatte gerade einen überaus interessanten Plausch mit dem alten Barnes.«

»Oh, das ist gut, nehme ich an.«

»Ja. Er ist unser Vorstandsvorsitzender. Ich muß sagen, dein Jäckchen ist überaus anziehend.«

»Danke sehr.«

»Ganz besonders gefällt mir dieses Spitzenteilchen. Nur eine Kleinigkeit am Rande: Versprich, daß du dich damit nicht neben den Alten setzt. Sonst bekommt er noch einen Herzinfarkt.«

Ich spähe an mir hinunter und merke, daß die Knöpfe alle wieder aufgegangen sind und mein Spitzenhemdchen kaum noch die Brust verhüllt.

»Ach du Scheiße!«

Hektisch fange ich an zu knöpfen, und Mack lacht und flüstert: »Laß uns schwimmen gehen. Es sei denn, du möchtest hierbleiben und deine Dinger noch ein bißchen zur Schau stellen.«

»O nein, vielen Dank.«

Wir schleichen uns davon und holen unsere Badesachen. Der Pool ist hell erleuchtet, und dampfende Wölkchen wabern hinauf in die Dunkelheit. Ich bin mir zuerst nicht ganz sicher, ob es wirklich eine gute Idee ist, betrunken schwimmen zu gehen, aber es ist phantastisch.

Irgendwann landen wir wild küssend am tiefen Ende, und in einer kurzen Verschnaufpause während eines besonders leidenschaftlichen Augenblicks merken wir, daß wir ungefähr 20 Zuschauer haben, die nach dem Abendessen auf die Terrasse neben dem Pool geschlendert sind. Weil sie so tun, als hätten sie uns nicht gesehen, ruft Mack laut »Hallo!« und fordert sie zum Schwimmen auf. Ein oder zwei Männer sind geradezu versessen darauf, aber das wissen ihre Frauen zu verhindern. Mack findet das Ganze sehr komisch, aber ich werde das Gefühl nicht los, daß ich von den anständigen Gattinnen und Partnerinnen bewertet und für schlecht befunden worden bin.

Die eisigen Blicke beim Kaffee am nächsten Morgen bestätigen meine Einschätzung. Es stehen wieder Besprechungen auf dem Programm und für die »Partnerinnen« jede Menge schreckliche Wellnesstermine. Die meisten Frauen sind in lässige Lycra-Freizeit-Ausstattung gewandet und sehen so aus, als stünde gleich ein wichtiger Termin im Fitneßraum auf dem Programm. Ich trage ein weißes T-Shirt, eine weite Leinenhose und eine Sonnenbrille für meinen Kater und sehe so aus, als stünde auf meinem Programm gleich ein nettes Nickerchen. Das Frühstück, das ebenfalls als offizielles Firmenessen geplant war, haben wir anscheinend verschlafen, und Mack hat bereits zwei Vorträge verpaßt. Das scheint ihn nicht im geringsten zu bekümmern, und er sagt einem eifrigen jungen Mann, der ihm seine Notizen von den frühmorgendlichen Terminen geben will, er soll Leine ziehen. Ich bin mir nicht sicher, ob die Alka Seltzer schon Wirkung zeigen.

Ich wanke zurück nach oben, lege mich wieder ins Bett und krieche dann gegen Mittag auf der Suche nach Tee und Zeitungen wieder hinunter. In der Bibliothek entdecke ich eine kleine Runde Frauen, die rauchen und lachen. Genau meine Sorte Mädels. Wie sich herausstellt, stehen sie zwar auch auf der Gattinnenliste, haben aber bereits Erfahrung mit dieser Art Veranstaltung und halten sich lieber im Hintergrund, vorzugsweise im Hintergrund der nächsten Bar. Ich verbringe einen wunderbaren Nachmittag plaudernd an der Bar. Trinke viel zuviel, und gerade als wir hysterisch über die Beschreibung einer Schwiegermutter lachen müssen, kommt Mack mit ein paar Männern herein. Es sieht so aus, als seien sie etwas irritiert, uns hier zu finden. Sie verkünden, die Gesprächsrunden seien zu Ende und bis zum Abendessen hätten wir frei. Wir unterhalten uns noch ein bißchen, aber seit die Männer aufgekreuzt sind, ist es bei weitem nicht mehr so amüsant.

»Ich hoffe, du hast nicht wieder so viele schmutzige Witze erzählt.«

»Wieso?«

»Also, eine von denen war zum Beispiel die Frau vom Boß. War ja klar, daß du dich mit den Aufsässigen einläßt.«

Dieses Abendessen verläuft viel entspannter als das letzte, weil auf wundersame Weise die Sitzordnung verschwunden ist und Mack und ich mit meinen neuen Freundinnen und ihren Partnern zusammensitzen. Beim Aperitif lerne ich Peter und Georgia kennen. Georgia ist aufs Haar so schlimm, wie ich sie mir vorgestellt habe. Sie erzählt mir alles über das Hotel, in dem wir Urlaub machen, und sagt: »Wir haben die Kinder wirklich die ganze Woche lang kaum zu Gesicht bekommen. Natürlich haben wir das Kindermädchen mitgenommen, aber wir haben sie kaum gebraucht, und das war super.« Ah ja. Ehe sie in einen Monolog über das diesjährige Urlaubsziel, die Toskana, verfallen kann, zieht Mack mich fort, Gott sei Dank. Vielleicht sollte ich das italienische Fremdenverkehrsamt warnen.

Wir bleiben bis in die frühen Morgenstunden an der Bar und spielen ein Spiel, das Helen, die Frau vom Boß, erfunden hat, eine etwas unanständigere Version von »Ich sehe was, was du nicht siehst«. Höchst unterhaltsam. Ich entdecke, daß Mack großes Talent für Scharaden hat, und Helen und ich gewinnen in einer etwas merkwürdigen Quizveranstaltung, bei der es um aktuelle Werbekampagnen geht, eine Flasche Cognac. Mack erhebt Protest, nur weil es sich bei zwei der Spots zufällig um welche handelt, die ich mit Barney gemacht habe, aber er wird überstimmt und muß Strafe zahlen, weil er ein schlechter Verlierer ist. Wir verlegen die Runde an den Pool, und Mack schwimmt eine ganze Bahn in voller Montur, und zwar höchst vergnügt. Ich hoffe nur, er ist am nächsten Morgen immer noch so glänzender Laune.

Den Sonntag verbringen wir zum größten Teil zeitunglesend im Bett. Ich telefoniere mit Charlie, der mir erzählt, daß Nana schon wieder einen schrecklichen Fehler bei den Corn Flakes gemacht hat – diesmal handelt es sich bei den Übeltätern um Frosties –, aber abgesehen davon ist sein Wochenende wunderbar. Wir essen im Bett zu Mittag und verbringen dann den Großteil des Nachmittags im Bad und setzen den Fußboden unter Wasser. Nach dem Tee und nach überschwenglichem Abschiednehmen von unseren neuen Freunden reisen wir ab. Von Ferne erschallt Glorias Stimme, die Peter anblafft, sich zu beeilen, und uns gelingt gerade noch die Flucht. Die Fahrt zurück nach London verschlafe ich größtenteils, und Mack holt mit Hilfe seiner magischen Karte, die alle Tore öffnet, mein Auto aus dem Parkhaus der Agentur.

»Vielen Dank für das schöne Wochenende.«

»Ganz meinerseits, Moneypenny. Ganz meinerseits. Dann hole ich euch nächsten Freitag ab, ja? Gestiefelt und gespornt. Kinder, Koffer, Valium. Verstanden?«

»Zu Befehl. Und Schaufel und Eimer und Kescher. Ohne sein Angelnetz geht Charlie nirgendwo mehr hin. Vor allem im Supermarkt ist das ziemlich anstrengend.«

Wieder zu Hause. Charlie hat sich im Garten ein Lager gebaut und letzte Nacht dort geschlafen. Mum und Dad haben die halbe Nacht am Fenster verbracht, um nachzuschauen, ob auch ja alles in Ordnung ist. Am Ende hat Dad zusammen mit Charlie draußen geschlafen, und jetzt hat er ein furchtbares Reißen im Nacken und muß beim Sprechen den Kopf schief halten, ein bißchen wie ein Papagei. Mum hat alles gebügelt und das Haus auf Hochglanz gebracht. Ich muß öfter wegfahren. Mit viel Geküsse und Winken reisen die beiden ab, und Charlie rennt ihnen den Weg hinunter nach. Dann kommt er zurückgeschlendert und sagt: »Ich hab Hunger.« Ich mache Spiegeleier mit Speck, und wir essen im Zelt. Dummerweise schalte ich die Teichpumpe an, und sie fängt wieder mal an zu rotieren, worauf das Zelt beinahe von einer Flutwelle weggespült wird. Charlie ist außer sich, und wir verbringen Stunden damit, bis das Lager wieder in seinem ursprünglichen Glanz erstrahlt.

Die Vorbereitungen für den Urlaub mit Mack erweisen sich als mittlere Herausforderung. Charlie will sämtliche Spielsachen mitnehmen, beschränkt sich aber schließlich doch auf einen Rucksack voll plus Kescher. Aber Anziehsachen und andere lebenswichtige Ausrüstungsgegenstände füllen einen riesigen Koffer, und trotzdem werden mir den ganzen Urlaub lang Dinge einfallen, die ich vergessen habe. Die Kinder sitzen glücklich und zufrieden auf der Rückbank von Macks Riesenwagen, der drei Sitzplätze samt Sicherheitsgurten hat. Sie lauschen zufrieden diversen Kinderkassetten auf ihren Walkmans, mit kleinen Schlafpausen und gelegentlichen harmlosen Zankereien. Niemandem wird schlecht, und wir müssen nur zweimal anhalten. Die Autobahnraststätten sind so furchtbar wie immer, und Mack verbringt unendliche Zeiten vor einem Skisimulator. Er stürzt sich Abhänge hinunter, während die Kinder so hilfreiche Tips geben wie »Du Idiot, jetzt bist du über die Klippe gefahren!«. Natürlich will jeder mal, und sie schlagen Macks Punktestand um Längen.

Wir kommen gerade rechtzeitig zum Tee in unser Hotel und werden von einem schrecklich unterwürfigen Mann – wie sich herausstellt der stellvertretende Direktor – in eine palastartige Suite geleitet. Er nennt mich die ganze Zeit Madam und besteht darauf, mir die Funktionen jeder einzelnen Fernbedienung zu erklären. Eine ist eigens dazu da, die Vorhänge auf- und zuzumachen. Die Kinder rennen schreiend durch die Zimmer, und dann entdecken sie den Balkon, erspähen das Schwimmbecken und fangen an zu betteln, weil sie sofort und auf der Stelle schwimmen gehen wollen. Wie durch Zauberei klopft es an der Tür, und eine Frau verkündet, sie sei gekommen, um die Kinder zu ihrer ersten Stunde Schwimmunterricht abzuholen. Ich muß zugeben, daß ich von Macks Vorbereitungen tief beeindruckt bin. Das Telefon klingelt, und Macks Assistentin sagt, sie wollte nur hören, ob wir gut angekommen sind, und uns wissen lassen, daß sie uns gerade noch mal den Wochenplan durchfaxt, weil Mack sein Exemplar sicher sowieso verloren hat, jemand von der Rezeption brächte ihn gleich nach oben. Und ob wir ein Faxgerät auf dem Zimmer wollten, es sei kein Problem, eins anzuschließen. Himmel! Jetzt weiß ich, was mir die ganzen Jahre über gefehlt hat. Eine wirklich gute Assistentin.

Beim Tee gehe ich den Wochenplan durch, und es stellt sich heraus, daß wir jeden Tag genau eine halbe Stunde mit den Kindern haben. Nur am letzten Tag ist ein großer Block Zeit für die Familie vorgesehen, wobei mit Bleistift eine Alternative eingetragen ist, für den Fall, daß uns das zuviel wird. Ich schlage vor, beim Abendessen mit den Kindern zu sprechen und sie zu fragen, was sie tun möchten. Mack findet, das ist eine schlechte Idee, gibt aber schließlich nach. Die Kinder kommen vom Schwimmen zurück, und wir machen uns fertig zum Abendessen. Der Speisesaal ist voller Familien, die offensichtlich nicht an gemeinsame Mahlzeiten gewöhnt sind. Es gibt jede Menge Hochstühle und einen Haufen Kleinkinder, die mit Essen um sich werfen. Ein Mann sieht aus, als habe er einen Schock erlitten. Mit apathischem Blick sitzt er starr da, während ein kleines Mädchen sich über seinen Teller hermacht und sich alles nimmt, was ihm gefällt. Die Familie am Nebentisch ist mitten in einer heftigen Debatte über Brokkoli: Der kleine Sohn sitzt mit wild entschlossenem Blick vor seinen Eltern, die Arme fest verschränkt und die Lippen zusammengepreßt.

Wie sich herausstellt, ist gerade Kinderabendessen, das Essen nur für Erwachsene gibt es später. Das klingt, als würde dann alles grob geschnitten serviert, und bei der Vorstellung muß ich lachen. Das erzähle ich den Kindern, und sie finden es sehr komisch, im Gegensatz zu Mack, der darum bittet, möglichst schnell weiterzumachen, weil er von dem ganzen Lärm fürchterliche Kopfschmerzen bekommt. Wir essen Pizza und Eis und werfen einen Blick auf den Plan für die nächsten Tage. Die Kinder wollen unbedingt alles machen, was im Angebot ist, und wir versprechen, außerdem mit ihnen ein paarmal an den Strand zu gehen. Weiß der Himmel, was das alles kostet; ich habe Mack angeboten, mich an den Kosten zu beteiligen, aber er wollte nichts davon hören. Zum Glück, ich glaube nämlich, beim Anblick der Rechnung würde mir schlecht werden.

Die Kinder verbringen die Tage damit, von einer Beschäftigung zur anderen zu rasen. Mittags essen wir zusammen, und dann verschwinden sie zum Schwimmen und Spielen. Ich lasse mich ab und zu mal blicken, um zu sehen, wie es ihnen geht, und alles wirkt gut organisiert. Charlie und Alfie lernen so was Ähnliches wie Tauchen und amüsieren sich wunderbar. Daisy ist nicht ganz so enthusiastisch und wäre bestimmt viel glücklicher, wenn ich endlich nach Hause fahren und die Jungen gleich mitnehmen würde. Wie versprochen verbringen wir einen Nachmittag am Strand, und Mack zeigt großes Engagement beim Bau einer riesigen Sandburg mit Charlie, während Alfie ständig hin- und herrennt, um Wasser für den Graben zu holen. Daisy und ich haben es uns auf einer Decke gemütlich gemacht, da sagt sie auf einmal: »Du hast aber einen sehr großen Popo, Annie, oder?«

»Ähm, ja, ich glaube schon.«

»Meine Mami ist viel dünner als du.«

Ich schwanke zwischen Schrecken darüber, daß sie jetzt schon ein Teil der Es-ist-lebenswichtig-dünn-zu-sein-Verschwörung ist, und Wut über ihre Frechheit. Außerdem regt sich leichte Verstimmung in mir, daß ich im Vergleich zu Lauras graziler Figur offenbar wie Miss Moppel daherkomme.

»Das ist schön für sie, finde ich. Vermißt du sie ein bißchen?«

»Ja. Sehr sogar.« Daisy beißt sich auf die Lippe und schaut auf ihre Füße.

»Das glaube ich dir. Wie wäre es, wenn wir sie nachher anrufen? Und vielleicht machen wir uns zum Abendessen heute richtig schick, und wenn du willst, darfst du dir meinen Nagellack ausleihen.«

Ein Ausdruck heller Begeisterung huscht über ihr Gesicht, den sie schnell wieder verbirgt. Dem Himmel sei Dank für Kates Tips zur Bändigung kleiner Mädchen.

Das Abendessen ist die reinste Katastrophe. Mack hat sich in den letzten Tagen zunehmend gelangweilt. Wir haben eine sehr nette Zeit miteinander verbracht, mit sehr viel verstohlenem Sex, was wirklich Spaß macht, aber ich spüre förmlich, daß er langsam genug von Urlaub mit Kindern hat. Er hat angefangen, jeden Morgen im Büro anzurufen und ein bißchen rumzuschreien. Das scheint ihn zwar aufzuheitern, aber bis zum Tee ist auch das wieder verflogen. Wir gehen zusammen mit den Kindern hinunter, weil wir erst am Vorabend allein gegessen haben. Daisy trägt neuen silbernen Nagellack, aber Mack hat es noch nicht gemerkt. Ich mußte versprechen, ihm nichts zu verraten, aber ich weiß, insgeheim hofft sie, er sieht es und ist geblendet. Ich versuche ein paarmal, ihm etwas zuzuflüstern, aber er wirkt vollkommen abwesend. Das Restaurant ist voll von Kindern, und Mack ist ganz offensichtlich begeistert, mitten in diesem Chaos sitzen zu dürfen. Er meckert über die beschränkte Auswahl auf der Speisekarte, und als die Melone kommt und viel zu kalt ist, bekommt er einen Anfall. Offensichtlich lag sie zu lange im Kühlschrank, sie ist wirklich eisig. Mack läßt sie zurückgehen, obwohl Alfie seine Portion fast schon aufgegessen hat.

Dann kommt das Hauptgericht – Nudeln, aber völlig verkocht –, und Mack entdeckt Lippenstiftspuren an seinem Glas. Er zitiert den Kellner zu sich, einen Jungen, der hier eindeutig nur in den Ferien arbeitet und ganz sicher keine Karriere in der Gastronomie anstrebt.

»Das mit den Nudeln tut mir leid, aber was soll ich jetzt noch dagegen tun? Kann ich Ihnen ein frisches Glas bringen?«

Macks Augen verengen sich zu Schlitzen, und er sagt mit furchterregender Stimme: »Nein! Bringen Sie mir den Geschäftsführer! Augenblicklich!«

Der Geschäftsführer erscheint, und Mack steigert sich in eine fürchterliche Tirade, die den ganzen Saal verstummen läßt. Irgendwann tritt der Geschäftsführer förmlich rückwärts kriechend den Rückzug an, nur um Mack zu beschwichtigen. Frische Nudeln werden versprochen, eine Flasche Champagner gebracht und dazu frische Gläser, selbstverständlich! Und gibt es noch etwas, Sir, das der Geschäftsführer womöglich für Sie tun könnte, Sir, ohne mit dem Gesetz in Konflikt zu geraten?

Der Speisesaal kommt wieder zur Ruhe, und Mack triumphiert. Ich habe das Gefühl, er ist höchst zufrieden mit sich, was mich schrecklich aufregt.

»Das war wirklich ganz schön James-Bond-artig, nicht wahr? Geschüttelt, nicht gerührt und so.«

»Laß mich mit dem Scheiß in Ruhe.«

Charlie keucht vernehmlich, und Alfie und Daisy rutschen auf ihren Stühlen noch etwas tiefer und schauen auf ihre Füße.

»Wie bitte?«

»Du hast schon richtig gehört! Diesen Typen muß man mal richtig die Meinung sagen.«

Seine Augen blitzen, und er sieht lebendiger aus als den ganzen Urlaub über.

»Also. Wenn es dir was bringt, die Kellner anzubrüllen, dann bitte, nur zu. Aber ohne mich. Das ist nicht gerade fair, oder? Sie können dir wohl kaum ›verpiß dich‹ ins Gesicht sagen. So sehr sie es auch wollen. Und weißt du was? Ich übernehme das für sie. Verpiß dich, Mack! Du hast die Kinder zu Tode erschreckt und ihnen den Abend verdorben. Ich glaube, Charlie und ich essen oben zu Abend, und du kannst hier sitzen bleiben und dich weiter danebenbenehmen. Ach, und übrigens, vielleicht möchtest du deine Tochter mal näher in Augenschein nehmen. Sie hat sich stundenlang Mühe mit ihren Nägeln gegeben. Tut mir leid, Daisy, aber ich glaube, er merkt es einfach nicht, was glaubst du, Herzchen? Sie sehen übrigens ganz süß aus, aber Daddy ist zu sehr damit beschäftigt, andere Leute anzubrüllen, um es zu merken.«

Mack starrt mich mit offenem Mund an. Er will zum Gegenangriff ansetzen, aber er hat den richtigen Augenblick verpaßt, weil ich bereits aus dem Restaurant stürme, Charlie an der Hand, was mich ein wenig bremst. Die Kellner werfen mir Blicke uneingeschränkter Bewunderung zu, und der Geschäftsführer strahlt mich an. Er hatte in der Nähe der Türe gestanden und gespannt gelauscht.

»Möchten Sie vielleicht auf dem Zimmer essen, Madam? Ich werde mich darum kümmern, selbstverständlich auf Kosten des Hauses. Es ist uns ein Vergnügen. Gehen Sie nur hinauf, wir sind sofort bei Ihnen.« Und dann macht er einen Diener.

Himmel. Ich habe es wirklich getan. Ich setze Charlie aufs Bett und erkläre ihm, daß Erwachsene sich manchmal streiten und daß alles in Ordnung ist. Und nein, er darf das Schimpfwort nicht sagen, nur weil ich es getan habe. Das scheint er zu akzeptieren, aber er sieht immer noch verstört aus, bis das Essen kommt und er die Nachspeisen sieht: riesige Eisbomben. Es gibt Cola und eine Riesenschüssel Pommes frites. Charlie stürzt sich auf das Essen, als hätte er seit Tagen nichts bekommen, und ist fröhlich und zufrieden. Ich trinke einen großen Gin Tonic, lasse ihm die Wanne ein und lege mich dann mit ihm zum Vorlesen ins Bett. Mack läßt sich sehr lange Zeit, und ich habe keine Ahnung, was ich zu ihm sagen soll, wenn er kommt. Ich liege auf dem Bett, versuche Charlie vorzulesen und mir gleichzeitig alle möglichen Dialoge mit Mack auszudenken, was meine Vorlesequalitäten so sehr beeinträchtigt, daß Charlie sich beschwert und ich mich mehr konzentrieren muß. Schließlich schlafe ich ein, bis Mack mich mit einem sanften Rütteln am Arm weckt.

Ich gehe mit ihm hinaus auf den Balkon. Alfie und Daisy schlafen: Mack sagt, er wollte sie ins Bett bringen, ehe er mich weckt. Es ist fast schon Mitternacht, und er sieht fix und fertig aus.

»Es tut mir leid, Annie.«

»Das sollte es auch.«

»Was Entschuldigungen anbelangt, bin ich nicht sehr gut.«

»Das habe ich schon gemerkt. Ach übrigens, ich habe gute Neuigkeiten. Wenn du das Bestellen künftig mir überläßt, wirst du sicher merken, daß ich vom Personal zum Lieblingsgast erkoren worden bin. Der Geschäftsführer hätte mich beinahe geküßt, als ich vorhin hinausgestürmt bin. War mit den Kindern alles in Ordnung?«

»Ja, nach einer kleinen Weile. Ach, übrigens, warum um alles in der Welt hast du Daisy erlaubt, sich die Fingernägel zu lackieren? Es sieht schrecklich aus.«

»Ja, ich weiß. Aber es ist Teil meiner Bestechungs- und Korruptionsstrategie, damit sie endlich aufhört, mir zu erzählen, daß mein Hintern viel größer ist als der von Laura.«

»Ach so.«

»Keine Angst, das läßt sich wieder entfernen. Ich sorge schon dafür, daß sie nicht mit großem Make-up und hohen Absätzen nach Hause fährt.«

»Das wäre wohl das beste. Laura ist in diesen Dingen ziemlich streng. Gibt es zufällig irgendwo homöopathischen Nagellack?«

»Ich glaube nicht. Aber es ist eine verdammt gute Idee. Das Zeug würde bei Harvey Nichols weggehen wie warme Brötchen.«

»Auf alle Fälle tut es mir leid. Ich werde einfach ein bißchen zappelig, wenn ich den ganzen Tag rumsitze und nichts zu tun habe.«

»Das habe ich gemerkt. Aber du kannst es nicht an anderen auslassen, weißt du, und an deinen eigenen Kindern schon gar nicht.«

»Ich weiß. Könnten wir jetzt bitte aufhören, über meine

Fehler zu sprechen? Ich fühle mich nicht gerade wohl, um ehrlich zu sein. Sprechen wir statt dessen lieber über deinen dicken Hintern.«

Den Rest der Ferien benimmt Mack sich vorbildlich. Das Personal schleicht auf Zehenspitzen um ihn herum wie um eine Bombe, die jederzeit hochgehen kann, und der Geschäftsführer behandelt mich weiter wie eine lange verloren geglaubte Freundin. Sobald wir durch die Halle gehen, kommt er aus irgendeiner Ecke geschossen, um mir die Hand zu geben. Daisy trägt weiter silbernen Nagellack und wechselt am letzten Tag zu lila. Ich brauche eine Ewigkeit, um das Zeug zu entfernen, bevor wir nach Hause fahren, aber sie akzeptiert es ohne Theater. Alfie und Charlie sind neue beste Freunde geworden und durchstreifen mit ihren Keschern stundenlang auf der Jagd nach Insekten die Hotelanlage. Als wir packen, sagt Charlie mir im Vertrauen, daß er Alfie sehr gerne mit nach Hause nehmen würde. Mack dürfte auch gerne mitkommen, ein bißchen wenigstens, aber nicht diese Daisy, weil sie ein Mädchen ist.

Ich bin froh, wieder zu Hause zu sein. Aber abgesehen von der Megakrachepisode, auf die ich gut hätte verzichten können, war es ein sehr schöner Urlaub. Ich gestehe Leila, daß es, obwohl Mack zwar abgesehen von gelegentlichen Ausbrüchen wirklich entzückend ist, ein wenig anstrengend war, soviel Zeit mit ihm und den ganzen Kindern zu verbringen, und ich mir irgendwie wünsche, wir wären noch in dem Stadium, wo man ab und zu mal einen Abend zusammen in der Stadt verbringt. Leila sagt, die ersten Verabredungen sind immer die besten, aber das wahre Leben ist leider nicht so, und außerdem ist Mack der perfekte Mann für mich. Offensichtlich haben alle Paare im Urlaub schrecklichen Streit, und durch den Extrabonus in Form von Kindern sind zusätzliche Spannungen geradezu vorprogrammiert. Sie hatte in irgendeinem Kloster fernab von jeglicher Zivilisation einen furchtbaren Streit mit James und ist mit dem Mietwagen davongefahren und hat ihn stehenlassen, weil er sie so aufgeregt hat, und als sie wieder in ihrem Haus war, hat sie sich ein bißchen beruhigt. Daraufhin ist sie den ganzen Weg zurückgefahren, um ihn zu holen, nur um festzustellen, daß er inzwischen ein Taxi gerufen und für die Rückfahrt ein kleines Vermögen ausgegeben hatte. Laut Leila war er drei Tage beleidigt. Wir sind uns einig, daß Urlaub wirklich harte Arbeit ist und wir uns dessen alle bewußt sein sollten, wenn wir das nächste Mal die Sonnencreme einpacken.

Ich sehe Charlies Schuluniform durch, weil nächste Woche das neue Schuljahr beginnt. Leider ist er aus der Hälfte der Sachen rausgewachsen, und ich durchwühle zahllose Geschäfte, aber sie sind alle ausverkauft. Bei *Marks & Spencer* gibt es nur noch Hosen für Vierjährige und einen einzigen Pullover, und den in der falschen Farbe. Offensichtlich haben all die guten Muttis bereits vor Wochen alles leer gekauft, und bei M&S ist es noch niemandem in den Sinn gekommen, daß weniger gut organisierte Eltern ihre Sprößlinge womöglich erst in der Woche vor Schulbeginn mit einer neuen Uniform ausstatten möchten. Gemeinheit. Endlich finde ich zwei Hosen, und die Sweatshirts mit dem Schullogo besorge ich mir von der armen Frau, die sich im Elternbeirat freiwillig dazu bereit erklärt hatte, sich um die Uniformen zu kümmern, und jetzt das ganze Haus voll Sweatshirts und Turnsachen hat.

Ich mache den Riesenfehler, Mum von meinen Einkaufsproblemen zu erzählen. Zwei Tage später kommt ein großes Paket mit einer riesigen Schulhose aus irgendeinem besonders unverwüstlichen Material. Mum hat die Hose in demselben Laden gekauft, in dem sie schon die Schuluniform für Liz und mich immer erstanden hat, und sie schreibt, sie habe sie extra besonders groß und bequem gekauft, damit Charlie noch lange reinwachsen kann. Ich habe Jahre in Schulsachen verbracht, die drei Nummern zu groß waren, damit ich reinwachsen kann, und mir geschworen, Charlie dieses Schicksal zu ersparen. Mein Sohn soll nicht mit Aufschlägen bis zu den Knien rumlaufen müssen, also verstecke ich die Hose. Ich rufe Mum an, um mich zu bedanken, und wie sich herausstellt, kommt es noch schlimmer: Sie hat ganz entzückende dunkelblaue Wolle entdeckt und strickt ihm eine Schuljacke. Ich erkläre ihr, daß ich Charlie letzten Winter schon dazu bringen wollte, eine Fleecejacke zu tragen, weil ich der Meinung war, sie würde ihn warm halten, als die Heizung ausgefallen war und die Kinder sogar im Klassenzimmer Mützen und Handschuhe trugen. Aber er weigerte sich strikt, es auch nur in Betracht zu ziehen, weil Jungen nun mal keine Jacken tragen. Basta.

Mum nimmt diese Neuigkeit erstaunlich gelassen und sagt, sie hätte erst einen Ärmel fertig und könnte leicht noch einen Pullover daraus machen. Kein Problem also, nur gut, daß ich angerufen habe. Ob ich einen V-Ausschnitt oder einen runden möchte? Ich entscheide mich für den V-Ausschnitt, weil die winzigen Pullover mit rundem Hals, die sie ihm als Baby gestrickt hat, so eng waren, daß ich Charlie praktisch erst örtlich betäuben mußte, um sie ihm über den Kopf ziehen zu können. Das ist sehr lieb von ihr, wirklich, und wenn es erst schneit, wird ein knielanger Pullover mit 50 Zentimeter zu langen Ärmeln genau das richtige sein. Dann ergeht sich Mum in einer detaillierten Schilderung der letzten Operation ihres Nachbarn. Es klingt wirklich ganz entsetzlich, bis ich merke, daß in Wirklichkeit sein Hund operiert worden ist. Ich stimme ihr zu, daß es wirklich erstaunlich ist, wie schnell Tiere sich wieder erholen, und schaffe es, aufzulegen, ehe sie mich mit neuesten Informationen über die Hysterektomie der Frau gegenüber versorgen kann. Ich weiß jetzt schon mehr darüber, als ich je wissen wollte.

KAPITEL 9

Das Herz der Finsternis

Der Herbst ist da, endgültig. Das Wetter hat die Nebel-und-goldenes-Herbstlaub-Phase hinter sich gelassen und ist zu eisiger Morgen- und Abendkälte mit zwischenzeitlichem Regen übergegangen. Mack ist in Tokio, um eine intergalaktische Autokampagne an Land zu ziehen. Was ihm ein Greuel ist, weil die potentiellen Kunden, wie er sagt, ständig dazu neigen, im Gedränge verlorenzugehen und japanische Wortschwälle über einen zu ergießen, während man dasteht wie ein Vollidiot. Außerdem weiß er nie, wann er aufhören muß, sich zu verbeugen – es ist offensichtlich sehr wichtig, im entscheidenden Moment aufzuhören, weil es sonst stundenlang so weitergeht.

Leila ist in New York, weil sie einen amerikanischen Großkunden an der Angel hat, und Kate versucht, James und Phoebe wieder gesund zu kriegen, die beide schrecklich erkältet sind. Sie liegen nur noch auf dem Sofa und rufen pausenlos nach Getränken und Leckereien. Ich fühle mich fiebrig und bin äußerst übellaunig, ein sicheres Zeichen dafür, daß eine Mammuterkältung im Anmarsch ist, mit der Charlie sich genau dann ansteckt, wenn ich es am wenigsten gebrauchen kann, weil ich mich von meinem Krankenlager erheben und ihn umhegen muß. Wunderbar.

Charlies Version der Erkältung entwickelt sich über Nacht, deshalb lasse ich ihn zu Hause, und er verbringt den Tag fest eingewickelt stöhnend mit Videokassetten auf dem Sofa. In der Nacht schläft er in meinem Bett, wobei er alle zehn Minuten die Bettdecke wegstrampelt und immer mal wieder nach etwas zu trinken verlangt – aber nicht einfach irgendwas zu trinken. Genauer gesagt darf es nur warmer Saft sein. Also stehe ich auf, mache Saft warm, und als ich wieder ins Bett komme, schläft er tief und fest. Irgendwann stampfe ich frustriert in meiner Küche im Kreis. Am nächsten Morgen geht es ihm immer noch nicht besser, also fahren wir ins Nachbardorf in die Gemeinschaftspraxis. Der Arzt hält mir den üblichen Vortrag: Es ist ein Virus, sorgen Sie für ausreichend Flüssigkeit, geben Sie ihm ben-u-ron, es hat keinen Sinn, Antibiotika zu geben, und bitte machen Sie sich jetzt vom Acker, im Wartezimmer sitzen noch 38 Rentner, die vor Einbruch der Dunkelheit wieder zu Hause sein wollen. Charlie schläft, jammert und knatscht und treibt mich ganz einfach zum Wahnsinn. Ich bin nicht für diesen Schwesternkram gemacht und telefoniere stundenlang mit Kate, die mit mir einer Meinung ist, daß kranke Kinder unerträglich sind.

Am nächsten Tag geht es Charlie immer noch nicht gut, er glüht und ist sehr schlapp. Er protestiert nicht mal, als ich ihm das Zäpfchen gebe – eine Situation, in der er sich normalerweise in das Leiden Christi persönlich verwandelt. Ich führe eine ausführliche und hitzige Debatte mit der Sprechstundenhilfe des Arztes, die sich schließlich bereit erklärt, einen Hausbesuch einzutragen, wenn ich verspreche, sie nie wieder anzurufen.

Der Arzt kommt am späten Vormittag, und ich erkläre, daß es Charlie wirklich schlechtgeht. Er tastet ihn ein bißchen ab und hält mir dann einen wertvollen Vortrag darüber, daß es einfach zum Elternsein gehört, sich um kranke Kinder zu kümmern, und ich da jetzt einfach durchmuß. Ich bedanke mich überschwenglich für sein außerordentliches Verständnis; er sieht mich an, als wäre ich verrückt geworden, und eilt davon. Dabei mault er vor sich hin, Hausbesuche wären für Notfälle gedacht und nicht für Kinder mit ganz ordinären fiebrigen Erkältungen. Ich wünschte von Herzen, Charlie hätte den Arzt zur Demonstration ein bißchen von oben bis unten vollgespuckt, als er ihn abtastete, aber das arme kleine Ding lag einfach nur leidend da.

Mittags liegt Charlie immer noch schlafend auf dem Sofa, aber inzwischen hat er eine blaßgraue Farbe angenommen. Ich taste ihn immer wieder ab, eine Technik, die ich entwickelt habe, als er noch ein Baby war. Während einer dieser Untersuchungen entdecke ich in seinem Nacken so was Ähnliches wie zwei winzige lila Filzstiftpunkte, und ich werde von schrecklicher Panik gepackt. Ich versuche, mir einzureden, daß es wirklich nur Farbpunkte oder Filzstiftspuren sind, aber tief in mir weiß ich, daß das nicht stimmt. Ich verspüre den übermächtigen Drang, einfach so zu tun, als hätte ich sie nicht gesehen. Es tut mir fast physisch weh; die Minuten vergehen, und blinde Panik ergreift mich. Ich weiß nicht, was ich tun soll. Ich habe das Gefühl, mich hätte ein riesiger unsichtbarer Gegenstand gerammt. Endlich wird mir klar, daß ich den Arzt rufen und Charlie ganz fest halten muß. Ich lege die Arme um ihn und versuche, ihn auf meinen Schoß zu ziehen, und dabei spuckt er das ganze Sofa voll, ohne wach zu werden. Jetzt bekomme ich wirklich Angst: Normalerweise macht er einen unglaublichen Wirbel, wenn ihm schlecht geworden ist.

Ich stolpere zum Telefon und zerre Charlie dabei mit, weil ich ihn auf keinen Fall loslassen will. Er wacht immer noch nicht auf, und mir wird klar, daß er bewußtlos ist, vielleicht sogar im Koma. Ich habe Visionen, wie ich für den Rest meines Lebens an seinem Bett sitze und ihm den *König der Löwen* vorspiele, damit er nur wieder aufwacht. Ich rufe wieder in der Praxis an, aber die Sprechstundenhilfe ist desinteressiert, bis ich zu schreien anfange. Da legt sie den Hörer auf.

Ich rufe noch mal an und sage so ruhig, wie ich kann, ich glaube, Charlie ist bewußtlos, und wenn sie mich nicht binnen fünf Sekunden zu einem Arzt durchstellt, fahre ich rüber zu ihr und schlage sie. Ins Gesicht. Das wirkt, und sie stellt mich unverzüglich zum Arzt durch.

Glücklicherweise ist es derselbe, der am Vormittag hier war, und ich sage ihm, daß Charlie inzwischen offenbar bewußtlos ist; das erschreckt ihn, und er sagt, er kommt sofort. Es dauert nur zehn Minuten, aber ich habe die ganze Zeit das Gefühl, etwas tun zu müssen, irgendwelche Erste-Hilfe-Maßnahmen zu ergreifen, an die ich mich nicht erinnern kann. Also setze ich mich auf den Boden und halte Charlie fest, und mir ist, als würde ich in eine tiefe Schlucht aus Angst und Schmerz stürzen, als würde sich eine schwarze Decke über uns beide breiten. Der Arzt kommt, wirft einen Blick auf Charlie und die zwei violetten Punkte und verpaßt ihm die größte Injektion Penicillin, die ich je gesehen habe. Es sieht aus wie eine Spritze aus einem Bilderwitz: Er nimmt eine riesige Nadel und eine große Spritze voll blasser Flüssigkeit. Er sticht die Nadel in Charlies Oberschenkel und drückt mit aller Kraft, aber Charlie regt sich nicht einmal. Dann fängt der Arzt an, in seinem Koffer zu kramen, bis er sein Handy gefunden hat. Er ruft einen Krankenwagen, wobei er betont, daß er Arzt ist und es sich um einen Notfall handelt, und dann gibt er eine sehr detaillierte Wegbeschreibung durch. Unsere Adresse aus seinem Mund zu hören ist sehr seltsam. Seine Stimme klingt ängstlich, und ich sehe, daß seine Hände zittern.

Wir sitzen auf dem Boden. Ich halte Charlie im Arm und wiege ihn vor und zurück, und der Arzt hält seine Hand und versucht verstohlen, seinen Puls zu fühlen. Ich frage ihn, ob er glaubt, daß es Meningitis ist. Das Wort hat die ganze Zeit in meinem Hinterkopf gelauert, auch wenn ich mir das erst jetzt eingestehen kann, wo ich mich selbst es sagen höre. Er nickt und sieht mich an, und ich sehe die Angst in seinen Augen. Dann sagen wir nichts mehr. Charlie hat immer noch seinen Schlafanzug an, blaßblau mit weißen Streifen, und ich zähle wieder und wieder die Streifen, während wir – stundenlang, wie mir scheint – schweigend dasitzen und auf die Sirene des Krankenwagens warten. Es sind 17 weiße Streifen und 16 blaßblaue. Der Krankenwagen kommt, und der Fahrer unterhält sich flüsternd mit dem Arzt. Ich trage Charlie hinaus. Er ist so schwer, daß ich es kaum schaffe, aber ich will nicht, daß jemand anderer ihn trägt.

Es ist sehr seltsam, in dem Krankenwagen zu sitzen. Der Sanitäter rührt Charlie nicht an und gibt mir eine Sauerstoffmaske, die ich ihm auf das Gesicht halten soll. Ich sitze mit ihm auf dem Schoß da und versuche, nicht umzukippen, wenn wir irgendwo abbiegen. Niemand sagt etwas: nur leere Gesichter und Schweigen. Vielleicht kann er nichts tun, vielleicht ist er einfach ein mieser Sanitäter, aber ich wünschte wirklich, er würde etwas Aufmunterndes sagen. Wir biegen von der Hauptstraße auf das Krankenhausgelände ab und fahren zur Notaufnahme. Ich erwarte, ein Expertenteam zu sehen, das ungeduldig auf der Stelle tänzelnd auf unsere Ankunft wartet, aber die Türen sind geschlossen, und alles wirkt einsam und verlassen. Sie packen Charlie auf eine fahrbare Trage und schieben ihn auf einen Gang. Eine Schwester kommt zufällig vorbei und sagt gleichgültig »Kabine drei«, aber als wir den Vorhang aufziehen, liegt dort ein Mann auf dem Bett. Er starrt uns an. Ich starre zurück, und dann stehen wir wieder auf dem Gang, während die Schwester hin und her überlegt. Die Minuten vergehen, und Charlie sieht inzwischen noch schlimmer aus als zu Hause.

Ich kann nicht glauben, daß das hier wirklich passiert, aber schließlich weiß ich, daß ich etwas tun muß, irgendwoher die Energie aufbringen muß, noch einen Aufstand zu machen, drohen muß, das Krankenhaus zu verklagen, wenn nicht sofort jemand den Facharzt für Pädiatrie ruft. Ich packe einen Arzt, der gerade vorbeigeht, und verlange, daß er etwas unternimmt. Er willigt ein, einen kurzen Blick auf Charlie zu werfen, weil er ganz offensichtlich der Ansicht ist, daß ich ziemlich schwierig bin, und außerdem hofft, daß ich endlich seine Krawatte wieder loslasse. Ich sage, ich glaube, es ist Meningitis, und plötzlich kommen die Dinge in Bewegung. Die Schwester murmelt, es sei nicht ihre Schuld, das hätte ihr niemand gesagt, und wirft mir einen zornigen Blick zu. Ich bin kurz vor einem Nervenzusammenbruch, als am Ende des Gangs ein Mann erscheint. Er veranstaltet einen riesigen Wirbel, schreit die Schwestern an und tut so, als würde ihm der ganze Laden gehören, und mir ist klar, er muß der Facharzt sein. Oder ein sehr gut gekleideter Betrunkener.

Es ist der Facharzt, und nach einem einzigen Blick auf Charlie schreit er noch lauter. Wir werden in den Wiederbelebungsraum gebracht, und aus dem Nichts tauchen Oberschwestern in dunkelblauen Uniformen mit allerlei Gerätschaften auf. Es läßt sich kein großes Tropfgestell finden, aber der Facharzt – er hat sich mir als Mr. O'Brien vorgestellt – will eins, also muß ich schließlich einen Beutel Flüssigkeit über meinen Kopf halten und drücken, so fest ich kann, während Mr. O'Brien weiter seine Befehle bellt. In Sekundenschnelle breiten sich furchterregende rötlich-violette Flecken über Charlies Brust und Beine aus, und der Rest von ihm ist inzwischen sehr blaßgrau. Sie haben seinen Schlafanzug aufgeschnitten, und er liegt nackt auf einem weißen Tuch und stöhnt leise, aber man kann nichts verstehen, selbst dann nicht, als sie ihn stechen, um irgendwie die Nadeln in ihn reinzukriegen. Es ist alles so grauenhaft, daß ich kaum atmen kann.

Immer wieder versuchen Schwestern, mich dazu zu bewegen, mich in das Wartezimmer für die Verwandten zu setzen, aber ich habe zu viele Fernsehsendungen gesehen, um auf diesen Trick reinzufallen: Ich weiß, daß etwas Furchtbares passieren wird, wenn ich in dieses Zimmer gehe. Also weigere ich mich. Ich bitte eine Schwester, Mum und Dad anzurufen, und halte weiter Charlies Hand, in der Hoffnung, daß er aufwacht. Mr. O'Brien verschwindet kurz, und als er wiederkommt, sagt er, er hätte die Spezialisten vom Guy's Hospital in London angerufen, denn Fälle wie dieser seien äußerst selten und bedürften der Behandlung durch Experten. Sie seien per Helikopter auf dem Weg hierher.

Schweigend stehen wir da und warten. Charlie ist inzwischen mit furchterregenden blauen Flecken übersät und sieht aus, als wäre er in einen schrecklichen Unfall verwickelt gewesen. Plötzlich fliegen die Schwingtüren auf, und herein kommt der winzigste Arzt, den ich je im Leben gesehen habe. Er trägt einen leuchtendorangenen Overall und hat zwei Schwestern im Schlepptau, ebenfalls in Orange, die unzählige orangene Nylontaschen hereinschleppen. Da anscheinend ausschließlich mit Klettverschlüssen gearbeitet wird, ertönt ohrenbetäubender Lärm, als die ganzen Taschen aufgerissen werden, und dann tauschen sie Nadeln und Medikamente aus und füllen Formulare aus und bombardieren mich mit allen möglichen Fragen.

Sämtliche anderen Ärzte und Schwestern sind zurückgetreten und beobachten respektvoll schweigend das Geschehen. Ganz allmählich verfliegt die panische Atmosphäre. Der Chefarzt taucht auf, stellt sich vor und schließt sich den Umstehenden an. Als der neue Typ endlich sicher ist, daß er alles unter Kontrolle hat, spricht er mit mir. Es klingt, als hätte er schon einer ganzen Reihe traumatisierter Eltern den gleichen Vortrag gehalten. Er heißt Steve Johnson, sagt er, und er wird Charlie im Krankenwagen mit auf die pädiatrische Intensivstation des Guy nehmen, weil das weniger anstrengend ist als ein Flug mit dem Hubschrauber. Im Moment ist er stabil, aber sein Zustand kann sich jeden Augenblick verschlechtern, und es könnte sein, daß er an ein Beatmungsgerät angeschlossen werden muß. Die Flecken sind Anzeichen einer Sepsis, einer Blutvergiftung, und treten in Fällen wie diesem häufig auf. Die nächsten zwölf Stunden sind entscheidend.

Ich darf nicht mit Charlie im Krankenwagen fahren, weil dort kein Platz ist. Ich soll mich am besten sofort auf den Weg ins Guy machen, und wir treffen uns dort. Dann wiederholt er noch einmal, daß ich keine Panik kriegen darf, wenn ich Charlie an einem Beatmungsgerät hängen sehe; es ist nur ein ganz kleiner Schlauch, der sich leicht wieder entfernen läßt. Er lächelt, versucht, zuversichtlich zu sein, und konzentriert sich dann wieder ganz auf Charlie. Ich nicke zu allem, was er sagt. Aber eigentlich will ich sagen *Nicht in Panik ausbrechen, verdammt noch mal? Machen Sie Witze?* Ich kann panisch schreien und schluchzen, hysterisch heulen oder in einer Ecke leise vor mich hinweinen, aber gar keine Panik? Unter gar keinen Umständen. Meinetwegen lassen *Sie sich* einen Schlauch *Ihre* Kehle hinunterzwingen und *Ihren* Körper mit schrecklichen Flecken bedecken, dann können *Sie selbst* nicht in Panik ausbrechen, und Charlie und ich gehen nach Hause! Und könnten sich all diese Menschen, die mein nacktes Baby anstarren, bitte verpissen und uns in Ruhe lassen? Ich habe das dringende Bedürfnis, jemanden zu schlagen oder etwas zu zerstören. Ich will keine peinliche Szene machen. Merken diese Leute denn nicht, was hier los ist? Wie können sie so ruhig bleiben? Ich fühle mich vollkommen überwältigt von Schrecken und Zorn.

Ich will nur raus aus diesem Raum, immer geradeaus gehen, bis zu irgendeiner Stelle, wo ich einfach zusammenbrechen darf. Aber ich kann Charlie nicht allein lassen; ich weiß ganz genau, daß er mich hört. Ständig sage ich: »Ich bin hier, Mami ist hier, alles ist gut, Mami ist hier, es ist alles gut«, immer und immer wieder, bis ich es selbst nicht mehr ertragen kann. Ich will darauf bestehen, mit ihm zu fahren, aber ein Teil von mir will einfach nur weglaufen, und ich fühle mich schuldig und egoistisch. Außerdem habe ich das grauenhafte Gefühl, daß sie im Krankenwagen keine Eltern haben wollen, falls sie auf der Fahrt zu irgendeiner scheußlichen Maßnahme greifen müssen. Ich will gar nicht darüber nachdenken.

Mum und Dad sind da. Mum hat geweint, und Dad sieht aus, als wäre er geschrumpft. Er ist blaß und hat Angst. Ich glaube, ich habe noch nie erlebt, daß er Angst hat. Bis auf damals, als ich mein Fahrrad in den Fluß gelenkt habe. Er steht mitten im Raum und sagt immer wieder: »Armer kleiner Schatz«, beinahe flüsternd, und Mum steht verzweifelt neben ihm, zerfleddert Taschentücher und starrt Charlie an. Der Arzt geht zu ihnen und spricht mit Dad, und sie verständigen sich wohl darauf, daß wir uns alle am besten jetzt auf den Weg machen, damit wir im Guy's sind, wenn die Ambulanz eintrifft. Außerdem weiß Dad vermutlich, daß ich den Anblick nicht ertragen kann, wenn sie Charlie hinausschieben.

Ich kann Charlie nicht verlassen, ohne ihm noch etwas zu sagen, und Lebewohl will ich nicht sagen, also stammle ich irgendwas davon, daß ich jetzt mit Großpapa fahre und wir uns im Krankenhaus treffen und daß alles gut ist. Ich bin kurz davor, völlig die Fassung zu verlieren, da nimmt Dad meine Hand und zerrt mich förmlich hinaus. Mum bleibt bei Charlie, bis der Krankenwagen bereit ist, und fährt dann zu uns nach Hause, um ein paar Sachen zu holen. Ich habe keine Ahnung, was für Sachen, und sie auch nicht. Aber es spielt keine Rolle. Ich hätte ihn unmöglich dort alleine lassen können, wenn Mum nicht bei ihm geblieben wäre. Sie hat die Überreste seines Schlafanzuges aufgesammelt, und als wir gehen, steht sie da, faltet sie zusammen und wieder auseinander und flüstert Charlie leise etwas zu.

Die Fahrt ins Krankenhaus ist ein Alptraum: Es herrscht gräßlicher Verkehr, und wir verfahren uns total. Ich verspüre das übermächtige Verlangen, Autofahrer zu verprügeln, die uns einfach nicht durchlassen wollen, und Dad fährt noch aggressiver als sonst. Er schneidet zwei Taxis und einen Doppeldeckerbus mit derartig halsbrecherischen Manövern, daß uns allen der Atem stockt. In mir breitet sich zusehends Panik aus; ich merke, daß es unerträglich ist, so weit von Charlie entfernt zu sein, und in meinem Kopf machen sich schreckliche Bilder breit, was ihm alles zustoßen könnte, während ich im Stau stecke. Mein Handy ist in meiner Tasche, wobei ich mich gar nicht erinnern kann, sie mitgenommen zu haben. Vielleicht hat der Arzt zu Hause sie dem Sanitäter gegeben.

Ich rufe das Krankenhaus an und erfahre, daß Charlie bereits auf dem Weg ins Guy ist und bei Abfahrt stabil war. Dann rufe ich Leilas Büro an und hinterlasse eine Nachricht für sie. Außerdem rufe ich Kate an. Sie bricht in Tränen aus. Ich habe keine Ahnung, wie spät es in Tokio ist, und ich schaffe es sowieso nicht, noch mehr zu telefonieren. Also sitze ich einfach schweigend da, während Dad sich durch den Verkehr kämpft. Endlich finden wir das Krankenhaus, aber wir müssen kilometerweit entfernt parken. Es ist inzwischen dunkel und sehr kalt. Dad gibt mir seine Jacke, und ich sehe, daß er zittert. Aber er sagt, ihm ist warm, und weigert sich, die Jacke zu nehmen. Wir geben ein Bild des Jammers ab. Stolpern auf der Suche nach dem Eingang durch die Straßen und folgen dann der Beschilderung zur Kinder-Intensivstation. Endlich sind wir da, aber von Charlie keine Spur. Ich habe Visionen von verzweifelten Notoperationen irgendwo auf dem Standstreifen, aber dann schwingen die Türen auf, und Charlie wird auf einem riesigen Bett hereingeschoben, angeschlossen an alle möglichen Kabel und Schläuche, aber Gott sei Dank kein Beatmungsgerät.

Eine große Anzahl Ärzte und Schwestern wuselt um ihn herum. Sie stellen Apparate ein, justieren Infusionen und füllen Diagramme aus. Wir stellen uns auf eine Seite, dankbar, daß sich so viele Menschen ganz auf unseren Jungen konzentrieren. Die Flecken sehen ein wenig kleiner aus, und trotzdem ist sein Anblick ein furchtbarer Schock, so winzig und still liegt er da. Dad stürmt plötzlich hinaus. Er sagt, er holt Tee, aber ich glaube, er weint. Das ist endgültig zuviel für mich. Es ist der Tropfen, der das Faß zum Überlaufen bringt, und während ich Charlies Hand halte, weine ich stumm vor mich hin. Dr. Johnson legt mir seine Hand auf die Schulter. Er sagt, alles läuft gut, die Flecken werden kleiner – offensichtlich werden sie gemessen –, und im großen und ganzen bleibt uns nichts anderes übrig, als abzuwarten.

Lizzie und Matt kommen, und Dad sagt, er fährt, um Mum zu holen. Er verspricht anzurufen und umarmt Lizzie und mich, ehe er sich plötzlich losreißt und beinahe im Laufschritt den Gang entlang verschwindet. Lizzie war da, als Charlie geboren wurde. Sie war nach der Hebamme die allererste, die ihn im Arm hatte. Sie sieht zu Tode erschrocken aus. Wir sagen nichts; wir sitzen nur da und schauen Charlie an. Irgendwann kommt er zu Bewußtsein und sagt: »Mami?«, aber dabei sieht er an mir vorbei, was uns alle völlig umwirft, und ich mache mir ganz schreckliche Gedanken, wie ich damit fertig werden soll, wenn er aufwacht und blind ist. Gar nicht, kurz gesagt. Ich lege alle möglichen Gelübde ab, mache einen Pakt mit Gott, verspreche, ein besserer Mensch zu werden, egal was, wenn Charlie nur am Leben bleiben darf. Eigentlich ist es lächerlich, weil ich jedes Gelöbnis mit dem Geständnis anfangen muß, daß ich eigentlich nicht gläubig bin, und ob er es Charlie bitte nicht ankreiden würde, er hätte es nicht so gemeint, als er sagte, er wäre ein Heidenkind. Aber wenn es wirklich einen Gott geben sollte, wäre das ziemlich unangenehm, und ich verspreche, daß ich jeden Schicksalsschlag hinnehme, wenn nur Charlie wieder gesund wird, und außerdem ist es nicht seine Schuld, daß er von einer Heidenmutter großgezogen wird. Wenn das noch lange so weitergeht, verliere ich noch völlig den Verstand.

Ein Mann im Anzug taucht auf und stellt sich als Verwaltungschef des Krankenhauses vor. Er sagt, jemand namens Leila hätte aus New York angerufen und ihm gesagt, daß keinerlei Kosten gescheut werden dürften, damit es ihrem Patenkind bessergeht. Er hätte sich bei ihr bedankt und ihr erklärt, daß es keine Privat-Intensiv-Einrichtungen gäbe und Charlie in der Obhut eines der besten Expertenteams weltweit sei. Leila läßt ausrichten, sie sitzt direkt neben ihrem Handy, und ob ich sie wohl bitte anrufen könnte, weil sie gerade dabei ist, den Verstand zu verlieren. Er gibt mir einen Zettel mit ihrer Telefonnummer. Lizzie macht sich auf die Suche nach einem Telefon, das ans Bett gebracht werden kann. Handys sind hier verboten, weil sie die Apparate stören. Ich erreiche Leila, und sie bricht in Tränen aus und schluchzt, daß sie sofort nach Hause kommt. Irgendwann gelingt es mir, sie zu beruhigen und zu überreden, nichts dergleichen zu tun, weil sie sowieso nichts ändern kann. Ich verspreche, wieder anzurufen, sobald es Neuigkeiten gibt, und bitte sie, Mack in Tokio ausfindig zu machen. Sie sagt, sie wollte sowieso morgen abend wieder in London sein und ruft sofort an, sobald sie zurück ist, und dann fängt sie wieder an zu weinen.

Charlie hat jetzt eine eigene Krankenschwester. Sie sitzt auf einem Stuhl an seinem Bett und beobachtet ihn ohne Unterbrechung. Ständig kontrolliert sie Hände und Füße. Irgendwann kann ich es nicht länger ertragen und frage sie, weshalb. Sie erklärt, in manchen Fällen kommt es zu einer Störung der Blutzufuhr zu den Extremitäten, und dann könnte es zu Komplikationen kommen. Lizzie entfährt ein unheimliches Geräusch, und Matt umklammert die Metallstange am Bett so fest, daß die Knöchel weiß hervortreten. Ich erinnere mich dumpf an irgendeine Geschichte einer armen Frau, die infolge einer Meningitis Finger und Zehen verloren hat. Eine neue Schockwelle rast auf mich zu wie eine Lawine. Die nächste Stunde verbringe ich damit, Charlies Füße zu massieren.

Dr. Johnson kommt wieder vorbei und ist offensichtlich zufrieden mit Charlies Fortschritten. Während er mit uns spricht, streichelt er die ganze Zeit Charlies Arm. Er sagt, wenn die Dinge sich wirklich zum Schlimmeren gewendet hätten, wäre es im Normalfall bereits geschehen. Die Prognose sei hervorragend. Ich weigere mich, darüber nachzudenken, was er unter schlimm versteht. Es ist jetzt schon maximal schlimm. Die nächsten Stunden seien noch immer kritisch, aber er müßte sich doch sehr irren, wenn es am nächsten Morgen nicht schon viel besser aussehen würde. Er sieht vollkommen erschöpft aus, und ich würde so gerne etwas sagen, aber ich weiß nicht, was. Lizzie sagt, ich soll einen Kaffee trinken gehen, während sie mit Matt bei Charlie bleibt.

Ich gehe hinaus und suche das Elternzimmer. Dort gibt es einen Wasserkessel, eine Sammlung Kaffeebecher und diverse angebrochene Gläser Nescafé. Wahrscheinlich ist man lange genug hier, um ein Glas Kaffee zu kaufen, aber nicht lange genug, um es aufzubrauchen. Die Vorstellung macht mir irgendwie angst, und ich will weder die Tassen noch den Kaffee benutzen, als wären sie verseucht. Es sind noch ein paar andere Eltern anwesend, völlig erledigt, und auf einem Stuhl in der Ecke sitzt eine Frau und weint verzweifelt vor sich hin. Sie sieht so aus, als würde sie schon stundenlang weinen. Ich kann diese Atmosphäre nicht ertragen, ich will nicht wissen, was mit ihren Kindern los ist, und fühle mich überwältigt von egoistischen Instinkten. Ich will mich nur in Ruhe hinsetzen, eine Tasse Kaffee trinken und an Charlie denken. Ich gehe hinaus und finde irgendwo einen Kaffeeautomaten und ein Zimmer, wo ich eine Zigarette rauchen kann.

Ich sitze in dem stickigen kleinen Raucherzimmer und starre auf meine Füße. Irgendwann merke ich, daß eine junge Krankenschwester hereingekommen ist. Sie sieht erledigt aus und raucht hektisch eine Zigarette. Ich finde es unhöflich, einfach so dazusitzen, also sage ich, es muß wirklich schwer sein, mit Kindern zu arbeiten, die so krank sind. Das war ein großer Fehler. Sie fängt augenblicklich an, sich ein schreckliches Erlebnis von der Seele zu reden, und erzählt, wie sie letztes Jahr am Weihnachtsmorgen ein totes Baby hinunter in die Leichenhalle bringen mußte und ihr die Mutter auf dem Gang entgegengerannt kam, mit einer rosaroten Decke für ihr Baby, weil sie nicht wollte, daß die Kleine friert. »Es ist verrückt«, sagt sie, »die Eltern tun das oft. Sie wollen nicht, daß sie frieren.« Mein Herz zieht sich zusammen, und ich eile zurück auf die Station. Lizzie und Matt sitzen zu beiden Seiten von Charlies Bett und halten seine Hände. Ich löse Matt ab und behalte die Geschichte von dem toten Baby für mich.

Irgendwann kommt eine Schwester und sagt, im Stationszimmer sei ein Anruf für mich. Es ist Mack. Es klingt, als sei er Millionen Kilometer weg, und in der Leitung schwingt ein seltsames Echo, als würden wir uns in einer Höhle unterhalten. Mack sagt, er hätte eine Nachricht erhalten, daß sein kleiner Junge krank ist und er eine Nummer in New York anrufen soll. Irgendwann hatte er dann endlich Leila in der Leitung, die ihm erklärte, daß nicht Alfie, sondern Charlie krank war. Er sagt nichts, aber ich weiß, daß er Schuldgefühle hat, weil er erleichtert ist. Er sagt, wenn ich will, kommt er nach Hause, und seine Stimme fängt fürchterlich an zu zittern. Ich sage, man ist offensichtlich der Meinung, daß es Charlie bessergeht, es ist aber trotzdem schrecklich, und ja, ich will, daß er nach Hause kommt, obwohl er eigentlich nichts tun kann und ich im Grunde sowieso nur neben Charlie sitzen und darauf warten will, daß er endlich aufwacht. Ich verspreche, ihn anzurufen, sobald es irgendwelche Neuigkeiten gibt, und er sagt, ich soll jetzt wieder zurück zu Charlie gehen, und wir verabschieden uns. Ich denke darüber nach, daß er sich einfach schuldig fühlen *muß*, weil er ein kleines bißchen froh war, als er hörte, daß es um Charlie und nicht um Alfie geht, und ich ihm klarmachen muß, daß ich dafür Verständnis habe. Plötzlich wird mir bewußt, daß ich wünschte, es *wäre* Alfie, und ich bin schockiert darüber, wie leichtfertig ich Alfie gegen mein Kind eintauschen würde.

Es ist Schichtwechsel bei den Schwestern, und Karen, unsere Neue, sagt sehr einfühlsam, es sei wohl am besten, wenn Lizzie und Matt jetzt nach Hause führen, um etwas zu schlafen, was sie auch tun. Wir verabschieden uns wortlos – mit einem Nicken. Ich lege mich auf das kleine Feldbett, das neben Charlies Bett gestellt worden ist, aber er stöhnt ständig leise vor sich hin, und ich beschließe, ihn lieber in den Arm zu nehmen. Das wiederum löst den Alarm an den Apparaten aus, und schließlich schaltet Karen sie ab. Sie sagt, daß sie Charlie im Auge behält und er sich in meinem Arm wohler fühlt. Es kommt mir falsch vor, mich mit ihm in das Krankenbett zu legen, und am Ende landen wir beide auf dem Feldbett, was völlig bescheuert ist, weil es winzig, absolut unbequem und nicht sehr stabil ist. Aber wenigstens kann ich ihn in meinem Arm halten. Um drei Uhr morgens verschwindet Karen kurz und bringt mir Tee und etwas Toast. Ich esse im Liegen, krümle auf seinen Kopf und sehe ihm beim Atmen zu. Das letzte Mal, daß ich im Krankenhaus Tee und Toast zu mir genommen habe, war die Nacht, in der er geboren wurde. Ich würde gerne schlafen, aber ich habe zu viel Angst, die Augen zu schließen.

In aller Frühe kommen die Ärzte zur Visite. Sie sagen einstimmig, Charlies Genesung hat unglaubliche Fortschritte gemacht und wir können in ein Einzelzimmer umziehen, wo sie ihn weiter beobachten werden. Wenn er stabil bleibt, können sie ihn in ein paar Tagen wieder in unser Krankenhaus verlegen. Sie sind alle furchtbar zufrieden und berühren die ganze Zeit lächelnd Charlies Füße. Die Flecken sind verblaßt und kaum noch sichtbar, und er war schon ein paarmal beinahe bei Bewußtsein. Wellen der Erleichterung drohen über mir zusammenzubrechen, und ich wünschte, sie würden alle verschwinden, weil ich nur noch weinen möchte.

Ich murmle meinen Dank, richte den Blick aber starr auf Charlie, doch sie scheinen kein bißchen beleidigt zu sein, und jeder faßt mich sanft am Arm, ehe sie sich zurückziehen. Karen lächelt mich an, und dann schlägt Charlie die Augen auf und sagt: »Warum hängt Peter Pan an der Decke?« Mir ist klar, daß dies ein Zeichen für einen ernsthaften Hirnschaden ist, aber als ich den Blick hebe, sehe ich, daß Peter Pan, Wendy und Captain Hook an die Decke gemalt sind. Wenn ich mich so umsehe, sind überall an Decke und Wänden Bemalungen, nur daß sie mir vorher nicht aufgefallen sind. Charlie ist wieder eingeschlafen, mit einem winzigen Lächeln auf dem Gesicht. Still weinend sitze ich bei ihm, bis Lizzie kommt. Ich erzähle ihr, daß er aufgewacht ist und Peter Pan entdeckt hat, und sie fängt ebenfalls an zu weinen.

Wir ziehen in das Krankenzimmer um. Es ist wunderbar, eine Tür zu haben und den Rest des Krankenhauses einfach auszusperren. Außerdem haben wir einen Fernseher und ein eigenes Bad, und Lizzie hat sich um ein Telefon gekümmert. Wir brauchen haufenweise Münzen, die sie auf wundersame Weise aus einer Einkaufstüte zaubert, außerdem Bagels mit Räucherlachs und eine Thermoskanne Kaffee. Charlie wacht für ein Weilchen richtig auf, schwach, aber fest entschlossen, sich hinzusetzen. Es ist herzzerreißend, wie sehr ihn das anstrengt, und er schläft sofort wieder ein, hat aber schon wieder eine viel bessere Farbe. Die Tür geht auf, und die Schwester begleitet einen Fahrradkurier ins Zimmer. Er hat ein Paket von Leila und strikte Anweisung, es nur mir höchstpersönlich auszuhändigen, weil sie ihn sonst umbringt. Die große Schachtel enthält zwei Flaschen Mineralwasser, edle Schokolade, einen blaßlila Pashmina-Schal, Miniaturflaschen Wodka und Gin, eine Wasserpistole in Form eines Dinosauriers, ein Spielzeugmaschinengewehr und zwei Päckchen Schokoladenkekse. Perfekt. Ich trinke Wodka und übe mich am Maschinengewehr. Lizzie muß zur Arbeit, will aber später wiederkommen.

Wieder kommt ein Bote, diesmal mit einem süßen Plüschkoch samt Spielzeugmixer und einer Karte aus dem Büro mit herzlichen Genesungswünschen. Der Koch hat ein Schildchen umhängen, von Barney beschriftet: »Ich heiße Hickser und liebe Mixer.« Nicht zu glauben, er hat sich wirklich an Charlies Lieblingswitz erinnert! Ich breche in Tränen aus und rufe ihn sofort an. Es stellt sich heraus, daß Leila ihn angerufen und er sie alle paar Stunden zurückgerufen und sich nach dem Stand der Dinge erkundigt hat, mich aber nicht nerven wollte. Ich erleide einen Heulkrampf am Telefon, mit dem er ganz wunderbar umgeht. Er sagt, kein Wunder, daß ich einen Schock erlitten habe, das Schlimmste hätten wir aber hinter uns, und jetzt sei viel Ruhe das wichtigste für uns. Ich erinnere mich dunkel daran, daß eines seiner Kinder vor Jahren irgendeine grauenvolle Krankheit hatte, die sich zu einer Lungenentzündung auswuchs und Wochen brauchte, um auszuheilen. Er klingt ruhig und zuversichtlich, genau das, was ich jetzt brauche, und dann erzählt er, daß sogar Lawrence sich aufgeregt hat und freiwillig den Koch kaufen wollte. Und ob mir klar wäre, wie viele Läden man abklappern müßte, um einen stinknormalen Plüschkoch zu finden? Nach dem Gespräch geht es mir schon viel besser.

Ich rufe in Leilas Büro an und sage, ich kann leider nicht ausrechnen, wie spät es in New York ist, da ich aber annehme, es ist mitten in der Nacht, bitte ich, Leila zu einer vernünftigen Uhrzeit anzurufen, um ihr zu sagen, daß sich die Dinge gut entwickeln, und ihr für das Paket zu danken, und sie versprechen es mir. Ich versuche, Mack zu erreichen, aber weil man ihn im Hotel nicht finden kann, hinterlasse ich lediglich eine Nachricht. Charlie wacht auf und will etwas zu trinken. Endlich kann ich ihm anstelle des schalen, lauwarmen Leitungswassers in dem Plastikkrug an seinem Bett frisches Mineralwasser anbieten, und er trinkt Tasse um Tasse, ehe er das Maschinengewehr entdeckt. Er ist selig, vor allem als er merkt, daß man schreckliche Geräusche damit machen kann. Dann sieht er die Wasserpistole. Er verlangt, daß sie augenblicklich gefüllt wird, und setzt das ganze Zimmer unter Wasser. Die Krankenschwester, die gerade den Kopf zur Tür reinsteckt, um nach dem rechten zu sehen, setzt er ebenfalls unter Wasser. Dann schläft er wieder ein, die Wasserpistole fest in der einen und das Maschinengewehr in der anderen Hand.

Mum und Dad kommen zu Besuch, und Dad schleppt einen Obstkorb, der so riesig ist, daß nur Hände und Füße zu sehen sind, als er zur Tür hereinstolpert. Mum hat genug Essen eingekauft, um das ganze Krankenhaus zu verköstigen, und außerdem die komplette Kollektion Nachtwäsche von M&S erstanden. Charlie ist von seinem neuen *Bart Simpson* – Schlafanzug begeistert, lehnt aber die geschmackvollen Frotteemodelle als zu langweilig ab. Die beiden setzen alles daran, um mich zu bewegen, mir eine Pause zu gönnen, spazierenzugehen, ein neues Auto zu kaufen, egal was, Hauptsache, ich verlasse den Raum. Auf einmal dämmert mir, daß die Situation für sie ein doppeltes Trauma sein muß – nicht nur ihr Enkelsohn krank, sondern auch ihre Tochter völlig aufgelöst – und daß erst dann alles wieder gut ist, wenn wir beide zurück zu Hause sind und unser normales Leben weiterleben. Die beiden sehen fix und fertig aus.

Ich bin einverstanden, mit Dad nach draußen zu gehen, um eine Tasse Kaffee zu trinken und etwas frische Luft zu schnappen, während Mum bei Charlie sitzen bleibt und sich von ihm mit seiner neuen Wasserpistole naß spritzen läßt. Es geht mir gut, bis wir vor die Tore des Krankenhauses treten. Auf einmal fühle ich mich vollkommen überwältigt. Überall rennen Menschen herum, und ich verspüre den starken Drang, ihnen zu sagen, wie gut sie es haben. Dankenswerter

Weise gelingt es mir, diesen Drang zu unterdrücken. Mir wird klar, wie leicht man einer von denen werden kann, die vor sich hin murmelnd durch die Straßen laufen. Ich will sofort zurück zu Charlie, aber Dad kann mich überreden, mich hinzusetzen, ein Sandwich zu essen und eine Tasse Kaffee zu trinken. Plötzlich merke ich, daß mir Tränen über das Gesicht laufen. Es ist fast so, als würde es jemand anderem passieren. Ich sitze einfach nur da, trinke meinen Kaffee, und die Tränen laufen unaufhörlich über mein Gesicht. Dad streichelt meine Hand und sagt: »Es ist alles gut, Schätzchen, iß einfach dein Sandwich.« Ich tue, was er sagt, und langsam versiegen die Tränen. Dann gehen wir wieder zurück. Charlie schläft.

Am Nachmittag geht es ihm noch etwas besser, und seine Farbe ist fast wieder normal, obwohl er immer noch sehr schwach ist und nach jeder kleinen Anstrengung sofort wieder einschläft. Er hat eine liegende Kanüle auf dem Handrücken, über die er alle paar Stunden seine Medikamente verabreicht bekommt und die ständig verstopft ist, was bedeutet, daß es ihm jedesmal schreckliche Schmerzen bereitet, wenn sie das Zeug in ihn reinjagen. Das schreiende Kind festzuhalten, während ihm die Spritzen verabreicht werden, wird mich bis in alle Ewigkeit verfolgen. Die Schwestern, die ab und zu reinschneien, kommen von der allgemeinen Pflegestation und nicht mehr von der Intensivstation und sind ziemlich sauertöpfische Weiber. Sie machen sich kaum die Mühe, mit Charlie zu sprechen, und behandeln mich, als sei ich ihnen lästig. Was mir komisch vorkommt, denn die Schwestern von der Intensivstation waren sichtlich froh, wenn Eltern stundenlang am Bett ihrer Kinder saßen. Mehr noch, sie ermutigten sie ausdrücklich, mit ihrem Kind zu sprechen, ihm vorzulesen, auch wenn es offensichtlich bewußtlos war.

Die Nachtschwester kommt; offenbar ist sie freiberuflich tätig. Sie trägt eine andere Uniform und weigert sich, Charlie seine Medikamente zu geben, wenn der Zugang so weh tut. Sie sagt: »Schon gut, Herzchen, das haben wir gleich«, und ruft einen Arzt, der die Hand lokal betäubt und eine neue Nadel legt. Schon läßt sich das Medikament problemlos spritzen. Ich danke ihr, und Charlie verkündet, sie dürfe jetzt für immer seine Krankenschwester sein. Ich bin außer mir, weil die anderen Schwestern sich nicht früher darum gekümmert haben, und noch mehr, weil ich sie nicht dazu gezwungen habe. Ich kann nur hoffen, daß ihnen irgendwer in naher Zukunft eine Rieseninjektion Medikamente über einen verstopften Zugang spritzt und sie dann völlig ignoriert, wenn sie schreien.

Charlie schläft wieder. Ich rufe Kate an und bringe sie auf den neuesten Stand. Sie sagt, in der Schule sind alle fürchterlich besorgt und Miss Pike läßt alle Kinder ganz besondere Bilder für Charlie malen. Kate bietet an, uns zu bringen, was immer wir brauchen, aber ich sage ihr, daß wir sowieso bald wieder in das örtliche Krankenhaus verlegt werden und ich außerdem keine Ahnung habe, wie ansteckend Charlies Krankheit ist. Sie erzählt mir, die Leute vom Gesundheitsamt hätten gesagt, ein einzelner Fall von Meningitis reiche nicht aus, um in die Schule zu kommen und jedem Kind ein Breitbandantibiotikum zu verabreichen. Außerdem seien die meisten Wirkstoffe bei der schlimmsten Form von Meningitis sowieso nutzlos und hätte auch auf Sepsis keinen Einfluß. Also müssen sie alle ruhig bleiben und ihre Kinder genauestens beobachten. Ein so guter Ratschlag, sagt Kate, daß man am liebsten zu ihnen ins Amt fahren und sie verprügeln möchte. Der ansässige Allgemeinarzt wurde von besorgten Eltern belagert, die alle ein Rezept für Antibiotika verlangten, zur Vorbeugung. Kate versichert, daß sie und Sally jederzeit erreichbar sind und ich sie sofort anrufen soll, wenn ich irgend etwas brauche. Ich weiß wirklich nicht, wie ich all das ohne die große Unterstützung so vieler Menschen geschafft hätte. Ich merke, daß ich drauf und dran bin, in eine oscarreife Dankesrede zu verfallen, und mache lieber Schluß. Ich verspreche, Charlie einen Kuß zu geben und ihm zu sagen, der sei von James und Phoebe, obwohl wir beide wissen, daß ihm das äußerst unangenehm sein wird.

Es klopft laut an der Tür. Ich fluche innerlich und hoffe, daß Charlie nicht wieder aufwacht. Ich mache die Tür auf und sehe Mack ins Gesicht. Vollkommen erschöpft steht er vor mir, mit seinem Gepäck und einer großen British Airways-Tüte voll mit Spielzeugflugzeugen und einem riesigen Teddybär in Pilotenuniform. Ich breche in Tränen aus, fange an zu stammeln und muß die Tür hinter mir zumachen und mich gegen die Wand lehnen. Mack sagt, er konnte einfach nicht in Tokio sitzen und Däumchen drehen, also hat er gesagt, es handle sich um einen Notfall, und einen Platz auf dem nächsten Flug nach Hause ergattert, und als die Frau am Schalter seine Geschichte gehört hat, hat sie ihn in die erste Klasse gesetzt und die gesamte Besatzung informiert, worauf ständig einer ankam und ihm British Airways-Mitbringsel zusteckte. Sogar der Pilot kam auf ein kurzes Wort zu ihm, was, wie Mack sagt, ein bißchen beängstigend war, obwohl man weiß, daß im Cockpit noch ein zweiter Mann sitzt, der in dem Moment das Flugzeug fliegt.

Dieser Pilot hat offensichtlich einen Freund, dessen Schwester vor Jahren selbst Meningitis hatte, und er wollte nur sagen, daß sie sich vollkommen davon erholt hat, nachdem sie ihre Eltern vor Sorge fast in den Wahnsinn getrieben hat, heute verheiratet ist und mit Mann und drei Kindern in Hastings lebt. Mack sagt, er merkt selbst, daß er zuviel redet, und ich soll ihn treten, wenn ich will, daß er den Mund hält, aber er ist einfach so froh, mich zu sehen und daß es Charlie viel bessergeht, wie die Schwester ihm sagte. Er nimmt mich sehr lange sehr fest in den Arm, und dann gehen wir zu Charlie, setzen uns neben ihn und warten, bis er aufwacht. Wir fragen einen Arzt, und der versichert uns, in diesem Stadium bestehe keine Ansteckungsgefahr mehr, weil Charlie im Laufe der letzten 24 Stunden so viele Medikamente bekommen hat, daß er wahrscheinlich nicht mal ein Neugeborenes anstecken würde. Aber wenn Mack sich Sorgen macht, kann er ihm eine kleine Breitbandprophylaxe geben. Ich habe die gleichen Tabletten bekommen, genau wie Mum und Dad und Lizzie und Matt, weil wir von Anfang an Kontakt mit Charlie hatten, und ich bestehe darauf, daß Mack die Tabletten auch nimmt, nur für alle Fälle. Also willigt er ein, und der Arzt sagt, er läßt sie aus der Apotheke heraufschicken. Mack hat gerade die erste Tablette genommen, da fällt mir wieder ein, daß die Schwester uns gewarnt hat, in seltenen Fällen könne es zu interessanten Nebenwirkungen kommen. Das »Wasser« könne sich orange färben, und Kontaktlinsen könnten dauerhaft eine völlig neue Farbe annehmen. Mack sagt, ihm ist es egal, in welcher Farbe er pinkelt, so lange niemand krank wird und Charlie jetzt endlich aufwacht, um mit seinem neuen Flugzeug zu spielen.

Charlie wacht auf und findet alle seine neuen Sachen toll, schläft aber bald darauf wieder ein. Ich will mich neben ihn legen und ihn in den Arm nehmen und vielleicht sogar selbst ein bißchen schlafen, möchte aber Mack nicht rauswerfen. Irgendwie spürt er das und sagt, er geht jetzt nach Hause, sich ausruhen, und kommt uns morgen wieder besuchen. Er ist gerade dabei zu gehen, als Lizzie auftaucht, hoch erfreut, ihn endlich kennenzulernen. Sie schließt ihn fest in ihre Arme, was ihm eindeutig zu gefallen scheint. Dann ist es ihr auf einmal ziemlich peinlich, und sie sagt Entschuldigung, und ob es nicht wunderbar ist, was Charlie für Fortschritte macht, und wenn man ihn letzte Nacht gesehen hätte, würde man's kaum glauben, und dann verstummt sie und sieht aus, als ob sie gleich zu heulen anfinge. Mack sagt, sie würden sich ganz sicher wiedersehen, wenn sich die Lage erst wieder beruhigt hat. Und dann geht er den Gang hinunter, aber in die falsche Richtung, und sieht aus, als hätte ihn der Jet-Lag in diesem Augenblick mit voller Wucht getroffen und als sei er in eine Art Dämmerzustand verfallen. Wir dirigieren ihn in die richtige Richtung, und dann setzt Lizzie sich zu Charlie, während ich auf dem Stuhl ein bißchen schlafe. Charlie weckt mich, indem er mir mit seiner Wasserpistole mitten ins Gesicht spritzt und ruft: »Wach auf, Mami, wach auf!«

Inzwischen ist er viel kräftiger und kann schon viel länger sitzen und dabei alle Welt herumkommandieren. Der Fraß vom Krankenhaus ist kalt und widerwärtig, und Mum ist damit beschäftigt, ständig hin- und herzurennen wie eine Kandidatin im *Kochduell.* Es ist kaum zu ertragen, Charlie bei seinen ersten Schritten zuzusehen, auf dünnen, wackeligen Beinchen, aber glücklicherweise stoße ich mir das Knie kräftig an seinem Nachttisch an, was meine Aufmerksamkeit ablenkt.

»Mami, jetzt hast du geflucht.«

»Nein, Spatz, habe ich nicht. Soll ich dir gehen helfen?«

»Natürlich nicht! Ich kann alleine gehen. Ich bin doch kein Baby mehr.«

»Ja, Spatz, das weiß ich doch, aber du warst krank, und es kann sein, daß du noch ein bißchen schwach bist.«

»Ja, ich war krank. Aber jetzt geht es mir besser, und mir wird langsam langweilig, weißt du? Kriege ich einen neuen Power Ranger? Dann würde es mir gleich bessergehen.«

Meinetwegen kann er die komplette Scheißkollektion Power Rangers haben, aber mir ist klar, daß wir es hier mit einem heiklen Präzedenzfall zu tun haben, und wir begeben uns in stundenlange Verhandlungen darüber, wie viele Spielsachen genau er bekommt, wenn wir wieder zu Hause sind. Leila kommt auf direktem Weg vom Flughafen zu uns. Sie ist sehr lieb und albert wunderbar mit Charlie herum. Am Nachmittag kommt Mack wieder und sagt, Laura hätte einen Spezialtrunk gegen Schock, den sie gerade für mich zubereitet, und außerdem schickt sie von Herzen liebe Grüße an mich und an Charlie. Was sehr süß von ihr ist, obwohl ich mir, was den Trunk anbelangt, nicht ganz sicher bin. Eine allergische Reaktion auf irgendeine merkwürdige Pflanze kann ich im Augenblick ganz besonders gut gebrauchen. Alfie und Daisy wollten ganz genau wissen, wie viele Spritzen Charlie kriegen mußte, und als Mack es ihnen erzählte, reagierten sie äußerst mitfühlend. Mack macht den wunderbaren Vorschlag, er könne ja versuchen, ein Videogerät für Charlies Zimmer zu organisieren. Es gelingt ihm in weniger als einer Stunde, was für Krankenhäuser mit Sicherheit ein Rekord ist, vor allem für ein so stark frequentiertes wie das hier. Mack telefoniert, und 20 Minuten später bringt ein Kurier ein riesiges Paket mit Disney-Kassetten. Charlie ist tief beeindruckt und macht es sich sofort mit *Peter Pan* gemütlich.

Dr. Johnson verkündet, daß wir in unser örtliches Krankenhaus verlegt werden können, um die Therapie zu beenden, weil sie die Betten brauchen und Charlie inzwischen völlig außer Gefahr ist. Ich werde schrecklich sentimental, und er wird schrecklich brummig und sagt: »Ach, das ist doch unser Job. Gut, daß er das Penicillin so früh bekommen hat, das ist wirklich lebenswichtig, gut gemacht!« Das Schreckliche ist nur, ich wußte gar nicht, daß es lebenswichtig ist, sofort Antibiotika zu geben – ich wußte nur, daß es lebenswichtig war, diesen Scheißarzt auf der Stelle herzubekommen –, und ich fühle mich wie eine Betrügerin, weil sie mir ständig sagen, wie gut ich war.

Mack will uns fahren, aber anscheinend müssen wir den von der Klinik organisierten Krankentransport benutzen und uns von einer Schwester begleiten lassen. Außerdem war geplant, daß er Alfie und Daisy übers Wochenende bei sich hat, und ich überrede ihn, dabei zu bleiben, weil ich weiß, daß er sie vermißt hat und sie ihn sicher auch, und außerdem brauche ich ein bißchen Zeit alleine mit Charlie. Mum und Dad und Lizzie warten auf uns, und Leila ist jederzeit bereit runterzufahren, wenn ich etwas brauche.

Die Verlegung am nächsten Morgen gerät zur Farce, als sich herausstellt, daß kein Krankenwagen zur Verfügung steht, weil das Guy's nicht für die Kosten aufkommen will und das andere Krankenhaus genausowenig scharf darauf ist. Irgendwann rufe ich ein Taxi und sage, daß ich es selbst bezahle, was natürlich allen furchtbar unangenehm ist, und auf einmal taucht auf wundersame Weise ein Krankenwagen auf. Bei der Ankunft in unserem Krankenhaus habe ich Déjà-vu-Erlebnisse von unserem letzten Aufenthalt, und ich verwandle mich umgehend in ein stummes Häuflein Elend. Wir werden auf die allgemeine Kinderstation gebracht. Es herrscht ohrenbetäubender Lärm, verursacht von, wie es aussieht, Hunderten Kindern, die schreiend durch die Gegend rennen. Hinter einem Empfangstresen sitzt teetrinkend eine Schwester und ignoriert uns. Die Schwester, die uns vom Guy's hierher begleitet hat, will von dem Theater nichts wissen. Sie marschiert auf die Frau zu, knallt ihr einen Umschlag mit Papieren auf den Tisch, dann küßt sie Charlie zum Abschied und eilt zurück zu dem Krankenwagen, ehe er womöglich ohne sie zurück zum Guy's fährt.

Auf einmal taucht aus einem Zimmer eine schrecklich betulich wirkende Krankenschwester mit Mundschutz auf und verkündet, daß Isolation angeordnet wurde und es uns nicht erlaubt ist, uns auf dem Gang rumzutreiben. Außerdem sagt sie, unter keinen Umständen dürfen wir den Nebenraum verlassen, weil es lebenswichtig ist, daß wir keine anderen Kinder anstecken. Die gesamte Station starrt uns entsetzt an, als hätten wir irgendeine schreckliche Seuche, und Charlie fängt an zu weinen. Das Maß ist voll. Ich sage ihr, daß Charlie laut dem Guy's keineswegs ansteckend ist und es dort absolut keine Isolation gab. Sie bedenkt mich mit diesem besonderen

Blick, mit dem medizinische Fachleute einem sagen wollen, daß sie sich einen feuchten Kehricht für diese ganz und gar unwichtige und unqualifizierte Meinung interessieren und man in diesem Krankenhaus gefälligst zu tun habe, was einem gesagt wird.

Ich beziehe mit Charlie unser neues Zimmer und habe gerade angefangen, ihm eine Geschichte vorzulesen, als die Schwester hereingefegt kommt, immer noch in Kittel und Mundschutz, und sagt, ich habe draußen zu warten, während sie bei Charlie Fieber mißt. Das werde ich nicht tun, sage ich. Charlie ist vollkommen verängstigt und hält meine Hand fest umschlungen. Ich sage, daß ihr Benehmen vollkommen inakzeptabel ist, daß sie Charlie angst macht, und verlange, daß sie sofort den Facharzt ruft. Sie sieht aus, als würde sie jeden Augenblick zum Gegenangriff starten, und ich stehe vorsichtshalber auf. Glücklicherweise stellt sich heraus, daß ich ungefähr einen Kopf größer bin als sie. Ich gehe zur Türe und halte sie auf, bis sie gegangen ist. Sie bebt vor Zorn. Ich auch. Sie geht geradewegs an den Tresen und greift zum Telefon. Ich nehme an, sie ruft den Sicherheitsdienst, um uns rauszuwerfen. Statt dessen muß sie Mr. O'Brien angerufen haben, denn auf einmal reißt er polternd die Tür auf, offensichtlich in Erwartung eines Handgemenges. Er wirft einen einzigen Blick auf Charlie und sagt: »Warum wurde ich nicht über die Ankunft dieses Patienten informiert? Ich habe Anweisung gegeben, unverzüglich informiert zu werden.« Die Schwester murmelt etwas und läßt sich dann über die Notwendigkeit der Isolation aus. Er starrt sie an, sagt, es bestehe keinerlei Veranlassung zu Isolation, und verlangt, daß sie augenblicklich Kittel und Mundschutz ablegt. Dann setzt er sich zu Charlie aufs Bett und streichelt seinen Fuß, während er sich mit ihm über Power Rangers und die dringende Notwendigkeit unterhält, eine gute Wasserpistole zu besitzen. Der Mann weiß, wie man mit Kindern umgeht!

Währenddessen steht die Schwester in einer Ecke, ganz blaß, und ich weiß genau, daß sie nur darauf wartet, bis Mr. O'Brien endlich das Zimmer verläßt und sie ihren Rachefeldzug starten kann. Ich bin den Tränen nahe, und dann taucht Lizzie auf, und irgendwie erfaßt sie die Situation auch ohne Worte. Sie starrt die Schwester an und sagt, wenn wir etwas brauchen, klingeln wir. Zum zweitenmal wird die Stationsschwester aus dem Zimmer geworfen. Nicht zu fassen, wie herrisch meine kleine Schwester sein kann! Mr. O'Brian sieht sie bewundernd an, und sie setzt sich und fängt an mit Charlie zu plaudern, als wäre nichts gewesen.

Es sieht so aus, als würde Mr. O'Brian nur ungern gehen, und er scheint sich wirklich zu freuen, daß Charlie so gut aussieht. Er sagt, wir können ihm die Arznei ab sofort in Form von Saft geben, und läßt von der Apotheke eine Flasche heraufschicken. Die erste Dosis geben wir Charlie gemeinsam, und Charlie sagt, daß es scheußlich schmeckt, aber es ist immer noch besser als Spritzen. Ganz sanft entfernt Mr. O'Brian die liegende Nadel von Charlies Handrücken und klebt ihm ein ganz besonderes Pflaster mit einem lachenden Gesicht auf die Einstichstelle. Charlies arme kleine Hand ist ganz rot und geschwollen, aber irgendwie hat es symbolische Bedeutung, daß die Nadel endlich draußen ist, und ich muß mir sofort am Waschbecken in der Ecke die Hände waschen gehen, damit mich niemand weinen sieht. Mr. O'Brien streicht Charlie über das Haar und sagt, daß er am nächsten Morgen wieder nach uns sieht und er außerdem keinen Grund wüßte, warum wir morgen nicht nach Hause könnten, wenn alles gut ist.

Ich gebe ihm tatsächlich einen Kuß, was uns beiden furchtbar peinlich ist. Charlie tanzt auf seinem Bett herum, und allen Anstrengungen Lizzies zum Trotz schafft er es, auf den Boden zu plumpsen. Wir machen alle ein großes Tamtam, und da ist der Augenblick auch schon vorüber. Als Lizzie verspricht, sich um einen Fernseher zu bemühen, beruhigt Charlie sich wieder, und Mr. O'Brien verläßt uns mit einem Lächeln. Eine junge Schwester bringt das Abendessen, ohne Mundschutz und sehr freundlich. Mich beschleicht der Verdacht, daß sie nicht sehr beliebt ist und die anderen gerne in den Genuß kommen würden, zu sehen, wie sie hier rausfliegt. Sie fummelt eine halbe Ewigkeit an Charlies Bettwäsche herum und verspricht ihm Eis und außerdem, einen fahrbaren Fernseher zu besorgen.

Wir feiern mit einem festlichen Abendessen von Mum. Die arme Frau verwandelt sich langsam in Essen auf Rädern. Ich kann es kaum fassen, daß wir morgen wirklich nach Hause dürfen. Ich liege auf dem Feldbett, das viel bequemer ist als das andere, und versuche zu schlafen, aber ich kann nicht. Ich beobachte, wie die Morgendämmerung heraufzieht, und habe neben Erleichterung keinen Platz für andere Emotionen. In aller Frühe kommt Mr. O'Brian und sagt, Charlie kann definitiv entlassen werden. Ich informiere Mum und Dad und Lizzie sofort über die gute Nachricht. Lizzie will alle anderen anrufen, damit niemand mehr herkommt, um uns zu besuchen. Mum und Dad holen uns ab, und das ganze Auto ist voller Luftballons, was Charlie hellauf begeistert. Kate und Sally haben das Haus vom Dachboden bis zum Keller auf Hochglanz gebracht, Mum hat den Kühlschrank aufgefüllt und Dad den Kamin eingeheizt und tonnenweise Holz gehackt, das sich neben dem Hintereingang stapelt. Es ist wunderbar, wieder zu Hause zu sein, und von ein paar heiklen Augenblicken abgesehen, meistern wir es alle ganz gut, und niemand muß weinen. Schließlich machen sich Mum und Dad auf den Weg; ich brauche ewig, sie davon zu überzeugen, daß Charlie und ich jetzt allein zurechtkommen, aber als sie weg sind, ist mir ganz schwummerig zumute, und ich wünschte, ich hätte sie gebeten zu bleiben. Charlie ist überglücklich. Er geht von Zimmer zu Zimmer, als könnte er immer noch nicht glauben, daß wir wieder zu Hause sind. Bald ist er erschöpft, und nachdem er seine Medizin genommen hat, schläft er ein – in meinem Bett. »Weil ich krank war, weißt du, Mami? Und ich muß in deinem Bett sein, falls es wiederkommt.« Ich sitze am Kamin und versuche, in den letzten Tagen irgendeinen Sinn zu erkennen, aber es gelingt mir nicht.

Wie es scheint, hat das ganze Dorf geschrieben, es sind unzählige Postkarten gekommen und von der Schule jede Menge Bilder. Kate hat die Karten heute nachmittag vorbeigebracht, zusammen mit Blumen und einer großen Flasche Gin. Sie hat mich sehr bewegt in den Arm genommen und wollte auch Charlie umarmen, aber er war nicht gerade begeistert, und sie mußte es bei ausgiebigem Schulterklopfen bewenden lassen. Ich schenke mir ein großes Glas Gin aus Kates Lieferung ein, und dann fange ich an zu schluchzen und kann nicht mehr aufhören. Wenn ich noch weiter weine, werde ich ganz bestimmt blind; das Feuer erlischt, und schließlich krieche ich elendig frierend ins Bett. Charlie bewegt sich, schaut mich an und sagt: »Ach, du bist es. Dann ist's ja gut, ich hab schon gedacht, es wäre eine von den schrecklichen Schwestern.«

»Nein, mein Schatz, keine Schwestern mehr«, schluchze ich, bemüht, keinen neuen Heulkrampf zu kriegen.

»Was ist denn mit dir, Mami? Deine Stimme klingt so komisch.«

»Nichts, mir geht's gut, Spatz.«

»Gut. Mami, kennst du Power Rangers?«

»Ja, einige von ihnen.«

»Wäre es nicht toll, wenn ich sie alle hätte?«

»Ja. Und jetzt schlaf weiter.«

Er setzt sich kerzengerade hin. »Wirklich, Mami, können wir sie alle kaufen? Das ist toll, James hat nur vier. Oh, ich hab dich lieb, Mami.«

»Ich hab dich auch lieb, Charlie.« Schneufz, schluchz.

Er kuschelt sich wieder ins Bett und ist Minuten später eingeschlafen.

Er braucht fast die gesamte Breite, die ganze Decke und drei Kissen. Aber auf seinem Gesicht liegt ein leises Lächeln, und er atmet tief und regelmäßig. Ich liege da und sehe ihn an, und allmählich schlafe ich ein.

KAPITEL 10

Scherben klauben

Langsam leben wir uns zu Hause wieder ein. Ich muß die ganze Woche mit einem nicht abreißenden Strom von Besuchern aus dem Dorf und mit Charlies unmöglichem Benehmen fertig werden. Kleinste Anlässe führen zu schrecklichen Wutausbrüchen, er wirft Sachen durch die Gegend und benutzt übelste Schimpfwörter, wobei er mir unentwegt erzählt, wie krank er war. Die alte Dame, die drei Türen weiter wohnt, kommt mit einem selbstgebackenen, sehr seltsam geformten schiefen Kuchen vorbei, auf dem mit blauem Zuckerguß Charlies Name steht. Ich bin zu Tränen gerührt, und sie hält lange meine Hand und sagt, wie leid es ihr getan hat, immer noch tut und immer tun wird, daß so einem süßen kleinen Kerl etwas so Schreckliches zugestoßen ist. Währenddessen hat der süße kleine Kerl einen furchtbaren Wutanfall, weil er keinen Kuchen will, was die Dame freundlich ignoriert. Dann schafft er es, über den Vorleger im Flur zu stolpern und auf die Nase zu fallen, woraufhin er so laut schreit, daß die Scheiben wackeln. Sie lächelt und macht sich langsam die Straße entlang davon.

Mum und Dad beruhigen sich irgendwann und kommen nicht mehr täglich vorbei, was in gewisser Weise erleichternd ist, weil Mum ständig riesige Berge zu Essen mitgebracht hat und sehr schmallippig wurde, wenn wir nicht alles aufaßen, ehe sie wieder nach Hause fuhr. Es war wirklich alles sehr gut, aber eher Marke Aufbaukost. Wenn ich auch nur noch ein kleines bißchen mehr aufbaue, passe ich nie wieder in mein schwarzes Samtkleid. Mack legt auf dem Weg zu uns einen ausgiebigen Zwischenstop bei Hamleys ein, aber zum Glück sehe ich ihn kommen, ehe Charlie merkt, daß er da ist, und kann ihn dazu bringen, ein paar Geschenke zurückzuhalten, weil Charlie sonst endgültig abhebt und ich ihn nie wieder auf den Teppich zurückbekomme. Ein Teil von mir will ihm alles geben, wonach er verlangt, aber von der Gefahr des finanziellen Ruins abgesehen weiß ich auch, daß es wichtig für ihn ist, so schnell wie möglich wieder zum Alltag zurückzukehren. Ich diskutiere mit Kate und Sally darüber. Sally bringt eine sehr interessante Theorie ins Spiel, die besagt, daß es für Kinder im Grunde überaus gefährlich ist, ihnen zuviel Spielzeug zu kaufen, und daß man ihnen lieber ein bißchen Paketschnur und viel Zuwendung statt tonnenweise Spielzeug und einen eigenen Fernseher geben sollte. Als ich sie darauf hinweise, daß William auch einen eigenen Fernseher hat, sagt sie ja, aber sie hatte nur zwei Möglichkeiten: entweder das oder ihn umbringen, und als sie sich letztes Wochenende weigerte, ihm ein neues Legoset zu schenken, war er zwei Tage beleidigt. Das kann ich nachfühlen, und ich erzähle, daß Charlie einen beinahe einstündigen Schreikrampf hatte, weil ich mich geweigert habe, ihm eine Schrotflinte zu kaufen.

Mack hat außer Spielzeug auch etwas zu essen dabei, und irgendwie scheue ich mich, ihm zu sagen, daß Mum heute schon mit einem kompletten Drei-Gänge-Menu reingeschneit ist. Er muß morgen ins Büro und will in aller Frühe aufbrechen, weshalb wir versuchen, Charlie zeitig ins Bett zu kriegen. Leider geht der Schuß nach hinten los, und um halb elf rennt er immer noch singend und Witze reißend durch die Gegend. Mack benimmt sich wunderbar, er schlägt vor, ihm eine Geschichte vorzulesen und ihn zu beruhigen. Ich bezweifle, daß er eine Chance hat, und nehme das Angebot trotzdem dankbar an. Eine halbe Stunde später kommt er wieder runter und sagt sehr selbstzufrieden: »Das war ein Kinderspiel. Er schläft tief und fest, und so wie es aussieht, bleibt das die nächsten paar Stunden auch so.«

»Gut. Bist du sicher, daß er nicht nur so tut? Das hat er nämlich gestern abend mit mir gemacht. Ich wollte gerade hinausschleichen, da hat er sich hingesetzt und ›Hab nur Spaß gemacht‹ gesagt. Ich hätte fast einen Herzinfarkt bekommen.«

»Ja. Ich bin mir sicher.«

»Wunderbar.«

»Ja, und billig, nur zum halben Preis.«

»Was meinst du damit?«

»Ach, Scheiße. Das ist mir so rausgerutscht. Also, hm, wir haben eine Abmachung. Er geht jetzt schlafen, und ich stecke ihm dafür nächstes Mal einen Fünfer zu.«

»Mack, daß ist widerlich!«

»Nein. Das hebe ich mir bei Alfie und Daisy für besondere Notfälle auf. Obwohl Daisy langsam den Bogen raushat; sie besteht inzwischen auf Vorauskasse.«

»Das ist ja noch dümmer von dir. Das endet damit, daß du ein Vermögen lockermachen mußt.«

»Wahrscheinlich. Wo wir gerade beim Thema sind, ich habe dir auch was mitgebracht. Es ist im Auto.«

Er öffnet die Küchentür, späht in die Finsternis hinaus und sagt: »Du lieber Himmel, jemand hat mein Auto geklaut.«

»Was?«

»Schau, es ist weg.«

Ich schaue die Auffahrt hinunter und kann nichts sehen, aber man kann eigentlich nie was sehen; denn wenn es dunkel ist auf dem Land, dann ist es richtig dunkel. Ich mache die Außenlampe an, und der Wagen taucht wieder auf.

»Ach ja. Danke.«

Er kommt mit einer sehr teuer aussehenden Schachtel zurück, und darin liegt ein Paar wunderschöne Ohrstecker, so ähnlich wie die, die Kate mir geliehen hat, nur hübscher. Silberne Kreuze mit grünen Steinen.

»Mack. Sie sind wunderschön. Danke sehr.«

»Na ja, ich finde, du solltest ein Paar eigene haben.«

Er wirkt ein bißchen verlegen, und ich stecke sie an und wirble herum und sage, so ein schönes Geschenk hätte ich noch nie bekommen, was ihm sehr zu gefallen scheint, und ich gebe ihm einen Kuß, der als Bedanke-mich-Kuß anfängt und dann schnell zu etwas ganz anderem wird. Die Kombination von Lust und Erschöpfung macht alles irgendwie noch schöner als sonst. Ich bin am Rande der Tränen, und dann bittet Mack mich ganz sanft, ihm die ganze Geschichte von Anfang an zu erzählen, und das tue ich auch, bis ich am Ende schluchzend in seinen Armen liege. Schließlich beruhige ich mich wieder, und wir gehen ins Bett, und dann wache ich, wie mir scheint, Minuten später wieder auf, weil Charlie weint und sagt, er hätte einen Alptraum von Spritzen gehabt. Ich tröste ihn, und dann wacht Mack auf und tröstet ihn auch und fängt an, eine äußerst langweilige Geschichte über Boote zu erzählen, was perfekt ist, weil wir dabei alle einschlafen, und dann ist es halb sechs, und Mack versucht, sich anzuziehen, ohne jemanden aufzuwecken. Ich gehe nach unten und koche Kaffee.

»Super Bootsgeschichte gestern nacht.«

»Ja, eine von meinen Spezialgeschichten. Dabei schlafen die kleinen Scheißer unter Garantie wieder ein; ich habe noch nie länger als zehn Minuten gebraucht.«

»Glaube ich gerne. Willst du Toast?«

»Nein danke, wir sollten den Rauchmelder nicht herausfordern.«

»Sehr komisch.«

Ich winke ihm zum Abschied nach, und einen kurzen Augenblick lang ergehe ich mich in der Vorstellung, eine liebende Gattin zu sein, die ihren Brötchenverdiener für einen langen Tag im Büro verabschiedet. Aber ich habe sie schnell wieder abgeschüttelt, vor allem, weil ich nicht die richtigen Hausschuhe trage; um ehrlich zu sein, ich trage gar keine Hausschuhe, sondern schreckliche alte Gartenlatschen, die gerade an der Tür standen und völlig schlammverkrustet sind. Ich lege mich wieder ins Bett und bin kurz davor einzudösen, da wacht Charlie auf.

»Wo ist Mack hingefahren?«

»In die Arbeit.«

»Doofkopp.«

»Charlie, gewöhn dir bitte dieses alberne Wort ab.«

»Ich habe mein Geld nicht bekommen, und jetzt vergißt er es.«

Ich habe nicht vor, mich in Macks Bestechungsversuch hineinziehen zu lassen, weil Charlie sonst heute abend bei mir das gleiche versucht. Aber ich will auch nicht, daß er Mack für einen Betrüger hält.

»Ach, er hat irgendwas gesagt in der Richtung ›Sag Charlie, ich habe unsere Abmachung nicht vergessen und wir machen es aus, wenn wir uns das nächste Mal sehen‹, was immer das heißen mag.«

Charlie entweicht ein großer Seufzer der Erleichterung, und er sagt: »Mami, was gibt es zum Frühstück? Ich habe Hunger. Ich muß viel essen, weißt du? Ich war nämlich sehr krank.«

Ich telefoniere mit Leila und versuche sie dazu zu bewegen, mit den andauernden Geschenkekuriersendungen aufzuhören, weil, von allem anderen abgesehen, die Garage inzwischen voll von diesen kleinen Styroporflocken ist, die anscheinend unverzichtbarer Bestandteil jedes Päckchens sind. Jedesmal, wenn ich sie endlich in Müllbeuteln zusammengetrieben habe, stürmt Charlie herbei und befreit sie wieder. Unsere Garage sieht inzwischen aus wie so ein riesiges Plastikdingsda, das man schüttelt, damit es schneit. Leila sagt, sie versteht vollkommen, und außerdem hat sie gerade ein Buch über posttraumatische Streßbewältigung gelesen, und es ist offensichtlich wesentlich, so schnell wie möglich zum normalen Alltagsprogramm zurückzukehren. Sie kauft ein, soviel sie kann, und rät mir, das gleiche zu tun, weil es die perfekte Ablenkung ist. Ich stimme ihr zu, unterstreiche allerdings den kleinen Unterschied in meinem Fall: Lasse ich mich zu großen Kauforgien hinreißen, werde ich zur Belohnung gleich doppelt abgelenkt. Einmal im Kaufrausch und das zweite Mal, wenn mir der Bankdirektor wieder einen seiner besonders unverschämten Briefe schreibt.

Charlie wird langsam ein bißchen ruhiger, und seine Wutanfälle kommen nicht mehr so regelmäßig, sind aber immer noch rasend. Es gibt viele schlimme Augenblicke, wenn wir zusammen kuscheln oder ich ihm etwas vorlese und er plötzlich fragt, wieso er krank war: Hat er etwas falsch gemacht, und kann ich bitte versprechen, daß es nicht wiederkommt? Wir führen lange Debatten über Erreger und daß er einfach Pech hatte, und das scheint er zu akzeptieren, aber ich bin jedesmal fix und fertig. Ihn so ängstlich und unsicher zu sehen ist unerträglich. Sally hat mit ihrem Freund Mel gesprochen, einem Kinderpsychologen, der sagt, es sei unter Kindern, die von einer schweren Krankheit genesen, weit verbreitet, mit allen möglichen Verhaltensstörungen zu reagieren, und da müsse man schlicht und ergreifend durch. Ich habe keine Ahnung, wie Eltern mit langwierigen schweren Krankheiten fertig werden. Es muß die Hölle sein. Ich bin gleichzeitig erleichtert und traumatisiert, und es gibt einfach keinen Platz dafür. Ich habe Schuldgefühle, weil ich ihn im Stich gelassen habe, ihn nicht beschützen konnte, und Schuldgefühle, weil ich ständig über meine Gefühle nachdenke, anstatt mich auf ihn zu konzentrieren. Ich weiß, daß noch ein langer Weg vor mir liegt, und verglichen mit dem, was hätte passieren können, scheint es schrecklich, sich Gedanken über seine rasenden Wutanfälle und die Angstattacken zu machen. Aber ich mache mir Gedanken, mehr seinet- als meinetwegen. Jedesmal, wenn er zornig wird, habe ich das Gefühl, ich würde ihn schon wieder im Stich lassen. Irgendwie glaube ich, daß nichts wieder sein wird, wie es war: Wenn die schlimmsten Alpträume sich erst erfüllen, merkt man auf einmal, wie zerbrechlich alles ist. Ich muß sehr hart daran arbeiten, nicht zu fürsorglich zu werden. Am liebsten würde ich ihn die nächsten zehn Jahre lang in Watte gepackt zu Hause behalten, aber mir ist klar, wie unvernünftig das ist und außerdem wahrscheinlich auch noch illegal.

Dr. Bennett, der niedergelassene Arzt, kommt vorbei, um nach Charlie zu sehen. Erst als klar ist, daß ich nicht vorhabe, ihn zu verklagen, weil er bei den ersten beiden Untersuchungen nicht die richtige Diagnose gestellt hat, ist er furchtbar nett zu uns. Charlie ist außer sich, weil ein Arzt ins Haus gekommen ist, und bewirft ihn mit Legosteinen. Dann besteht er darauf, daß der arme Mann seine Arzttasche ausleert und sämtliche Nadeln und Spritzen ins Auto bringt. Erst, als er sicher ist, daß er keine Spritze bekommt, beruhigt er sich etwas, aber er ist immer noch auf der Hut und klammert sich an mich und drückt meine Hand. Der arme Arzt bemüht sich nach Kräften, nett zu sein, und versucht es sogar mit einem kleinen Scherz, aber dafür ist Charlie nicht zu haben. Aus schmalen Schlitzen beobachtet er argwöhnisch jeden Handgriff. Der Doktor gibt Charlie grünes Licht, endlich wieder zur Schule zu gehen, versucht es noch einmal mit einem Scherz und sagt dann, er müsse sich jetzt verabschieden.

Als ich ihn hinausbringe, sagt er: »Bekanntermaßen ist es sehr schwer, es überhaupt zu erkennen, und wir müssen uns darauf verlassen, daß die Eltern uns anrufen, ehe es zu spät ist.«

Ich sage ihm, daß ich das ungeheuer unfair finde. »Dann wäre es also meine Schuld gewesen, wenn etwas Schreckliches passiert wäre?«

»Nein, nein, natürlich nicht, das wollte ich damit nicht sagen.«

»Weiß ich. Aber so fühlt es sich an.«

»Ähm, also, so habe ich es wirklich nicht gemeint. Ehrlich gesagt fühle ich mich immer noch ganz elend deswegen. Es tut mir wirklich sehr leid, wissen Sie?« Und er sieht wirklich erbärmlich aus.

»Ja, aber jetzt ist es vorbei, und ihm geht es wieder gut.«

»Jedenfalls kann er schon wieder gut mit Legosteinen werfen.«

»Ja. Tut mir leid.«

»Oh, keine Ursache. Ich hatte schon viel schlimmere, glauben Sie mir. Einmal bin ich fürchterlich von einem Kleinkind gebissen worden, dabei war es nur mit seiner Mutter bei mir, um ein neues Rezept zu holen. Im Ernst, ich kann Ihnen nicht sagen, wie froh ich bin, daß er wieder gesund ist.«

Er geht die Auffahrt hinunter, und ich kehre ins Wohnzimmer zurück. Charlie kniet hinter dem Fenster und tut so, als würde er den Arzt auf dem Weg zum Auto in den Rücken schießen.

Charlies erster Schultag wird viel härter, als ich es erwartet habe. Am Schultor kommen jede Menge Eltern auf uns zu, um hallo zu sagen und Charlie willkommen zu heißen. Miss Pike erscheint, und es stört sie nicht im geringsten, daß Charlie sie mit seiner stürmischen Umarmung fast umreißt. Plötzlich taucht Mrs. Harrison-Black in unserem Sichtfeld auf und ruft: »Da bist du ja, junger Mann. Wirklich, da hast du uns aber allen einen ganz schönen Schrecken eingejagt! Der arme Dr. Bennett wurde förmlich von panischen Eltern belagert. Ich habe ihnen gesagt, sie sollen sich nicht so anstellen, aber du weißt ja, wie die Menschen sind. Und jetzt siehst du fit wie ein Turnschuh aus.«

Charlie verkriecht sich nervös hinter mir, als hätte man ihm vorgeworfen, die ganze Schule mit Absicht in Angst und Schrecken versetzt zu haben. Ich bin kurz davor, ihr zu sagen, sie soll sich verpissen, ungeachtet der längerfristigen Konsequenzen, die es hat, wenn man vor Grundschülern flucht, als Miss Pike mit ihrer ganz besonders lauten Stimme sagt: »Vielen Dank, Betty. Was für eine ungeschickte Art, die Dinge auszudrücken. Ich glaube, Charlie, Mrs. Harrison-Black will damit sagen, daß es sehr schön ist, dich wieder bei uns zu haben, und daß wir alle dein niedliches Lächeln vermißt haben. Also, mein Lieber, glaubst du, du könntest wohl für mich die Glocke läuten und heute mein ganz spezieller Helfer sein?«

Den Eltern in der Nähe entfährt ein erstauntes Keuchen. Mrs. Harrison-Black ist als Betty enttarnt! Sie unterschreibt ihre Elternbeiratsbriefe grundsätzlich mit Mrs. Robert Harrison-Black, was lächerlich ist, und wir haben uns schon immer gefragt, weshalb. Betty ist nun überhaupt kein Name, den sie angemessen fände. Ich wußte immer, daß Miss Pike sich, wenn es darauf ankommt, als tödliche Waffe entpuppen würde, aber dies ist ein wahrer Triumph. Mrs. Harrison-Black wird rot und flieht zu ihrem Wagen, und im Vorbeigehen ruft Kate ihr »Auf Wiedersehen, Betty!« nach. Göttlich, göttlich.

Charlie saust davon, um die Glocke zu holen, die für Unterzehnjährige normalerweise absolut tabu ist. Ich bin mir nicht ganz sicher, ob Miss Pike wirklich wollte, daß er so lange klingelt und so laut, aber sie lächelt, als sie ihm die Glocke wieder entwindet. Alle lächeln nachsichtig, und viele umarmen ihre Kinder besonders fest, ehe sie gehen. Es ist ein bißchen wie in dem Film *Truly Madly Deeply,* als Alan Rickman von einem kleinen Mädchen erzählt, das gestorben ist. Ihre Eltern haben auf ihrem Lieblingsspielplatz eine Bank aufgestellt mit einer Inschrift: »Für Rosie, die so gerne hier gespielt hat.« Und alle Eltern, die das lesen, zucken zusammen und gehen zu ihrem Kind und nehmen es einen Moment lang fest in den Arm. Ich würde Charlie auch gerne einen Augenblick in den Arm nehmen, aber leider rennt er wie wild im Kreis herum. Dann trottet er glücklich und zufrieden in sein Klassenzimmer. Dabei hält er Miss Pike an der Hand und hopst ein bißchen auf und ab.

Wir haben vereinbart, daß ich Charlie vor dem Mittagessen abhole, weil Miss Pike der Meinung ist, ein ganzer Schultag könnte am Anfang noch zu viel für ihn sein. Ich bin den Tränen nahe, und Kate legt mir den Arm um die Schultern. Ich kann kaum glauben, daß ich endlich wieder allein bin, ohne ein kleines Kind, das mich ständig auf Schritt und Tritt beobachtet. Wir beschließen, zu mir und nicht zu Kate zu fahren, falls die Schule anruft. Also fahren wir hintereinander her, und es folgt eine sehr tränenreiche Stunde, als ich die ganze Geschichte noch einmal von vorne erzähle. Aber zum Glück haben wir bald genug davon, uns auszumalen, was hätte passieren können, und zu bekräftigen, wie froh wir alle sein dürfen, gesunde Kinder zu haben, und wenden uns angenehmeren Themen zu: Gerüchte und Skandale. Mrs. Harrison-Black wird von uns ab sofort nur noch Betty genannt, und Kate erzählt, daß es im Ballett letzte Woche beinahe eine Schlägerei gegeben hätte, als Mrs. Bates erfuhr, daß ihre Tochter Sophie in der nächsten Aufführung keine Rolle bekommen hat. Sophie tanzt wie ein kleiner Elefant und wurde für die Rolle einer Gladiole als nicht geeignet empfunden. Phoebe soll eine Osterglocke sein, aber sie weigert sich, gelb zu tragen.

Wir hassen Mrs. Bates, weil sie herrschsüchtig ist, ein furchtbarer Snob und weil sie manchmal, wenn sie Sophie abholt, einen Gymnastikanzug anhat, ohne darin dick auszusehen. Aber am schlimmsten ist, daß sie irgendwann auf einem Schulfest einen Salat von Sally schlechtgemacht hat. Außerdem haben sich in der letzten Elternbeiratssitzung Dramen bezüglich der Rechtschreibung abgespielt, als jemand auf zwei Fehler in der letzten Informationsbroschüre hinwies. Und auch die Feuerübung ist nicht so gut verlaufen, weil Miss Pike vergessen hat, daß die Übung angesetzt war und sich im Lehrerzimmer ein Nickerchen gönnte. Außerdem wurden drei Jungen aus der sechsten Klasse vermißt und schließlich im Sekretariat entdeckt, als sie versuchten, eine Telefonsexnummer anzurufen. Plötzlich ist es Zeit, Charlie abzuholen, und ich mache mich um einiges besser gelaunt auf den Weg.

Charlie ist außer sich.

»Mami, Miss Pike hat gesagt, daß ich lesen muß, obwohl ich krank war, weil ich so schön lese, daß sie es unbedingt hören will.«

»Das ist aber schön, Spatz, du liest doch so gerne.«

»Ja, aber ich war beschäftigt. Ich mußte spielen.«

»Mach dir nichts draus, du mußt dich erst daran gewöhnen, wieder in der Schule zu sein, und ich bin mir ganz sicher, daß Miss Pike dir dabei hilft.«

»Miss Pike ist ein Doofkopp.«

»Charlie, du liebst Miss Pike.«

»Ich habe sie geliebt, aber jetzt finde ich, sie ist ein Doofkopp.«

»Sei nicht albern. Laß uns über etwas anderes reden. Was möchtest du essen? Ich mache dir alles, was du willst.«

»Hummer.«

»Charlie, sei nicht albern.«

»Ich bin nicht albern. Ich fände es wunderbar, und es ist genau das richtige, um wieder zu Kräften zu kommen. Ich fühle mich schwach wie ein Kätzchen.«

Ich möchte nur wissen, wo er diese ganzen Sprüche herhat. Irgendwann kann ich ihn zu Käsebroten überreden, mit Butter drauf, aber nicht zu dick, und zum Nachtisch Pfirsich aus der Dose. Den Nachmittag verbringen wir in einem Meer aus Lego- und Puzzleteilen. Ich setze Bad und Bett sehr früh an, und die Nudeln werden als eklige Pampe bezeichnet, stellen sich aber als genießbar heraus, wenn es zum Nachtisch Schokoladenkuchen gibt. Den Kuchen habe ich am Nachmittag gebacken, um dem Legospiel zu entkommen. Ich glaube, ich entwickle langsam eine Legoallergie. Jedesmal, wenn ich die Dinger überall auf dem Fußboden verstreut liegen sehe, verspüre ich einen übermächtigen Drang, sie sofort in den Mülleimer zu werfen. Der Kuchen ist, wie immer, flach geworden und sieht kein bißchen aus wie auf dem Bild in »Großmutters Backbuch«. Vielleicht ist Großmutter nicht so gestreßt wie ich und muß nicht ständig irgendwelchen Legoteilchen ausweichen. Charlie ißt ihn, fragt aber, ob wir nächstes Mal bitte richtigen Kuchen haben können, einen gekauften.

Um halb acht habe ich ihn endlich im Bett, dabei fühlt es sich an wie Mitternacht, und ich lese zum hunderttausendstenmal fürchterlich nervige Babybücher vor, die er gerade wieder entdeckt hat und jetzt ständig hören will. Er schnaubt zwar verächtlich über die kleinkindgerechten Geschichten und die endlose Wiederholung von Sätzen wie »Ich hab dich lieb, kleiner Bär«, aber in Wirklichkeit liebt er sie. Dann schläft er ein, und ich liege neben ihm und beobachte ihn. Mir wird klar, daß ich ihn wirklich mehr liebe als mein Leben und daß ich die Bedeutung dieses Satzes vorher nie wirklich begriffen habe. Das ist ja alles sehr schön, aber ich spüre, daß ich gleich einen Krampf bekomme, außerdem muß ich mich auf den morgigen Großeinkauf vorbereiten und mich langsam, aber sicher um etwas Arbeit bemühen, weil mein Bänker sonst einen Herzinfarkt bekommt.

Barney ruft an und sagt, es sieht so aus, als würde der Job mit dem fliegenden Klavier was werden, und wenn ich mich dazu in der Lage fühle, hätte er gerne, daß ich Freitag reinkomme und die Sache mit ihm durchspreche. Er will nicht, daß Lawrence das Projekt übernimmt, weil der mit Sicherheit in Panik gerät.

»Ich meine, du kennst ihn ja. Ich glaube, die Kombination von Klavier und Schwimmbecken wird einfach zuviel für ihn.«

»Was für ein Schwimmbecken?«

»Weißt du, ich habe ein bißchen am Manuskript gefeilt. Jetzt jagt das Klavier den Kellner die Treppe runter, und schließlich landen beide in einem Schwimmbecken.«

»Barney, du machst wohl Witze. Das wird ein Alptraum.«

»Ja, höchstwahrscheinlich. Aber ein Riesenspaß, und ich glaube, ich habe eine Idee, wie wir es machen können. Im großen und ganzen jedenfalls, und der Rest fällt mir dann schon ein, wenn wir drehen.«

»Ach, das wird ja mal eine nette Abwechslung.«

Freitag morgen. Edna kommt, um auf Charlie aufzupassen. Sie juckte es schon die ganze Zeit, Charlie endlich in die Finger zu kriegen, um ihn wieder aufzupäppeln, und war jeden Tag kurz hier, um ihren Jungen zu sehen. Um genau zu sein, haben Mum und Edna ein leicht konkurrierendes Backprogramm eingeführt. Ich fahre ins Büro und erkenne schnell, daß dieses Projekt entsetzlich wird. Andererseits bedeutet es mindestens drei Tage im Studio, was meinen Bänker sehr freuen wird. Lawrence versucht nett zu sein und erkundigt sich nach Charlie, aber bald fällt er wieder in sein altes Benehmen zurück und wird furchtbar schnippisch, als ich meinen Schreibtisch umdrehe, damit ich nicht mehr an die Wand in der dunkelsten Ecke des Büros starren muß. Er sagt, ich habe die ganze Umgestaltung des Büros ruiniert, und regt sich fürchterlich auf, als Barney runterkommt und hinter seinem Rücken Grimassen schneidet. Irgendwann merkt auch Lawrence, was los ist, und er verschwindet beleidigt zum Essen und taucht erst gegen fünf wieder auf. Barney hat morgen eine weitere Besprechung mit der Agentur wegen des Pianoprojekts und sagt, wenn er grünes Licht bekommt, läßt er es mich sofort wissen, damit ich gleich anfangen kann zu buchen. Er ist ganz sicher, daß wir den Auftrag bekommen, weil es, soweit er weiß, niemand anderen gibt, der ihn haben will, denn diese Sache halten alle für unmöglich machbar. Das hat Barney natürlich ohne Ende angestachelt, und er fertigt unzählige Zeichnungen vom Set an, die niemand begreift. Er führt Gespräche mit Stuntmen, die alle nicht ganz bei sich sind, und hat mich bereits zweimal gefragt, ob ich tauchen kann.

Mack kommt am Sonntag mit den Kindern zum Tee, und es läuft ziemlich gut, auch wenn sich das Schicksal des letzten KitKat zu einer Staatsaffäre auswächst. Ich muß unbedingt daran denken, nie wieder eine Sechserpackung von irgend etwas zu kaufen, wenn fünf Leute Tee trinken, von denen drei Kinder sind. Ich versuche es mit der Behauptung, daß ich mein KitKat nicht will, aber das wird als offensichtliche Lüge beiseite gewischt, und außerdem hat Mack seines schon gegessen, so daß noch immer ein Kind ohne zweites KitKat bliebe. Mack sagt, Charlie soll es kriegen, weil er so krank war. Charlie findet diesen Vorschlag ganz toll, aber Alfie sieht aus, als wäre er den Tränen nahe. Also schneide ich das übrige KitKat zum Kompromiß in drei Teile, wobei ich von den Kindern mit Argusaugen beobachtet werde, damit die drei Stücke auch ja gleich groß sind. Das Ergebnis wird vom Gremium akzeptiert, und der Frieden ist wiederhergestellt. Ich versuche, mich bei Daisy ein bißchen lieb Kind zu machen, und sage ihr, wie hübsch ich ihr rosa T-Shirt finde. Sie ist geschmeichelt und erzählt, daß ihre Mami genau das gleiche hat. Aber dann sagt sie noch, sie glaubt nicht, daß es die auch in meiner Größe gibt, falls es mich interessieren sollte.

Dann schauen die Kinder Video, und Mack und ich versuchen rauszufinden, wann wir uns wiedersehen können.

»Ich nehme an, es gibt keine Möglichkeit für dich, mal in die Stadt zu kommen, oder?«

»Nein, tut mir leid.«

»Weißt du, ich bin mir sicher, daß Charlie es verkraften würde.«

»Ja, ich auch. Aber ich nicht. Es tut mir leid, Mack, aber ich bin noch nicht soweit, ich kann ihn im Moment noch nicht allein lassen. In ein paar Wochen vielleicht. Ich meine, ich muß arbeiten. Ich bin auch so schon genug weg.«

»Ich weiß. Ich will nur ein bißchen Zeit mit dir alleine verbringen. Vielleicht könnten wir vor Weihnachten ein Wochenende zusammen hinkriegen?«

»Vielleicht. Laß uns abwarten, wie es sich entwickelt.«

Ich weiß genau, daß er darüber nicht gerade glücklich ist und findet, ich könnte es womöglich ein bißchen übertreiben. Aber er gibt sich wirklich alle Mühe, sich nichts anmerken zu lassen.

»Ich weiß, es ist momentan nicht ideal, Mack. Aber ich brauche Zeit, um darüber hinwegzukommen, und Charlie auch.«

»Natürlich brauchst du das, sei nicht albern. Hör zu, vergiß, was ich gesagt habe, es ist alles in Ordnung. Ich komme zu dir, kein Problem.«

Er nimmt mich in die Arme, und wir sind kurz davor, uns zu küssen, als Daisy hereingestürmt kommt. Sie ist wütend, weil Alfie gesagt hat, er sitzt auf der Rückfahrt vorne, weil Daddy es ihm versprochen hat, obwohl sie jetzt dran ist.

Mack wird von Panik ergriffen, und es stellt sich heraus, daß er tatsächlich beiden Kindern versprochen hat, auf der Rückfahrt vorne zu sitzen. Volltrottel. Es kommt zu einem kleinen Aufstand, und auch Charlie mischt sich mit großem Genuß ein; er will auch vorne sitzen, obwohl er überhaupt nicht mitfährt. Ich schlage vor, daß sie auf halber Strecke anhalten und tauschen. Schließlich akzeptieren sie den Kompromiß, und Mack sieht unendlich dankbar aus, als sie endlich fahren. Charlie bricht umgehend in Tränen aus und sagt, er wollte auch mitfahren und die ganze Zeit vorne sitzen, und außerdem will er auf der Stelle noch ein KitKat. Um ihn zu beruhigen, brauche ich eine halbe Stunde, zwei Mandarinen und viel Rückenkraulen. Er schläft in meinem Arm ein, und ich bin ans Sofa gefesselt, unfähig, mich zu bewegen. Irgendwann kämpfe ich mich frei und schaffe ihn nach oben ins Bett. Ich bin so erledigt, daß ich selbst auch gleich ins Bett gehe, und werde von Macks Anruf wieder geweckt. Er erzählt, der Tauschplan war leider nicht von Erfolg gekrönt, weil Alfie sich geweigert hat, nach hinten zu steigen, und sich an der Autotüre festgeklammert hat und förmlich rausgezerrt werden mußte. Daisy war außer sich und hat verlangt, daß Alfie den Rest der Fahrt im Kofferraum verbringt. Aber jetzt schlafen sie beide in seinem Bett, wie kleine Engel.

»Das Problem ist nur, ich bin viel zu fertig, um mich ins Bett zu legen und mit ihnen um ein Stückchen Decke zu kämpfen.«

»Und wenn du ins Gästebett gehst?«

»Das habe ich letztes Mal schon versucht. Die kleinen Rotzlöffel sind mitten in der Nacht zu mir gekrochen, und es ist nur halb so groß wie mein Bett. Eigentlich hatte ich eher an das obere Stockbett gedacht. Damit könnte ich sie reinlegen.«

»Guter Plan. Aber sei vorsichtig. Als ich das letzte Mal in einem Stockbett geschlafen habe, habe ich mich fast umgebracht, weil ich mitten in der Nacht rausgefallen bin. Kate und ich haben mit den Kindern übers Wochenende eine Bootsfahrt gemacht. Es war die Hölle.«

»Das glaub ich gern. Was um alles in der Welt hat dich dazu getrieben, so was zu tun?«

»Also, im Katalog hat sich alles ganz lustig angehört, und

Kate liebt Boote. Besser gesagt, vor unserem Ausflug dachte sie, sie liebt Boote. Aber es hat geregnet, die Kinder haben alle Durchfall bekommen, und überall waren Millionen von Mücken. Phoebes Schminkfarben haben sich als einzig wirksames Gegenmittel erwiesen. Wir haben alle ausgesehen wie in *Apocalypse Now.* Hätte nur noch der gute alte Marlon gefehlt, der alle 20 Minuten ›Das Grauen; das Grauen‹ sagt.«

»Klingt ja unvergeßlich.«

»Oh, es war zauberhaft, glaub mir. Und wenn du nichts dagegen hast, dann würde ich jetzt gerne weiterschlafen. Ab mit dir in dein Stockbett, sicher dich mit deinen Socken am Geländer, und zieh die Leiter hoch. Du kannst ja morgen anrufen und mir erzählen, ob es geklappt hat.«

Charlie hat überhaupt keine Lust, in die Schule zu gehen, und ich muß Frühstück mit Buzz und Woody erlauben und versprechen, daß es am Nachmittag Kuchen gibt – richtigen aus dem Laden –, um ihn ins Auto zu kriegen. Dann kommt Ted mit seinem Milchlaster an und blockiert die Einfahrt, und Charlie springt sofort wieder aus dem Auto und bettelt, auf der Ladefläche zur Schule fahren zu dürfen. Ted sieht so aus, als würde er ja sagen, deshalb muß ich schnell einschreiten und verkünden, daß es verboten ist. Das wiederum führt zu einer langen, komplizierten Debatte darüber, ob es möglich wäre, Meldung bei der Regierung oder den Vereinten Nationen zu machen, und wenn nicht, dann wenigstens bei *Blue Peter*, weil es einen schamlosen Verstoß gegen die Menschenrechte bedeutet, kleinen Kindern das Mitfahren auf Milchlastern zu verbieten.

Ich versuche den ganzen Tag, Leute und Ausrüstung für den Klavierspot zu buchen, und das nur provisorisch, weil wir noch immer keine Terminbestätigung haben. Ich hole Charlie von der Schule ab und mache auf dem Heimweg an der Tankstelle halt. Sie ist winzig, hat nur zwei Zapfsäulen, und normalerweise meide ich sie, denn die alte Dame an der Kasse nimmt so ungern Kreditkarten, weil sie das Lesegerät nicht bedienen kann. Ich ziehe den Hebel im Auto, um die Tankklappe zu öffnen, und sie springt viel schwungvoller auf als gewöhnlich. Genauer gesagt springt sie total aus den Angeln. Nach viel Gefummel kann ich sie wieder einhängen, aber jetzt läßt sie sich nicht mehr schließen und hängt irgendwie ganz krumm im Scharnier. Außerdem macht sie seltsame Geräusche, wenn man versucht, sie zuzudrücken. Die alte Dame kommt heraus und hilft mir, indem sie die Klappe mit einem unglaublichen Hieb zuschlägt. Aber ich bin sicher, das hält nur vorübergehend. Ich frage mich, ob der AA-Automobilclub auch einer widerspenstigen Tankklappe wegen ausrücken würde. Ich nehme an, das ist wahrscheinlich nicht ganz das, was sie im Kopf hatten, als sie sich selbst zu den Engeln der Straßen erkoren haben. Wenn man an Kates jüngste Erfahrung auf diesem Gebiet denkt, als die Leute vom AA zwei Stunden brauchten, bis sie endlich kamen, nur um zu verkünden, für platte Reifen seien sie nicht zuständig, und Kate dann im strömenden Regen einfach stehenließen, weiß ich nicht, was sie überhaupt damit meinen.

Ich entscheide, daß es besser ist, das Auto zu der Werkstatt zu bringen, die immer den Kundendienst macht. Während der Fahrt habe ich wüste Visionen von einer davonfliegenden Tankklappe, die einen vorbeifahrenden Motorradfahrer verletzt, welcher daraufhin ins Heck unseres Wagens kracht, wobei er den Tank in Flammen setzt und wir alle gegrillt werden. Charlie merkt, daß etwas nicht stimmt.

»Ist das ein Notfall, Mami?«

»Nein.«

»Wieso können wir dann nicht einfach nach Hause?«

»Schau, es ist zwar kein Notfall, aber es muß repariert werden.«

»Dann ist es doch eine Art Notfall. Gut. Doofkopp, Scheiße,

Kotzbrocken, Mistdreck. Du hast gesagt, Schimpfwörter darf man nur im Notfall sagen, und das habe ich getan. Ich habe noch ein neues Wort. Willst du es hören?«

»Nein!«

»Arschkopf.«

»Charlie!«

»Das ist mein neues Wort. Ich glaube, es ist eine Mischung aus Arschloch und Dummkopf.«

»Genau. Und sag das ja nicht noch mal. So ein Notfall ist es nicht. Es ist überhaupt kein Notfall. Du benimmst dich sehr albern.«

Er funkelt mich böse an und weigert sich auszusteigen, als wir in der Werkstatt sind. Ich renne in die Reparaturannahme und rufe »Ich krieg die Klappe nicht zu!«, während ich mich mit einem Blick über die Schulter vergewissere, daß Charlie sich nicht aus dem Auto geschlichen hat, um in der Waschanlage zu spielen. Hinterher merke ich auch, daß es nicht gerade geistreich war, in einem Raum voll gelangweilter Mechaniker »Ich krieg die Klappe nicht zu« zu rufen. Als sie sich wieder beruhigt haben, kommen sie gemütlich herausspaziert, schütteln besorgt die Köpfe und verkünden, der ganze Wagen müsse neu lackiert werden, was Monate dauern und ein Vermögen kosten wird. Ich sage, sie sollen sofort aufhören, mich zu veräppeln, weil ich sonst Charlie aus dem Auto lasse, der sehr müde ist und kurz vor einem riesigen Wutausbruch steht. Auf wundersame Weise genügt auf einmal ein einziger Mann mit einem kleinen Schraubenzieher, und schon hängt die Klappe wieder richtig in ihrem Scharnier, frisch geölt, und klappt freudig auf und zu, als wäre nie etwas gewesen. Ich bedanke mich überschwenglich und zücke den Geldbeutel, aber sie sagen »Aber nein, nicht nötig, das gehört doch zum Service«, während sie Charlie unsichere Blicke zuwerfen, weil er inzwischen die Autotür geöffnet hat und aus vollem Halse »Ich habe Hunger, Hunger, Hunger!« brüllt. Ich sage ihm, er soll die Klappe halten, bedanke mich bei den Mechanikern und steige wieder ein.

Charlie und ich schreien uns zehn Minuten an und führen dann eine Endlosdebatte darüber, was es heute zum Tee geben könnte. Als wir endlich zu Hause sind und ich das Auto geparkt habe, steigt Charlie aus und knallt heftig die Tür zu. Die Tankklappe springt auf, pendelt einen Augenblick lang hin und her und fällt in die Rabatten. Ich rufe in der Werkstatt an und vereinbare mit einem der Mechaniker von vorhin einen Termin für morgen vormittag. Mache in sehr übler Laune das Abendessen und verbrühe mir beim Abgießen der Nudeln die Hand. Ich schmolle ein bißchen, aber Charlie merkt nichts davon, bis ich irgendwann so lautstark meine Verletzung beklage, daß er mich endlich gebührend bedauert. Sofort kriege ich Schuldgefühle, weil ich so übertreibe. Im Bad brauchen wir ewig, aber irgendwann habe ich ihn endlich im Bett. Ich entspanne mich bei einem Gin Tonic und schlafe prompt ein. Gegen Mitternacht weckt mich das Läuten des Telefons, und das gräßliche Jaulen eines gequälten Tiers läßt mich hochfahren. Ich frage mich, ob ich es womöglich mit irgendeinem durchgeknallten Tierfetischisten zu tun habe. Schließlich taucht aus dem Geheule Leilas Stimme auf. Sie sagt, sie und James haben sich getrennt und sie will sterben. Oder erst James umbringen und dann sterben. Ich brauche ungefähr 20 Minuten, bis ich sie beruhigt habe, und dann erfahre ich eine mehr oder weniger zusammenhängende Geschichte.

Offensichtlich hat James sie zum Essen eingeladen und ihr mit viel Tamtam zu verstehen gegeben, daß es sich um einen bedeutsamen Anlaß handelt. Leila hatte die vage Vorstellung von einer Samtschachtel mit einem riesigen Brillantring. Statt dessen eröffnete er ihr, daß er jetzt bereit wäre, zu ihr zu ziehen. Seine Wohnung wollte er für sechs Monate vermieten, um auszuprobieren, wie es funktioniert. Er schlug vor, ein gemeinsames Konto einzurichten, wobei er die Miete für die Wohnung allerdings für sich behalten wollte, schließlich hätte er den Aufwand mit dem Umzug. Außerdem machte er den Vorschlag, Leila einen festen monatlichen Betrag zuzuweisen, den sie zum Kauf von Kleidung verwenden könnte, und nannte dann eine Summe, die laut Leila noch nicht mal ihre Reinigungskosten deckt. Sie sagte ihm, sie würde ihr Geld verdammt noch mal ausgeben, wofür sie wollte, und er sagte ihr, sie sei außer Kontrolle und bräuchte jemanden wie ihn, der ein bißchen Ordnung in ihr Leben brächte.

Daraufhin wurde es echt unangenehm, und schließlich bewarf sie ihn mit ihrem Essen und verließ das Lokal. Anscheinend hatte sie ein Risotto bestellt, und deswegen war das letzte, was sie von James sah, wie er sich Reis aus den Haaren klaubte. Nur leider nicht die Sorte Reis, die sie ursprünglich mal im Sinn hatte. Woraufhin sie zu einer neuen Schluchzorgie ansetzt. Dann faßt sie sich wieder und sagt, er hätte sowieso angefangen, sie zu langweilen. Wirklich, was für eine Zumutung, Männer sind einfach unmöglich, und außerdem wird sie jetzt lesbisch, weil Frauen sowieso viel besser sind.

»Ich glaube, das ist die perfekte Lösung, nur, daß ich mir die Haare eigentlich nicht abschneiden lassen will. Ich meine, es hat beinahe ein Jahr gedauert, bis diese schrecklichen Stufen herausgewachsen sind, und endlich habe ich sie so, wie ich sie immer wollte. Und eigentlich mache ich mir auch nichts aus Frauen – vielleicht könnte ich einfach eine Lesbe werden, die mit Männern ins Bett geht. Glaubst du, das funktioniert?«

Ich sage ihr, meiner Meinung nach beschreibt das die meisten Frauen ziemlich perfekt, was sie ein bißchen aufmuntert. Jedenfalls, sagt sie, wird sie sich jetzt trösten und eine Woche lang irgendwohin fahren, wo es sehr, sehr teuer ist, und ob ich vielleicht mitkommen möchte. Liebend gerne, sage ich, aber leider muß ich arbeiten, und außerdem könnte Charlie sich in einem edlen Hotel leicht als Fall für die Haftpflichtversicherung erweisen. Am Ende des Gesprächs klingt sie schon viel fröhlicher, aber ich weiß, daß sie wirklich verletzt ist, und sie tut mir sehr leid. Ich wünschte, ich wüßte, wo er arbeitet. Dann könnte ich unerwartet bei ihm auftauchen und ihm eine runterhauen. Ich vertraue ihr diese Idee an, und sie sagt, daran hat sie auch schon gedacht, und da gibt es diese wunderbare Firma, die Rachegeschenke verschickt, einen Strauß verwelkter Rosen zum Beispiel oder Abfall in Geschenkpapier, und die wird sie gleich morgen früh anrufen. Ich glaube, James stehen ein paar ungemütliche Tage bevor.

KAPITEL 11

Aus der Traum

Sieht so aus, als hätten wir den Klavierauftrag. Ich hänge stundenlang am Telefon, mit Barney, mit dem Studio, mit dem Stuntman und dem Tischler, der das Spezialklavier baut. Ich organisiere die Kinderbetreuung, eine komplizierte Mischung aus Edna und Mum, und will außerdem jeden Abend selbst zu Hause sein, ungeachtet der drei Stunden Fahrtzeit. Oder auch vier, wenn Polizei unterwegs ist. Dieser Auftrag wird sicher toll, wenn alles klappt, was ich ernsthaft bezweifle, außerdem bin ich noch nicht bereit, so weit weg von Charlie zu sein, obwohl ich weiß, daß es ihm gutgehen wird. Aber im Grunde bleibt mir keine andere Wahl, wenn ich diesen Monat die Miete bezahlen will. Mack hat in New York zu tun und war in den letzten Wochen so wahnsinnig beschäftigt, daß er mir nur wenige Übernachtungsbesuche abstatten konnte – die jedesmal wunderbar waren, besonders letzte Woche, als Charlie die ganze Nacht in seinem eigenen Bett geschlafen hat und wir zusammen aufgewacht sind, ohne daß ein kleiner Junge zwischen uns geklemmt lag.

Wir haben uns eine gemeinsame Wochenendreise vor Weihnachten versprochen, und Mack spricht von Venedig, wobei ich eher für den Lake District bin, weil ich mir nicht vorstellen kann, ohne Charlie ins Ausland zu fahren. Mack ruft vom Flughafen an, was dazu führt, daß ich zu spät dran bin, um Charlie abzuholen. Ich eile aus dem Haus, schnappe mir im

Vorbeigehen den schicken neuen Mantel und komme zwei Minuten zu früh zur Schule. Ich entdecke Kate, und wir drücken uns bei den Büschen rum, um der Frau vom Elternbeirat zu entgehen, die eine Versteigerung von Versprechen organisiert. Bis jetzt hat sie Zusagen für Tonnen von Kuchen, Stunden von Gartenarbeit und etliche Angebote fürs Kinderhüten. Aber das Komitee ist immer noch auf der Suche nach den ganz besonderen, preistreibenden Attraktionen. Kate sagt, wir sollten ihnen einfach 50 Pfund versprechen, wenn sie uns in Ruhe lassen, aber ich glaube, das entspricht nicht ganz ihren Vorstellungen. Die Kinder kommen aus ihren Klassenzimmern, und Phoebe marschiert auf uns zu und sagt: »Ich hasse Natalie, und damit basta!« Sie ist den Tränen nahe, und Kate bringt sie zur Vernehmung und einer Umarmung zum Auto, wo die anderen Kinder sie nicht sehen können. Ich verspreche, James zu bringen, wenn er kommt.

Die Klasse hatte Sport, und deswegen sind die Kinder noch alle im Klassenzimmer und suchen ihre Strümpfe. Es fängt an zu schütten. Mein neuer Mantel erweist sich als nicht wasserfest; um genau zu sein, er ist das vollkommene Gegenteil und saugt das Wasser auf wie ein Schwamm. Die abnehmbare Kapuze löst sich von selbst ab und wird vom Wind über den Spielplatz geweht. Ich bin gerade mitten in der heißen Verfolgungsjagd, als Charlie und James halbnackt aus ihrem Klassenzimmer kommen und sich der Hatz anschließen. Schließlich kann Charlie die Kapuze fangen, indem er daraufspringt, mitten in eine riesige Pfütze. Er ist sehr zufrieden mit sich und schleudert mir die tropfnasse schlammige Kapuze in die Hände.

»Schau, Mami, ich hab sie!«

»Vielen Dank, Charlie.«

Aufgeregt hüpft er auf und ab und fragt: »Bekomme ich eine Belohnung? Können wir auf dem Heimweg im Laden anhalten und Süßigkeiten kaufen? Bitte, bitte!« Ich bin zu naß, um zu streiten, und will vor James keine Szene provozieren, also willige ich ein, einen Abstecher zum Dorfladen zu machen. Ich parke so nahe am Geschäft wie möglich, und als ich die Türe aufmache, merken wir, daß wir mitten in einem kleinen See stehen. Mit einer sonderbaren Kombination aus Springen und limboartigen Verrenkungen versuche ich aus dem Auto zu steigen und ende in zehn Zentimeter tiefem, schlammigem Wasser. Charlie ist entzückt.

Wir platschen in den Laden. Er ist voll von Leuten mit durchnäßten Hosenbeinen. Wenigstens sind wir nicht die einzigen. Die Süßigkeitenregale sind von einer Horde Kinder belagert, und der Lärm ist unbeschreiblich. Ein Junge hält entschlossen eine Riesenpackung Karamelbonbons umklammert, während seine Mutter ein kleines Tütchen Traubenzucker im Visier hat. Eine andere Frau hat drei große Kinder und einen Jungen im Krabbelalter, der schreiend und strampelnd auf dem Boden liegt, weil er eine Familienpackung Vanilleeis aus der Gefriertruhe will. Schnell biete ich Charlie eine kleine Tafel Schokolade an, wenn wir dafür wieder draußen sind, ehe die Eltern handgreiflich werden. Er ist zum Glück einverstanden, und im strömenden Regen huschen wir zurück zum Auto. Der Wagen ist inzwischen völlig von See umgeben, und Charlie läßt die Schokolade ins Wasser fallen; zweimal. Aber es ist nichts passiert, sie ist nur ein bißchen naß geworden, dem Silberpapier sei Dank! Charlie hat alles aufgegessen, noch ehe ich mich angeschnallt habe.

Zu Hause angekommen, stecke ich Charlie sofort in die Badewanne, und dann werde ich von einer Flut von Anrufen wegen des Auftrags überschwemmt. Charlie nutzt die Gunst der Stunde zu einer wahren Wasserschlacht, und danach wischen wir eine halbe Ewigkeit den Badezimmerboden trocken. Um halb neun lege ich mich zu einem kurzen Nickerchen ins Bett. Ich will gleich wieder aufstehen und aufräumen, aber irgendwie verpasse ich den richtigen Moment und wache gerade rechtzeitig auf, um Edna kommen zu hören. Sie ist quietschvergnügt und kocht Tee und wischt herum, während ich aufgescheucht durch die Gegend renne und mich anziehe. Ich verlasse fluchtartig das Haus und bin schon auf der Autobahn, als ich merke, daß ich die Hälfte der Unterlagen zu Hause vergessen habe. Barney ruft an und meckert herum, aber dann fährt er zum Glück in einen Tunnel, und das Gespräch wird abrupt unterbrochen. Ich beschließe, mein Telefon auszuschalten, um ein bißchen Frieden zu haben, und ein Funkloch vorzuschieben.

Bei meiner Ankunft im Studio stellt sich heraus, daß der Set nicht bereit ist. Barney stürmt auf mich zu und sagt: »Was ist mit deinem Scheißtelefon los? Ich habe versucht, dich zu erreichen. Dieser Set ist eine Katastrophe, und die Treppe steht vollkommen verkehrt. Himmel, kriegen diese Leute denn gar nichts auf die Reihe?« Ich beruhige ihn und stelle fest, daß die Position der Treppe goldrichtig ist, exakt nach Plan, Barney hat es sich lediglich anders überlegt und vergessen, die Änderungen jemandem von uns mitzuteilen. Schließlich habe ich die Dinge im Griff, und Barney verzieht sich und murmelt etwas von »Schienen verlegen« vor sich hin. Wenn ihm nichts anderes mehr einfällt, läßt Barney immer gerne Schienen für die Kamera verlegen, und das wissen die Leute vom Team auch. Sie laufen durch die Gegend und sagen, das wird nie was. Das Klavier trifft ein und wirkt riesig. Es ist mit Metall verstärkt und mit Holz verkleidet, damit es aussieht wie ein normales Klavier und die Beine nicht abbrechen, wenn es die Treppe heruntersegelt. Vier Mann sind nötig, um es auf einem Spezialwagen ins Studio zu rollen. Unsere Leute werfen einen Blick darauf und schütteln die Köpfe. Barney ist sehr blaß geworden und murmelt ständig vor sich hin.

Die Geschichte dreht sich um ein neues sprudelndes Orangengetränk. Ein Pärchen sitzt in einem Restaurant mit Terrasse und großer Freitreppe, die hinunter zum Schwimmbad führt. Die Frau bestellt etwas zu trinken, und ehe der Kellner die Flasche öffnet, schüttelt er sie. Weil sie glaubt, daß gleich alles naß gespritzt wird, geht sie unter den Tisch in Deckung, wobei sie einen Stuhl umwirft, welcher einen vorbeigehenden Kellner zum Stolpern bringt und eine Kettenreaktion von krachenden Servierwagen und brennenden Vorhängen auslöst, die schließlich in einem kräftigen Schubs für das Piano mündet. Es saust die Treppe hinunter, einem Kellner auf den Fersen, der zu seiner Rettung ins Schwimmbad springt, gefolgt von dem Klavier. Die letzte Einstellung zeigt, wie der Kellner die Flasche mit einem eleganten leisen Zischen öffnet. Und aus dem Off wird sich eine Stimme darüber auslassen, daß dieses Getränk sich schütteln läßt, ohne zu explodieren, weil es eine ganz besondere Mischung aus Fruchtsaft und Quellwasser ist. Entspann dich. Einfach schütteln und genießen.

Ich würde jetzt selbst gerne etwas entspannen, schütteln und genießen, vorzugsweise irgendwas mit Gin. Aber um die Dinge perfekt zu machen, ist auch noch ein sehr ängstlicher Kunde namens Adrian aufgetaucht, der Barney die ganze Zeit nach seinen genauen Plänen zu fragen versucht. Und weil Barney sich darüber selbst noch nicht ganz klar ist, ist diese Art der Fragestellung im Moment nicht sehr geschickt. Irgendwann haben wir alles an Ort und Stelle, und Barney verkündet, daß er zuerst versuchen will, das Klavier die Treppe runterzukriegen. Wenn irgend etwas schiefgeht, haben wir die nächsten zwei Tage noch Zeit, an der Sache zu feilen. Die Jungs vom Team schütteln die Köpfe und prophezeien mir ein Desaster. Alle werden furchtbar nervös, und Barney läuft immer noch vor sich hin murmelnd auf und ab und regt sich über die Ausleuchtung auf.

Der Stuntman verkleidet sich als Kellner und stellt sich oben an die Treppe. Wir postieren vier Mann hinter das Klavier, die es durch die Türen schieben sollen. Endlich sind wir bereit, und sie fangen an zu schieben. Das blöde Ding rührt sich kaum, und als es sich schließlich doch bewegt, prallt es auf die erste Stufe, plumpst auf die zweite, macht noch einen winzigen Satz und rührt sich nicht mehr. Barney brüllt, sie sollen fester schieben. Schließlich kauern hinter den Türen etwa 20 Leute, das Klavier schießt mit ungefähr 150 Sachen heraus, springt um einiges höher und schafft es trotzdem nur bis zur fünften Stufe, ehe es stehenbleibt. Wir machen eine Kaffeepause und denken darüber nach, was wir jetzt tun sollen. Plötzlich sagt Barney, die Treppe muß raus und eine Rampe rein, die bemalt ist wie eine Treppe.

»Du machst wohl Witze, Chef, das funktioniert nie!«

»Doch.«

»Aber Chef, dann schießt es die Rampe runter wie nichts, und außerdem klingt es nicht wie eine Treppe.«

Barney denkt einen Augenblick darüber nach. »Natürlich nicht, ihr müßt ein paar Holzsprossen draufnageln, damit das Ding ein bißchen hüpft. Himmel, muß ich denn ständig an alles denken?«

Die Tischler schauen ihn an, als sei er verrückt geworden, aber sie bauen die Treppe aus und eine Rampe ein. Wir müssen Mittagspause machen und sind immer noch nicht bereit. Bei dieser Geschwindigkeit brauchen wir die ganzen drei Tage, um diese eine Einstellung zu kriegen. Der Stuntman gibt zu bedenken, daß das Klavier ihn auf der Rampe wirklich einholen könnte, aber Barney beschwichtigt ihn. Außerdem haben wir einen Froschmann im Wasser, der nur darauf wartet, ihn rauszuziehen, falls das Klavier auf ihm landet.

Der Stuntman ist von diesen Neuigkeiten nicht eben begeistert und sagt, wir sollten besser zwei Taucher im Becken haben: einen, der sich um das Klavier kümmert, und einen, der ihn rauszieht, wenn sich die Lage zuspitzt. Barney starrt mich an, als hätte ich das ahnen können, und murmelt etwas von Schnorcheln. Ich beschließe, es zu ignorieren, denn mich beschleicht die dunkle Ahnung, als nächstes kommt er auf die

Idee, daß ich Stunden am Grund des Schwimmbeckens lauere. Ich bin mir nicht sicher, ob meine Schnorchelkenntnisse wirklich ausreichen, um ertrinkende Stuntmen vor versunkenen Klavieren zu retten.

Schließlich steht die Rampe, und der Froschmann begibt sich wieder ins Becken. Das Mordsgerät wird hinter den Türen in Position gebracht, und ich versammle praktisch die komplette Mannschaft dahinter, um mit anzuschieben. Der Stuntman macht sich bereit, und die Spannung steigt. Ein Juniortexter von der Agentur gibt den sehr hilfreichen Hinweis, daß das Klavier womöglich sehr schnell werden und in eine völlig unerwartete Richtung schießen und das halbe Studio demolieren könnte. Er bekommt von allen Seiten zu hören, er soll die Klappe halten, und dann fangen wir an. Das gute Stück schießt durch die Schwingtüren und rumpelt auf äußerst überzeugende Weise die Rampe hinunter. Der Kellner fängt an zu rennen und sieht dabei ständig über die Schulter. Das Klavier holt zweifelsohne auf, und er sieht absolut entsetzt aus. Endlich springt er in das Becken, ungefähr zwei Sekunden, bevor der Flügel auf die kleine versteckte Rampe trifft, hoch in die Luft fliegt und ins Wasser klatscht. Der Froschmann zieht ihn gerade noch rechtzeitig aus dem Weg. Das komplette Team johlt und klatscht, und Barney ist begeistert. Sieht aus, als hätten wir's im Kasten, und wir sind sehr damit beschäftigt, uns zu beglückwünschen und das Band anzusehen, das wirklich toll aussieht, als der Kunde mit einem besorgten Gesichtsausdruck zu uns kommt.

»Also, ich weiß nicht recht, wissen Sie? Ich meine, ich finde es einfach nicht komisch.«

Barney sieht ihn voll Verachtung an und sagt: »Oh, tut mir leid, Adrian, sollte es komisch wirken? Keiner hat mir gesagt, daß es komisch sein sollte.«

Die vom Team halten sich vor Lachen die Bäuche, und der Kunde ist außer sich.

»Hören Sie, Adrian, wieso fahren Sie nicht zurück in die Agentur und besprechen dort, wie man es komischer machen kann? Und morgen kommen Sie wieder her und erklären es uns. Und in der Zwischenzeit machen wir hier einfach weiter, was halten Sie davon?«

Adrian wird von den Agenturleuten hinausgescheucht, und ich frage Barney, ob er weiß, auf was für ein Spiel er sich da einläßt. »Und was genau werden wir tun, wenn er morgen mit einem Haufen altem Mist ankommt, den wir drehen sollen, und das Budget ist verbraten?«

»Wir werden ihn ignorieren. Dieser Film wird toll, ich weiß es einfach. Immer wenn sie einem sagen, daß es nicht komisch ist, weiß man, daß man einen Hit produziert – das solltest du inzwischen wirklich wissen. Ich hätte mir ernsthaft Sorgen gemacht, wenn er gesagt hätte, es gefällt ihm.«

»Ja, aber –«

»Kein ›ja, aber‹. Morgen sagen wir ihm, wir haben keine Zeit, und am letzten Tag ignorieren wir ihn einfach, und dann können wir uns verpissen, und wenn ihm das nicht paßt, kann er sich's sonstwohin stecken. Und jetzt los, alles bereit für die nächste Einstellung. Es wird höchste Zeit.«

Ich komme mitten in der Nacht nach Hause, völlig erledigt. Ich schaffe es kaum einzuschlafen, ehe ich schon wieder aufstehen und zurück in Studio fahren muß, aber wenigstens sehe ich Charlie, der irgendwann mitten in der Nacht zu mir ins Bett kommt und mich kurz knuddelt, bevor er wieder einschläft.

Der zweite Drehtag läuft gut, abgesehen von der Sache mit den Vorhängen, die zwar leicht Feuer fangen, sich aber nicht wieder löschen lassen und drohen, das gesamte Studio abzufackeln, bevor wir die Feuersbrunst unter Kontrolle kriegen. Der Kunde taucht mit einer Abordnung von der Agentur auf, die ein paar richtig schlechte Ideen im Gepäck hat, und Barney sagt, wir schauen, was wir tun können, und ignoriert sie für den Rest des Tages.

Ich deute leise an, daß unser Drehplan für heute schon ziemlich festgelegt ist, und stelle für morgen ein bißchen Zeit in Aussicht. Dann versuche ich, Barney in die Enge zu treiben und ihn zu überreden, wenigstens so zu tun, als würde er ihnen zuhören. Er sagt, er wäre nie dahin gekommen, wo er heute ist, wenn er je auf Kunden gehört hätte, und ob ich außerdem bitte jetzt den Mund halten könnte, weil er über die nächste Einstellung nachdenken muß. Ich kann zwar zu einer vernünftigen Uhrzeit gehen, aber der Kunde ist außer sich, und ich erwarte für morgen ernsthaft Randale.

Ich weiß, daß uns ein harter Tag bevorsteht, als Lawrence am nächsten Morgen in aller Frühe vor dem Studio vorfährt. Die Leute vom Team fangen an zu murmeln, als sie ihn sehen, weil sie wissen, daß Ärger in der Luft liegt, und natürlich bittet der Kunde um eine kurze Besprechung, ehe wir anfangen. Lawrence hätte ihm versichert, das sei kein Problem. Barney sitzt die ganze Besprechung lang schweigend da und sagt dann: »Danke, Adrian, das war sehr interessant.« Dann schlendert er auf einen netten Tratsch hinüber zum Beleuchter. Der Kunde scheint zufrieden zu sein, und die Leute von der Agentur wirken erleichtert. Sie nehmen ihn mit auf eine Tasse Kaffee, und sobald sie verschwunden sind, kommt Barney zurück zu uns und fängt an, Lawrence anzuschreien.

»Du kleiner Scheißkerl! Verschwinde sofort ins Büro. Wenn ich noch irgendwelche Besprechungen brauche, lasse ich es dich wissen.«

Lawrence sieht aus, als wollte er noch etwas sagen, aber dann besinnt er sich und rauscht davon. Und dann dreht sich Barney zu mir um.

»Und was dich anbelangt, was zum Teufel hast du gemacht, als er diese Besprechung mit dem Scheißkunden angesetzt hat?«

Ich bringe meinen besonders festen Tonfall zum Einsatz, den ich normalerweise für Krisen mit Charlie reserviert habe.

»Hör mal, Barney. Ich weiß, daß du müde bist, aber fang nicht an, mich anzuschreien, oder ich gehe nach Hause. Laß uns einen Kaffee trinken, und dann sagst du mir, was du als nächstes drehen willst.«

Fast hätte ich seine Hand genommen, wie ich es bei Charlie mache, aber ich kann mich gerade noch rechtzeitig zurückhalten. Barney sieht mich mit einem schrecklichen Ausdruck im Gesicht an, und ich weiß, er ist nahe daran weiterzubrüllen. Aber das letzte Mal, als wir *Wetten, daß*? gespielt haben, bin ich wirklich gegangen. Zugegeben, danach saß ich zitternd in meinem Auto und habe überlegt, wo ich einen neuen Job herkriegen soll. Aber dann kam Barney und setzte sich hinten in meinen Wagen und sagte, ich solle lieber gar nicht erst dran denken, von seinem Set zu verschwinden. Was in Barneys Worten einer Entschuldigung gleichkam, und wir sind beide zurückgegangen und haben unsere Arbeit beendet. Schließlich sagt er: »Behandle mich nicht wie einen Dreijährigen. Ich bin stinksauer!«

»Also gut, dann eben der gute alte direkte Weg: Wenn du noch mal so mit mir sprichst, dann haue ich dir eine rein, und das wird dir leid tun. Sag mir einfach, was du als nächstes drehen willst, oder sollen sie inzwischen einfach ein paar nette Schienen verlegen, damit du noch ein bißchen nachdenken kannst?«

Jetzt bin ich zu weit gegangen, aber ich bin zu müde, als daß es mir etwas ausmachen würde, und außerdem ist Barney entzückt und fängt an zu lachen. Der restliche Tag läuft wie geschmiert, und irgendwann wird dem Kunden langweilig, und er verläßt uns ziemlich früh. Er ist so dumm, wirklich zu glauben, Barney hätte einige seiner Ideen »zu seiner Sache gemacht«, obwohl er sie in Wirklichkeit vollkommen ignoriert hat.

Heute kommen wir eigentlich alle früh raus, und ich laufe ernsthaft Gefahr, gerade rechtzeitig nach Hause zu kommen, um Charlie ins Bett zu bringen. Dem fühle ich mich nicht gewachsen, also lungere ich auf eine Tasse Kaffee bei McDonald's rum. Ich bemerke ein paar andere Frauen, denen es offensichtlich genauso geht, und mir wird klar, daß es überall berufstätige Mütter geben muß, die lieber irgendwo noch eine halbe Stunde vertrödeln, als genau zur Schlafenszeit ihrer Kinder zu Hause reinzuplatzen. Wir könnten einen völlig neuen Trend in Cafés und Bars kreieren. Keine Happy Hour, sondern eine Wir-vertrödeln-hier-die-Schlafenszeit-Hour. Als ich nach Hause komme, ist die Luft rein, und Mum hat Abendessen gekocht, das im Ofen auf mich wartet: Hackfleischauflauf. Göttlich. Mack ruft an und sagt, er ist wieder da. Die Reise war fürchterlich anstrengend, aber sehr interessant, und ob er am Wochenende runterkommen kann? Ja, bitte. Leila will uns Sonntag besuchen, deshalb soll Mack Samstag kommen und Sonntag verschwinden, wenn Leila gekommen ist. Das paßt ihm gut, weil er schon Montag wieder zurück in die Staaten muß. Ich unterhalte mich lange mit Mum über die Pläne für Weihnachten, was sich als ziemlich schwierig entpuppt. Schließlich einigen wir uns darauf, daß die Familie am Weihnachtstag zu uns kommt. Ich weiß eigentlich nicht, wie das passieren konnte, denn insgeheim hatte ich gehofft, daß wir alle zu Mum gehen könnten.

Als ich am nächsten Morgen aufwache, ist Charlie schon wach und hat Bettfrühstück für mich gemacht. Fünf Scheiben Zwieback, in Honig gewälzt, und dazu einen Beutel Tee in kaltem Wasser. Lecker. Ich gehe runter in die Küche, um Tee zu kochen, und bleibe mit den Fußsohlen auf dem Küchenboden kleben. Versuche, dankbar zu sein, aber es mißlingt mir, und Charlie schmollt.

»Es ist sehr schwierig, Honig zu schmieren, weißt du, Mami? Mir sind ganz viele Scheiben zerbrochen, bevor ich wußte, wie es geht.«

Die Spüle ist voll von zerbröseltem Zwieback und dazu sicher zehn Litern Honig. Vorsichtig versuche ich vorzuschlagen, daß nackter Zwieback das nächste Mal völlig genügt, aber Charlie sagt, ich bin fies und er macht mir nie wieder Frühstück. Am Ende fühle ich mich gemein und esse den Zwieback. Er ist widerlich. Das muntert Charlie auf, und er trollt sich, um seine Zeichentrickfilme anzusehen. Ich verbringe soviel Zeit damit, den Küchenboden vom Honig zu befreien, daß wir wieder mal zu spät dran sind.

Wir kommen gerade rechtzeitig zum Läuten, und ich werde von einer Formation Elternbeiratsfrauen vom Auktions-Komitee eingekesselt. Ich verabschiede Charlie winkend mit einem gekünstelten Lächeln auf den Lippen und werde dann zehn Minuten lang ins Kreuzverhör genommen, weshalb ich denn keine wirklich originelle Idee beisteuern könnte, die dem Schulfonds zu Hunderten von Pfund verhilft. Ob ich denn nicht irgendwie was mit Film zu tun hätte? Ich könnte doch sicher organisieren, daß man einen Tag dabei zuschaut, wie ein Film gemacht wird? So was würden die Leute lieben. Ich erkläre, daß es eigentlich sehr langweilig ist, man stundenlang nur rumsitzt und wartet und daß Regisseure nicht eben erfreut sind, wenn Fremde aufkreuzen und zuschauen. Ich kann mir lebhaft Barneys Gesicht vorstellen, wenn ich ihm sage, daß er dank mir die Hauptattraktion in der Elternbeirats-Auktion darstellt. Schließlich erkläre ich mich bereit, zu sehen, was ich machen kann, was sich als absolut gar nichts herausstellen wird, aber das sage ich ihnen natürlich nicht.

Es ist Samstag nachmittag, und Charlie ist auf eine Geburtstagsfeier eingeladen. Ein kleiner Junge aus seiner Klasse namens Justin mit ziemlich nervösen Eltern, die sich aus unerfindlichen Gründen für die klassische Variante entschieden und 15 Kinder zu Tee und Geburtstagsspielen zu sich nach Hause eingeladen haben. Arme Irre. Als ich Charlie abliefere, bin ich beinahe versucht, ihnen anzubieten, mich auf die Suche nach etwas Valium zu machen. Als ich ihn um fünf Uhr wieder abhole, ist er am Rande der Hysterie, was zum einen am Zuckerkonsum und zum anderen an einer verhängnisvollen Runde *Reise nach Jerusalem* liegt. Offensichtlich hat Justins Vater die Musik im falschen Moment ausgemacht, und Justin mußte als erster ausscheiden und hat den Rest des Spiels versucht, die anderen von den Stühlen zu schubsen, bis er zur Strafe schließlich in sein Zimmer geschickt wurde.

»Oh, armer Justin.«

»Geschieht ihm recht. Er hat James ganz fest geschubst. Er hätte sich den Arm brechen können. James mußte ein bißchen humpeln, und da habe ich ihm geholfen, einen Stuhl zu kriegen. Das war lieb von mir, oder, Mami?«

»Ja, mein Schatz. Das war sehr nett. Gut gemacht.«

»Ja. Ich weiß alles übers Nettsein. Wir haben es gestern in der Schule gelernt. Nette Händchen, nette Füßchen, sagt Miss Pike. Ich und James finden, das ist wirklich langweilig. Und dann hat Miss Pike gesagt, wir sind albern, und wir mußten die Spielecke aufräumen. Das war nicht sehr nett von ihr, oder, Mami? Das solltest du ihr mal sagen.«

Ich beschließe, das zu ignorieren, und versuche das Thema zu wechseln.

»Durfte denn der arme Justin wieder herunterkommen und sein restliches Fest mitfeiern?«

»Ja. Wir haben *Taler, Taler, du mußt wandern* gespielt, und er hat gewonnen.«

Das kann ich mir denken. Justins Vater ist wahrscheinlich unter Androhung von Folter vor die Wahl gestellt worden, diesmal die Musik ja im richtigen Augenblick auszumachen oder den restlichen Nachmittag mit einem hysterischen Geburtstagskind in seinem Zimmer zu verbringen.

»Und gab es was Nettes zum Tee?«

»Ja. Schon. Es gab kleine Würstchen. Aber der Pudding war eklig. Er war grün!«

Er hält inne, um das gesamte Ausmaß an Grauenhaftigkeit von grünem Pudding wirken zu lassen.

»Justin hat seinen auf den Teppich gekippt.«

Ich muß mir merken, daß wir Justin niemals zum Tee zu uns einladen.

Mack kommt ziemlich spät, und Charlie liegt schon im Bett. Wir gehen rauf, um gute Nacht zu sagen, und werden in eine Marathon-Schnatterrunde über Strom verwickelt und darüber, wie ein Telefon funktioniert. Es stellt sich heraus, daß Mack es auch nicht genau weiß, aber er verspricht, daß er es gleich morgen nachschlägt, und Charlie gibt sich zufrieden und legt sich wieder hin. Wir gehen wieder nach unten und machen Abendessen.

»Wie war deine Reise?«

»Oh, eigentlich wirklich toll. Aber ich habe Neuigkeiten.«

»Ach ja?«

Ich sehe ihn an und merke, daß er ziemlich nervös ist. Diverse Szenarien jagen mir durch den Kopf, Supermodels eingeschlossen, und gerade als ein vierseitiger Artikel über Mack und seine neue Frau in *Hello!* vor meinem inneren Auge vorbeizieht, sagt er: »Ja. Wir haben eine amerikanische Agentur gekauft, ein Riesengeschäft. Es tut mir leid, daß ich dir nicht schon früher etwas davon erzählen konnte, aber ich wußte wirklich nicht, ob wir den Fisch an Land ziehen würden. Jedenfalls haben wir's geschafft, und jetzt wollen sie, daß ich den ganzen Laden schmeiße. Es ist eine enorme Aufgabe, und ich glaube, ein toller Job. Aber, also, die Sache ist die, ich muß nach New York gehen, ich meine, ich werde viel reisen, sie haben überall ihre Büros, aber hauptsächlich werde ich in den Staaten arbeiten. Und deshalb habe ich mich gefragt, ob du mitkommen willst – ich meine natürlich dich und Charlie. Kommt mit mir nach New York, und wir nehmen uns eine große Wohnung mit allem Drum und Dran.«

»Du lieber Himmel, Mack, das kommt alles ein bißchen plötzlich, oder?«

»Ja. Es ging alles etwas schneller, als ich dachte. Was hältst du davon? Hättest du nicht Lust, eine Zeitlang in New York zu leben?«

»Mack, das kann nicht dein Ernst sein. Ich kann doch nicht einfach alles stehen- und liegenlassen und nach New York gehen. Was ist mit Charlie, was ist mit der Schule? Er ist im Augenblick wirklich nicht scharf auf große Veränderungen. Und was ist mit Daisy und Alfie?«

»Ich weiß, daß jetzt nicht der richtige Zeitpunkt ist, aber gibt es den überhaupt? Ich habe mit Laura gesprochen, und ich glaube, ich werde die Kinder öfter sehen als jetzt. Sie kommen in den Ferien rüber, und ich kann sie immer noch jeden Abend anrufen. Hör mal, es ist ein ganz schöner Brocken. Laß dir Zeit; du mußt dich nicht sofort entscheiden.«

»Stimmt.«

Lange blicken wir schweigend auf den Küchenboden. Er ist schmutzig.

»Mack, ich kann mir einfach überhaupt nicht vorstellen, ans andere Ende der Welt zu ziehen und Charlie diesen ganzen Umwälzungen auszusetzen. Es ist einfach nicht gerecht, und außerdem sind wir noch nicht bereit dazu.«

»Was meinst du damit, wir sind nicht bereit? Ich glaube schon. Ich meine, ich bin bereit. Hör zu, wir könnten heiraten, wenn es etwas ändert.«

»Mack, hör auf damit, mach dich nicht lächerlich. Man heiratet nicht einfach, weil einer von beiden einen neuen Job bekommen hat. Und außerdem will ich nicht heiraten. Ich meine, wenn ich heiraten wollte, dann dich, aber wir kennen uns erst seit ein paar Monaten. Ich mag mein Leben hier. Charlie liebt seine Schule. Du kannst doch nicht allen Ernstes von mir erwarten, daß ich all das aufgebe, nur weil deine blöde Agentur auf einmal multinational geworden ist und du gerne nach New York gehen und mit den großen Jungs spielen willst.«

»Ich liebe dich. Hatte ich das schon erwähnt?«

Wieder starren wir lange schweigend auf den Küchenboden. Ich bin schwer versucht, den Wischmop rauszuholen, aber das wäre eine klassische Übersprungshandlung, und außerdem ist er sowieso kaputt, seit Charlie ihn letzte Woche als Schwert benutzt und den Stiel abgebrochen hat. Ich fühle mich, als hätte man mich plötzlich in den ersten Waggon ganz oben auf einer Achterbahn verfrachtet. Gerade noch habe ich Abendessen gemacht, und im nächsten Moment bin ich mitten drin in einer beängstigenden Grundsatzdebatte.

»Ich liebe dich auch. Wieso läßt du den Job nicht sausen und kommst her und lebst mit mir in ländlicher Glückseligkeit? Du könntest lernen, dich mehr zu entspannen.«

»Das will ich aber nicht, Annie.«

»Ich weiß. Und ich will nicht nach New York ziehen. Ich hasse New York. Na ja, eigentlich bin ich erst einmal dort gewesen, aber ich habe es gehaßt.«

»Du könntest noch ein Kind kriegen.«

»Mistkerl! Du willst doch gar kein Kind mehr; das hast du nur gesagt, weil du glaubst, daß es etwas an meiner Meinung ändert.«

»Ja, schon möglich. Aber wenn du noch eins wolltest, hätte ich nichts dagegen.«

»Na toll. Wir ziehen also nach New York. Du hast eine transatlantische Beziehung zu deinen beiden Kindern, Charlie verliert all seine Freunde und seine Verwandten, und als Krönung des Ganzen werde ich mit einem Kind schwanger, gegen das du nichts hast, wenn es dafür sorgt, daß ich Ruhe gebe. Das perfekte Rezept für ein solides Familienleben. Nicht gerade wie bei den *Waltons*, oder?«

»Hör mal, du kannst doch nicht dein ganzes Leben nur für Charlie leben.«

»Das weiß ich. Aber genausowenig kann ich ihn ignorieren. Vor drei Monaten wäre er beinahe in meinen Armen gestorben. Das schärft irgendwie den Blick fürs Wesentliche. Er braucht Ruhe und Sicherheit und nicht eine totale Veränderung. Und außerdem geht es nicht nur um Charlie. Ich mag mein Leben hier, und ich mag meine Arbeit. Was soll ich denn in New York? Ich will nicht den ganzen Tag in eine geschniegelte Wohnung eingesperrt sein. Was soll ich dort tun – die Kunst pflegen, den perfekten Martini zu rühren, oder mich Hals über Kopf in das Arrangieren von Blumen oder ähnlichem stürzen? Ich würde mich in eine dieser schwachsinnigen Frauen verwandeln, die man auf Partys trifft und die stundenlang über Winterpflanzen schwadronieren. Und außerdem könnte es ja auch sein, daß du den Job haßt. Vielleicht schmeißen sie dich nach sechs Wochen raus.«

»Wohl kaum, Liebling. Mir gehört jetzt die Hälfte der Agentur. Mir kommt das Geld zu den Ohren raus. Willst du mir nicht dabei helfen, es auszugeben?«

»Nein. Ich hasse Einkaufen. Ich müßte ständig Leila einfliegen lassen. Hör zu, lassen wir das. Du gehst nach New York, und wir sehen uns, wann immer wir können. Es liegt nur ein Flug dazwischen. Wir werden schauen, wie es funktioniert, und in ein paar Monaten können wir uns dann noch mal über Umziehen und so weiter unterhalten.«

»Es tut mir leid, Annie. Aber das will ich nicht. Diese neue Aufgabe ist gigantisch. Ich kann nicht die ganze Zeit hin- und herfliegen. Ich habe viel darüber nachgedacht. Es macht mir nichts aus, wenn du Zeit zum Nachdenken brauchst, aber es geht um alles oder nichts. Entweder du kommst mit, oder wir trennen uns. So wie es jetzt ist, vermisse ich dich viel zu sehr, wenn du nicht bei mir bist. Die verdammte Reiserei bringt mich jetzt schon um. Ich will dich immer bei mir haben. Ich weiß, daß Charlie bei dir immer an erster Stelle steht, und das akzeptiere ich – um die Wahrheit zu sagen, das liebe ich mit am meisten an dir. Aber ich will ganz dicht an zweiter Stelle stehen. Darauf lasse ich mich ein. Aber nicht von der anderen Seite des Atlantiks aus.«

»Ich kann nicht, Mack. Nicht jetzt.«

Tränen laufen mir über das Gesicht, und ich merke, daß Mack selbst so aussieht, als würde er jeden Moment anfangen zu weinen. Schweigend stehen wir da.

»Dann sollte ich jetzt wohl besser gehen.«

»Wahrscheinlich.«

Und dann fange ich richtig an zu schluchzen, und er legt die Arme um mich, und dann stehen wir eine Ewigkeit nur so da. Langsam macht er sich los.

»Hör zu. Ich rufe dich an. Du kannst deine Meinung jederzeit ändern. Ich fliege erst in ein paar Wochen. Wir können noch darüber reden.«

Und dann geht er zur Tür hinaus und setzt sich in sein Auto. Ich stehe da und sehe ihm nach, und schließlich fährt er weg, sehr, sehr langsam.

Total hysterisch rufe ich Leila an. Sie ist auf dem Weg zu einer Dinnerparty, aber sie kippt die Einladung augenblicklich und will sofort zu mir kommen. Ich danke dem Himmel für Leila. Gerade als ich glaubte, jetzt könnte mich nichts mehr in ein schluchzendes Wrack verwandeln, passiert so etwas. Heulend und schluchzend sitze ich in der Küche, bis sie kommt. Sie sieht mich an, schlingt ihre Arme um mich, und dann müssen wir beide weinen.

»Ich verstehe es einfach nicht. Es kommt mir vor wie in diesen schrecklichen schwedischen Filmen, wo alles wunderbar ist, bis auf einmal ein Schneesturm losbricht, jemand sich umbringt und der Heizkessel in die Luft fliegt. Wieso gehst du nicht nach New York? Mack ist der perfekte Mann für dich. Was wirst du tun, wenn Charlie erwachsen ist? Ins Kloster gehen?«

»Nein. Und hier geht es auch nicht nur um Charlie. Ich

mag mein Leben, ich lebe hier nicht nur zum Spaß, weißt du? Ich lebe gerne auf dem Land.«

»Hör schon auf. Was ist mit den Pestiziden und der Verarmung der Landbevölkerung und mit der ganzen Inzucht? Was wird Charlie machen, wenn er groß ist – Apfelmost saufen und Traktor fahren? Er wird nach London abhauen, so schnell er kann. Das hier ist nicht *Unsere kleine Farm*, weißt du? Wenn Paps nach New York zieht, dann mußt du mit ihm gehen.«

»Ja, weiß ich. Aber das ist er doch nicht, oder? Ich meine, Mack ist nicht gerade Mr. Vaterschaft persönlich, oder? Er liebt Kinder, sicher, aber trotzdem genügt es ihm vollkommen, auf einem anderen Kontinent zu leben und sie nur in den Ferien zu sehen. Er sagt, er liebt an mir, daß Charlie an erster Stelle kommt, aber ich glaube nicht, daß er wirklich begriffen hat, was das bedeutet. Er liebt seine Arbeit, und ich stehe viel weiter unten an zweiter Stelle. Charlie hat 100 Prozent verdient und Mack genauso. Aber das ergibt zusammen 200 Prozent, und das schaffe ich nicht. Und außerdem, was bleibt dann noch für mich übrig?«

»Ich weiß, ich weiß. Du bist einfach nicht dafür geschaffen, stimmt's? Und das ist auch gut so. Es ist eine Zumutung, von dir zu verlangen, einfach alles liegen- und stehenzulassen. Aber ich glaube, darum geht es im Grunde gar nicht, oder? Ach verdammt noch mal! Ihr habt so gut zusammengepaßt!«

»Ich weiß! Mein Gott, ich werde ihn so vermissen. Ich habe keine Ahnung, wie ich das durchstehen soll.« Ich fange wieder an zu weinen.

»Das wirst du aber irgendwie. Du weißt, daß du es schaffst. Ich helfe dir. Wir können nächste Woche einkaufen gehen. Und gleich Montag morgen schicke ich ihm per Fahrradkurier ein bißchen Abfall ins Büro.«

»Leila. Mack hat überhaupt nichts falsch gemacht.«

»Ich weiß. Aber er hat dich verletzt, und deshalb hasse ich ihn. In Ordnung?«

»In Ordnung. Wo wir gerade von Männern sprechen, die wir hassen, gibt es was Neues von James?«

»Ja. Der dämliche Scheißkerl hat mir eine e-mail geschickt. Er hofft, wir können Freunde bleiben und daß ich endlich aufhöre, ihm Dinge ins Büro zu schicken.«

»Leila! Ich dachte, du *hättest* aufgehört.«

»Ja, hatte ich auch. Aber nach seiner e-mail mußte ich ihm einfach noch ein letztes Geschenk von Herzen machen. Also habe ich beim Metzger einen Schweinskopf besorgt und ihn zu ihm rüberradeln lassen.«

»Leila! Das hast du nicht getan!«

»Doch. Geschieht ihm recht. Außerdem bin ich jetzt über ihn hinweg, ich weiß gar nicht mehr, was ich überhaupt an ihm gefunden habe. Ich wünsche dir, daß du mit Mack irgendwann auch so weit kommst, aber irgendwie hab ich das Gefühl, daß es nicht so sein wird. Und zwar weil Mack kein Vollidiot ist. Übrigens habe ich letzte Woche auf einer Cocktailparty einen ziemlich faszinierenden Mann kennengelernt. Ein holländischer Architekt namens Frank. Lizzie könnte ihn kennen – er arbeitet hier, in einem ziemlich angesagten Büro in Islington. Ich denke gerade darüber nach, mein Haus umgestalten zu lassen. Es ist zwar noch ganz früh, aber es sieht vielversprechend aus.«

»Oh, gut.«

»Ja. Aber lassen wir das. Zurück zu dir. Wie fühlst du dich?«

»Ein bißchen zittrig. Würde es dir etwas ausmachen, wenn ich jetzt ins Bett gehe? Du übernachtest doch hier, oder?«

»Ja, bitte. Dann kann ich morgen früh meinen Süßen sehen. Ich bin auch ziemlich erledigt – laß uns früh ins Bett gehen, und für morgen planen wir dann etwas ganz Fabelhaftes. Wenn du willst, lade ich euch zum Essen ein.«

»Danke, Leila.«

Ich gehe ins Bett und weine leise vor mich hin, überwältigt von Traurigkeit. Ich überlege, ob ich wieder aufstehen und mir Tee und Zwieback machen soll, als die Tür aufgeht und Charlie hereingetapst kommt. Er klettert im Halbschlaf in mein Bett und kuschelt sich an mich. Ich bin sehr, sehr froh, daß er ausgerechnet in diesem Moment beschlossen hat aufzuwachen, und als ich so daliege und ihn wieder in den Schlaf schaukle, sehe ich allererste zarte Hoffnungsschimmer, daß das Leben weitergeht, irgendwie, auch wenn ich mich so fühle, als wäre ich von einem Lastwagen überrollt worden.

KAPITEL 12

Fröhliche Weihnachten

Ich führe unendlich viele quälende Telefongespräche mit Mack, in denen er weiter darauf besteht, daß ich mit ihm nach New York gehe, und ich weiter darauf beharre, daß ich nicht kann. In der Nacht, bevor er abreist, haben wir einen fürchterlichen Krach. Ich werfe ihm vor, selbstsüchtig zu sein, und er wirft mir vor, die Märtyrerin zu spielen, was darin gipfelt, daß er krachend den Hörer auflegt. Ich will ihn sofort zurückrufen, aber tief in mir weiß ich, daß es sinnlos ist. Wir sprechen zwar noch miteinander, aber es fühlt sich an, als wäre er schon weg. Ich gehe ins Bett und hoffe, daß er anruft, aber er tut es nicht. Als ich am nächsten Morgen aufwache, ist er wahrscheinlich schon auf dem Weg zum Flughafen. Treibe mich in der Nähe des Telefons rum, in der Hoffnung, er hätte es sich anders überlegt, und Charlie ist begeistert, weil ich Chips und Kekse zum Frühstück erlaube. Ich fahre ihn zur Schule und rase zurück, um nachzusehen, ob Nachrichten auf dem Anrufbeantworter sind. Es gibt keine.

Ich kann nicht glauben, daß es wirklich vorbei ist. Man müßte doch eigentlich irgendwas davon mitkriegen, zumindest eine Meldung in den Frühstücksnachrichten. Aber offensichtlich ist da nur Stille. Dreckskerl. Ich rufe Leila an, und sie stimmt mir zu, daß es schrecklich ist, aber dann verpatzt sie es, indem sie sagt, daß sie ihn eigentlich bewundert, weil er die Qualen wenigstens nicht in die Länge zieht: Er hat sich entschieden, und dabei bleibt er auch. Ich weiß, was sie meint: Seine Entschlossenheit gehört zu den Dingen, die ich an ihm am meisten liebe. Es ist eigentlich schon ein bißchen ironisch, weil mich zu verlassen und sein neues Leben anzufangen anscheinend das ist, was er momentan mit der größten Entschlossenheit verfolgt.

Kate besucht mich auf eine Runde Mitleid und sagt, ich tue genau das Richtige, und wenn er mich wirklich lieben würde, dann wäre ihm das auch klar. Das bringt mich zum Weinen. Ich werde süchtig nach schmalzigen Liebesliedern, und nach der Schule sitze ich im Auto und singe zusammen mit Whitney Houston laut »I Will Always Love You«. Ich fahre vor Schreck beinahe aus der Haut, als die Frau, die den neuen Pfarrbrief austrägt, an die Scheibe klopft und fragt, ob mit mir alles in Ordnung ist. Charlie habe ich erklärt, daß wir Mack eine Zeitlang nicht sehen werden, weil er jetzt in New York arbeitet, und er hat es ohne Murren akzeptiert. Eigentlich hat er überhaupt nicht gemerkt, daß seine Mutter verzweifelt ist, nur, daß er sich weigert, ins Auto einzusteigen, solange ich ihm nicht verspreche, keinerlei Musik zu spielen.

Als ich ihn ein paar Tage später ins Bett bringe, sagt er: »Mami, warum bist du so traurig? Ist es, weil ich krank war? Glaubst du etwa, ich werde wieder krank?«

Er sieht mich sehr ängstlich an. O Gott! Da habe ich mich gehenlassen, habe im Unglück geschwelgt, während er sich halb zu Tode fürchtet, weil er glaubt, das Krankenhaus hätte angerufen und mich auf einen Rückfall vorbereitet.

»Nein, natürlich nicht, mein Schatz. Ich glaube ganz bestimmt nicht, daß du wieder krank wirst. Versprochen. Ich bin nur ein bißchen traurig wegen Mack. Ich vermisse ihn, weiter nichts. Ich wollte dich nicht beunruhigen, Herzchen.«

»Schon in Ordnung. Ich vermisse ihn auch. Sollen wir uns einen Hund kaufen? Das würde uns sicher aufheitern, weißt du, Mami, und dann hättest du einen Freund, wenn ich in der

Schule bin. Und wenn Mack eines Tages wiederkommt, dann könnte er ihn beißen, zur Strafe, weil er nach Amerika gegangen ist. Was meinst du, Mami? Können wir? Bitte, bitte!«

Die nächste halbe Stunde verbringe ich damit, ihn davon zu überzeugen, daß eine Dänische Dogge mich kein bißchen aufheitern würde, bis mir schließlich ein wunderbares Argument einfällt: »Außerdem würden Buzz und Woody sich schrecklich fürchten, wenn in unserem Garten auf einmal ein riesiger Hund herumspringt. Das wäre doch ungerecht.«

»Sei doch nicht so dumm, Mami. Am Anfang wäre er doch noch ein winziger Welpe, und dann könnten sie alle zusammen spielen. Und wenn er dann groß wäre, hätten sie sich daran gewöhnt. Vielleicht läßt er sie sogar auf seinem Rücken reiten. Das würde ihnen gefallen.«

Ich versuche ihm klarzumachen, daß Kaninchen es nicht ausstehen können, auf Hunderücken durch Gärten balanciert zu werden, aber er ist nicht überzeugt. Schließlich gebe ich auf und setze der Diskussion abrupt ein Ende, indem ich aus dem Zimmer gehe und das Licht ausmache. Charlie bricht in Tränen aus, und ich habe ein schlechtes Gewissen. Ich stehe ein Weilchen vor der Kinderzimmertür und überlege, was ich tun soll, und dann gehe ich wieder rein, und wir kuscheln ein bißchen, wobei ich neben dem Bett knie und mir einen ziemlich steifen Nacken hole. Schließlich bringe ich ihn dazu, einzuschlafen. Ich muß mich künftig wirklich zusammenreißen, weil Charlie sonst ernstlich verunsichert wird. Ich versuche, mich mit dem Schreiben der Weihnachtsliste abzulenken und nicht ständig an Mack zu denken, aber das ist so deprimierend, daß ich statt dessen schließlich vor dem Fernseher lande und mir *Bodyguard* anschaue. Schon wieder. Sieht so aus, als wäre mein neuer Whitney-Tick ziemlich hartnäckig.

Das Ende des Trimesters steht vor der Tür, und der Elternbeirat läuft zur Höchstform auf. Nächste Woche findet die Auktion statt und danach das Krippenspiel. Miss Pike ist verzweifelt darum bemüht, jedem Kind eine Rolle zu geben und dabei keine Eltern vor den Kopf zu stoßen. Aber auf einer winzigen Bühne hat einfach nur eine begrenzte Anzahl von Schafen und Eseln gleichzeitig Platz, und die Rolle der Jungfrau Maria ist heiß umkämpft. Mrs. Bates betreibt heftigsten Lobbyismus und schickt Sophie andauernd mit Blumensträußen und Selbstgebackenem zu Miss Pike. Aber Miss Pike hat sie durchschaut und erwählt schließlich ein sehr süßes Mädchen namens Ellie. Charlie hat sich strikt geweigert, ein Schaf zu sein, und statt dessen beschlossen, einen Fasan zu spielen, und Miss Pike ist einverstanden, weil sie findet, daß es bestimmt sehr lustig wird. Ob ich Charlie also bitte einfach ein Fasanenkostüm machen könnte?

»Nein« wäre die ehrliche Antwort, aber aus irgendeinem unerfindlichen Grund ertappe ich mich dabei, ja zu sagen, und ich verbringe Stunden damit, eine Strumpfhose und eine langärmelige Weste mit Federn zu bekleben und aus einem alten samtenen Morgenmantel Flügel zu machen. Ich nehme Federn von einem alten Kopfkissen, aber sie sind winzig und sehen albern aus. Deshalb ergänze ich sie mit speziellen Dekofedern in Leuchtendblau, Lila und Rot, die ein Vermögen kosten. Als Charlie das Kostüm probiert, bekomme ich einen Lachkrampf. Er schmollt und weigert sich, das Kostüm zu tragen. Schließlich kann ich ihn davon überzeugen, daß er wunderbar aussieht; Miss Pike stimmt mir zu, und Charlie gibt nach und ist einverstanden, das Kostüm anzuziehen, wenn er einen ganz besonderen Schnabel bekommt. Ich mache einen ganz besonderen Schnabel aus Alufolie. Jetzt sieht er aus wie eine Mischung aus verrücktem Emu und der bildlichen Darstellung dessen, was dabei herauskommt, wenn man versucht, den Weihnachtstruthahn selbst zu rupfen. Charlie ist ganz weg von dem Schnabel.

Ich verbringe mit Kate und Sally einen Abend im Pub, während Roger auf alle unsere Kinder aufpaßt. Als wir gehen, schreien die Kinder gerade nach Pizza und Versteckenspielen. Roger hat eine Trillerpfeife um den Hals, mit der er ein bißchen wie ein Turnlehrer aussieht, und er erklärt, er hätte sie speziell für Abende mit Unterzwölfjährigen angeschafft. Als wir die Straße hinunterfahren, werden wir von regelmäßigen schrillen Pfiffen begleitet. Wir fahren in unser Lieblingspub, das in einem Nachbardorf liegt, und stellen fest, daß heute Quizabend ist. Das Team unseres Vikars führt, und der Ortsvorsitzende der Tories ist ihm mit den anderen dicht auf den Fersen. Wir verstecken uns im Hinterzimmer und wettstreiten darum, wessen Weihnachten am stressigsten wird. Kate gewinnt wie gewöhnlich, weil sie zu ihrer Mutter muß. Wir haben vereinbart, weder über Männer noch über Kinder zu reden, weil wir sonst Depressionen kriegen. Also reden wir über Klamotten und darüber, was wir tun würden, wenn wir eine Million Mäuse gewinnen würden. Kate entwickelt eine Leidenschaft für Villen auf Barbados, und Sally sagt, sie würde nie wieder in ihrem Leben selbst kochen, nie wieder. Heute abend ist Kate mit Fahren dran, und Sally und ich werden ziemlich betrunken. Das Quiz ist zu Ende, und die Mannschaft des Vikars gewinnt, und dann organisieren wir eine improvisierte Karaoke-Show. Irgendwann stehe ich neben Kate und Sally und brülle aus vollem Halse »I Will Survive« in die Runde. Wir wanken hinaus in die stockdunkle Nacht, und Sally fällt auf dem Parkplatz in ein Loch und sagt genau in dem Moment »Verdammte Scheiße!«, als unser Vikar vorbeigeht. Er tut so, als hätte er sie nicht gehört, und wir diskutieren auf der gesamten Heimfahrt, ob er diejenige überhaupt einwandfrei identifizieren konnte, die fluchend auf dem Asphalt ausgebreitet lag.

Wir kommen zu dem Schluß, daß es unmöglich ist, aber wir müssen Sally trotzdem versprechen, Roger nichts zu erzählen, weil er Schulfinanzverwalter werden will und unser Vikar im Auswahlgremium sitzt.

Zu Hause unterziehen wir Roger einem Kreuzverhör, weil wir wissen wollen, weshalb um alles in der Welt er Schulfinanzverwalter werden will, und er sagt: »Ach, war nur so ein Gedanke.« Und dann erzählt Sally, er hätte in der Zeitung gelesen, wie wichtig es sei, daß dieser Posten nicht immer nur von den örtlichen Wichtigtuern besetzt wird. Offensichtlich verwalten die Schulen inzwischen ganz schön große Budgets in eigener Regie und können sich nicht mehr nur auf diejenigen verlassen, deren wahre Qualifikation für diese Stelle in Wirklichkeit in dem starken Verlangen besteht, die vertraulichen Schulakten von anderer Leute Kinder zu lesen. Darin sind wir uns alle einig, vor allem angesichts des jüngsten Kommentars von Mrs. Harrison-Black zur Mutter eines Langsamlesers, und erklären Roger einstimmig zu unserem Lieblingskandidaten.

Meine Einkaufsliste für Weihnachten ist inzwischen so lang, daß ich zwei Blatt Papier benötige. Ich beschließe, ganz früh in die Stadt zu fahren und vor dem Büro ein paar Stunden auf Einkaufstour zu gehen. Barney lädt die ganze Mannschaft zu einem weihnachtlichen Mittagessen ein, das letztes Jahr bis Mitternacht gedauert hat. Ich parke in meinem Stammparkhaus und finde sogar einen Parkplatz, ohne die tückische Rampe rauffahren zu müssen. Dann hetze ich ein paar geschlagene Stunden zwischen Londons großen Kaufhäusern hin und her.

Hamleys hat Wucherpreise, und ich beschränke mich auf die Dinge, die in den örtlichen Spielzeuggeschäften wirklich nicht zu bekommen sind. Gegen elf bin ich schließlich im Büro, gierig nach Kaffee und einem netten kleinen Nickerchen. Ich denke darüber nach, wie riskant es wäre, mich einfach auf das Sofa in Barneys Büro zu legen, weil er bis jetzt noch nicht aufgetaucht ist, als Lawrence raufkommt und sagt, wie leid es ihm tut, daß es mit Mack MacDonald anscheinend nicht so geklappt hat. Und ob ich schon wüßte, daß er in New York *die* Sensation und mit reihenweise jungen Schönheiten am Arm gesehen worden sei? Ich will ihm gerade eins auf die Nase geben, als Barney kommt. Ganz offensichtlich hat er nichts von Lawrences kleinen Vertraulichkeiten mitbekommen.

»Hallo, Liebling. Du siehst wunderbar aus, wie immer. Was hat der gute alte Lawrence denn jetzt schon wieder zu lästern? Bestimmt weiht er dich gerade in seine neuesten Pläne bezüglich der Büromöbel ein, stimmt's? Er sitzt in Zukunft mit einer Schirmmütze an der Tür, damit er jeden im Auge behalten kann und ihm auch ja kein Gerücht entgeht. Stimmt's, Lawrence?«

Lawrence versucht zu lachen, aber Barney ist noch nicht fertig.

»Ach, übrigens. Sollte er dir etwas von Mack MacDonald erzählen, glaub ihm kein Wort. Ich wette, er findet es schrecklich dort. Diese ganzen furchtbaren amerikanischen Piranhaweiber, die frisches Blut riechen – wahrscheinlich befindet er sich inzwischen im Schockzustand. Und jetzt, Lawrence, würde ich mich gerne mit Annie unterhalten, wenn du nichts dagegen hast.«

Vernichtet, weil er von dem Gespräch ausgeschlossen wurde, trollt sich Lawrence nach unten.

»Danke, Barney. Aber ich wette, er amüsiert sich prächtig.«

»Ich glaube eher, sie reißen ihm den Arsch auf. Dieser Job wird kein Zuckerschlecken. Und wenn er am Ende bei irgend so einer New Yorker Prinzessin landet, dann wünsch ich ihm viel Glück. Er wird es brauchen. Was ist eigentlich bei euch beiden passiert?«

»Ach, eigentlich gar nichts. Er wollte, daß ich alles liegen- und stehenlasse und mit ihm nach New York gehe, und ich wollte nicht.«

»Richtig so. Was hast du dort auch verloren? Außerdem brauche ich dich hier. Trotzdem, ewig schade, du hast richtig glücklich gewirkt.«

»War ich auch. Können wir jetzt bitte das Thema wechseln, oder ich fange noch an zu heulen.«

»War ein ganz schön hartes Jahr für dich, oder, Herzchen?«

»Ja und nein. Ich meine, Charlie geht es wieder gut, und ich hatte eine schöne Zeit mit Mack. Schau mich nicht so an; ich versuche nur, es positiv zu sehen.«

»Das ist die richtige Einstellung. Immer auf die Sonnenseite schauen. Vielleicht lernst du nächstes Jahr wieder so einen kleinen Scheißer kennen, der dich total verarschen kann – das wäre doch lustig, oder?«

»Danke, Barney, wirklich sehr hilfreich. Ich kann dir gar nicht sagen, wie dankbar ich für deine Aufmunterungen bin.«

»Nicht der Rede wert, stets zu Diensten. Also, bevor wir zum Essen gehen, habe ich was für dich. Ich will nicht, daß Lawrence dabei ist, wenn du es aufmachst, sonst ist er den ganzen Nachmittag beleidigt. Außerdem ist es nur eine Kleinigkeit, um danke zu sagen, es war ein tolles Jahr und der ganze Mist.«

Er wird knallrot und gibt mir eine Tüte von Liberty's mit dem allerschönsten Samtschal, den ich je gesehen habe, schwarz und purpurn gemustert. Ich habe heute morgen einen ähnlichen entdeckt und war schon versucht, ihn für Lizzie zu kaufen, aber angesichts des Preisschilds war ich gezwungen, mich nach etwas umzusehen, wofür ich keinen Kredit aufnehmen muß.

»Oh, danke, Barney, er ist wunderschön.«

Als ich ihn herausnehme, um ihn anzuprobieren, flattert ein Stück Papier heraus. Ich hebe es auf und sehe, daß es ein Scheck über 1000 Pfund ist.

»Nur ein kleiner Bonus. Um mich für deine harte Arbeit zu bedanken.«

»O Barney, ich weiß gar nicht, was ich sagen soll. Danke.«

Ich umarme und küsse ihn, was ihm fürchterlich peinlich ist, und er sagt: »Gut. Schön, daß es dir gefällt. Und jetzt laß mich um Himmels willen los. Du zerknitterst mein Jackett.«

Die Weihnachtsfeier ist sehr schön, und alle werden sehr betrunken, und weil ich fahren muß, kann ich mich nicht anschließen, also stehle ich mich gegen fünf davon und treffe mich mit Leila auf eine Tasse Tee.

Leila ist von Barneys Geschenk begeistert und will mir auf der Stelle beim Ausgeben helfen. Endlich kann ich sie davon überzeugen, daß ich mich eher mitten auf dem Oxford Circus vor einen Bus legen würde, als heute noch mal einkaufen zu gehen.

»Du hast mir übrigens noch gar nicht erzählt, was dein Fliegender Holländer macht.«

»Oh, es entwickelt sich ganz gut, danke. Ich versuche, mich diesmal ein bißchen zu zügeln. Verdammt schwierig, weil er so hinreißend ist. Ich treffe mich übrigens morgen mit ihm, er will mir die Umbaupläne für das Haus zeigen. Eigentlich bin ich genauso aufgeregt, die Pläne zu sehen, wie ihn – glaubst du, das ist ein schlechtes Zeichen?«

»Nein, sei doch nicht dämlich. Wahrscheinlich ist es von allem ein bißchen was. Und wenn sich herausstellen sollte, daß er ein Waschlappen ist, dann sieht wenigstens das Haus toll aus. Du hast also im Grunde nichts zu verlieren, oder? Jetzt mach dir darüber mal keine Gedanken. Wann kommst du uns besuchen? Charlie und ich haben Geschenke für dich.«

Damit kann man Leila immer beglücken, sie liebt es, Geschenke zu bekommen. Es ist fürchterlich schwer, etwas für sie zu finden, deshalb versuche ich es dieses Jahr mit der Ein-Kessel-Buntes-Methode. Ich habe einen ganzen Haufen Glitzersachen für sie gekauft, und Charlie hat ihr unter Zuhilfenahme einer halben Tonne Glitzer und vier Metern Brokat einen Bilderrahmen gebastelt. Darin steckt ein Foto von Leila und ihm, als er ungefähr ein Jahr alt war. Außerdem hat er ihr ein ganz besonderes Bild gemalt und »Ich liebe Leila« darunter geschrieben. Das Gemälde ist überwiegend in Rosarot gehalten, außerdem gibt es sehr viel Silber und Gold. Sie wird es lieben. Ich erzähle ihr von den hilfreichen Neuigkeiten über Mack, die Lawrence mir hat zukommen lassen, und sie sagt, es wäre mit Sicherheit Müll und daß Barney viel eher recht haben könnte. Sie schlägt vor, ihre Freunde in New York auszuhorchen, aber ich sage, daß es mich eigentlich nicht interessiert. Wir wissen beide, daß das eine komplette Lüge ist, und tun so, als wäre es keine, und dann reden wir über die Neugestaltung ihres Badezimmers.

Der Abend des Krippenspiels ist da, und ich fahre mit Charlie in den Gemeindesaal. Wir werden von einer seltsamen Prozession kleiner Kinder begrüßt, die, als allerlei Tiere vom Bauernhof verkleidet, einmarschieren. Es ist eiskalt, und Kate und ich sitzen stundenlang wartend im Publikum, während es hinter dem Vorhang unentwegt flüstert und rumpelt und raschelt. Sally und Roger schleichen sich sehr spät herein und setzen sich auf die Plätze, die wir ihnen freigehalten haben. Offensichtlich hatte William in letzter Minute eine Krise wegen seines Schafskostüms. Die Spannung im Publikum ist beinahe ins Unerträgliche gesteigert, als sich der Vorhang endlich hebt und die Vorstellung beginnt. Mir kommen sofort die Tränen: Ein sehr kleiner Junge im Eselskostüm fällt von der Bühne, und ein kleines Schaf steht auf, um seiner Mama zu winken. Mary ist völlig überwältigt und kann nicht sprechen, bis sie von einem Engel sehr unsanft in die Rippen geboxt wird. Sophie Bates vermutlich, aber unter dem ganzen Lametta ist das schwer zu sagen.

Ich habe meine Taschentücher vergessen, und deshalb muß ich ziemlich viel schniefen, aber zum Glück geht es dem halben Publikum so. Die Schule hat in weiser Voraussicht ein allgemeines Fotografier- und Videoverbot ausgesprochen, weil es letztes Jahr zwischen zwei Vätern beinahe zu handgreiflichen Auseinandersetzungen um den besten Platz am Ende des Saals gekommen wäre. Dieses Jahr filmt Mr. Jenkins ein Video, welches der Elternbeirat exklusiv verkaufen wird, um die Kassen zu füllen. Ich bin mir nicht sicher, ob er den Dreh mit dem automatischen Zoom wirklich raushat, weil er ständig nach vorne rennt, nur um dann langsam wieder zurückzuschleichen. Aber ich reiße mich zusammen, weil ich Mrs. Harrison-Blacks ursprünglichen Vorschlag, ich sollte doch einen von meinen »alten Knaben beim Film« auftreiben, der für uns dreht, abgelehnt hatte. Ich habe mich damit herausgeredet, daß alle Regisseure, die ich kenne, sich selbst lieber auf der Stelle mit stumpfen Gabeln erdolchen würden, als in irgendeine Amateurgeschichte involviert zu werden, aber sie war nicht überzeugt. Dann habe ich ihr erklärt, daß sie ein ganzes Team brauchen würden und mindestens eine Wand des Gemeindesaals einreißen müßten, damit die Beleuchtung stimmt. Mrs. Harrison-Black gab zu bedenken, daß unser Vikar wohl nicht wollen würde, daß sein Saal niedergerissen wird, und das Projekt wurde Gott sei Dank fallengelassen. Aber mir war klar, daß ich mich in ihren Augen übertrieben künstlerisch gebärdete.

Charlie betritt zusammen mit James und William in ihren Schafskostümen die Bühne, und sie stimmen »Als ich bei meinen Schafen wacht« an. Dabei schlägt er begeistert mit den Flügeln, worauf die Hälfte der Zuschauer zu lachen anfängt und tapfer versucht, es mit Hüsteln zu kaschieren. Das Lied ist zu Ende, und alle klatschen. Charlie flattert fester mit den Flügeln, und der Applaus wird lauter. Ich weiß, daß Charlie entzückt ist und jeden Augenblick zu einer Zugabe ansetzt, doch da erscheint aus dem Vorhang Miss Pikes Arm, und er verschwindet, abgesehen von ein paar einsamen Federn, die auf die Bühne trudeln.

Das Stück nimmt seinen Lauf, das Kind wird geboren, und die oberste Klasse versucht sich in einer Rock-Version von »Ihr Kinderlein kommet«, was sich als böser Fehler erweist, auch wenn der Junge am Schlagzeug wirklich eifrig bei der Sache ist. Dann folgt das große Finale, und alle versammeln sich auf der Bühne und singen »Fröhliche Weihnacht überall«. Mrs. Taylor tritt auf die Bühne und bedankt sich bei allen fürs Kommen und sagt, wir müssen unbedingt noch bleiben und beim Elternbeirat Tee und Pastetchen kaufen, während die Lehrer die Kinder von der Bühne holen und ihnen aus den Kostümen helfen. Ich weiß ohne den leisesten Anflug eines Zweifels, daß die Chancen, Charlie aus seinem Kostüm zu bekommen, gleich Null sind. Charlie schlägt während ihrer Rede weiter mit den Flügeln, und ich ernte dafür von allen Seiten belustigte Blicke. Dann folgt nicht enden wollender Applaus, und die Kinder verbeugen sich und sehen höchst zufrieden aus. Der Vorhang schließt sich, und die Lichter gehen an, und dann strömt alles nach vorne zum Teewagen.

Kate sagt, Charlies Kostüm ist der Hit, und will wissen, ob sie es sich für ihren mißratenen Neffen Liam ausleihen kann. Dann könnte er es bei der traditionellen Jagd ihres Vaters am zweiten Weihnachtsfeiertag tragen. Sie sagt, ich würde allen einen riesigen Gefallen damit tun, wenn Liam getroffen würde, und ihr Onkel Geoffrey wäre jedesmal so betrunken, daß er auf alles schießt, was sich bewegt. Letztes Jahr hat er Polly, den Familienlabrador, nur um Haaresbreite verfehlt. Schließlich taucht Miss Pike mit den Kindern auf, die wild durcheinanderrennen und erleichtert schreien, jetzt, wo die Torturen vorüber sind. Wie erwartet, steckt Charlie immer noch in seinem Kostüm. Er schlägt mit den Flügeln und pickt mit seinem Schnabel nach anderen Leuten. Miss Pike kommt herüber, um uns zu begrüßen, aber in der Ecke des Saals bricht ein Tumult aus, in den viele kleine Jungen und Unmengen Pastetchen verwickelt sind, also eilt sie hinüber, um zu schlichten.

Charlie demonstriert inzwischen seine Flugkünste, indem er von einem Stuhl springt, und deshalb glaube ich, es wird langsam Zeit für uns zu gehen. Es schneit. Der Schnee bleibt zwar nicht richtig liegen, aber es wirbeln unzählige Flocken durch die Luft, was märchenhaft aussieht. Charlie springt aufgeregt herum und versucht, mit ausgebreiteten Flügeln Schneeflocken zu fangen. Beim Anblick einer riesigen vogelartigen Kreatur, die durch die Gegend hopst, während eine wahnsinnig dreinschauende Frau versucht, sie in ein Auto zu verfrachten, fährt der Fahrer eines zufällig vorbeikommenden Lastwagens beinahe gegen die Mauer. Als nächstes bin ich mit der höllischen Aufgabe konfrontiert, Charlie davon zu überzeugen, daß er nicht in seinem Fasanenkostüm schlafen kann.

»Ich muß es aber anlassen, falls ein Werwolf kommt. Dann erschreckt er sich, und ich kann ihn mit meinem Schnabel pieken.«

»Charlie, Werwölfe gibt es nicht. Und wenn du die ganze Nacht in deinem Kostüm schläfst, dann gehen alle Federn ab. Und jetzt hör mit dem Unsinn auf, und zieh deinen Schlafanzug an!«

»Mami, ich hasse dich. Echt.«

»Ich finde, du warst ganz toll in dem Stück; ich kann es kaum erwarten, das Video zu sehen und es allen zu zeigen.«

»Zeigst du es auch den Leuten in deiner Arbeit?«

»Natürlich.«

Leider werde ich das wahrscheinlich wirklich tun, und Barney wird sich ganz köstlich amüsieren und ständig sagen, er kann nicht glauben, wie schlecht die Qualität doch ist, und ob der arme Mann blind war. Genau wie er es jedesmal tut, wenn ich Fotos von Charlie mit ins Büro nehme und er darauf besteht, sich meine »Schnappschüsse« anzusehen, und dann einen Lachkrampf kriegt und murmelt, er sei erstaunt, daß ich es geschafft hätte, in all diesen Jahren unter Experten rein gar nichts mitzubekommen.

»Wenn die Leute im Büro das sehen, dann wollen sie vielleicht, daß ich in einem Film mitmache.«

Nur über meine Leiche. Ich darf mir gar nicht erst vorstellen, was bei der Kombination von Charlie und einem Filmteam herauskommt, aber ich weiß, daß es mit Tränen enden würde. Vor allem mit meinen.

»Jetzt beeil dich, und zieh den Schlafanzug an, dann lesen wir vielleicht noch eine Geschichte.«

»Okay, Mami, aber meinen Schnabel laß' ich an.«

Es ist einigermaßen seltsam, einem kleinen Jungen mit einem Schnabel aus Alufolie ein Buch über Pinguine vorzulesen. Als ich später noch mal bei ihm reinschaue, schläft er tief und fest. Er hat den Schnabel noch immer im Gesicht, macht merkwürdig verstärkte Schnarchgeräusche und hält ein Büschel Federn fest umklammert. Ich kann's kaum erwarten, eine Kopie des Videos zu bekommen, und werde es hüten wie meinen Augapfel. Ganz nebenbei wird es sich vorzüglich als Erpressungsinstrument erweisen, wenn er erst ein Teenager ist und die Mädchen beeindrucken will.

Der letzte Schultag ist da, und ich habe immer noch eine ellenlange Liste mit Dingen, die vor Weihnachten zu erledigen sind. Ich bin inzwischen fast am Verzweifeln und murmle auf dem Weg zur Schule unzusammenhängende Dinge von Mandarinen und Preiselbeergelee vor mich hin, während ich zu meiner neuen Whitney-Kassette singe, die ich mir unbedingt kaufen mußte, als ich eigentlich ein Geschenk für Tante Joan besorgen wollte. Aber »I Will Always Love You« verwandelt mich nicht mehr in ein heulendes Häufchen Elend. Ehrlich gesagt, es fängt langsam an, mich zu nerven, also muß ich wohl in irgendeiner Form Fortschritte machen. Heute wird in der Schule gefeiert, und die Kinder dürfen ein Spielzeug mitbringen. Charlie will seine Legoburg mitnehmen, komplett mit Rittern, Kanone und einer Auswahl Tieren, den

Drachen eingeschlossen. Ich erkläre ihm, daß er nur ein kleines Spielzeug mitbringen darf, aber davon will er nichts wissen. Irgendwann besinne ich mich auf einen alten Trick von Kate und sage, ich rufe Miss Pike an, um sie zu fragen. Charlie hüpft in der Küche auf und ab und wartet gespannt auf Miss Pikes Antwort, und als das vorgetäuschte Telefonat zu Ende ist, bestätige ich, daß nur ein kleines Spielzeug erlaubt ist. Charlie akzeptiert es, ohne zu murren. Ich weiß nicht, warum ich mich darüber so ärgere.

Schließlich entscheidet er sich für ein gräßliches Roboterteil, das sich in einen Gorilla und dann wieder zurück in einen Roboter verwandelt und aus seinem Kopf kleine Raketendinger abschießt. Ich bin mir sicher, daß Miss Pike nicht damit einverstanden ist, aber ich habe keine Lust auf noch eine Runde erfundener Telefongespräche, und wir machen uns auf den Weg zur Schule. Heute wird keine Uniform getragen, und es ist eigenartig, die Kinder in normalen Sachen zu sehen: Sie wirken viel entspannter und ausgelassener. Mir ist völlig klar, weshalb die Schulen so vehement an der Uniformpflicht festhalten: Die Uniform scheint ihren Kampfgeist zu brechen, noch ehe sie zur Tür hereingekommen sind.

Kate und ich haben uns freiwillig gemeldet, bei der Feier zu helfen. Mrs. Harrison-Black stand mit dem Klemmbrett am Schultor, und es gab kein Entrinnen. Wir hatten die Wahl, bei der Feier zu helfen oder Weihnachtslieder zu singen. Letztes Jahr sind zwei Jungen aus der Liedergruppe auf dem Weg durchs Dorf verlorengegangen, und die Helfer haben stundenlang im Stockdunklen ihre Spuren verfolgt, um sie zu finden. Sie wollten schon die Polizei rufen, als sie endlich Erfolg hatten. Die beiden waren bei einem Freund und schauten ungeeignete Videofilme an. Deshalb glauben wir, daß die Hilfe bei der Feier das geringere Übel darstellt. Wir kommen um zwei, um die Tische aufzubauen, und stellen fest, daß wir einen großen Fehler gemacht haben. Irgendeine Verrückte hat soviel Wackelpudding gemacht, daß sie damit die ganze Nation speisen könnte. Jedes einzelne Gericht enthält genug Zucker, um den durchschnittlichen Fünfjährigen ins All zu schießen, und genug Zusatzstoffe, um jedem, der an Partyessen nicht gewöhnt ist, einen epileptischen Anfall zu bescheren. Und irgendein gemeiner Mensch hat uns dazu eingeteilt, den Kindern der Vorschulklasse zu helfen, von denen die meisten schon mit den Herausforderungen eines normalen mitgebrachten Mittagessens überfordert sind, ganz zu schweigen von einem Buffet mit Wackelpudding.

Kate schlägt vor, eine von uns soll einfach eine Ohnmacht vortäuschen und die andere kann sie dann nach Hause fahren, aber wir können uns nicht darauf einigen, wer in Ohnmacht fallen soll, und außerdem haben wir den Verdacht, daß sicher irgend jemand beim Roten Kreuz arbeitet und die Ohnmächtige dann gezwungen ist, stundenlang mit dem Kopf in einem Eimer zu verbringen. Also richten wir die Tische her und versuchen, den Wackelpudding verschwinden zu lassen. Die Horde stürmt herein, und die nächste Stunde vergeht in einem grauenhaften Durcheinander aus nassem Kreppapier, fliegendem Essen und sehr lauter Musik. Miss Pike lächelt unentwegt, aber ich glaube, sie ist einfach in Trance verfallen. Unser Vikar hat sich als Weihnachtsmann verkleidet und wird, als er den Saal betritt, von einer Horde schreiender Kinder fast umgeworfen. Er versucht, würdig einherzuschreiten, während sich ein kleiner Junge an seinem Bein festklammert, aber er scheitert, und dann stellt Mrs. Taylor die Ordnung wieder her, indem sie ausdauernd in ihre Trillerpfeife bläst und befiehlt: »Und nun alle die Finger an die Lippen!«

Kate und ich stehen mit den Fingern an den Lippen da, auch Miss Pike hat schließlich verstanden und tut das gleiche, die anderen Helfer tauchen aus ihrem Versteck in der Küche auf, der Weihnachtsmann schüttelt seinen Verfolger ab, und schließlich ebbt der Aufstand ab. Dann schenkt er jedem Kind eine Handvoll Süßigkeiten, damit nur ja der Zuckerspiegel nicht absackt, und dann fangen alle an, auszuwickeln und den Boden mit Papierchen zu übersäen. Gerade als es so aussieht, als würden wir hier doch heil wieder rauskommen, sagt Mrs. Taylor, nun hätten wir gerade noch genügend Zeit, ein bißchen zu tanzen, ehe die Mamis und Papis kämen. Ist die verrückt geworden?

Ganz offensichtlich. Die Musik wird wieder angemacht, und wir tanzen alle den Hokey Cokey, als hinge unser Leben davon ab. Es stellt sich als ziemlich aufschlußreich heraus: Es gibt Kinder, die durchaus in der Lage sind, ihr linkes Bein beliebig oft raus- und wieder reinzuschwenken, während andere sich schon sehr konzentrieren müssen, um ihr linkes Bein überhaupt zu heben. Und als sie es endlich begriffen haben, sind alle anderen schon lange dabei, das Bein wie wild zu schütteln. Charlie und James tanzen ihre eigene Version, in der es anscheinend darum geht, den Popo so weit wie möglich rauszustrecken, ohne umzufallen, und Phoebe hüpft einfach ziellos herum, ohne auf die Musik zu achten. Die ganzen Balettstunden scheinen sich wirklich auszuzahlen, wie Kate sagt. Auf dem Boden ist soviel Wackelpudding, daß die Kinder umfallen wie die Kegel, und die meisten von ihnen bleiben einfach auf dem Boden und wackeln mit den Füßen zur Musik, während sie Essensreste in sich reinstopfen, die sie unter den Tischen finden.

Endlich tauchen die ersten Eltern auf und holen ihre Kinder ab. Ein besonders kluger Vater ist sichtlich entsetzt über seine beiden mit Pudding und Chips bedeckten Töchter und setzt sie zur Heimfahrt auf eine dicke Lage Zeitungspapier. Zum Aufräumen ist eine weitere Abteilung abkommandiert, der wir zum Glück nicht angehören. Wir fahren alle zu Kate nach Hause, im Gepäck eine große Sammlung Turnzeug, Bastelarbeiten und Gott weiß was sonst noch alles. Scheinbar besitzt Charlie nur noch einen Turnschuh, hat dafür jetzt aber zwei Turnhosen, und James hat zwar keine Hose mehr, dafür aber zwei Turnhemden. Die Kinder schauen fern, und Kate und ich verstecken uns zum Rauchen in der Küche und trinken Gin.

Ich bin so betrunken, daß wir zu Fuß nach Hause gehen müssen. Kate hat uns eine riesige Fackel geliehen, die die ganze Straße erleuchtet und mindestens eine Tonne wiegt. Es ist sehr dunkel und sehr kalt, und Schnee liegt in der Luft. Charlie ist begeistert von unserer nächtlichen Wanderung. Er will unbedingt, daß ich die Fackel ausmache, damit wir ein Abenteuer erleben können. Ich bin zu betrunken, um zu diskutieren, also lösche ich die Fackel und stolpere prompt in einen breiten Krater, der aus dem Nichts aufgetaucht ist. Ich lande in einem kleinen Bäumchen, das sich auch noch als Stechpalme erweist, und Charlie ist entzückt, vor allem weil er sicher ist, daß er das Sch-Wort von mir gehört hat. Wir straucheln und stolpern vorwärts, bis ich es nicht mehr ertragen kann und die Fackel wieder anzünde. Ich verspreche, sie wieder auszumachen, wenn wir in der Nähe unseres Hauses sind, damit wir das letzte Stückchen im Dunkeln gehen können.

Als das Haus in Sicht kommt, lösche ich wie versprochen die Fackel, und wir tauchen in pechschwarze Finsternis. Dieses Stückchen Straße kennen wir wirklich auswendig, und wir schreiten beherzt voran. Ich schaue auf und sehe Millionen von Sternen. Charlie behauptet, sie alle beim Namen zu kennen, und er zeigt mir den Bären und die Giraffe und den Löwen. Schließlich gehen wir rein, und das Feuer brennt noch, es glimmt jedenfalls. Charlie ist erschöpft und schläft praktisch im Stehen ein, während ich ihm in seinen Schlafanzug helfe. Morgen holen wir den Weihnachtsbaum, und meine Einkaufsliste ist immer noch ellenlang, und allein bei dem Gedanken daran wird mir ganz schwummerig. Aber ich bin noch viel zu betrunken, um mir deswegen Sorgen zu machen. *Laßt uns froh und munter sein*, und munter bin ich in der Tat.

Am nächsten Morgen habe ich einen Kater, und Charlie ist schrecklich laut und furchtbar aufgeregt wegen dem Baum. Mein Frühstück besteht aus schwarzem Kaffee und Alka Seltzer, und Charlie ißt Shreddies. Schließlich kann ich es nicht länger hinauszögern, und wir fahren zur örtlichen Baumschule, suchen uns einen riesigen Baum aus und merken dann, daß er nur ins Auto paßt, wenn Charlie sich aufs Dach setzt. Mit viel Geschiebe und Gezerre gelingt es mir schließlich, ihn doch ins Auto zu verfrachten, ohne die Spitze abzubrechen, und Charlie quetscht sich auf den Rücksitz hinter mich. Angeschnallt, darauf bestehe ich. Er quengelt, daß er keine Luft kriegt und die ganze Zeit Tannennadeln schlucken muß, aber schließlich kommen wir doch irgendwie nach Hause und zerren das verdammte Ding aus dem Auto. Ich kaufe jedes Jahr einen neuen Christbaumständer, weil ich den vom letzten Jahr nicht mehr finden kann. Fest davon überzeugt, daß dieses Jahr alles anders ist, begebe ich mich auf die Suche. Ich stoße auf alle möglichen Dinge, wo ich die Hoffnung, sie je wiederzufinden, schon lange aufgegeben hatte, und werde schließlich ganz hinten im Wäscheschrank fündig, hinter einem Stapel Handtücher und Strandmatten, die ich im Sommer vergeblich gesucht habe. Ich setze den Baum in den Ständer, steche mir dabei ums Haar ein Auge aus und schaffe es schließlich fast, ihn gerade aufzurichten. Es duftet wunderbar. Charlie klatscht Beifall und führt einen Freudentanz auf.

Dann wird es ein wenig schwierig, weil Charlies Vorstellung vom Schmücken darin besteht, alles, was wir haben, an die untersten Äste zu hängen, während ich den Schmuck ein wenig verteilen möchte. Er verschwindet, um noch mehr Sachen zum Aufhängen zu holen, und kommt mit diversen Plastikvögeln wieder, die dem Rotkehlchen Gesellschaft leisten sollen, das wir letztes Jahr gekauft haben. Das Rotkehlchen ist aus Glas geblasen, federleicht und hängt an einem Faden. Der Gummiadler wiegt eine Tonne und sieht aus, als würde er das Rotkehlchen jeden Augenblick zum Mittagessen verspeisen. Der Flamingo wirkt auch etwas merkwürdig, genauso wie die große Plastikspinne, aber Charlie ist mit der Wirkung sehr zufrieden, also lasse ich ihm die Freude und decke sie mit Unmengen Lametta zu, als er gerade wegschaut. Die Lichterkette funktioniert noch, was ein Wunder ist, weil Charlie sich auf die Verpackung gesetzt hat. Stundenlang sitzt er still da und sieht wie in Trance die Lichter an. Dann springt er auf, um neue Tiere zu holen, damit die Vögel nicht so alleine sind.

Die letzten Tage vor Weihnachten verbringe ich mit Einkaufen am laufenden Band. Das Büro ist über die Feiertage geschlossen, und ich überlebe unzählige Weihnachtsfeiern in der Stadt, ohne mich zu sehr zu betrinken oder irgendwelche allzu peinlichen Dinge zu tun, obwohl ich es geschafft habe, mich innerhalb von fünf Minuten zweimal dem gleichen Menschen vorzustellen. Klar, daß man mich entweder für ziemlich blöd oder ziemlich betrunken hielt. Vielleicht auch beides. Edna ist am Morgen bei Charlie geblieben, und ich habe den letzten Lebensmitteleinkauf so einfach wie möglich gestaltet, indem ich zu Marks & Spencer gegangen bin und ein Exemplar von allem genommen habe, was noch im Regal stand. Ich bin mir sicher, daß wir Kiwi in der Dose eines Tages gut gebrauchen können.

Den Truthahn mußte ich schon im Juni reservieren, und jetzt weiß ich nicht mehr, was ich bestellt habe. Der Lieferwagen vom Metzger kommt am späten Nachmittag des Heiligen Abends, und zwei Männer stolpern mit etwas die Auffahrt herauf, das aussieht wie ein toter Strauß. Ich kann mich beim besten Willen nicht daran erinnern, weshalb ich einen dermaßen großen Truthahn bestellt habe, noch kann ich mir vorstellen, wie das Vieh je in den Ofen passen soll, aber ein großer Gin Tonic bewahrt mich vor Panik, und ich beschließe, Mum um Rat zu fragen, wenn sie kommt.

Charlie schreibt letzte Anweisungen für den Weihnachtsmann. Er hat beschlossen, Spion zu werden, wenn er groß ist, und ich muß momentan jede Bitte mit den Worten »Dein Auftrag, solltest Du ihn annehmen, ist es« eröffnen. Er wünscht sich eine spezielle Armbanduhr, mit der man schießen kann, und einen Füller, der Gifttinte verspritzt. Ich habe ihm gesagt, der Weihnachtsmann bringt keine Geschenke, mit denen man Menschen umbringen kann, es sei denn, man zählt Rollschuhe auch dazu. Langsam geht mir diese Spiongeschichte auf die Nerven. Gestern im Supermarkt wurde es wirklich peinlich: »Dein Auftrag, solltest Du ihn annehmen, ist es, ein Päckchen Flora Soft in den Wagen zu legen.« Ich verkünde, sein neuer Auftrag, ob er ihn annimmt oder nicht, lautet, sofort ins Bett zu gehen und auf der Stelle einzuschlafen, oder der Weihnachtsmann kommt überhaupt nicht. Ich packe Geschenke ein wie eine Verrückte, finde die Schere nicht mehr und weiß genau, daß ich sie irgendwo mit eingepackt habe. Die Vorstellung, alle Päckchen wieder aufzumachen, ist zuviel für mich, also arbeite ich statt dessen mit der Nagelschere weiter, was stundenlang dauert. Ich hoffe nur, daß die richtige Schere nicht in einem von Charlies Geschenken gelandet ist, sonst besteht er darauf, sie zu behalten, und schneidet alles kurz und klein.

Ich werde aus Versehen ziemlich betrunken, weil ich jedesmal, wenn ein Päckchen fertig ist, einen kräftigen Schluck Wein trinke. Deswegen kann ich nicht mehr richtig gehen, benötige mehrere Versuche, um aufzustehen, und verteile dann torkelnd stapelweise Geschenke auf dem Sofa und unter dem Baum. Mit Charlies Strumpf die Treppe hinaufzuwanken erweist sich als ziemlich schwierig, aber schließlich gelingt mir auch das, und ich falle ins Bett. Minuten später, wie es scheint, werde ich von Charlies Schreien geweckt: »Er ist dagewesen, Mami, er war da!«, wobei er auf einer kleinen Trompete trötet, an deren Kauf ich mich beim besten Willen nicht erinnern kann. Ganz sicher kaufe ich nie wieder eine, außer für Kinder, deren Eltern ich hasse. Bald ist mein Bett von Papierfetzen übersät. Charlie ißt Schokoladenmünzen und spielt auf seiner Trompete, was das Zeug hält. Es bedarf all meines Verhandlungsgeschicks, ihn dazu zu überreden, noch eine Stunde im Bett zu bleiben und mit kleinen Geschenken aus dem Strumpf zu spielen. Ich verstecke die Trompete unter meinem Kopfkissen. Von dem Höllending abgesehen wünschte ich außerdem, ich hätte kein aufblasbares Gummihuhn gekauft, das unanständige Geräusche macht, wenn ihm die Luft ausgeht, keine kleine Taschenlampe, mit der man einem ins Ohr leuchten kann, und auch kein Buch mit unanständigen Kinderreimen.

Schließlich halte ich es nicht mehr aus, und wir stehen auf. Charlie entdeckt die Riesenstapel Geschenke und reißt in heller Aufregung und vor Freude kreischend Geschenkpapier in Fetzen. Er will sofort das neue Brettspiel ausprobieren, das Lego-Raumschiff bauen und gleichzeitig das neue Video anschauen und weigert sich, etwas anderes als Schokolade zu frühstücken. Ich fange an, Gemüse zu putzen und Charlie »hilft«, indem er mit einem kleinen stumpfen Messer Karotten schneidet, wobei er für jede ungefähr zehn Minuten braucht. Dann verfüttert er stundenlang die Schalen als Weihnachtsessen an Buzz und Woody. Wir haben ihren Stall mit Lametta geschmückt, und sie sehen sehr festlich aus. Die Kavallerie erscheint in Form von Mum und Dad. Dad geht mit Charlie Lego spielen, und Mum hört irgendwann wieder auf, über den riesigen Truthahn zu lachen, und überlegt, wie lange das verdammte Teil braucht, bis es gar ist. Sie behauptet, der Vogel muß nach dem Braten noch eine halbe Stunde »ruhen«, damit im Ofen Platz für die Kartoffeln ist. Die Vorstellung von einer halben Stunde Ruhe, vorzugsweise jetzt sofort, gefällt mir überaus gut, aber Mum bemerkt ziemlich treffend, daß sich Pastinaken schwerlich von selbst schälen und ob sie bitte einen Sherry bekommen könnte.

Tante Joan und Onkel Bob tauchen auf. Mir ist zwar nicht ganz klar, weshalb Tante Joan der Meinung war, ich würde an einer Schürze mit der Aufschrift: »Köche machen es im Stehen« Gefallen finden, aber ich bedanke mich trotzdem. Mum und Dad scheinen sich über Charlies Geschenk zu freuen: ein ziemlich flaches Nest mit Vogelbabys, das wir aus Fimo geformt und im Ofen gebacken haben. Ich glaube, ich habe nicht die richtige Temperatur genommen, denn es hat Tage gebraucht, um hart zu werden. Die Vogelbabys sind sehr lustig geworden, besonders, weil Charlie darauf bestanden hat, sie knallorange anzumalen. Tante Joan hat Charlie einen Pullover gestrickt, der ihm ungefähr sechs Nummern zu groß ist und vorne ein Teletubby-Motiv hat. Charlie macht ein entsetztes Gesicht, aber er bedankt sich artig, und dann flüstern wir in der Küche, und ich verspreche, daß er diesen Pullover nie, nie im Leben wird anziehen müssen.

Etwa zur Teestunde ist dann das Mittagessen endlich fertig, und alle erklären, wie köstlich es schmeckt, und dann erzählt Tante Joan die gleiche Geschichte wie jedes Jahr, wie sie einmal zehn Gäste zum Weihnachtsessen eingeladen hatte und der Strom ausfiel. Charlie ist vollkommen aus dem Häuschen wegen der Knallbonbons und besteht darauf, daß wir alle Papierhütchen aufsetzen. Er findet auch die Witze furchtbar komisch. Er eignet sich sämtliche Spielsachen an, die aus den Knallbonbons fallen, und bei dem kleinen Plastikauto, das er Onkel Bob entwendet hat, fallen die Räder ab.

»Mami, diese Knallbonbons sind Hamburg. Mein Auto ist einfach so kaputtgegangen.«

»Ist doch egal, Spatz. Jetzt iß weiter.«

»Ja, aber es ist Hamburg, Mami. Du mußt zu dem Laden gehen und dir dein Geld wiederholen.«

»Das heißt nicht Hamburg, Charlie, sondern Humbug.«
»Heißt es nicht. James sagt auch, daß es Hamburg ist.«
Dad mischt sich sehr hilfreich ein und sagt, er findet, Hamburg ist das perfekte Wort für etwas, das sich aufregend anhört und sich dann als sehr langweilig entpuppt, wie Labskaus zum Beispiel. Charlie sagt, er will auch Labskaus, und was ist das überhaupt? Tante Joan sagt, sie liebt Hamburg und sie versteht überhaupt nicht, was Onkel Bob hat. Onkel Bob sagt, er haßt Hamburg und er will nie mehr im Leben dahin, und dabei bleibt's. Weil es aussieht, als würde die Debatte jeden Augenblick ausufern, beschließe ich, die Flasche Champagner zu öffnen, die Onkel Bob mitgebracht hat. Das ist ein hervorragendes Ablenkungsmanöver, weil alle die Köpfe unter den Tisch stecken müssen, damit ich sie nicht mit dem Korken treffen kann. Ich habe es noch nie fertiggebracht, eine Flasche Champagner zu öffnen, ohne daß der Korken quer durch das Zimmer schießt, und jeder weiß das.

Der Frieden ist wiederhergestellt, und das Festmahl nimmt seinen Lauf. Ich habe Kastanien überbrüht und geschält und gehackt, um sie mit dem Rosenkohl in den Truthahn zu stopfen. Es hat Stunden gedauert, und als ich endlich fertig war, sagte Mum dankenswerterweise, man könne sie auch fertig gehackt kaufen. Charlie beäugt den Rosenkohl auf seinem Teller mit Argwohn und fängt an, die Kastanien herauszupicken, und ich schimpfe, weil er sich so albern benimmt. Es ist zwar schwachsinnig, so einen Wirbel darum zu machen, aber ich werde zusehends ungehaltener, und Mum fängt an zu lachen. Dad erzählt, daß ich mal genau das gleiche mit Mandeln in einem Nachtisch gemacht hätte, und sagt, wie schön es ist, daß Charlie die Familientradition aufrechterhält, bei Tisch seiner Mutter die Nerven zu rauben. Langsam beruhige ich mich wieder, auch wenn es sich als schwierig erweist, den Plumpudding anzuzünden. Schließlich schütte ich so viel Cognac darüber, daß die Flammen sich nicht mehr löschen lassen. Ich esse zuviel Cognaccrème, und dann ist mir schlecht, aber die anderen scheinen glücklich zu sein, und Charlie ist begeistert, weil in seinem Pudding eine Ein-Pfund-Münze steckt.

Schließlich ist das Festmahl vorüber. Charlie versucht mit allen Mitteln, uns dazu zu bewegen, Mau-Mau mit ihm zu spielen, aber wir bleiben standhaft, und dann kommen Lizzie und Matt. Sie waren bei Matts Eltern zum Essen: nicht gerade ein voller Erfolg, weil der Zustand von Matts Großmutter sich nicht eben bessert und sie inzwischen kaum noch jemanden erkennt. Diesmal hat sie sich darauf versteift, Matt sei ein Einbrecher, und ihn fortwährend mit Paranüssen beworfen. Es werden noch mehr Geschenke ausgetauscht, und die beiden haben Charlie ein Schwert gekauft, das sich auf ungefähr drei Meter Länge ausziehen läßt, so daß wir uns alle ständig ducken müssen. Ganz nebenbei gibt es ohrenbetäubende Pfeifgeräusche von sich. Lizzie bittet um Entschuldigung und sagt, Matt sei felsenfest der Überzeugung gewesen, daß Charlie es vergöttern würde. Ich mache Matt klar, wenn er keinen Weg findet, diesen Lärm abzuschalten, kann er seinen Tee gerne im Garten einnehmen. Mit Charlie und seinem neuen Schwert. Matt und Charlie begeben sich in lange Verhandlungen, und ich flüchte in die Küche, um den Tee zuzubereiten.

Der Weihnachtskuchen sorgt für allgemeine Heiterkeit, weil Charlie und ich die Verzierung selbst gemacht haben. Ich finde meine Rentiere immer noch sehr niedlich. Charlie besteht auf Kerzen, damit es eine richtige Feier ist. Leila ruft an und wünscht uns allen fröhliche Weihnachten; der Fliegende Holländer ist über die Feiertage nach Amsterdam geflogen, und deshalb ist sie bei Freunden auf einem schottischen Schloß. Sie sagt, das klingt viel zauberhafter, als es in Wirklichkeit ist. Es ist eiskalt, und im Bett muß sie drei Paar gestrickte Socken und eine Wollmütze tragen, aber abgesehen davon verbringt sie dort eine wunderbare Zeit.

Kate ruft ebenfalls an, aber bei ihr ist es nicht so wunderbar. Das Weihnachtsessen war eine Katastrophe, und ihre Mutter hat darauf bestanden, daß die Kinder ihren Rosenkohl essen müssen, obwohl sie ihn beide hassen, und wollte, daß sie nicht eher aufstehen, als bis die Teller leer gegessen sind. Schließlich ist Kate der Kragen geplatzt. Sie hat ihre Mutter eine Faschistin geschimpft und ihre Kinder hinausgeschickt, um fernzusehen. Ihre Mutter ist immer noch beleidigt, und Kate blieb nichts anderes übrig, als den Schnaps aus sämtlichen Pralinen zu saugen.

Mit leichtem Schreck fällt mir ein, daß ich den ganzen Tag nicht einmal an Mack gedacht habe. Ich fand es wunderschön heute und genieße das Leben auch ohne Mack. Ich hoffe, es geht ihm gut – außer, er hat eine neue Frau an seiner Seite; in dem Fall hoffe ich, daß alles ganz schrecklich ist. Ich wünsche mir immer noch, daß er es ist, sobald das Telefon klingelt, über meinen neuen Whitney-Tick bin ich immer noch nicht so ganz hinweg, und Frank Sinatra kann ich auch noch nicht ertragen, ganz besonders nicht »New York, New York«. Aber am Ende des Tunnels ist eindeutig Licht in Sicht. Irgendwo.

Mum und Dad übernachten bei uns und kümmern sich unten ums Abendessen, während ich versuche, Charlie ins Bett zu bringen.

»Ich glaube, mein Nest hat Nana und Opa richtig gut gefallen, oder?«

»Ja, Schatz.«

»Und gefallen dir deine neuen Hausschuhe wirklich?«

»Aber ja, sie sind ganz toll.«

Das ist eine waschechte Lüge. Sie sind abartig, und ich habe keine Ahnung, was Mum dazu getrieben hat, sich ausgerechnet zu riesigen Hasenpantoffeln aus weißem Fleece mit Schleifchen im Schottenmuster an den Ohren hinreißen zu lassen.

»Ja. Die habe ich richtig gut ausgesucht, oder, Mami? Nana

hat mir zwar ein bißchen geholfen, aber ich hab sie als erster entdeckt.«

»Ja, Spatz. Und jetzt kuschel dich ins Bett und schlaf. Es ist schon sehr spät.«

»Mami? Ich liebe Truthahn. Und du? Können wir morgen noch mal Truthahn essen?«

»Ja, Charlie, und übermorgen wahrscheinlich auch.«

»Toll. Ich hab dich lieb, Mami. Bis zur Unendlichkeit. Wieviel hast du mich lieb?«

»Bis zur Unendlichkeit und noch viel weiter.«

»Ja, zur Unendlichkeit und noch viel weiter. Und jetzt mußt du sagen ›und wieder zurück‹.«

»Also gut, Schätzchen. Und wieder zurück. Zweimal. Und jetzt gib Ruhe und schlaf.«

Inhalt

Suzanne Finnamore
Eine runde Sache

Roman. Aus dem Amerikanischen von Barbara Röhl.
219 Seiten. Geb.

»Zehn Wochen. Bin heute nicht zur Arbeit gefahren. Jeden Tag diese Übelkeit. Natürlich mache ich mir Sorgen: Wenn ich damit schon nicht umgehen kann, wie soll ich dann als Mutter klarkommen? Fühle mich emotional und körperlich erledigt. Diana sagt, das erste Drittel der Schwangerschaft besteht aus Müdigkeit, Übelkeit und Paranoia ...« Noch ist der Winzling kaum mehr als ein Kribbeln im Bauch, und schon bugsiert er seine Mama in spe in ein Wechselbad der Gefühle: zwischen kindischer Vorfreude und mulmiger Aufregung, Schlaflosigkeit und mitternächtlichen Heißhungeranfällen, Ultraschall, Schwangerschaftsgymnastik und den Wonnen der Umstandsmode ... Witzig und aufrichtig vertraut sich die werdende Mutter ihrem Kind und ihrem Tagebuch an. Und sie versorgt ihren Nachwuchs mit all den wichtigen Infos über diese Welt, die schon bald sein Zuhause sein wird – ein frischer, vergnüglicher und berührend ehrlicher Countdown über die unvergleichlichsten neun Monate im Leben einer Frau.